Knaus
K

DOMINIQUE HORWITZ

CHANSON D'AMOUR

ROMAN

Knaus

Sollte diese Publikation Links auf Webseiten Dritter enthalten, so übernehmen wir für deren Inhalte keine Haftung, da wir uns diese nicht zu eigen machen, sondern lediglich auf deren Stand zum Zeitpunkt der Erstveröffentlichung verweisen.

Dieses Buch ist auch als E-Book erhältlich.

MIX
Papier aus verantwortungsvollen Quellen
FSC® C014496

Verlagsgruppe Random House FSC® N001967

1. Auflage

Neumarkter Str. 28, 81673 München
Umschlag: Sabine Kwauka
Umschlagmotiv: Shutterstock/Levente
Satz: Buch-Werkstatt GmbH, Bad Aibling
Druck und Bindung: GGP Media GmbH, Pößneck
Printed in Germany
ISBN 978-3-8135-0720-1

www.knaus-verlag.de

Kapitel 1

Das Kastagnettengeklapper der Pferdehufe. Das Flirren des Lichts neben den Radspeichen. Der heiße Atem der Stadt, staubiges Kopfsteinpflaster, Essensdünste, Parfumschwaden, gemischt mit kühleren, modrigen Noten aus geöffneten Kellerluken. All das nahm Roman Kaminski überdeutlich wahr. Er ließ die Pferde im Schritt gehen, locker lagen die Leinen in seinen Händen. Von der Herderkirche schlug es sieben Mal. Kaminski hatte keine Eile an diesem Sonntagabend. Es war Vorfreude, die ihn erfüllte, auch Dankbarkeit. Fast zwei Jahre waren vergangen, seit Laura seinem Leben eine völlig neue Wendung gegeben hatte – ihm, dem scheuen Kutscher und Touristenführer, der so gar kein Talent für Frauen besaß. Noch immer konnte er kaum fassen, dass ihm ein derart unverhofftes Glück widerfahren war.

Laura. In sein wettergegerbtes, vom langen Sommer gezeichnetes Gesicht stahl sich ein Lächeln. Vor seinem inneren Auge sah er sie schon, die Prinzipalin der *Wilhelm Meister-Schänke*, wie sie mit kluger Besonnenheit die gastronomischen Abläufe lenkte und mit unnachahmlicher Beiläufigkeit an den Geschicken ihrer Gäste teilnahm.

Träge wichen ein paar Touristen der Kutsche aus, ermattet von der Hitze des Tages.

Laura, seine Frau. Darüber konnte er immer noch staunen, so wie über die Tatsache, dass sie gleich nach der Hochzeit zu ihm gezogen war, auf sein halb verfallenes Pferdegestüt. Seitdem hatten sie es halbwegs restauriert oder doch zumindest bewohnbar gemacht. Vor allem das Innere des Gutsgebäudes trug nun eine weibliche Handschrift. Laura hatte die Räume entrümpelt, Wände und Fensterrahmen gestrichen, Bilder ausgesucht. Zum Schluss hatten sie gemeinsam ein neues Bett gekauft.

Das Bett. Kaminski schluckte. Nie würde er ihrer überdrüssig werden, seiner schönen, rätselhaften Frau, nie würde sich die Vibration im Sonnengeflecht legen, wenn sein Blick über ihr spitzbübisches Gesicht wanderte, die kristallblauen Augen, den anmutigen Körper, wenn ihr Blick ihn traf wie ein südlicher Windhauch, der seine Wangen rötete.

Herrje, du bist immer noch so verliebt wie damals, dachte er halb schamhaft, halb belustigt. Falls du je einen Liebesroman schreibst, musst du unbedingt sparsamer mit den schmückenden Adjektiven umgehen und den hohen Ton zurückdrehen. Ist ja kaum auszuhalten, diese Schwärmerei.

Ein abendlicher Sonnenstrahl streifte die Häuserfassaden und warf einen goldenen Widerschein auf die Bogenfenster des *WMS*, wie die Stammgäste die Schänke nannten. 1890 errichtet, hatte der schmale einstöckige Bau an der Geleitstraße einst als Wintergarten des Hotels *Chemnitius* gedient. Noch immer ging etwas Heiteres, Spielerisches von ihm aus. Eine Ahnung von Zeiten des gepflegten Müßiggangs, als man nach Weimar pilgerte, um in aller Ruhe durch deutsche Geistesgeschichte zu flanieren. Auch Kafka hatte mit seinem Freund Max Brod in diesem Wintergarten am Tee genippt, zwischen Palmwedeln und livrierten Kellnern.

»Hey, du Penner!« Eine kehlige Mädchenstimme riss ihn aus seinen Gedanken. »Denk bloß nicht, ich sag jetzt Papa zu dir!«

Kaminski hielt die Kutsche an.

»Hallo Chantal.«

Da stand sie, seine Adoptivtochter. Mit einer Zigarette zwischen den Fingern und abgerissen wie immer, in einem durchlöcherten ultrakurzen Jeansrock und einem schwarzen Netzhemd, unter dem sich ein winziger pinkfarbener BH abzeichnete. Trotz ihrer sechzehn Jahre hätte man sie für zwölf halten können, so schmächtig war sie. Schmutzig grüne Socken hingen über den ausgetretenen Springerstiefeln. Ihr stoppelkurzes Haar trug sie neuerdings weiß gebleicht.

»Hättste nicht gedacht, dass so ein halb verhungertes Aas wie ich mal deine Tochter wird, was?«

»Vorsicht, Süße, sonst überlege ich es mir anders.«

Sie zeigte Kaminski den Stinkefinger.

»Kannst ruhig weiter *Frettchen* zu mir sagen, du Wichser.«

Nein, von außen betrachtet konnte man dieses Mädchen wahrlich nicht als Wunschtochter bezeichnen, schräg und aufsässig wie sie war. Genau das mochte Kaminski an ihr. Chantal nahm kein Blatt vor den Mund, doch sie hatte das Herz auf dem rechten Fleck. Heute würden sie ihre offizielle Aufnahme in die Familie feiern. Für Kaminski war es eine Herzensangelegenheit gewesen, und Laura hatte ohne Zögern zugestimmt. Auch dafür liebte er seine Frau.

Mit einem Satz sprang er vom Kutschbock. Während er die Pferde zu dem kleinen Brunnen neben der Schänke führte, trat Frettchen ihre Zigarette aus. Nein, nicht Frettchen – sie heißt Chantal, ermahnte er sich. Noch am Abend zuvor hatte ihm Laura eindringlich die Macht der Sprache erklärt: dass Begriffe die Wahrnehmung steuern und Worte die Wirklichkeit erschaffen. Deshalb nahm er sich vor, ab heute nur noch Chantal zu sagen statt Frettchen, auch wenn ihm dieser eigenwillige Spitzname in Fleisch und Blut übergegangen war.

»Wenn du glaubst, dass ich später deinen Rollstuhl schiebe und dir deinen bescheuerten Arsch abwische, dann kannste dir das gleich von der Backe putzen. Kapiert?«, riss Frettchen – nein, Chantal! – ihn aus seinen Überlegungen.

»Wie schön, dass die neuen Familienverhältnisse dich so euphorisieren«, brummte Kaminski. »Sonst noch was?«

»Ja, drinnen ist die Hölle los. Alles voll. Lauter blöde Wichser …«

»Chantal!« Sein Ton wurde scharf. »Arbeite an deiner Ausdrucksweise!«

Sie streckte ihm die Zunge heraus. Dann band sie Wanda und Bismarck an, die freudig schnaubten, und tätschelte ihnen den Hals.

»Okay, ich halt die Klappe. Sweet Laura wartet schon auf dich. Küsschen, Küsschen!«

Geschickt duckte sie sich unter der Peitsche hindurch, mit der Kaminski scherzhaft nach ihr schlug, und verschwand in der *Wilhelm Meister-Schänke*. Es versprach, ein interessanter Sonntagabend zu werden. An der Klapptafel auf dem Bürgersteig stand »Wegen Familienfeier durchaus geöffnet«. Stimmengewirr und das Klirren von Gläsern drangen nach draußen, zusammen mit abgerissenen Musikfetzen einer italienischen Melodie: *That's amore.*

Kaminski summte leise mit. Manchmal schalt er sich einen verliebten Esel, aber das war Selbstironie. Die alte Angewohnheit eines Mannes, der Glück in der Liebe für verlogenen Kitsch gehalten hatte. Bis Laura in sein Leben getreten war.

Sie empfing ihn an der Türschwelle, in einem Etuikleid aus hellblauer Seide, das er besonders mochte, weil es einen aparten Kontrast zu ihrem blonden, straff nach hinten gebundenen Haar bildete. Dazu trug sie pfirsichfarbene Pumps. Sie war fast ungeschminkt und hatte keinen Schmuck angelegt, bis auf den goldenen Ehering. Wie elegant sie wirkte. Wie souverän.

»Mein kleiner Philosoph. Hast dich ja richtig fein gemacht. Weißes Oberhemd, dunkelblaue Hose, sogar anständige Schuhe – alles für Chantal?«

Er berührte ihre Wangen mit den Lippen, sog ihren Duft ein, widerstand der Versuchung, sie an sich zu pressen.

»Alles für dich«, murmelte er, und beide wussten, dass er nicht nur seine Kleidung meinte.

»Dann lass uns reingehen. Die Gäste sind schon da, mit gezückten Handys, versteht sich. Wenn wir die Neuigkeit verkünden, wird sie sofort die Runde machen, via Twitter, Snapchat, Facebook …«

Kaminski stöhnte.

»Snap- was?«

Nacheinander betraten sie den lang gestreckten Schankraum. An den honigfarben gebeizten Paneelen hingen Efeugirlanden, überall standen Vasen mit Sonnenblumen, als hätte Laura den ausklingenden Sommer hereingeholt. Einige der abgeschabten Holztische waren weiß eingedeckt und zu einer festlichen Tafel zusammengeschoben worden.

Während Kaminski auf den Tresen zuging, schwoll das Stimmengewirr an. Er wusste, dass man eine Rede von ihm erwartete oder doch zumindest einige Worte über den Anlass dieses Abends. Unschlüssig rieb er seinen rasierten Kopf. Die vielen Jahre als Kutscher hatten ihn verändert. Obwohl er früher Schauspieler gewesen war, lagen ihm öffentliche Auftritte nicht mehr. Zumal dann, wenn es um Gefühle ging. Und diese Patchworkfamilie war hoch emotionales Terrain.

Er begrüßte gerade Freunde und Stammgäste an der Tafel und überlegte, wann der angemessene Zeitpunkt für ein paar Sätze sein mochte, als Chantal unaufgefordert mit einem silbernen Esslöffel auf den Metalltresen schlug.

»Tädäää! Der olle Kaminski will was ablassen! Spoileralarm, Leute – hat was mit Kindern zu tun!«

Zu früh, viel zu früh. Es wurde still. Jetzt gab es kein Zurück mehr. Laura nickte ihm zu.

»Tja, sieht so aus, als hätte ich den Hauptgewinn abgeräumt«, seufzte Kaminski. »Erst die tollste Frau der nördlichen Hemisphäre, und nun auch noch …«

»... ein perfekt geschorenes Frettchen. Hab mich sogar zur Feier des Tages extra zwischen den Beinen rasiert.«

Kaminski klappte die Kinnlade runter. Er brauchte einen Moment, bevor er sich wieder an seine Zuhörer wenden konnte.

»Wie immer verhaltensoriginell, unsere Chantal.«

»Für dich immer noch Frettchen«, krähte das kleine Biest dazwischen.

»Egal, sie hat sich hervorragend gemacht, seit sie vor mehr als einem Jahr hier im *WMS* angefangen hat. Sogar ihren Schulabschluss hat Chantal«, er blickte streng zu ihr hinüber, »nebenbei hingebogen, und den Mopedführerschein hat sie auch bestanden. Deshalb hat das Jugendamt zugestimmt, dass wir sie – adoptieren.«

Nun war es totenstill. Alle starrten Kaminski und Laura mit offenem Mund an, manche lächelten ungläubig, und im selben Augenblick wurde ihm klar, dass die Gäste offenbar etwas ganz anderes erwartet hatten: selbst gemachten Nachwuchs im Hause Kaminski.

Als Erste fing sich Christiane, Lauras engste Freundin. Sie stand auf und lief mit federnden Schritten zum Tresen. Überschwänglich umarmte sie erst Kaminski, dann seine Frau.

»Ihr seid wunderbar«, flüsterte sie Laura sichtlich bewegt ins Ohr. »Als Lehrerin weiß ich, wie schwer es ist, labilen Jugendlichen eine Struktur zu geben, eine Perspektive, ein Lebensziel.

Genau das habt ihr geschafft, obwohl niemand daran geglaubt hat.« Sie erhob ihre Stimme. »Respekt – und herzlichen Glückwunsch! Auch dir, Chantal!«

Damit war das Eis gebrochen. Chantal grinste vergnügt, als sich die Gäste nun einer nach dem anderen zu Laura und Kaminski durchdrängten, ihnen die Hände schüttelten, auf die Schulter klopften und versicherten, dass sie diese Adoption einfach großartig fänden.

Kaminski wusste, was er davon zu halten hatte. Sicher, dies waren ihre besten Freunde und einige langjährige Stammgäste des *WMS*, doch dieses Mädchen war und blieb eine Außenseiterin, so wie auch er letztlich immer ein skeptisch beäugter Exot bleiben würde. Ein zugereister Wessi, der in einem kleinen Dorf nahe Weimar das Gestüt seiner Großeltern übernommen hatte und nun Touristen durch die Stadt kutschierte, wobei er nur zu gern Verse der Klassiker rezitierte. Ein aus der Zeit gefallener Beruf, wie manche meinten. Dass er wegen seines Könnens und seiner Belesenheit von den Honoratioren der Stadt geachtet wurde, machte es nicht besser.

Er zuckte zusammen, als direkt neben ihm auf dem Tresen Korken knallten. Mit geübten Bewegungen öffnete Chantal Proseccoflaschen und füllte eine ganze Batterie von Gläsern. Laura verteilte sie an der Tafel, wo die Sensation lautstark besprochen wurde.

»Wohl bekomm's, lang lebe deine Prostata«, raunte Chantal Kaminski zu, während sie ihm ein Glas reichte.

Er trank einen Schluck.

»Gratulation zur gelungenen Resozialisierung, mein Schatz. Wenn du brav bist, darfst du demnächst die eine oder andere Kutschfahrt übernehmen.«

Chantals Augen wurden groß wie Untertassen. Für einen

Moment wich ihr notorischer Trotz kindlicher Begeisterung. Aufgeregt fuhr sie sich mit beiden Händen durch das weiße Raspelhaar.

»Echt jetzt?«

Es war ihr größter Traum. Seit Monaten übte sie das Kutschieren auf dem Hofgelände unter Kaminskis wachsamen Augen. Überdies striegelte sie täglich die Pferde, gab ihnen frisches Heu und spannte sie an, wenn Kaminski nach Weimar aufbrach. Chantal liebte Pferde. So hatte alles angefangen, damals, als sie zum ersten Mal im Gestüt aufgetaucht war. Eine verkommene Streunerin, die sich ihren täglichen Wodka mit kleinen Einbrüchen finanziert hatte, vom Vater misshandelt, von jugendlichen Dorf-Neonazis verfolgt.

»Wie gesagt, wenn du brav bist.« Er zwinkerte ihr zu. »Also halt dich gerade, Sonnenschein.«

Kaminski schaute zu seiner Frau. Sie wurde förmlich belagert. Voller Stolz registrierte er, wie viel Achtung man ihr entgegenbrachte. Laura war mehr als die Geschäftsführerin ihres Lokals. In Weimar galt sie als umsichtige Gastgeberin und verschwiegene Vertrauensperson. Und natürlich hatte sie jede Menge Verehrer, die nicht verstanden, warum sie ausgerechnet den seltsamen Kauz mit dem heruntergekommenen Pferdegestüt geheiratet hatte.

»Gnädigste, darf ich Sie küssen?«, fragte ein untersetzter Herr mit Halbglatze und einem sorgfältig gestutzten, ergrauten Kinnbärtchen.

Laura ließ es geschehen, aber Kaminski entging nicht, dass sie innerlich auf Abstand ging, als der Mann seine fleischigen Lippen ihrem Gesicht näherte und ihr weltmännisch Küsschen auf die Wangen hauchte. Torsten Kuzer arbeitete beim *Weimarer Anzeiger* für das Ressort »Vermischtes«. Tagtäglich pumpte er lokale Petitessen wie Taschendiebstähle, Erbstreitigkeiten oder Probleme mit der Müllabfuhr zu relevanten Nachrichten auf. Kein unsympathischer Mann, aber ein wenig aufdringlich, wie Kaminski fand. Offenbar musste er sich immer wieder selbst beweisen, dass er dazugehörte. Eine lässliche menschliche Schwäche. Leider übertrieb er es bisweilen damit, und auch mit seinem Humor konnte Kaminski beim besten Willen nichts anfangen.

»Ist ja mutig, so eine Göre unter seinem Dach wohnen zu lassen«, lachte Kuzer. »Da kann man nur hoffen, dass sie keine Filzläuse einschleppt, was?«

Seine Hand legte sich um Lauras Hüfte. Höchste Zeit einzuschreiten.

»Darf ich Ihnen meine Frau entführen?«, fragte Kaminski.

»Immer chevaleresk, der Herr Kutscher«, antwortete der Journalist.

Chevaleresk. Das war typisch Kuzer. Dauernd warf er mit Fremdwörtern um sich wie ein Karnevalsprinz mit Kamellen.

Laura lächelte unergründlich.

»Ja, Kaminski ist mein Ritter. Wenn Sie mich dann bitte entschuldigen würden …«

Sie entwand sich Kuzers Griff und ließ sich von Kaminski zu einem Tisch am Fenster führen, wo Christiane saß. Allein, abseits der festlichen Tafel und nachdenklicher als sonst. An ihrem Prosecco hatte sie nicht einmal genippt. Müde strich sie ihr langes, dunkles Haar aus dem madonnenhaften Gesicht.

»Alles in Ordnung?«, erkundigte sich Laura.

»Jaja. Doch.«

Es klang halbherzig. Christiane gehörte zu jenen Frauen, um die man sich immer ein wenig Sorgen machen musste. Weil sie dünnhäutiger war, als sie schien, durchlässig für Stimmungen und Zwischentöne, die anderen entgingen.

»Die Leute hier begreifen gar nicht, was ihr leistet«, flüsterte sie. »Dass ihr ein Mädchen gerettet habt. Die tun so, als würden sie andauernd für Katastrophenopfer und hungernde Kinder spenden, aber was vor ihrer eigenen Haustür passiert, interessiert sie einen feuchten Kehricht.«

»Wundert dich das etwa?«, erwiderte Laura. Sie tauschte einen Blick mit Kaminski. »Doch was sie wirklich nicht begreifen – wie viel Spaß man mit Chantal haben kann. Stell dir vor, neulich hat dieser Satansbraten …«

Die Ankunft eines neuen Gastes unterbrach sie. Kaminski kannte ihn flüchtig. Johannes Sander war der neue Intendant des Nationaltheaters, ein muskulöser Hüne mit braunem halblangem Haar, das strähnig in die Stirn fiel und ihm etwas Jungenhaftes verlieh. Mit energischen Schritten durchquerte er das Lokal und stützte sich auf den Tresen.

»Einen Espresso. Und einen Bourbon. Bitte schnell.«

»Alles in eine Tasse?«, feixte Chantal. »Vielleicht noch einen Schuss Zitrone rein?«

Johannes Sander atmete schwer. Geistesabwesend betrachtete er seine zitternden Hände.

»Von mir aus …«

An den Tischen wurde getuschelt, wissende Blicke flogen hin und her. Alle hatten zwei Wochen zuvor den vernichtenden Verriss seiner Inszenierung des *Freischütz* gelesen. Dr. Wolf von Nesselröden, Chefredakteur des *Weimarer Anzeigers*, hatte den Artikel höchstpersönlich geschrieben und – so kolportierte man es im *WMS* – auch höchstpersönlich auf die Titelseite der Zeitung gehievt. Tagelang war seine Fundamentaldemontage des neuen Intendanten das Topthema in Weimar gewesen, und noch immer wurde darüber debattiert.

Natürlich hatte auch Kaminski den Artikel gelesen und sich

über den aggressiven Stil gewundert. Er kannte den Zeitungschef nicht persönlich, hatte ihn aber mehrfach bei offiziellen Veranstaltungen erlebt. Wolf von Nesselröden war eine auffallende Erscheinung, hoch aufgeschossen, mit einer seltsam linkischen Eleganz. Selbst bei größter Hitze trug er stets einen dunklen Anzug. Im *WMS* wurde gemunkelt, er verfüge über einen ausgeprägten Ehrgeiz und strebe womöglich hohe politische Ämter an. Er galt als Strippenzieher hinter den Kulissen von Politik und Kultur. Warum er jedoch den neuen Intendanten in Grund und Boden kritisierte, war Kaminski ein Rätsel. Sander wirkte ziemlich mitgenommen. Guter Typ, dachte Kaminski. Einer, der zupacken kann. Laura war zu ihm geglitten, Kaminski schloss sich ihr an.

»Jeder hat es hier am Anfang schwer, Herr Sander«, sagte Laura. »Die sogenannte Weimarer Kulturelite kennt nur Dünkel, Neugier ist ihr fremd. Bevor die jemanden akzeptieren, schleifen sie ihn erst mal durch den Schlamm.«

Fahrig öffnete der frischgebackene Intendant den zweitobersten Knopf seines blau-weiß gestreiften Hemds.

»*Nur der verdient sich Freiheit, der täglich sie erobern muss*«, erwiderte er heftig.

»Faust, der Tragödie zweiter Teil, keine schlechte Wahl für den Anfang.« Kaminski streckte ihm die Hand hin. »Gestatten, Roman Kaminski, Kutscher und Gatte unserer charmanten Gastgeberin. Willkommen in Weimar. Dann hoffen wir mal, dass Sie sich nicht so schnell ins Bockshorn jagen lassen. Wir haben lange darauf gewartet, dass ein frischer Wind durchs Nationaltheater weht.«

»Danke, sehr nett von Ihnen.« Johannes Sander schüttelte Kaminskis Hand. »Allerdings hätte ich nicht erwartet, dass ich gleich mit meiner ersten Regiearbeit einen derartigen Sturm entfache. Normalerweise gibt man Neulingen eine faire Chance, statt sie sofort niederzumachen.«

Plötzlich stutzte er. Seine Züge entspannten sich. Die Zeit schien stillzustehen. Kaminski folgte Sanders Blick. Er sah zum Fenster, wo Christiane saß, das Kinn in die Hände gestützt, und den Intendanten wie eine Erscheinung anstarrte. Was ging hier vor?

»Nur nicht so vorwitzig, Herr Sander«, meldete sich Torsten Kuzer zu Wort, der sich unbemerkt herangedrängelt hatte. »Doktor von Nesselröden ist nicht nur Chefredakteur des *Weimarer Anzeigers,* er ist auch ein hoch kompetenter Journalist und in den Künsten versierter Connaisseur.«

Johannes Sander musterte den Herrn vor sich.

»Ach ja? Sagt wer?«

»Kuzer, Torsten. Torsten ohne H und Kuzer mit langem U, Redakteur des *Weimarer Anzeigers*. Wenn ich Ihnen einen Rat geben darf: Lassen Sie die Klassiker unversehrt. Wir sind hier in der Stadt Schillers und Goethes, nicht in Berlin, wo auf der Bühne kopuliert und fäkiert wird.«

»Fäkiert?« Chantal, die hinter dem Tresen stand und zugehört hatte, lachte dreckig. »Heißt das etwa, die scheißen sich eins vor Publikum?«

»Kind, sei so gut und kümmere dich um die Bestellung von Herrn Sander«, sagte Laura mit einem warnenden Unterton.

»Steht schon direkt vor seiner niedlichen Nase«, antwortete Chantal kichernd und fügte ein »liebste Mami« hinzu.

Wortlos kippte der Intendant erst den Espresso, dann den Bourbon hinunter. Als er wieder zum Fenster schaute, war Christianes Platz leer.

»Ich geh dann mal.« Er fingerte einen Geldschein aus seiner Hosentasche. »Tut mir leid, dass ich in Ihre Feier reingeplatzt bin. Ich habe zwar das Schild vor der Tür gesehen, aber …«

»Sie müssen sich nicht entschuldigen«, fiel Kaminski ihm ins Wort. »Sie sind hier immer willkommen. Und ganz egal, was dieser von Nesselröden schreibt, wir jedenfalls sind ehrlich froh, dass Sie das Theater übernommen haben.«

»Die Getränke gehen selbstverständlich aufs Haus«, ergänzte Laura.

»Dankeschön. Was feiern Sie eigentlich?«

»Die Adoption eines Satansbratens«, griente Kaminski.

Grüßend hob Johannes Sander die Hand.

»Na, dann viel Glück.«

Nach einem erneuten Blick zum Fenster trottete er mit hängenden Schultern hinaus.

»Hast du es bemerkt?«, wisperte Laura.

Kaminski deutete mit dem Kopf auf Christianes verlassenen Stuhl.

»Du meinst …«

»Der vögelt sie bald, hundert pro!«, krakeelte Chantal los.

Kaminski fixierte sie drohend.

»Apropos Vögel, du kannst jetzt die Hühnersuppe servieren«, beendete Laura das Gespräch. »Und bitte, wasch dir unbedingt die Hände, bevor du wieder die Daumen in die Teller hängst.«

Kapitel 2

Von Ferne hallte der Stundenschlag der Herderkirche durch das nächtliche Weimar. Zehn, elf, zwölf, zählte Dr. Wolf von Nesselröden. Mitternacht schon. Wo Christiane nur blieb? Er hatte es rundheraus abgelehnt, seine Frau zur groß angekündigten Feier in der *Wilhelm Meister-Schänke* zu begleiten. Zu ihrer Freundin Laura, die streng genommen kein Umgang für seine Gattin war. Und überhaupt – was wollte Christiane auf dieser als Familienfeier deklarierten Party? Familie, das waren für ihn Name, Ehre, Stolz, Verpflichtung. Und ganz bestimmt keine Wirtin, die einen Kutscher geheiratet hatte, wenn auch Kaminski einen gewissen Ruf als Kenner der Geschichte und Literatur Weimars genoss. Nun ja. Jedenfalls opferte er solch zweifelhaften Leuten keine Zeit. Lieber saß er zu Hause am Schreibtisch und arbeitete.

Seine Feder glitt über das Büttenpapier, vielmehr – sie hätte gleiten sollen. Gleiten, und nicht dieses irritierend kratzende Geräusch von sich geben, wie von leichtem Juckreiz verursacht. Auf der Stelle spürte er seine Neurodermitis, ein Spannen und Jucken, als häute er sich wie ein Reptil. Seine Haut wimmerte geradezu danach, entfernt zu werden, und er wusste, dass er dieser Versuchung nicht mehr lange widerstehen konnte. Bald würden sich seine Fingernägel erbarmen und die jammernde Haut unter den Hemdmanschetten erlösen, endlich erlösen. Einstweilen wollte er sich noch beherrschen.

Mit einer abgezirkelten Bewegung tauchte Wolf von Nesselröden die Feder in ein Tintenfass, das neben ihm auf dem Schreibtisch stand. Kugelschreiber oder Filzstifte lehnte er kategorisch ab. Nein, Tinte und Feder – so viel Stil musste sein. Sein Schreibzeug betrachtete Wolf von Nesselröden als eine Hommage an den Geheimen Rat von Goethe, der Politiker und literarisches Genie in Personalunion gewesen war. Ein Vorbild, keine Frage.

Vorsichtig, um keine Flecken zu machen, setzte er die Feder wieder auf das Papier und schrieb ein großes W. W wie Weimar. Das Kratzen auf dem Bütten – er hatte sich vor Kurzem aus dem Badischen zweihundert Bögen kommen lassen – war ihm ein trauter Gefährte geworden. Kein Freund, eher ein schicksalhafter Begleiter auf dem Marsch zum großen Ziel. Wenn er es schaffte, sein Werk zu vollenden, das niederzuschreiben, was sich außer ihm niemand traute, dann wäre er es, der unbestechliche Dr. Wolf von Nesselröden, der die skandalösen Missstände am Nationaltheater entlarven und das große Weimar, Symbol deutscher Kunst und Kultur, retten würde. Und nicht nur Weimar …

Der Schreibtischsessel knarzte, als er sich zurücklehnte. Feindselig blickte er auf den beigefarbenen Bogen, der ihn hämisch anzugrienen schien. Na los doch, schreib was, Wolf, etwas Einzigartiges, Brillantes, das dich wie ein Komet an allen anderen vorbeiziehen lässt. Worauf wartest du denn? Etwa Angst vor der eigenen Courage?

Nein, die Zeit war noch nicht reif. Die wenigen unnützen Worte, die er sich in langen Stunden abgequält hatte, schauten verloren drein. Sie mussten sich noch ein wenig gedulden, bis er sie schmieden und zu schneidenden Sätzen schärfen würde.

Er stand auf, ignorierte das Gefeixe des Papiers. Da wurde der aufgestaute Drang übermächtig, und endlich gab er ihm nach, kratzte sich wie von Sinnen an der Innenseite des rechten Handgelenks, kratzte sich bis aufs Blut. Ah, wie sehr er die wenigen

Sekunden seliger Erleichterung genoss, die winzige Zeitspanne zwischen befriedigtem Juckreiz und neuerlichen Attacken.

Hör auf, dich zu kratzen, hörte er wie von fern die strenge Stimme seines Vaters. Wolf von Nesselröden verzog das Gesicht.

Mein Vater, der immer wollte, dass ich etwas Besseres werde – das sei ich unserem Namen schuldig. Mein Vater, der aus völlig verarmtem Adel stammt und sich als Buchhalter eines Steinbruchs im Westerwald durchgeschlagen hat, stets überkorrekt gekleidet und peinlichst darauf bedacht, dass wenigstens sein Sohn es zu etwas bringt

Als Kind hatte Wolf von Nesselröden unter dem immensen Erwartungsdruck seines Vaters gelitten, mittlerweile war er fest entschlossen, ihn nicht zu enttäuschen. Zuerst würde er in Weimar aufräumen. Danach würde er für immer der Provinz entfliehen, zurück nach Berlin, wo er studiert hatte, anschließend jedoch von den Hauptstadtmedien verschmäht worden war. Das würde sich ändern, schon bald.

Er schritt durch sein spartanisch eingerichtetes Arbeitszimmer. Eine gläserne Schreibtischplatte auf Stahlrohrbeinen, ein ergonomisch geformter Arbeitsstuhl, schwarze Metallregale voller Lexika. Nachschlagewerke waren seine Leidenschaft. Ein Wolf von Nesselröden googelte nicht. Stattdessen holte er bevorzugt die alten Folianten des *Brockhaus* oder des *Meyers Konversations-Lexikons* aus dem Regal, manchmal auch einen Band der *Encyclopaedia Britannica,* die er für ein paar Hundert Euro in einem Jenaer Antiquariat erstanden hatte. Bei literarischen Fragen konsultierte er den *Kindler*, bei musikalischen Unsicherheiten den *Riemann*. Klassiker. So, wie es sich gehörte.

Zerstreut nahm er den ersten Brockhausband aus dem Schuber, A bis AT. Manchmal schaute er aus purer Verlegenheit in seine Lexika, weil er sich irgendeine Inspiration erhoffte, wenn er durch die Seiten blätterte. »Altnordisches Schrifttum, Alto Adige, Altona …«, las er halblaut. Doch nichts klingelte. Keine zündende Idee, keine noch so vage Assoziation, die zu einem erhellenden Gedanken hätte führen können, wollte sich einstellen. Nein, selbst diese bewährte Technik funktionierte heute nicht. Frustriert schob er den Band zurück ins Regal.

Sein Rücken schmerzte stärker als sonst. Als er sich streckte, knackte seine Wirbelsäule, wütend und gekränkt, als sei ihr der aufrechte Gang mit Gewalt auferlegt worden. Überhaupt waren sein Körper und er einander immer fremd geblieben. Viel zu früh war er in die Höhe geschossen. Grausame Pubertät. Kaum im Stimmbruch, hatte er sich in eine dürre Bohnenstange verwandelt. Doch sein Körper hatte die Stimme nicht mitgenommen, oder sie, unachtsam wie er war, vielleicht einfach nur in den Strapazen des Wachstums vergessen. Deshalb war sie nie die Stimme eines Mannes geworden, sondern einsam und piepsig im Niemandsland zwischen Kinderzeit und Erwachsensein gefangen geblieben, auf ewig zum Fisteln verdammt. Er hasste seine Stimme, wegen der er als junger Mann so oft gehänselt worden war.

Wolf von Nesselröden erschauerte. Fröstelnd sah er sich um. Dieser Trakt der Wohnung war eigentlich viel zu kalt, selbst jetzt, im ungewöhnlich heißen Spätsommer, der seine alles versengende Hitze über die Stadt breitete. Doch die Kühle der nördlich ausgerichteten Räume war gut, gut für seine geschundene Haut.

Immer noch steif vom langen Sitzen wechselte er ins Nebenzimmer. Als er die Zeitung mit seinem Artikel über den *Freischütz* auf dem schlichten Beistelltisch des Nebenraums, *Empfangsraum* genannt, entdeckte, besserte sich seine Laune. Plötzlich war alles vergessen, die Erinnerungen an seine freudlose Kindheit, die Antriebsschwäche, das permanente körperliche Unbehagen. Auf der Titelseite prangte ein Foto von Johannes Sander. Ein unvorteilhaftes Foto, mit Bedacht ausgewählt. Es zeigte den neuen Intendanten verschwitzt und erschöpft auf der Premierenfeier, mit einem Glas Wein in der Hand. *Überfordert? Oder dreist provokant? Das Desaster des Johannes Sander. Chronik einer Fehlentscheidung* stand in großen Lettern darüber.

Der Artikel hatte für einigen Wirbel gesorgt, ein erster Schritt in die richtige Richtung, davon war Wolf von Nesselröden überzeugt. Auch wenn er heute so gut wie nichts zu Papier gebracht hatte, war er auf dem besten Wege, sich als unerschrockener Kämpfer für die Kultur zu profilieren. Zunächst würde er Johannes Sander systematisch als Hochstapler und Nichtskönner entlarven, danach wäre die Bahn frei für eine glänzende Karriere, am besten als Herausgeber eines renommierten Blattes.

Nachdenklich drehte er an dem goldenen, mit einem Smaragd verzierten Siegelring, den er sich vor Kurzem hatte anfertigen lassen und seither am linken kleinen Finger trug. In den dunkelgrünen Edelstein hatte er das Wappen derer von Nesselröden einprägen lassen: zwei fünfblättrige Nesselstauden mit Wurzelwerk, anmutig umrankt von einer Blättergirlande. Noblesse oblige. Auch hohe politische Ämter sind vorstellbar, überlegte er. Als Chefredakteur war ihm die Mechanik politischer Karrieren vertraut. Kluges Networking, exzellente Kontakte zur Presse, immer bereit sein, einem Höhergestellten einen Gefallen zu tun, um später die Belohnung einzustreichen, Eintreten in die richtige Partei zur richtigen Zeit, so funktionierte das Postenkarussell.

Wieder streckte er sich, und es kam ihm auf einmal so vor, als sei ihm der Maßanzug zu eng geworden. Auch Weimar war ihm längst zu eng geworden. Es gab eben Menschen, die zu Höherem bestimmt waren, und er gehörte definitiv in diese Kategorie. Das war auch die Meinung seiner Professoren gewesen, als er in Berlin studiert hatte. Weimar war ein Sprungbrett, mehr nicht. Jetzt kam es nur noch darauf an, die richtige Strategie zu verfolgen, um es allen zu zeigen – seinem ewig nörgelnden Vater genauso wie der staunenden Öffentlichkeit.

Aber immer anständig bleiben, hörst du?, flüsterte die Stimme seines Vaters, mach deinem Namen Ehre. Unangenehm berührt biss sich Wolf von Nesselröden auf die Unterlippe. Ja doch, dachte er, aber zuweilen darf man es mit den Details nicht so genau nehmen, wenn man einer größeren Wahrheit dienen will. Hieß es nicht, der Zweck heilige die Mittel? Sander musste weg. Seine Ära würde beendet sein, bevor der erste Schnee fiel.

Mit verschränkten Armen trat Wolf von Nesselröden zum Fenster. Es war stockdunkel draußen, von der nahen Herderkirche schlug es ein Viertel nach Mitternacht. Straßenlaternen tupften hellgelbe Lichtinseln auf den Asphalt, nur wenige Wagen waren noch unterwegs.

Wann kam Christiane endlich nach Hause? Feierte sie etwa unbedarft mit ihren seltsamen Freunden, während er über ihre Zukunft nachdachte? Ihm gefielen diese Alleingänge seiner Frau nicht. Überhaupt gefiel ihm in letzter Zeit so einiges nicht an seiner Ehe. Manchmal schien es ihm, als entgleite Christiane seiner Autorität. Mehr noch – als habe sich ihr Verhältnis empfindlich abgekühlt. In unbeobachteten Momenten ertappte er Christiane neuerdings dabei, dass sie ihn wie einen Fremden betrachtete. Skeptisch, fast ablehnend. Niemals hätte er ihr gestanden, wie sehr ihn das verletzte.

Er schluckte. Ich will geliebt und geachtet werden, Christiane, nicht nur geduldet. Will nicht jeder Mensch geliebt und geachtet werden?

Ein Auto hupte. Jetzt erst sah er unten auf der Straße die Kutsche, die sich aus der Schwärze schälte. Hinten auf der Sitzbank hockte eine kleine, magere Gestalt, ein Kind vielleicht, das dem hupenden Autofahrer den Mittelfinger zeigte. Auf dem Kutschbock schmiegte sich ein Paar eng aneinander, fast schien es, als würden die beiden sich küssen.

Wolf räusperte sich unwillkürlich. Die Vorstellung körperlicher Nähe war ihm unbehaglich. Sekundenlang betrachtete er sein Spiegelbild in der Fensterscheibe. Warum feierte Christiane mit anderen die Nacht durch, statt dort zu sein, wo sie hingehörte? Zögerte sie absichtlich den Moment hinaus, in dem sie gemeinsam im Ehebett lagen und sich schlafend stellten, stumm einander im Dunkel belauernd, wie so oft in letzter Zeit? Mit einer heftigen Bewegung zog er die Vorhänge vor die Fensterscheibe.

Kapitel 3

Es war weit nach Mitternacht, als die Kutsche das kleine Dorf hinter sich gelassen hatte, in dessen Nähe Kaminskis Pferdehof lag. Seit einigen Jahren wohnte er hier auf dem Land, doch erst seit Laura dort mit ihm lebte, empfand er stets eine freudige Wärme, wenn er den hölzernen Torbogen passierte. Im fahlen Licht der Hofbeleuchtung zeichneten sich linker Hand die niedrigen Stallungen ab, gegenüber das wuchtige Gutsgebäude. Ein einstmals herrschaftlicher Bau, dessen bröckelnder Stuck gnädig vom Dunkel verschluckt wurde. Was die DDR überlebt hatte, rottete seit Jahrzehnten weiter vor sich hin. Es würde noch lange dauern, bis alles vollständig renoviert war und man die alte Pracht zumindest wieder erahnte.

Tief atmete Kaminski die nächtlichen Gerüche ein, den Duft von frisch gemähtem Gras, die penetranten Aromen des Misthaufens, die würzigen Noten der taubedeckten Wiesen ringsum. Wanda und Bismarck warfen ungeduldig die Köpfe hin und her in Erwartung des Stalls und einer Extraportion Hafer nach diesem langen Tag.

Sacht drückte Kaminski Laura an sich, deren Kopf im Halbschlaf an seine Schulter gesunken war.

»Sind wir zu Hause?«, murmelte sie.

Zuhause. Ein ungewohntes Wort, immer noch. So ungewohnt wie das Wort *Familie*. Er küsste Laura aufs Haar, ihre rechte Hand schlang sich in seine linke.

»Wenn ihr dauernd rummacht wie die Karnickel, krieg ich

Geschwister, und das stresst brutal«, gluckste Chantal, die hinten quer auf dem Sitz lag.

»Möchtest du heute im Stall übernachten, Liebes?«, knurrte Kaminski.

»Okay, hab's geschnallt.« Sie richtete sich auf und gab ihm einen Klaps auf den Rücken. »Ihr könnt ins Bett und losrattern, ich kümmere mich um die Pferde.«

Laura drehte sich zu ihr um.

»Wie lieb von dir. Wenn du doch bloß ab und zu deine Klappe halten könntest.«

»Negativ.«

Chantal streckte ihr die Zunge heraus und sprang aus der Kutsche. Kaminski schüttelte den Kopf, halb verärgert, halb amüsiert. Dann saß er ab und streckte die Arme nach Laura aus.

»*Reich mir die Hand, mein Leben, komm auf mein Schloss mit mir*«, trällerte er.

Die erhoffte Reaktion blieb aus. Trotz der Dunkelheit sah Kaminski, dass Laura einen erschöpften Eindruck machte. Kerzengerade blieb sie auf dem Kutschbock sitzen.

»Ich bin todmüde.«

»Verstehe, es war ein anstrengender Tag, aber die Feier war doch gelungen, oder? Alle haben sich sehr wohlgefühlt.«

»Auch ich habe den Abend genossen. Aber weißt du überhaupt, wie anstrengend es ist, dauernd dieses Frettchen im Auge zu haben, damit es die Leute nicht vor den Kopf stößt? Sie zerschlägt permanent Porzellan, und ich bin es leid, immer die Scherben aufzusammeln.«

Nach einem langen Seitenblick auf Chantal, die demonstrativ pfeifend begonnen hatte, die Pferde abzuschirren, räusperte er sich.

»Lass uns morgen darüber reden.«

»Nein, jetzt«, beharrte Laura. »Der richtige Zeitpunkt kommt sowieso nie. Chantal tanzt uns auf der Nase herum. Sie macht sich zwar ganz gut im Restaurant, aber sie schwänzt die Berufsschule, und, ehrlich gesagt, habe ich pubertäres Gehabe immer schon verabscheut.«

Irritiert schaute Kaminski zu ihr hoch. Himmelherrgott noch mal, was war bloß in Laura gefahren, dass sie ausgerechnet jetzt so ein Fass aufmachte? Sicher, Chantal war dankbar, dass er sie aufgenommen hatte, damals, als sie bei ihm im Stall aufgetaucht war, verwahrlost, grün und blau geprügelt von ihrem trinkenden Vater. Und genauso sicher war Kaminski, dass sie sich glücklich schätzte, jetzt offiziell zur Familie zu gehören. Aber Umgangsformen oder gar Taktgefühl ließen sich nicht mit dem Morgenkaffee verabreichen. Nach wie vor hatte Chantal etwas Asoziales an sich. Ihr nie gestilltes Bedürfnis nach Aufmerksamkeit äußerte sich immer noch in nervtötenden Provokationen. Bislang hatte Laura diese Verhaltensauffälligkeit ebenso gelassen und humorvoll hingenommen wie er. Bislang.

»Sag mir, Schatz, wieso reagierst du gerade jetzt so heftig?«, erkundigte er sich vorsichtig.

»Weil ihr Kerl heute da war«, ging Chantal dazwischen.

Kaminski schluckte.

»Ihr – was?«

»Na, ihr Ex-Lover. Scharfes Gerät. So'n Porsche-Sack mit Rolex und so. Hat sich aber sofort verpisst, als du angewackelt kamst.«

Vollkommen perplex sah Kaminski zu, wie Laura mit eigentümlich steifen Bewegungen vom Kutschbock stieg. Im Halbdunkel konnte er ihren Gesichtsausdruck schwer deuten. Doch er spürte, dass eine Gänsehaut über seinen Körper kroch.

»Laura?« Seine Stimme klang heiser. »Von wem spricht sie?«

Statt einer Antwort stapfte Laura wortlos zum Haus. Ließ ihn einfach stehen wie einen dummen Jungen.

»Tja, Alter, ich würd mal sagen …«, begann Chantal.

»Du bist still!«, herrschte Kaminski sie an. »Versorg die Pferde, verzieh dich auf dein Zimmer und lass dich heute Nacht bloß nicht mehr blicken!«

Abwehrend hob Chantal die Hände.

»Ich kann auch gleich ganz abhauen. Du bist so was von beschissen, weißt du das? Steck dir die Adoption sonst wohin. Deine Tochter bin ich sowieso nicht. Ach, was soll's, Blut ist eben dicker als Wasser.«

»Das gilt nur für Schafe, nicht für Menschen«, widersprach Kaminski, der seinen harten Ton bereute. »Familie ist etwas, das man entscheidet. Und ich habe mich für dich entschieden. Für Laura und für dich.«

Er berührte das Mädchen an der Schulter, und sie lehnte sich an ihn.

»Cool, Mann. Dafür könnte ich dir glatt einen blasen.«

Kichernd rannte sie davon, und Kaminski musste sich zusammenreißen, um eine unfreundliche Ermahnung zu unterdrücken. Was hätte das schon gebracht? Ändern würde er sie nicht, nur vielleicht ein bisschen formen.

Er wandte sich zum Gutshaus. Ganz ruhig, befahl er sich, während er an Lauras merkwürdiges Verhalten dachte. Einatmen, ausatmen. Bloß keine Eifersuchtsszene. Ist doch klar, dass Laura andere Männer vor dir hatte. Sie ist ja keine siebzehn mehr. Im selben Augenblick fiel ihm auf, dass sie kaum über ihre vorherigen Beziehungen gesprochen hatten. Nun ja, bei ihm gab es auch nicht viel zu berichten. Aber Laura? Warum hatte sie sich darüber ausgeschwiegen? Aus Taktgefühl? Oder weil sie etwas zu verbergen hatte?

Er fand sie in der Küche, über den Spülstein gebeugt, wo sie sich ein Glas Wasser eingoss. Sein Blick glitt über ihren schmalen Rücken. Auf einmal wirkte sie so zerbrechlich. Ihre Schultern bebten.

»Was ist los?«, fragte er leise.

Langsam wandte sie sich um. Einen Moment lang trafen sich ihre Blicke, doch ihrer ging durch Kaminski hindurch, in eine beunruhigende Ferne.

»Nichts Besonderes«, erwiderte sie. »Bevor du heute ins *WMS* kamst, hat Carsten vorbeigeschaut. Nur ganz kurz. Wir waren mal zusammen. Er lebt mittlerweile in Leipzig.«

Schwerfällig ließ sich Kaminski auf einen der Biedermeierstühle fallen, die den Küchentisch umstanden. Seine Fingerkuppen trommelten auf die hölzerne Tischplatte ein, ohne dass es ihm bewusst gewesen wäre. Geistesabwesend musterte er den alten Kachelofen, den Küchenschrank mit den weißen Scheibengardinen, den monströsen Gasherd. Also doch. Chantal mochte impertinent sein, aber sie besaß ein untrügliches Gespür für emotionale Verwerfungen. Vermutlich lernte man so etwas, wenn man in einer Familie aufwuchs, die einem Vulkan glich, der jederzeit ausbrechen konnte.

»Carsten?«, wiederholte er lahm.

Laura nahm einen Schluck Wasser. Wollte sie Zeit gewinnen? Warum setzte sie sich nicht zu ihm?

»Wir haben, na ja, acht Jahre oder so zusammengewohnt«, erzählte sie stockend. »In der Westvorstadt.«

»Was du nicht sagst.«

Kaminski kannte das Viertel. Dort residierten die Wohlhabenden, jene Glücklichen, die meinten, es geschafft zu haben. Ihre noblen, penibel restaurierten Jugendstilvillen gehörten zu den Sehenswürdigkeiten der Stadt. Natürlich kein Vergleich zu seinem maroden Pferdegestüt. Er senkte den Kopf

»Also, Laura?« Schräg von unten schaute er sie unsicher an.

Sie sah wirklich sehr müde aus.

»Ehrlich gesagt wächst mir manchmal alles über den Kopf. Das *WMS*, diese ewige Baustelle hier, dann noch … Frettchen … also, Chantal …«

»Und ich?«

Sie wartete ein wenig zu lang mit der Antwort. Zu lang für Kaminski, der sie bedingungslos liebte, jedoch nur zu gut wusste, dass er nicht gerade der Traumkandidat irgendwelcher Schwiegermütter war. Seine kräftige Gestalt, die markanten Züge und der rasierte Schädel verliehen ihm zwar eine virile Ausstrahlung, doch die abstehenden Ohren und die gebrochene Nase, ein Relikt seiner Boxervergangenheit, waren nicht jedermanns Geschmack. Ganz abgesehen davon, dass er weit davon entfernt war, seiner Frau ein sorgloses Leben ermöglichen zu können, geschweige denn einen Porsche.

»Mein kleiner Philosoph«, brach Laura das Schweigen, »es ist alles gut, wie es ist. Mach dir keine Gedanken. Ich bin glücklich mit dir. Lass uns schlafen gehen, ja?«

Sie machte einen Schritt auf ihn zu, er stand auf. Und nun, endlich, schmiegte sie sich an ihn, legte ihre Arme um seinen Hals, streichelte seinen Nacken. Zu spät, durchzuckte es Kaminski, während er sie an sich zog, einen Lidschlag nur zu spät und doch so unendlich verletzend. War der anfängliche Zauber dahin? Beiläufig verloren gegangen in den Ritualen und Pflichten des Alltags? Was war noch übrig vom Rausch der ersten Monate, als sie unablässig ineinander geschwelgt hatten, leidenschaftlich und sehnsuchtsbesoffen?

Das Poltern von Chantals Stiefeln auf der Treppe zum oberen Stockwerk holte ihn in die Gegenwart zurück. Laura ließ von ihm ab.

»Ich werde mit ihr reden«, versprach er.

Ihre Augen verengten sich zu Schlitzen.

»Reden allein hilft nicht. Du siehst ja, wie sie sich aufführt. Das Mädchen braucht eine starke Hand. Eine echte Vaterfigur, keinen Pseudokumpel, der auch noch über ihre unflätigen Bemerkungen lacht.«

Kaminski fühlte eine ungewohnte Wut in sich aufwallen, etwas, was ihn zugleich aus der Fassung brachte und hilflos machte.

»Dein Superheld Carsten hatte natürlich eine starke Hand, stimmt's?«

»Womit diese Diskussion auf Kindergartenniveau gelandet wäre«, befand Laura. »Lass Carsten aus dem Spiel. Tu einfach, was getan werden muss, damit der Laden hier funktioniert.«

Ohne ein weiteres Wort machte sie sich von ihm los und verließ die Küche. Das Klappern ihrer Absätze dröhnte in Kaminskis Ohren. Nach einigen Schrecksekunden sank er auf seinen Stuhl zurück. Lange starrte er die Küchentür an, durch die Laura verschwunden war. Es war ihr erster richtiger Streit. Ein Riss in dem feinen Gewebe aus Zuneigung und Vertrauen. Er spürte diesen Riss körperlich.

Falls ich jemals einen Liebesroman verfasse, ging es ihm durch den Kopf, werde ich nicht nur über das Glück des Einanderfindens schreiben müssen, sondern auch darüber, wie gefährdet dieses Glück ist. Mit einem Happy End samt Hochzeit ist es nicht getan. Vor allem dann, wenn sich ein Einzelgänger wie ich an der Zweisamkeit versucht. Du bist ein Beziehungstölpel, Kaminski.

Leicht benommen erhob er sich und stolperte zum Kühlschrank. Im Eisfach lag eine Flasche Wodka. Mit steifen Fingern schraubte er sie auf, goss Lauras leeres Wasserglas voll und trank einen großen Schluck. Und noch einen. Der Alkohol fraß sich durch seinen Körper. Weit schmerzhafter aber war der Zweifel. War Laura noch glücklich mit ihm?

Du hast sie nicht verdient, flüsterte eine höhnische Stimme in ihm. Was kannst du ihr schon bieten außer einem zugigen Gutshaus, einem krawalligen Teenager und deiner jungenhaft überschwänglichen Liebe? Reichte das? Würde es für die nächsten Jahre reichen? Für immer?

Kapitel 4

Von der Herderkirche schlug die Uhr ein Mal, als Christiane von Nesselröden die Wohnungstür aufschloss. Sie sah auf ihre Armbanduhr. Viertel nach eins schon. Nach der Feier im *WMS* war sie eine Weile ziellos durch die nächtlichen Straßen geirrt, wie ein Kind, das etwas angestellt hat und sich nicht nach Hause traut. Dabei hatte sie sich nichts vorzuwerfen, außer dass es sie größte Überwindung kostete, in die Wohnung zurückzukehren, wo ihr Mann auf sie wartete. Oder lag es daran, dass sie heute jemandem begegnet war, der sie angeschaut hatte, als gäbe es eine geheime Verbindung zwischen ihnen?

Sie trat in den Flur und zögerte. Es war eine Angewohnheit geworden, dieses kurze Innehalten und Horchen. Sie legte den Kopf schräg. Fast so, als müste sie sich vergewissern, ob es überhaupt ihr Zuhause sei. Ihr Blick glitt über die orangeroten Wände des Flurs, ein warmes, pulsierendes Leuchten, das sie umfing, über die messingfarbenen Kronleuchter, mehr ironisches Zitat als Wille zur Pracht, über die alten, handkolorierten Stiche. Es waren Schäferszenen aus einer galanten Zeit – längst vergessene Gesten wie Verbeugungen, Handküsse, verstohlene Blicke. Linien wie zart geführte Melodien, in Farben verwandelte Klänge.

Ja, genau so hatte sie sich immer die Liebe vorgestellt, ein nicht enden wollendes Spiel von Koketterie und Verführung, ein lebenslanges Werben und Umgarnen, ein unwiderstehliches Taumeln zwischen respektvoller Fremdheit und glücklicher Nähe.

Eine hoffnungslose Romantikerin bist du, das hatte sie oft

genug zu hören bekommen. Manchmal war sie sogar dafür ausgelacht worden. Dennoch wollte sie sich nicht mit den allseits gelebten Realitäten abfinden. Nur nicht abstumpfen, bloß nicht resignieren. Und lebten Laura und Kaminski es nicht vor, das Funkeln und Leuchten einer Liebe, die keinerlei Gedankenlosigkeit oder gar Nachlässigkeit erlaubte?

Das größte Glück ist es, wenn man um seiner selbst willen geliebt wird, überlegte sie. Liebe ohne Wenn und Aber. Doch solange Christiane zurückdenken konnte, hatte ihr Mann sie immer formen wollen. »Veredeln«, wie er es nannte. Er wurde nicht müde, sie darauf hinzuweisen, ihm sei es gelungen, aus der Apoldaer Landpomeranze ein kultiviertes Gewächs zu erschaffen. War das Ironie? An den weniger gewordenen guten Tagen ihrer Ehe hoffte sie es. Oder dachte er wirklich derart herablassend über sie?

Sie streifte den cremefarbenen Seidenmantel ab, mit dem sie ihren hellen Teint betonte, und ließ ihn auf eine niedrige, mit buntem Blumenstoff bespannte Chaiselongue gleiten. Direkt darüber hing ein gold gerahmter Spiegel. Nachdenklich strich sie eine dunkle Strähne aus der Stirn. Sie trug ihr gewelltes Haar immer noch lang, bis zu den Schulterblättern. Keine Frisur für eine Frau Mitte dreißig, sagte ihr Mann, keine Frisur für eine Respektsperson, stichelten die Kolleginnen an der Schule hinter ihrem Rücken, wie sie wusste. Ihre Schüler nannten sie heimlich *Zeta*, nach Catherine Zeta-Jones, jener Schauspielerin, der sie nicht nur wegen ihrer dunklen Mähne, sondern auch des herzförmigen Gesichts und der vollen Lippen wegen ähnelte. Sie wusste es und nahm es als Kompliment.

Christiane sah genauer hin.

Die Falte zwischen den Augenbrauen war neu. Hatte sich einfach eingeschlichen, ein Vorbote des Alters. Christiane, was ist von deinen Träumen geblieben, von deiner Vision eines erfüllten

Lebens mit Musik, Literatur und dem großen schönen Lachen der Liebe?

Plötzlich fühlte sie sich unbehaust. Als sei sie aus dem Nest gefallen, das sie sich selbst gebaut hatte, aus dieser Wohnung, die einst eine Zuflucht gewesen war. Damals, als sie geheiratet hatte.

Obwohl es warm im Flur war, überlief sie eine Gänsehaut. Jetzt erst bemerkte sie, dass die Tür zum Arbeitsbereich ihres Mannes halb offen stand. Ein kühler Hauch streifte ihr Gesicht, als würden eisige Hände sie befingern. Sonst blieb dieser Teil der Wohnung stets verschlossen. Ein Hochsicherheitstrakt intellektueller Kontemplation, eine geheime Kommandozentrale des Geistes, wie ihr Mann betonte. Sein Arbeitsbereich, das sei die große, weite Welt, die Kapitale, der übrige Teil der Wohnung – Apolda.

Ihr Mann konnte weder mit farbigen Wänden noch originellen Möbeln etwas anfangen. Das alles fand er scheußlich, so wie die galanten Stiche, die verwegenen Aktzeichnungen aus den Zwanzigerjahren und die gerahmte Sammlung historischer Notenblätter, ein Geschenk ihres Vaters, Cellist der Staatskapelle Weimar, wo er ihre Mutter, eine Geigerin, kennengelernt hatte. Ihre bildungsbürgerliche Familie aus dem benachbarten Apolda – für Wolf ein Synonym für Provinzialität. Weimar, pflegte er zu sagen, das ist kulturelle Grandeur, Apolda hingegen nichts weiter als ein zu groß geratenes Bauerndorf, in dem es nach Rostbratwurst stinkt.

Der schwache Lichtschein, der auf den Flur fiel, zeigte ihr, dass Wolf noch arbeitete, obwohl es mitten in der Nacht war. Große Geister kennen keinen Feierabend, sagte er stets, per aspera ad astra! Sie konnte diesen Spruch nicht mehr hören. Nur durch aufopferungsvolle Anstrengungen gelangte man zu den Sternen? Welche Sterne denn? Manchmal schien es Christiane, als habe er über seinen brennenden Ehrgeiz das Leben vergessen. Und auch sie, seine Frau. Sie spürte, wie müde sie es war, ihn ständig zu irgendwelchen angeblich wichtigen Veranstaltungen zu begleiten. Als Paar, nur zu zweit, unternahmen sie so gut wie gar nichts mehr. Ihre gemeinsamen Abende opferte Wolf entweder seiner Arbeit an irgendeinem ominösen Projekt, oder er schleppte sie zu offiziellen Empfängen, Politikerstammtischen und Essenseinladungen vermeintlich einflussreicher Leute.

Leise schloss sie die Tür und machte sich auf den Weg in die Küche. Ein bemalter Bauernschrank beherbergte das Geschirr, am Fenster stand ein anmutig verwitterter Gartentisch mit schmiedeeisernem Fuß nebst passendem Stuhl. Gekocht wurde auf einem ultramodernen Gasherd. Wenn Christiane überhaupt kochte. Früher hatte sie ganze Menüs zelebriert, inzwischen taute sie nur noch Tiefkühlgerichte auf oder aß auswärts. Manchmal fragte sie sich, was ihr eigentlich derart den Appetit verschlagen hatte.

Am Kühlschrank hingen Fotos ihrer Schüler. Sofort wurde ihr warm. Sie betrachtete die jugendlichen Gesichter, manche grimassierend, andere scheu lächelnd, aber alle mit unverhohlener Begeisterung für die *AG Theater und Zeitgenössische Musik*, die Christiane im Musikgymnasium Schloss Belvedere gegründet hatte.

Als Lehrerin für musische Fächer nahm sie sich gewisse Freiheiten heraus, methodisch und auch im Umgang mit ihren Schülern. Statt in der Schulaula fanden die Proben schon mal draußen an der Ilm statt, im Park neben Goethes Gartenhaus oder vor dem Nationaltheater, bestaunt von Touristen.

Grenzen sprengen, lautete Christianes Credo, und doch fühlte sie sich wie eingekerkert.

Sie öffnete den Kühlschrank und holte eine angebrochene Flasche Weißwein heraus. Hastig trank sie einige Schlucke direkt aus der Flasche. Dann sank sie auf den Stuhl und strich mit den Fingerkuppen über den glatten Flaschenhals. Wie lange würde sie das noch unbeschadet überstehen, dieses Dulden und Durchhalten? Wie lange würde sie noch das Kunststück hinbekommen, zu tun wie alle hier, obwohl sie anders war? Aber selbst wenn es ihr gelang, um welchen Preis?

Und dann war es wieder da, dieses Gesicht. Die Augen, die sich an sie geheftet hatten, dieser sanfte, fragende Blick. Ein paar Sekunden nur, und doch hatte der Mann etwas in ihr zum Schwingen gebracht, wie die Saite eines Streichinstruments, die ohne jede Berührung vibriert, wenn die richtige Frequenz getroffen wird.

Johannes Sander. Wie hatte sie mit ihm gelitten, als man ihn nach der Premiere seines *Freischütz* im DNT erbarmungslos ausgebuht hatte. Die Sänger waren bejubelt, der Regisseur und neue Intendant hingegen geschmäht worden – angeführt von Torsten Kuzer, dem willfährigen Werkzeug ihres Mannes, von dem er immer so verächtlich sprach. Wolf hatte Johannes Sanders Inszenierung in der Luft zerrissen, obwohl sie, Christiane, begeistert gewesen war. Naiver Apolda-Geschmack, hatte ihr Mann gespöttelt, mit jener Herablassung, die er so selbstgefällig zur Schau trug wie seine Maßanzüge.

Mit dem Zeigefinger malte sie unsichtbare Großbuchstaben auf die Tischplatte.

JOHAN…

Im Bruchteil einer Sekunde hatten sie einander im Innersten erkannt. Ein kurzer Blickwechsel nur, und alles in ihr war in Bewegung geraten.

…NES

Sie erschrak und wischte den unsichtbaren Namen weg. Ganz schnell vergessen, Christiane. Da war nichts. Nur ein schwacher Moment. Vergiss ihn. Ganz bestimmt war er einfach immer noch aufgewühlt wegen des Verrisses und der möglichen Konsequenzen seines verpatzten Debüts. Und du warst in melancholischer

Stimmung, weil niemand Chantals Adoption würdigt, weil niemand begriff, welch ungeheure Verantwortung Laura und Kaminski damit übernommen haben. Es war eine zufällige Begegnung. Ein zufälliger Blick. Mehr nicht.

Auf der Fensterbank verblühte eine Kletterrose. Die Hitze, keine Frage. Schlaff hingen die Blätter nach unten, einzelne rosa Blütenblätter rieselten herab, als Christiane die Pflanze berührte. Sie gab ihr einen Schluck Wein zu trinken und erledigte den Rest der Flasche.

Ohne sich auszuziehen, ging sie ins Schlafzimmer. Dort ließ sie sich aufs Bett fallen. Sieh dich doch an. Liegst beschwipst im Ehebett, wo du viel zu lange schon unberührt eintrocknest. Jammervoll. Jetzt fiel ihr zu allem Überfluss auch noch der erste Tag in der Redaktion des *Weimarer Anzeigers* ein, wo sie für die Semesterferien ein Praktikum ergattert hatte. Gleich an diesem ersten Tag hatte Dr. Wolf von Nesselröden sie entdeckt, ihr charmant den Hof gemacht und, nachdem sie ihm eine Tasse Kaffee gebracht hatte, zwinkernd versichert, es sei der bei Weitem delikateste, gleichsam rassigste Kaffee, den er jemals habe trinken dürfen. Bis lange nach Redaktionsschluss hatten sie in seinem Büro gesessen, geredet und geredet, über Goethe und Wieland, über Mahler und Schostakowitsch. Wie lange das her war. Mittlerweile trank ihr Mann keinen Kaffee mehr, nur noch ungesüßten Brennnesseltee, wegen seiner Allergien.

Ein Würgen kroch ihre Kehle hoch. Du Idiotin. Nicht mal anständig einen heben kannst du, hättest besser was essen sollen, bevor du zu Hause becherst. Sogar zum Saufen bist du zu blöd, würde Wolf jetzt sagen. Wolf von Nesselröden, der den »dahergelaufenen Möchtegern-Zadek«, wie er sich ausdrückte, vernichten wollte. Für Weimar, für das kulturelle Erbe der Deutschen und für den langersehnten Ruf in die Hauptstadt.

Unruhig wanderten ihre Hände über die Bettdecke. Im fahlen Licht schimmerte ihr Ehering auf, ein Goldreif mit drei Aquamarinen. Einen normalen Ehering hatte sie abgelehnt, und ihr Mann weigerte sich, etwas anderes als diesen lächerlichen Siegelring zu tragen. Was wollte er denn damit beweisen? Sein edles Geblüt? Eine höhere Bestimmung?

Nachdenklich betrachtete sie ihren Ring. Aquamarin, das Blau von Santorin, ging es ihr durch den Kopf. Als junge Frau war sie mit ihren Eltern gleich nach der Wende auf der griechischen Insel gewesen, ein Urerlebnis, weil sie damals das Gefühl überwältigt hatte, sie gehöre dorthin. Diese Weite! Dieser Blick über das Meer in fernste Fernen! Santorin war wie ein Versprechen gewesen, das Versprechen auf ein Leben in Freiheit, Schönheit und auf einen Mann, der ihre Sehnsüchte teilte.

Auch so ein Blütentraum, der zerplatzt ist, dachte Christiane. Du bist nicht frei. Du unterwirfst dich dem Reglement eines Mannes, dem deine Sehnsüchte völlig egal sind und der dich stattdessen auf standesgemäße Gattin trimmen will. *Kleide dich damenhafter. Halte dich in Gesprächen vornehm zurück. Guck nicht so gelangweilt, wenn der Bürgermeister mit dir redet.* Bis jetzt hatte sie seine Zurechtweisungen ertragen, sich angepasst, gute Miene zum entwürdigenden Spiel gemacht.

Sie zog die Bettdecke übers Gesicht. Was ist bloß passiert, dass ich in diese furchtbare Resignation driften konnte? Spektakuläre Vorfälle waren es nicht, das wusste sie. Nur ein verächtlicher Blick hier, eine abwertende Bemerkung dort. Das alles hatte sie zunehmend erstarren lassen, wie ein Gift, das sein Opfer schleichend lähmte, unerträglich langsam, bevor es zum Tod führte.

Die Übelkeit wurde stärker. Mit weichen Knien wankte Christiane ins Badezimmer, wo sie vor der Toilettenschüssel niedersank und sich schluchzend erbrach.

Kapitel 5

Als Kaminski übermüdet und leicht schwankend vom Wodka ins Schlafzimmer kam, schlief Laura bereits. Verwunderlich ist das nicht, überlegte er, die Feier im *WMS* und der Streit in der Küche hat sie genauso angestrengt wie mich. Auf Zehenspitzen schlich er zum Bett. Oder stellte sich Laura nur schlafend? Stille füllte den Raum, Kaminski konnte kaum ihre Atemzüge hören. Ein Streifen Mondlicht fiel durchs Fenster, silbrig schimmerte Lauras offenes Haar auf dem Kissen. So geräuschlos wie möglich zog Kaminski seine Stiefel aus. Dann setzte er sich auf die Bettkante und berührte Laura sanft an der Schulter.

»Es duftet nach Wodka«, kam es murmelnd aus dem Kopfkissen.

Humor hatte sie, das musste er ihr lassen. Mit den Fingerkuppen strich Kaminski über ihren nackten Rücken. Sie trug nie etwas im Bett, eine Tatsache, die ihn ungeheuer erregte. Es hatte etwas überraschend Laszives – überraschend deshalb, weil sie bei Tag so patent und adrett wirkte, dass man ihr eher einen frisch gebügelten Pyjama zugetraut hätte als aufreizende Nacktheit. Leider reagierte sie nicht auf seine Zärtlichkeiten, deshalb schmiegte er sich an ihren Rücken.

»*Gibst du dich – keinem? Bist du nur blond und kühl?*«, flüsterte er dicht an ihrem Ohr. »*Demütigt dich ein starkes, heißes Gefühl? Wir sind allein.*«

Es war das erste Gedicht einer Tucholsky-Anthologie, die er ihr zur Hochzeit geschenkt hatte, eine kostbare Erstausgabe, seine Morgengabe. Laura schüttelte seine Hand ab.

»Jeder ist so vom andern durch Weiten getrennt«, zitierte sie dumpf die zweite Strophe, *»dass er nicht weiß, wo es lodert und flammt und brennt – Wir sind allein.«*

Es war deprimierend, Tucholskys melancholische Zeilen aus ihrem Mund zu hören. Und im selben Augenblick verstand Kaminski, dass weder Gefühle noch ein Ehering sie zusammenhalten konnten, nur die immer neue Anstrengung, einander Wertschätzung entgegenzubringen. Gesagt hätte er das niemals, große Worte lagen ihm nicht.

»Laura …«

»*Allein zu zwei'n.* Gute Nacht, Kaminski«, erwiderte sie ungerührt, womit sich seine vage Hoffnung auf Versöhnungssex erledigte.

Niedergeschlagen stand er auf, um Hemd und Hose auszuziehen. Dabei trat er auf etwas Hartes. Er bückte sich danach. Es war ein Champagnerkorken, das Relikt einer vergnügten Nacht eine Woche zuvor. Tempi passati. Nachdenklich drehte Kaminski den Korken in seinen Händen hin und her und setzte sich erneut aufs Bett. Dabei fiel sein Blick auf die Stiefel, die er neben die Tür gestellt hatte, etwa zwei Meter entfernt. Kein Problem für einen Mann mit Augenmaß. Kurz schätzte er die Flugbahn ab, dann zielte er mit dem Korken auf den linken Stiefel.

Und – daneben. Mit einem weichen Plopp-Plopp landete der Korken auf dem Boden und rollte ein Stück weit zur Wand, wo er geradezu schadenfroh liegen blieb. So ein Mist. Klappte heute denn gar nichts? Wenigstens hatte Laura nichts mitbekommen, wie sich Kaminski mit einem ängstlichen Seitenblick vergewisserte. Er hatte das Gefühl, sein Spielchen neben einer Bombe zu treiben, die bei der geringsten Erschütterung explodieren könnte.

Auf Socken tapste er los, holte den Korken zurück und ließ sich vorsichtig wieder auf dem Bett nieder. Diesmal kniff er die

Lider zusammen, nahm sich Zeit, den Stiefel zu fokussieren, holte aus und warf den Korken in einem ebenso eleganten wie präzisen Bogen zum Stiefel.

Plopp-plopp-plopp. Wieder daneben. Verdammt. Das konnte doch nicht sein. Wollte das blöde Ding ihn provozieren? Änderte selbsttätig seine Bahn!

Wieder schaute Kaminski zu Laura, die offensichtlich eingeschlafen war. Auf keinen Fall durfte er sie wecken. Erst, als ihre regelmäßigen Atemzüge ihn in Sicherheit wiegten, glitt er behutsam vom Bett und bückte sich nach dem Korken. So, Freundchen, jetzt bist du fällig.

Auf Zehenspitzen und mit wild klopfendem Herzen schnürte er zum Bett zurück, da knarzte eine Bodendiele. Mitten in der Bewegung hielt er inne und horchte atemlos. Entwarnung. Laura rührte sich nicht. Um kein weiteres Risiko einzugehen, blieb er dieses Mal neben dem Bett stehen. Mit den Zähnen nagte er auf seiner Unterlippe herum. Los doch, Kaminski, konzentrier dich. Sacht schüttelte er den Korken in seinen Händen, pustete dreimal darauf wie ein Glücksspieler auf seine Würfel, und im nächsten Moment zog der Korken seine vielversprechende Bahn.

Plopp. Ein kläglicher Ton. Die jammervolle Begleitmusik seines Scheiterns. Herrgott, fluchte er innerlich, ich hasse es, wenn mir die Dinge entgleiten. Als balancierte er auf hauchdünnem Eis, schob er sich langsam, ganz langsam an der knarzenden Diele vorbei zum Corpus Delicti. Er hielt den Atem an und beugte sich hinunter. Gerade wollte er den Korken aufheben, als plötzlich zu seinem Schreck eine andere Hand danach griff. Laura? Er drehte sich um.

Blitzschnell huschte sie zurück zum Bett, nahm darauf Platz und schleuderte den Korken mit einer raschen Bewegung von sich. Er vollführte eine zweifache Drehung um sich selbst und flog anstandslos in den linken Stiefel. Lag da etwa ein triumphierendes Lächeln auf Lauras Gesicht?

Nee, nee, so nicht, Frau Kaminski! Eilig klaubte Kaminski das Wurfgeschoss heraus. Er hielt es kaum in der Hand, als Laura auf einmal wieder neben ihm kauerte und versuchte, ihm den Korken zu entwinden. Mit eisernem Griff hielt er ihren Unterarm fest, aber ihre andere Hand bog schon seine Finger auf, um den Korken zu ergattern. Eine Rangelei entstand. Sie kitzelte ihn am Bauch, er nahm sie in den Schwitzkasten, sie wehrte sich. Mit dem Resultat, dass sie den Korken eroberte und wie eine Trophäe hochhielt.

Diese Niederlage konnte Kaminski nicht auf sich sitzen lassen. Es war nicht nur albern, es war völlig kindisch, aber er war wild entschlossen, nicht aufzugeben. Bevor Laura die Chance hatte, ihm erneut zu entwischen, warf er sich auf sie, was sie mit einem glucksenden Lachen quittierte, bevor sie sich geschickt entzog. Na warte. Mit beiden Händen drückte er ihre Schultern auf den Boden, seine Beine umschlossen hart ihre nackten Schenkel. Und sie? Lachte! Im Mondlicht blitzten ihre Zähne auf, ihre rechte Hand wedelte mit dem Korken direkt vor seiner Nase herum. Biest, Biest, Biest.

Er verstärkte den Druck seines Körpers. Nun presste er sie mit seinem vollen Gewicht zu Boden und versuchte, den Korken zu erhaschen. Vergeblich. Quecksilbrig wand sie sich unter ihm weg, aufreizend hielt sie ihm den Korken hin wie einen Köder und ließ ihn wieder verschwinden. Jetzt musste er ebenfalls lachen, und zwar schallend, allerdings ohne den Kampf aufzugeben. Und wieder erwischte Kaminski sie, presste sie zu Boden und spürte auf einmal, wie sich ihre Brustknospen aufstellten. Himmel, wie sehr er diese Frau wollte.

Da schlang sie auch schon ihre Schenkel um sein Becken, als wollte sie ihn in sich eindringen lassen, wandte sich jedoch im nächsten Augenblick um und präsentierte ihm ihre Kehrseite. Diesmal ließ er sie nicht davonkommen. Energisch nahm er sie von hinten, eine Hand in ihr Haar verkrallt. Wie von selbst gerieten ihre Körper in einen unwiderstehlichen Rhythmus.

Sie hatten andere Nächte erlebt, mit ausgedehnten Zärtlichkeiten und lustvollen Verzögerungen, hatten einander nach allen nur erdenklichen Regeln der Liebeskunst in den Wahnsinn getrieben. Doch das hier war unverfälscht, nur die Begierde zweier Menschen, die einander meinten.

Er wollte ihre Augen sehen. Als hätte sie es geahnt, lag sie binnen Sekunden unter ihm, und ihr Blick war es, der Kaminski jubeln ließ. Ein Rausch erfasste ihn, dankbar, dass sie nicht sprachen, nur reine Lust waren. Seine Lippen sanken zwischen ihre Brüste, er wollte nicht mehr denken, sich nur noch fallen lassen – jede Bewegung, jedes Stöhnen, jeder Atemzug eine Antwort auf alle Fragen.

Als er den Kopf zwischen ihren Schenkeln vergrub, spürte er, dass sie mit den Händen nach etwas suchte. Und dann hörte er es. Ein leises Plopp-plopp-plopp-plopp.

Kapitel 6

Ein Bett, ein Tisch, ein Stuhl. Johannes Sander mochte es schlicht. Irgendwann, so hatte er sich vorgenommen, würde er eine richtige Wohnung mieten, in der puppenstubenhaften Weimarer Innenstadt vielleicht oder weiter draußen auf dem Land, schließlich verdiente er genug. Doch einstweilen genoss er dieses notdürftig möblierte Zimmer. Von der Decke dieses Provisoriums hing eine nackte Glühbirne, auf dem Boden verstreut lagen Romane, Gedichtbände und unzählige Theaterstücke, aus denen verknitterte Zettel ragten. Daneben standen leere Bierdosen.

Er sah auf die Uhr. Halb drei Uhr morgens schon. Nach seiner Stippvisite in der *Wilhelm Meister-Schänke*, wo er in die Familienfeier der Wirtin geplatzt war, völlig aufgewühlt, weil er entgegen den Versprechungen des Ministeriums von einschneidenden Sparplänen für das DNT erfahren hatte, war er ins Theater zurückgekehrt. In seinem Büro hatte er das Internet nach positiven Kritiken seines *Freischütz* durchstöbert, obwohl es eher unwahrscheinlich war, dass vierzehn Tage nach der Premiere noch etwas darüber erschien. Seine Suche war denn auch vergeblich geblieben. Es war wie verhext. Niemand von der überregionalen Presse hatte seine Regiearbeit gewürdigt. Wie jeden Abend hatte er sich dann nach der Vorstellung und einem späten Feierabendbier in der Theaterkantine zu Fuß auf den Heimweg gemacht. Angezogen hatte er sich auf das schmale Bett geworfen, den Fernseher angestellt und auf den komatösen Schlaf der Erschöpften gewartet. Ebenfalls vergeblich.

Mit der rechten Hand fegte er ein paar Krümel vom Laken der durchgelegenen Matratze. An Schlaf war nicht zu denken. Nachdem er das Kopfkissen etwa zehnmal in verschiedene Formen gepresst hatte, um vielleicht doch noch die erlösende Schlafposition zu finden, gab er es endgültig auf. Ratlos schaute er sich im Zimmer um.

Transferräume nannte er die anonymen, lieblos eingerichteten Buden, in denen er anfangs hauste, wenn er eine neue Stelle antrat. Theaterleute wie er zählten zu den Nichtsesshaften, bisher hatten Ortswechsel den Rhythmus seines Lebens diktiert. Wie oft er schon umgezogen war, wusste er gar nicht mehr. Es gab durchaus Menschen, die meinten, er sei auf der Flucht. Frauen sagten so etwas, Ex-Freundinnen, Ex-Geliebte, die ihm vorwarfen, er entziehe sich ihnen absichtlich. Wann er denn sesshaft werden wolle, fragten auch seine Eltern jedes Mal bei seinen seltenen Besuchen. Wann er denn zu heiraten gedenke, und was mit eigenen Kindern sei? Später vielleicht, wich er dann aus. Irgendwann.

Im Grunde liebte Johannes seine nomadenhafte Existenz. Er brauchte die Herausforderung des Neubeginns, selbst auf die Gefahr hin zu scheitern. Letzteres blieb natürlich nur ein Gedankenspiel, denn er war nun mal die geborene Kämpfernatur. Voller Elan hatte er stets jede neue Aufgabe in Angriff genommen. Auch die Intendanz in Weimar. Seine erste Intendanz.

Mitte Juli war er in die Stadt gekommen, jetzt war es Mitte September. Seit acht Wochen lebte und probte er hier, entschlossen, seine Vision eines wahrhaft zeitgenössischen Theaters am DNT umzusetzen, eines neuartigen Umgangs gerade mit Klassikern. Drohte sein Elan jetzt zu ermatten? Es war die erste Nacht, in der er keinen Schlaf fand, ein beunruhigendes Zeichen. Er fühlte sich wie gerädert, hellwach und todmüde zugleich.

Nachdem er sich aus dem Bett hochgestemmt hatte, hockte er

sich im Schneidersitz auf den zerschlissenen graubraunen Teppich. Wahllos blätterte er in den Büchern herum, Heine, Kleist, Brecht, machte sich Notizen, rieb sich die überreizten Augen, suchte nach innerem Halt. Novalis vielleicht? Er schlug einen schmalen, abgegriffenen Gedichtband auf.

Ich sehe dich in tausend Bildern, / Maria, lieblich ausgedrückt, / Doch keins von allen kann dich schildern, / Wie meine Seele dich erblickt.

Ein Schweißgerinnsel löste sich von seiner Stirn, sickerte durch seine Augenbrauen, tropfte auf die Wangen. Verdammt. Für Mitte September war es entschieden zu heiß, das feuchtschwüle Klima machte ihm zu schaffen. Träge stand er auf und angelte sich eine kalte Bierdose aus dem Kühlschrank der kleinen Küchenzeile. Das Bier tat gut. Schäumend rann es seine Kehle hinunter, während er einen Fettfleck auf der verblichenen Tapete betrachtete.

Transferraum, das Wort passte. Jede Stadt, jede Aufgabe verwandelte ihn oder verstärkte seinen Hang zur Abgrenzung. In München, wo er Oberspielleiter am Residenztheater gewesen war, hatte er sich bewusst isoliert. Nur kein Chichi, nur keine falsche Gemütlichkeit. Was Weimar betraf, war er sich plötzlich keineswegs mehr so sicher, ob er hier wirklich andocken wollte.

Mit gerunzelter Stirn griff er zum zerfledderten *Weimarer Anzeiger* und überflog den Aufmacher, obwohl er ihn mittlerweile hätte singen können, so oft hatte er ihn gelesen. *Überfordert? Oder dreist provokant? Das Desaster des Johannes Sander. Chronik einer Fehlentscheidung.*

Welcher Arsch schrieb so was? Die Einlassungen über angebliche Mätzchen und abgeschmackte Regieeinfälle wirkten plump, die Sprache war wenig elegant, das Wissen um die archetypische Bedeutung des *Freischütz* armselig.

Er kniff die Augen zusammen. Eine Brille lehnte er ab, sie

passte nicht zu seinem Selbstbild. Seine Eitelkeit war eine Schwäche, die ihm insgeheim peinlich war, zumal er wusste, dass er den Kampf gegen die Dioptrien bald schon verlieren würde. Aber es fiel ihm schwer zu akzeptieren, dass auch er in die Jahre kommen könnte. Innerlich fühlte er sich immer noch als jugendlicher Rebell, trotz seiner fast vierzig Jahre.

Wieder kniff er die Augen zusammen. *Wolf von Nesselröden, Chefredakteur,* stand unter dem Artikel. Von Nesselröden. Lächerlich. Wer hieß denn schon so? Und warum in Gottes Namen wollte ihn dieser Chefredakteur höchstpersönlich mit solch einem tendenziösen Unsinn fertigmachen? Hatte der keine anderen Sorgen?

Dunkel erinnerte sich Johannes an den Empfang, den man ihm zu Ehren im Festsaal des Wittumspalais veranstaltet hatte, in grandioser barocker Kulisse – marmorierte Wände, üppige Blumenfriese, tonnenschwere Kronleuchter. Der Bürgermeister hatte ein paar Worte gesprochen und ihm dann die Honoratioren der Stadt vorgestellt, darunter den Präsidenten der Musikhochschule Franz Liszt, einen hochkultivierten Gentleman, der ihn sogleich in ein höchst interessantes Gespräch über Wagner und Nietzsche verwickelt hatte. So viel Charme, so viel Wissen.

An einen Wolf von Nesselröden hingegen konnte er sich überhaupt nicht erinnern. War er dabei gewesen? Hatte er ihn unbeabsichtigt übergangen? Ignoriert? Fühlte er sich düpiert?

Es lief nicht rund in Weimar, das musste Johannes sich eingestehen. Neben diesem dubiosen von Nesselröden gab es einige weitere Leute, die ihm offene Feindschaft signalisierten. Birte Dasselmann zum Beispiel, die wandelnde Klatschzentrale des Theaters und selbst ernannte Seele im Maschinenraum des Betriebsbüros, wo alle organisatorischen Fäden zusammenliefen. Oder Dieter Gabler, ein alternder, unablässig von sich selbst beeindruckter Korrepetitor, der eigene Liederabende konzipierte – nicht etwa aus künstlerischem Drang, sondern weil er sich zu wenig beachtet fühlte. Heute, bei der Probe zu *Fidelio*, hatte sich Johannes zu einem Satz hinreißen lassen, den er jetzt zutiefst bedauerte. »Ich weiß, wo ich stehe«, hatte er dem unerträglichen Selbstdarsteller entgegengeschleudert, »und ich weiß, wo Sie stehen bleiben werden!«

Führungskompetenz zeigte sich wahrlich anders. Den Plan, die gesamte Mannschaft mental zu flexibilisieren, konnte er vorerst vergessen.

Du Idiot. Ist das hier eine Nummer zu groß für dich? Oder musste man in Weimar vor dem Erfolg erst einmal durch den Schlamm kriechen, wie die überraschend herzliche Wirtin der *Wilhelm Meister-Schänke* ihm erklärt hatte, als er am Abend dort einen Drink genommen hatte?

»Sobald es Licht wird im Menschen, ist außer ihm keine Nacht mehr«, deklamierte er halblaut.

Immerhin, trotz aller Steine, die man ihm hier in den Weg legte, hatte er in den ersten Wochen seiner Intendanz durchaus Anhänger gewonnen, sogar weit mehr als Feinde. Die jüngeren Schauspieler waren Feuer und Flamme für ihn, die Bühnenarbeiter, die Maskenbildner und Requisiteure, die sich über den frischen Wind im Theater freuten. Täglich begrüßte er ausnahmslos alle Mitarbeiter, die er traf, mit Handschlag und wusste ihre Namen. Nicht aus Kalkül, sondern weil es für ihn eine Frage des Interesses und des Anstands war. Das hatte er immer am Theater geliebt: den Teamgeist, die familiäre Arbeitsatmosphäre, das Gefühl, ein Zuhause auf Zeit zu erschaffen. Man dankte ihm diese Haltung, indem man ihn hinter seinem Rücken bereits liebevoll »Chef« nannte, ein untrügliches Zeichen dafür, dass er die Grammatik des respektvollen Umgangs beherrschte.

Noch immer war es brütend heiß im Zimmer. Obwohl Johannes die beiden Fenster weit aufgerissen hatte, stand die stickige Luft wie eine Wand vor ihm. Egal. Er zerrte sich die Hose und das verschwitzte weiße T-Shirt vom Körper. Als Jugendlicher hatte er das Gerede seiner Lehrer von *mens sana in corpore sano* als lachhaften Turnzwang abgetan, als erwachsener Mann jedoch festgestellt, dass er die Konstitution eines Ochsen, das Tempo eines Rennpferds und die Genügsamkeit eines Kamels brauchte, um den enormen Belastungen sowie den unmöglichen Arbeitszeiten des Theaterbetriebs standzuhalten.

»Nur wenn du dich selbst führen kannst, darfst du andere führen«, zitierte er flüsternd sein Motto. Mit all seiner verbliebenen Willenskraft presste er die Handflächen auf den Teppich und stützte seine Füße auf den Zehenspitzen ab.

»Kämpfen, kämpfen, kämpfen«, zischte er zwischen zusammengebissenen Zähnen, während er mit seinen Übungen begann. »Eins, zwei, drei …«

Zwanzig Liegestütze schaffte er mühelos. Danach erlahmte seine Energie. Stöhnend sank er auf die Knie.

Ich sehe dich in tausend Bildern. Vor seinem inneren Auge formte sich ein Gesicht, blass, zart und doch – sinnlich. Es war dieser verschleierte Blick gewesen, der ihn berührt hatte, ein Hauch von Melancholie, eine Ahnung mürber Trauer. Wer war diese Frau? *Ich weiß nur, dass der Welt Getümmel / Seitdem mir wie ein Traum verweht, / Und ein unnennbar süßer Himmel / Mir ewig im Gemüte steht.*

Hallo? Schlappe zwanzig Liegestütze. Sonst schaffte er hundert, mit Leichtigkeit. Missmutig schleppte er sich in das winzige Badezimmer, ein fensterloses Gelass, in dem es ungesund roch. Im halb blinden Spiegel über dem Waschbecken begegnete er seinem eigenen Gesicht wie dem eines Fremden. Verwandelte er sich schon? Stand ihm das Scheitern bereits wie ein Kainsmal auf der Stirn geschrieben, der Misserfolg, der ihn als Versager abstempeln würde, ganz so, wie es dieser Chefredakteur in seinen unsäglichen Artikel geschmiert hatte?

Wütend streifte er die Boxershorts ab und trat in die Dusche. Eiskaltes Wasser prasselte auf ihn ein, massierte seine Kopfhaut, rann über seine gut definierten Brustmuskeln, seinen flachen Bauch, die drahtigen Beine herab. Am liebsten wäre er jetzt gelaufen, durch die Stadt bis hin zum Park an der Ilm. Gerannt, weggerannt, nur weg.

Ich sehe dich in tausend Bildern. Würde er diese Frau aus dem *WMS* wiedersehen? Sie hatte so einsam und zerbrechlich gewirkt. Er wollte sie umarmen, beschützen, ihre wunde Seele heilen. Es musste wunderbar sein, sie zu berühren. Mehr verwundert als erfreut registrierte Johannes, wie sehr ihn der Gedanke erregte. Dabei hatte sie nichts Aufreizendes an sich gehabt, nichts vordergründig Erotisches. Schnell seifte er sich ein, duschte heiß, dann wieder kalt und ging nackt und nass ins Zimmer zurück.

Du bist einsam, Johannes Sander. Du bist fast vierzig, hast kaum Freunde, keine Frau, keine Familie. Wenn Weimar nicht klappt, hast du gar nichts mehr. Nur den Schutt deiner Legende vom ehrgeizigen, begabten Newcomer.

Kapitel 7

Unwirklich hell schien die Sonne am nächsten Tag vom wolkenlosen Himmel. Christiane tupfte sich mit einem Papiertaschentuch den Schweiß von der Stirn. Ausgerechnet an diesem heißen Tag war sie mit dem sprichwörtlichen Sack Flöhe unterwegs. Ein ständiges Gehüpfe und Getrödel, begleitet von vorlauten Sprüchen, übermütigem Gerempel und dem Dudeln der Handys. Montags war es besonders schlimm, weil die Jugendlichen nach dem Wochenende erst einmal wieder in den Schulmodus umschalten mussten. Mit viertelstündiger Verspätung stand sie nun vor dem Nationaltheater und überlegte, wie sie die Aufmerksamkeit ihrer Schüler fesseln könnte.

»Dieser komische Freierfritze, hat der nicht mit so 'ner verzauberten Knarre rumgeballert?«, rief Björn, ein pickliger Sechzehnjähriger, auf dessen T-Shirt der Spruch *Bier holen ist auch irgendwie kochen* prangte. Grinsend formte er seine Hände zu einer Pistole und feuerte unsichtbare Kugeln auf die Herren Schiller und Goethe ab – grandiose Geistesgeschichte, in Bronze gegossen, gut zweieinhalb Meter hoch –, wozu er frenetisch »pengpeng, pengpeng, peng, peng, peng« grölte.

Christiane überging es großzügig. Nach über zehn Jahren als Lehrerin kannte sie die Kalamitäten der Pubertät, bodenlose Albernheiten inklusive.

»Fast korrekt, Björn«, entgegnete sie. »Aber erstens heißt es *Freischütz*, und zweitens war nicht die Waffe verzaubert, sondern die Kugeln waren es.«

»Müssen wir unbedingt draußen proben?«, maulte Emma, ein Mädchen im knappen Jeansrock, das in ihren hochhackigen Sandaletten Mühe hatte, das Gleichgewicht zu halten.

»Ja, weil Theater Öffentlichkeit braucht.« Christiane deutete auf das Denkmal, das die Dichterfürsten in öffentlichkeitswirksamer Eintracht zeigte. »Die beiden wussten das, sie haben für ihre Zuschauer geschrieben. Die Aufgabe von Schauspielern ist es daher, so früh wie möglich auf Tuchfühlung mit dem Publikum zu gehen.«

Natürlich war ihr bekannt, dass ihre ungewöhnlichen Methoden nicht jedem gefielen. Gut, bisher war es ihr stets gelungen, ihre Schüler für Neues zu begeistern, aber die Kollegen rümpften des Öfteren die Nase. Das alles sei nutzlose Spielerei, weder pädagogisch noch didaktisch gerechtfertigt und in der Außenwirkung eher befremdlich bis kontraproduktiv. Schüler, die am helllichten Tag durch die Stadt stromerten, passten nicht zu einem Elitegymnasium. Sie solle gefälligst am Bewährten festhalten.

Christiane aber hielt wenig vom vermeintlich Bewährten. Regeln brechen zu können, verlieh ihr ein Gefühl von Freiheit, und sie wusste, dass sie auch ihren Schülern damit etwas vorlebte. Wie wenige Freiheiten ihr privat zugestanden wurden, musste ja niemand erfahren. Heute Morgen hatte Wolf ihr am Frühstückstisch eine unschöne Szene gemacht – was ihr einfalle, mitten in der Nacht durch Weimar zu gondeln. Was wohl die Leute dazu sagten, dass Christiane von Nesselröden ohne ihren Ehemann in irgendwelchen Kneipen herumsitze. Sie hatte nur wortlos ihren Kaffee ausgetrunken und war aus der Wohnung gelaufen, froh, wenigstens in der Schule einen Fluchtpunkt zu haben, zu dem Wolf keinen Zutritt hatte.

Sie seufzte unhörbar. Obwohl es erst Vormittag war, lastete

eine nahezu tropische Hitze über dem Theaterplatz. Schon am frühen Morgen hatte das Thermometer dreiundzwanzig Grad angezeigt, inzwischen mussten es fast dreißig sein. Ihr ärmelloses, bunt geblümtes Kleid klebte am Rücken, einzelne Haarsträhnen kringelten sich feucht an ihren Schläfen. Seltsam, dachte sie, wie die Hitze den Körper verändert. Überdeutlich nahm sie den seidigen Film auf ihrer Haut wahr, bei jedem Atemzug spürte sie die Liebkosung des Kleiderstoffes. Als sie merkte, dass das Bild von Johannes in ihr aufstieg, rief sie sich zur Ordnung. Vergiss ihn! Es ist heikel genug, dass du mit deiner Theater-AG direkt vor dem DNT proben willst, genau dort, wo er arbeitet. Also gieß kein Öl ins Feuer!

Geblendet von der grellen Sonne, beschattete Christiane mit einer Hand die Augen. Zehn Jugendliche standen vor ihr, manche erwartungsvoll, manche betont gelangweilt, andere mit ihrem Handy beschäftigt oder mit den unvermeidlichen Wasserflaschen, dem angesagtesten Accessoire dieses viel zu heißen Spätsommers. Christiane straffte sich.

»Wie ihr bereits aus dem Unterricht wisst, ist der *Freischütz* eine Oper von Carl Maria von Weber«, erläuterte sie ihr Konzept, das Beben ihrer Stimme überspielend. »Wir erarbeiten eine Sprechfassung ohne Musik und beginnen heute mit Improvisationen auf bestimmte Stichworte hin. Bevor wir auf die Textebene gehen, werden wir demnächst die aktuelle Aufführung hier im Deutschen Nationaltheater besuchen.«

»Die soll doch für'n Arsch sein«, grinste Ben mit der neongrünen Strähne im Haar. »Sagt jedenfalls mein Dad.«

»Es ist ein Privileg, sich seine eigene Meinung zu bilden«, entgegnete Christiane. »Die Inszenierung des neuen Intendanten Johannes Sander ist vielleicht nicht unumstritten, aber ich verspreche euch: Es wird spannend.«

Erneut überlief sie ein Schauer. Allein seinen Namen auszusprechen, hatte etwas köstlich Verbotenes für sie.

»Ist auch eine richtig fette Liebesgeschichte dabei?«, wollte Emma wissen.

»Und was für eine«, erwiderte Christiane.

Sie ertappte sich dabei, dass sie lächelte. Unwillkürlich wandte sie sich zum Theater um. Irgendwo hinter der klassizistischen Fassade hielt er sich auf. Sie wagte nicht zu hoffen, dass er sich an sie erinnerte. Doch falls er ganz zufällig vorbeikam …

»Hey, Christiane! Wie immer besorgt um den künstlerischen Nachwuchs, was?«, drang eine vertraute Stimme an ihr Ohr.

An der Straße hielt eine Kutsche. Wie ein Duodezfürst thronte Kaminski auf dem Kutschbock und schwenkte einen Strohhut mit schwarzem Ripsband. Christiane winkte ihm zu.

»Wir improvisieren heute open air!«

Kaminski legte seine Peitsche beiseite, sprang von der Kutsche und hastete quer über den Platz, bis er direkt vor ihr stand. Christiane entging nicht, dass der Mann ihrer Freundin trotz seines gebräunten Teints fahl aussah.

»Ich würde dich gern sprechen«, flüsterte er atemlos, »unter vier Augen. Es geht um Laura.«

»Ach ja?«

»Nichts Schlimmes. Es ist nur, weil …«

Ein markerschütternder Schrei unterbrach ihn. Beide schauten zum Theater. Weitere Schreie ertönten, manche schrill, andere dumpf.

»Oh my god, da wird jemand abgestochen!«, kreischte eine Mädchenstimme.

»Nee, eher durchgevögelt«, wurde sie vom dicklichen Max belehrt.

Einige Schüler kicherten verstohlen.

»Neugier ist die erste Bürgerpflicht«, verkündete Kaminski. »Los Kinder, dann wollen wir mal herausfinden, ob da drin gemeuchelt oder genagelt wird.«

Hysterisches Gelächter antwortete ihm.

»Also los«, kommandierte Christiane, und im Gänsemarsch näherten sie sich dem Theater. Am Eingang mit seinen imposanten Säulen und den großen Holzportalen wandten sie sich nach links in die Dingelstedtstraße. Seitlich am Theatergebäude entdeckten sie ein vergittertes Kellerfenster, das weit geöffnet war. Die Schreie wurden lauter. Aufgeregt drängten sich die Schüler vor dem Fenster und lugten hinein.

»Boah, krass!«, staunte Björn.

Auch Christiane staunte nicht schlecht. Mitten in dem niedrigen Raum stand Johannes Sander barfuß auf dem Holzboden, in weißen Leinenhosen und einem weißen Polohemd. Sein dunkelbraunes Haar hing ihm wirr in die Stirn, seine durchtrainierte Gestalt war aufs Äußerste angespannt. Geschickt wirbelte er eine Holzstange über dem Kopf herum. Vor ihm hatten sich einige Männer und Frauen unterschiedlichen Alters aufgestellt, ebenfalls barfuß und ganz in Weiß gekleidet. Sichtlich verlegen versuchten sie, mit ihren eigenen Stangen Ähnliches zu vollführen. Gerade trat ein Mann vor und stieß einen halbherzigen Schrei aus.

»Halt deinen Stock quer!«, rief Johannes Sander ihm zu. »Du musst meine Bewegungen erahnen und mir zuvorkommen. Trau dich!«

Christiane konnte den Blick nicht von ihm wenden. Johannes. Was für ein Mann! Diese Energie, diese Entschlossenheit! Sie stupste Kaminski an.

»Himmel, was macht der da?«

»Das ist Bo-Jutsu«, antwortete Kaminski mit gedämpfter Stimme. »Langstockkampf. Ursprünglich war es ein Kampfsport der japanischen Bauern, also keine noble Samurai-Disziplin, sondern effiziente, wenn auch durchaus kunstvolle Selbstverteidigung.«

Mittlerweile hatte sich der Mann Johannes Sander bis auf gut einen Meter genähert. Verkrampft umklammerte er seinen Stock, unschlüssig, was er damit anfangen sollte. Die Angst, sich zu verletzen, stand ihm ins Gesicht geschrieben.

»Denk an die Philosophie der leeren Hand«, sagte der Intendant beruhigend. »Der Stock ist dein verlängerter Arm, deine verlängerte Hand. Eine Distanzwaffe. Nutze sie.«

»Ja, gib's ihm!«, feuerte einer der Schüler den Kandidaten an.

Verdutzt blickte Johannes Sander zum Fenster, sodass er vergaß auszuweichen. Der Stock seines Kampfpartners sauste knapp über seinen Kopf hinweg. Ein, zwei Zentimeter nur hatten gefehlt, und sein Schädel wäre getroffen worden. Christiane spürte, wie ihr der Schreck den Atem nahm. Den anderen Zuschauern des Spektakels erging es offensichtlich genauso.

»'tschuldigung«, japste der Angreifer und ließ den Stock fallen.

»Schluss für heute«, erwiderte Johannes Sander, ohne sich irgendeine Gemütsregung anmerken zu lassen. »Morgen Früh treffen wir uns eine halbe Stunde vor der Probe wieder.«

Im Handumdrehen leerte sich der Raum. Seinen Stock lässig über die Schulter gelegt, schlenderte der Intendant zum Fenster. Und jetzt?, schoss es Christiane durch den Kopf. Am liebsten hätte sie sich ans Gitter gepresst, um ihn zu begrüßen, war aber so verwirrt, dass sie sich lieber im Hintergrund hielt.

»Danke für die Privatvorstellung«, ergriff Kaminski das Wort. »Ich liebe Bo-Jutsu.«

»Sie kennen es?«, fragte Johannes Sander verblüfft.

»Ist lange her, aber ich denke, meine Reflexe sind noch vorhanden.«

»Lust auf einen kleinen Kampf?«

Kaminski lächelte vergnügt.

»Warum nicht?«

»Warten Sie, ich lasse Sie hinten rein. Der Bühneneingang ist …«

»… einmal um die Ecke und Treppe hoch«, sagte Kaminski. »Ich weiß. Vor zwei Jahren hatte ich die Ehre, mit einer schrägen Seniorengang Schillers *Räuber* aufzuführen. Auf den Brettern des Nationalheiligtums. Jawoll.«

Christiane erinnerte sich noch gut an jenen Abend, an dem die betagten Bewohner des Wohnstifts mit Witz und Charme einen triumphalen Erfolg eingeheimst hatten. Auch sie war damals hingerissen gewesen, während ihr Mann die Aufführung als albernen Spuk abgetan hatte. Natürlich. Wenn es um die Klassiker ging, verstand Wolf nun mal keinen Spaß.

Ein Lächeln glitt über Johannes Sanders Gesicht.

»Hab von der Aufführung gehört. Muss ja ein dolles Ding gewesen sein.«

Dann entdeckte er sie. Seine Züge wurden weich, und Christiane wich unwillkürlich zurück. Auf einmal empfand sie eine ungeheure Spannung, als ob die Luft vibrierte. Verlegen wandte sie sich ab und schaute Kaminski hinterher, der sich schon umgedreht und auf den Weg zum Bühneneingang gemacht hatte. Dann wagte sie wieder einen Blick auf den Intendanten.

»Ja, ich – ich, also, ich habe, wie gesagt, davon gehört«, stammelte Johannes Sander und nickte ihr zu. »Gut, bis, äh, gleich. Kommen Sie bitte alle herein. Kinder sind in unserem Theater immer willkommen.«

»Ey, Alter, in unseren Kreisen spricht man neuerdings von jungen Erwachsenen«, konterte der hoch aufgeschossene Florian.

Trotz ihrer Befangenheit musste Christiane lachen. Sie mochte es, dass ihre Schutzbefohlenen keine Duckmäuser waren, sondern nur allzu gern eine dicke Lippe riskierten.

»Tja, also, wir könnten die Improvisation ausfallen lassen und stattdessen beim Stockkampf zusehen«, erklärte sie und schaute in die Gesichter ihrer Schüler. »Es wäre ein spannender Einblick in die Theaterarbeit. Was meint ihr?«

Ein vielstimmiges begeistertes »Ja!« war die Antwort.

Trotz der Hitze hatten es die Schüler plötzlich eilig, zum Bühneneingang zu gelangen. Kampfsport war cool. Lachend stürzten sie davon. Sogar Emma stöckelte auf ihren High Heels in bemerkenswertem Tempo los. Christiane folgte den Jugendlichen aufgeregt und auch ein wenig schuldbewusst. War es richtig, die Einladung eines Mannes anzunehmen, den Wolf aufs Schärfste kritisierte? Andererseits hatte der Stockkampf sie beeindruckt, und sie wusste, dass es für ihre Schüler ein unvergessliches Erlebnis sein würde, mehr davon zu sehen.

»Er ist großartig, oder?«, platzte es aus ihr heraus, als sie Kaminski eingeholt hatte und Seite an Seite mit ihm den Theaterbau umrundete. »Ich meine, dieser Sander.«

»Ja, ganz okay soweit.«

Christiane runzelte die Stirn. Nur okay? Warum reagierte Kaminski derart reserviert, obwohl sie ihn am Abend zuvor als engagierten Fürsprecher des Intendanten erlebt hatte? Im selben Moment wurde ihr klar, dass sie ihre Begeisterung für Johannes Sander besser nicht so offen zeigen sollte. Sie war eine verheiratete Frau Mitte dreißig, keine kleine Schülerin, der man es nachsah, wenn sie ein bisschen für einen attraktiven Mann schwärmte. Und attraktiv war er, ohne Frage, dieser Sander. Obwohl sie ihn kaum kannte, meinte sie eine ungewöhnliche Sensibilität und auch eine Spur Weltschmerz bei ihm zu spüren.

Mit ausgebreiteten Armen empfing er die kleine Besuchergruppe am Bühneneingang. Aufgeräumt plauderte er über seine Idee, den Schauspielern mithilfe von Kampfsport nicht nur ein besseres Körperbewusstsein, sondern auch ein besseres Miteinander zu vermitteln. Es sei eine unschlagbare Technik, um später auf der Bühne einfühlsamer aufeinander zu achten und miteinander zu spielen, statt nebeneinander.

»Aus Spielern werden Mit-Spieler«, erläuterte er. »Theater ist Teamarbeit.«

Gewinnend lächelnd geleitete er seine Gäste hinein, bis sie unversehens vor der nackten Brandmauer der Bühne standen. Im kalten, bläulichen Licht von Tageslichtlampen wischte eine Putzfrau den Boden.

»Hier?«, fragte Kaminski.

»Ja, hier haben wir am meisten Platz. Bo-Jutsu ist raumgreifend, aber das wissen Sie ja bestimmt, Herr Kaminski.«

»Das *Herr* lass mal weg. Einfach nur Kaminski und Du. Wo sind die Stöcke?«

»Ich hole sie.«

Seltsam, dachte Christiane. Täusche ich mich, oder vermeidet Johannes, mich anzusehen? Er hat mich ja nicht einmal begrüßt. Warum beachtet er mich nicht und konzentriert sich stattdessen nur auf Kaminski? Nachdenklich sah sie ihm hinterher, wie er mit langen Schritten quer über die Bühne lief und verschwand. Auch die anderen sahen ihm nach, sogar die Putzfrau hielt inne und stützte sich auf ihren Wischmob.

»Der Chef«, sagte sie, »der hat's drauf.«

So was nennt man *Charisma*, dachte Christiane mit einem flauen Gefühl im Magen. Was war nur mit ihr los? An die sprichwörtlichen Schmetterlinge im Bauch wollte sie erst gar nicht denken. Es gehörte sich einfach nicht. Sie war nicht nur eine gebundene Frau, sie war mit dem Chefredakteur des *Weimarer Anzeigers* verheiratet, der dem neuen Intendanten öffentlich den Krieg erklärt hatte. Eine denkbar heikle Konstellation.

Im Laufschritt kam Johannes Sander mit zwei Holzstangen zurück.

»Fang!«, rief er.

Geistesgegenwärtig erhaschte Kaminski die Stange, die ohne weitere Vorwarnung auf ihn zuflog. Ein Test. Er hatte ihn bestanden. Johannes ging in Position. Schwirrend kreiste seine Holzstange erst senkrecht vor dem Körper, dann waagerecht über dem Kopf.

Was folgte, war ein Schauspiel, das Christiane und ihre Schüler sprachlos machte. In irrwitziger Geschwindigkeit wirbelten die beiden Kämpfer ihre Waffen durch die Luft, umschlichen einander, lauernd, mit abgezirkelten Schritten, kreuzten blitzschnell die Stangen, zogen sich wieder zurück, griffen erneut an und versuchten, sich gegenseitig an den Bühnenrand zu drängen.

Das ist kein Kampf, ging es Christiane durch den Kopf, das ist ein kunstvoller Tanz, an uralte Rituale gemahnend. Sie ahnte, dass Kaminski der Unterlegene war und Johannes nur so tat, als seien sie ebenbürtige Gegner, um das Schauspiel in eine elegante Choreografie zu verwandeln. Die Bewegungen flossen ohne jede Absprache harmonisch dahin, weil beide Männer sich darauf verstanden, den Partner zu fokussieren, seine Körpersprache zu lesen und mit den eigenen Bewegungen zu kommentieren.

Die Zeit schien stillzustehen. Mit unbewegter Miene genoss Christiane den Anblick. Dann holte Johannes aus, ein letzter Schlag traf krachend Kaminskis Stock, und die beiden Kämpfer verbeugten sich gemessen voreinander.

Alle applaudierten enthusiastisch, die Jungen pfiffen vor Begeisterung. Niemand hatte die etwa vierzigjährige, schlanke

Frau im schwarzen Lederrock und schwarz-grün geringelten Strumpfhosen beachtet, die am Bühnenrand aufgetaucht war.

»Was ist denn hier los, Herr Sander?«, schrie sie.

Johannes lachte arglos.

»Eine Demonstration der Kunst des Einfühlungsvermögens, Frau Dasselmann. Das wär doch auch mal was für Sie, oder?«

Sofort spürte Christiane eine Missstimmung zwischen den beiden, die nicht allein dem Stockkampf auf offener Bühne geschuldet sein konnte. Birte Dasselmann, Bitzi genannt, war die Betriebsnudel des DNT. Christiane kannte sie seit vielen Jahren, und genauso lange duzten sie sich schon. Ob auf Premierenfeiern oder kulturellen Veranstaltungen, stets war Bitzi dabei. Doch noch nie hatte Christiane diese eigenwillige Frau im notorischen Pippi-Langstrumpf-Look derart wütend erlebt. Mit wehenden hennaroten Haaren marschierte Bitzi auf Johannes zu.

»Herr Sander! Als stellvertretende Leiterin des Betriebsbüros muss ich Sie darauf aufmerksam machen, dass unangemeldete Proben nicht zulässig sind.« Sie deutete auf die Bühnenarbeiter, die der Vorführung ebenso gebannt zugeschaut hatten wie Christiane und ihre Schüler. »Hier wird gleich ein Bühnenbild aufgebaut. Wenn sich jemand verletzt, bin ich verantwortlich. Was sind das überhaupt für Leute? Sind die schriftlich angemeldet, und ist der Besuch vom Betriebsbüro genehmigt?«

Johannes wirkte konsterniert.

»Was?«

»Bitzi, bitte«, versuchte Christiane zu vermitteln. »Es ist ein spontaner Besuch. Herr Sander war so freundlich, die Schüler meiner Theater-AG einzuladen, damit sie etwas über Körperbewusstsein und gegenseitige Wahrnehmung auf der Bühne erfahren.«

»Papperlapapp«, fuhr Bitzi ihr über den Mund. »Ein Theater ist keine Kinderaufbewahrungsstätte.«

»Wir sind junge Erwachsene!«, krähte Björn.

»Die Party ist vorbei«, erklärte Bitzi. »Herr Sander, Sie überschreiten Ihre Kompetenzen, die sich – wie Sie Ihrem Arbeitsvertrag entnehmen können – allein auf das Künstlerische beschränken.« Sie verzog den Mund. »Auch wenn man darüber streiten kann, wie künstlerisch das Ganze hier überhaupt ist. Mir obliegt das Organisatorische, das sollten Sie eigentlich wissen. Habe ich mich deutlich genug ausgedrückt? Oder soll ich Ihnen ein Memo schreiben?«

Christiane blieb der Mund offen stehen. Sicher, Bitzi trat immer etwas zu schrill auf, nicht nur, was ihre Garderobe betraf. Ihre Umgangsformen wirkten oft distanzlos, sogar dann, wenn sie mit den Honoratioren der Stadt sprach, Wolf eingeschlossen. Aber ihr strenger Ton erschien Christiane dann doch reichlich übertrieben. Sie schaute zu Johannes und sah, dass er zwischen Wut und Belustigung schwankte. Sein Blick verfinsterte sich, doch um seine Mundwinkel zuckte es, als ob er sich das Lachen kaum verkneifen könnte.

»Ein Memo? Sehe ich etwa wie jemand aus, der Memos abheftet? Wie kommen Sie überhaupt dazu, mir auf offener Bühne eine Szene zu machen? Sind Sie neuerdings Schauspielerin im Nebenberuf?«

»War nur ein dezenter Hinweis«, verteidigte sich Birte Dasselmann.

»So dezent wie eine Blechschneidemaschine.« Aufgebracht stemmte Kaminski die Fäuste in die Hüften. »Du bist nicht gerade ein Vorbild für unsere jungen Erwachsenen, würde ich sagen.«

»Na, und?«, fragte sie herausfordernd zurück.

Für Christiane ging das zu weit. Bitzi hatte sich im Ton vergriffen, dachte aber gar nicht daran, sich zu entschuldigen?

»Mann, die kaputte Alte ist voll auf Droge«, tönte es aus der Schülergruppe. »Da fällt einem glatt der Joint ins Morgenbier.«

Birte Dasselmann wurde hochrot unter der dicken Puderschicht, die ihr Gesicht bedeckte.

»Wer war das?«

Eine Pause entstand.

»Die Pubertät«, antwortete Christiane schließlich beschwichtigend. »Wir wollten sowieso gerade gehen, damit wir rechtzeitig zur fünften Stunde wieder in der Schule sind.«

»Schon mal was von Erziehungsauftrag gehört, du Oberpädagogin? Ist ja der reine Kindergarten«, murrte Birte Dasselmann.

Ihr Vorwurf wirkte auf Christiane wegen Bitzis Look so absurd, dass es ihr schwerfiel, sich ein Lachen zu verkneifen. Sie warf Bitzi eine Kusshand zu.

»Ciao, man sieht sich.«

Zu ihrem größten Erstaunen bedankten sich die Schüler einzeln bei Johannes, sogar mit Handschlag, als hätten sie gerade einen Benimmkurs absolviert.

»Von mir aus könnte so ein Training Schulfach werden, vielen Dank, war echt geil«, versicherte Björn, bevor er sich zusammen mit den anderen trollte.

Auch Christiane wandte sich zum Gehen, vorsichtshalber ohne Verabschiedung. Dennoch meinte sie Johannes' Augen auf ihrem Rücken zu spüren, als sie hörte, wie er Kaminski ansprach.

»Kantine?«

»Natürlich«, knurrte Birte Dasselmann laut genug, dass alle es mitbekamen. »Lässt die Mitarbeiter ackern und denkt nur ans erste Bier.«

»Kaffee«, beteuerte Johannes.

Da wagte Christiane einen Blick über die Schulter. Täuschte sie sich, oder zwinkerte der Intendant ihr amüsiert zu, ganz so, als hätten sie ein gemeinsames Geheimnis? Dann verneigte er sich übertrieben tief vor Bitzi.

»Nach dem Kantinenbesuch stehe ich zu Ihrer vollen Verfügung, Frau Dasselmann.«

Kapitel 8

Aus dem zwölften Stock des Bürogebäudes, in dem der *Weimarer Anzeiger* residierte, hatte man einen exzellenten Blick. Voller Genugtuung stand Dr. Wolf von Nesselröden am Fenster seines Chefredakteurszimmers und schaute auf das Häusermeer der Innenstadt. Alle Wahrzeichen Weimars lagen ihm zu Füßen, das Goethehaus, die Anna Amalia Bibliothek, das Deutsche Nationaltheater. Dies war sein Reich. Jeder kaufte den *Anzeiger*, jeder las seine Kolumnen, hier hatte er die Deutungshoheit. Eine befriedigende Vorstellung, die ihn von seinem permanenten Unwohlsein ablenkte, vom quälenden Juckreiz, der sich von den Händen bis zu den Achselhöhlen hochzog, von den elenden Rückenschmerzen, die ihn seit dem frühen Morgen plagten, von der unterschwelligen Angst, jemand könne im letzten Moment seinen bevorstehenden Coup vereiteln – und verhindern, dass er noch mehr Rang und Einfluss erlangte, weit über Weimar und Thüringen hinaus.

Es war Montagmittag. Die Redaktionskonferenz und diverse Besprechungen mit Redakteuren lagen bereits hinter ihm. Nun konnte er das Tagesgeschäft beiseitelegen, um sich wieder seinem Projekt zu widmen, der Demontage des neuen Intendanten. Er wusste, dass Torsten Kuzer seit einer halben Ewigkeit an der Türschwelle stand, ohne den kleinsten Mucks von sich zu geben. Demonstrativ drehte er ihm den Rücken zu und ließ ihn warten. Einen wie Kuzer musste man von Zeit zu Zeit an die Bedeutung hierarchischer Unterschiede erinnern, fand Wolf von Nesselröden. Erst, als das beharrliche Quietschen von Kuzers unsäglichen Gummisohlen, auf denen er nervös hin und her wippte, unerträglich wurde, wandte sich der Chefredakteur zu ihm um.

»Nun, mein bester Kuzer«, fragte er, »was haben wir?«

Ein schiefes Lächeln erschien auf dem Gesicht seines Mitarbeiters. Kuzer fühlte sich offensichtlich ausgesprochen unwohl. Sein grauer Kinnbart zitterte leicht, auf der Halbglatze standen winzige Schweißperlen.

»Leider nicht viel«, druckste er herum. »Jedenfalls nichts Belegbares, nur Vermutungen und Gerüchte.«

Wolf von Nesselröden zog die Augenbrauen hoch. So gewichtig wie möglich schritt er zu seinem Schreibtisch, darauf bedacht, den schlenkernden Gang seines viel zu großen Körpers zu überspielen. Wie gern hätte er stattlich und Ehrfurcht gebietend gewirkt. Er, der einflussreichste Mann Weimars. Wer die öffentliche Meinung beherrschte, besaß nun einmal Macht, ganz gleich, ob es um eine neue Straße, um die Genehmigung einer Kleingartenkolonie oder um die Intendanz des DNT ging. Auch politisch mischte er natürlich kräftig mit. Kein Politiker auf kommunaler oder Landesebene wagte es, sich mit ihm anzulegen. Man pflegte guten Kontakt zu ihm, eine Tatsache, die ihm schmeichelte und sein Selbstbewusstsein stärkte. Aber er wollte mehr. Soeben hatte er den Leiter der Online-Redaktion instruiert, künftig häufiger über bundespolitische Themen zu berichten, weniger über regionale Belange. Der *Anzeiger* müsse meinungsstärker werden, mitmischen, auf sich aufmerksam machen – bundesweit.

Er ließ sich in seinen doppelt gepolsterten Drehsessel fallen.

»Vermutungen und Gerüchte, soso«, wiederholte er leise.

Torsten Kuzer trat einen Schritt vor. Im Grunde hasste von Nesselröden diesen Mann, sein gutmütiges Gesicht, seine Unterwürfigkeit. Fatalerweise ähnelte er Wolfs Vater – die gleiche untersetzte Statur, der gleiche Kinnbart, die gleiche Ehrpusseligkeit. Im selben Moment spürte der Chefredakteur einen Anflug schlechten Gewissens. Kuzer war ein harmloser älterer Herr, der es nicht verdient hatte, dass man ihn herumschubste. Oder? Anständig bleiben, wisperte eine Stimme in Wolf von Nesselrödens Ohr. Aber was sollte man schon auf die Meinung eines Mannes geben, der ein Leben lang Buchhalter geblieben war und mit gekrümmtem Rücken über Zahlenkolonnen gebrütet hatte? Gemach, beruhigte sich Wolf von Nesselröden, Kuzer ist dein Werkzeug, und es ist dein gutes Recht, ihn zu benutzen. Es wird sein Schaden nicht sein. Also gib ihm hin und wieder einen Tritt, aber stelle ihm auch Belohnungen in Aussicht.

»Wann haben Sie eigentlich die letzte Gehaltserhöhung bekommen, Kuzer?«

Verunsichert starrte der Redakteur auf seine Schuhe, deren Gummisohlen durch den täglichen Gebrauch eine schmutziggelbe Färbung angenommen hatten.

»Äh, na ja, weiß nicht. Ist schon ein paar Jahre her, denke ich.«

»Also wäre mal ein Bonus fällig, finden Sie nicht?«

Kuzer sah auf. Vor lauter Demut, vermischt mit aufkeimender Hoffnung, begann er fast zu schielen.

So ein Einfaltspinsel. Wolf von Nesselröden ließ ihn noch eine Weile schmoren. Eingehend überzeugte er sich vom tadellosen Zustand seiner Fingernägel, um dann so zu tun, als interessiere er sich brennend für den Fotokalender an der weiß getünchten Wand. Den Monat September bebilderte eine Aufnahme des Berliner Reichstags. Berlin, ja, das war seine Kragenweite. Wenn er sich, abgesehen von seinen bisherigen Meriten, auch noch als glänzender Protagonist des investigativen Journalismus positioniert hatte, würde er bereit für neue Aufgaben sein.

»Herr Dr. von Nesselröden?« Wie ein Erstklässler streckte Kuzer seinen rechten Zeigefinger in die Luft. »Sie erwähnten soeben einen Bonus. Es würde mich sehr freuen …«

Mit Behagen stellte von Nesselröden fest, dass die Dramaturgie seiner Inszenierung auf die Klimax zusteuerte. Er erhob sich halb aus seinem Chefsessel, bevor er brüllend explodierte.

»Was bilden Sie sich ein, Kuzer? Einen Bonus wollen Sie? Ohne Fakten, ohne Beweise, ohne irgendetwas Greifbares? Sind Sie betrunken?«

Nach einer längeren Pause, um sich der Wirkung seiner Worte zu versichern, schrie er: »Ich habe genug von Ihrem mediokren Gezaudere, von diesem Abwarten und Teetrinken! Was glauben Sie denn? Dass ich Geldscheine drucken lasse? Nein, ich lasse eine Zeitung drucken, das Leitmedium Thüringens! Aber Sie, Sie denken, Sie könnten durch die Stadt schlawinern und irgendwelche bedeutungslosen Gestalten zum Kaffeekränzchen einladen, auf meine Kosten!« Mit der Handkante hieb er auf einen Stapel Quittungen ein, der auf seinem Schreibtisch lag. »Zwei Eiskaffee im *Elephanten*. Zweimal Rotwein im *WMS*. Vier Gläser Sekt im *Russischen Hof*. Grundgütiger, Sekt! Und was kommt Relevantes dabei heraus? Belastbares, Überzeugendes? Nichts? Gar nichts? Sagen Sie mal, für wie blöd halten Sie mich?«

Während der gesamten Suada hatte Kuzer wie schockgefroren dagestanden. Nun wich er zurück und suchte Halt am Türrahmen, bebend vor Scham und Angst. Wolf von Nesselröden wusste, dass er einundsechzig war. Ein neuer Job war in seinem Alter so gut wie ausgeschlossen. Wenn er vorzeitig rausflog, würde man ihm die Rente kürzen. Er musste durchhalten, das wussten beide.

Langsam lehnte sich von Nesselröden zurück, zufrieden mit seinem Wutausbruch. Mach sie kaputt, dann bau sie nach deinem Gusto wieder auf, nach dieser Maxime hatte er sich noch jeden Redakteur gefügig gemacht.

»Ich bin kein Unmensch«, fuhr er mit leiser Stimme fort. »Nur ein Mann, der Verantwortung für viele, viele Mitarbeiter trägt. Der Erfolg dieser Zeitung ist unser aller Erfolg. Deshalb brauchen wir eine lückenlose Beweiskette. Johannes Sander wird alles abstreiten, und genau deshalb müssen wir ihm und der Öffentlichkeit feuerverzinkte Belege präsentieren.«

Kuzer nickte stumm.

Ob er überhaupt einen blassen Schimmer hat, wovon ich eigentlich spreche?, dachte Wolf von Nesselröden.

»Wie, äh ...«, Kuzer räusperte sich nervös, dann schien er all seinen Mut zusammenzunehmen. »Über Geschmack lässt sich bekanntlich streiten, über Theaterinszenierungen auch. Aber Beweise? Wofür denn? Bitte sagen Sie mir, womit soll ich denn bloß anfangen?«

»Gut, sehr gut, so will ich Sie sehen, Kuzer, immer am Ball, immer hoch motiviert!« Verschwörerisch neigte sich Wolf von Nesselröden vor. »Geld«, raunte er. »Die großen Skandale drehen sich immer um das liebe Geld. Niemand will wissen, mit wem ein Johannes Sander ins Bett geht, ob er lieber Schnaps statt Rotwein trinkt oder ob er kifft. Aber beim Geld hört der Spaß auf. Weisen Sie ihm nach, dass er größere Summen veruntreut hat. Dass es schwarze Kassen gibt, Bestechung, scheißegal, von mir aus auch Bargeldabwicklungen unter Umgehung der Sozialabgaben. So was will der Leser wissen!«

Für einen kurzen Augenblick sah Kuzer aus, als würde er ohnmächtig werden. Endlich hat er begriffen, was ich wirklich will, dachte Wolf von Nesselröden zufrieden: eine Kampagne um jeden Preis, zur Not mit fingierten Beweisen.

»Wie ich sehe, haben Sie Feuer gefangen«, erklärte er. »Sehr gut, Kuzer. Ich wusste, Sie sind der Mann, der mir hilft, das Volksvermögen vor diesem Kulturzerstörer zu schützen. Sie sind unverzichtbar in meinem engeren Team. Und wer dazugehört, wird auch die nächste Sparrunde des *Weimarer Anzeigers* überstehen.«

Kuzer nickte eifrig.

Jetzt hab ich ihn, stellte von Nesselröden fest. Bestimmt denkt er an sein noch nicht abbezahltes Häuschen mit der gemütlichen Veranda, an seine Söhne, die beide Medizin studieren.

»Noch heute fange ich an, Herr Doktor«, versicherte Kuzer.

»Brav.« lobte Wolf von Nesselröden. »Selbstverständlich unterstütze ich Sie nach Kräften. Sie übernehmen Gabler, den alten Gockel, ich kümmere mich um Frau Dasselmann.«

»Hervorragende Idee, Herr Doktor.«

Wolf von Nesselröden holte sein Handy aus der Tasche und sah auf das Display, ohne seinen Adlatus eines weiteren Blickes zu würdigen.

»Das wäre alles, Kuzer. Sie sollten allmählich gehen, ich habe eminent wichtige Telefonate zu tätigen.«

Sofort zog sich Kuzer zurück, leise fiel die Tür hinter ihm ins Schloss.

Wolf von Nesselröden stand auf und schlenderte zurück zum Fenster. Er hatte weit mehr vor als eine Schlammschlacht: die Wiederherstellung seiner Ehre. Nie würde er die Schmach verwinden, dass sein eigener Kandidat für die Nachfolge des Intendantenpostens schmählich übergangen worden war. Dabei hatte er hinter den Kulissen alle Fäden gezogen, seine Kontakte zum Kultusministerium spielen lassen und sich bereits als Königsmacher gefühlt. Dass sein alter Freund Hermann Salz, immerhin Oberspielleiter am Drei-Sparten-Haus Karlsruhe, dann gar nicht erst in Betracht gezogen worden war, bedeutete einen empfindlichen Gesichtsverlust. Aber noch war nicht aller Tage Abend. Du bist fällig, Johannes Sander. So wahr ich Wolf von Nesselröden heiße, ich schick dich barfuß in die Hölle.

Kapitel 9

Seit einer Stunde saß Kaminski nun schon mit Johannes Sander in der Theaterkantine, vergnügt und pflichtvergessen. An einem Montagnachmittag einfach eine Auszeit zu nehmen, fühlte sich für ihn an wie Schule schwänzen. Schätzungsweise zwei große Touren waren ihm bereits entgangen, weil er sich in dem stickigen, mit billigen Resopalmöbeln bestückten Raum festgeredet hatte. Für ihn war dieser ungewöhnlich warme September ein Glücksfall. Er brachte unaufhörlich Touristen in die Stadt, die kurz entschlossen eine Reise in die Hochburg deutscher Geisteskultur unternahmen. Und was gab es Schöneres, als sich von einem versierten Fremdenführer durchs besonnte Weimar kutschieren zu lassen? Tja, dachte Kaminski, leider suchen die Touristen seit zwei Stunden vergeblich nach dem Kutscher, den man in Reiseführern als *kulturelles Highlight* anpreist, weil er aus dem Gedächtnis Gedichte und Aphorismen Weimarer Geistesgrößen zitiert.

»Noch ein Bier gegen die Hitze?«, fragte Johannes Sander.

»Nee, besser nicht.« Kaminski stützte seine Ellenbogen auf die Tischplatte. »Bei dem Wetter sollte man zwar definitiv viel trinken, aber so allmählich muss ich mich wieder ums Geschäft kümmern.«

Auch der Intendant hatte vermutlich bereits unzählige Verabredungen. Unablässig surrte sein Handy, er beachtete es nicht.

Kaminski mochte diesen Johannes Sander immer mehr. Noch konnte er nicht recht bestimmen, was sie beide verband. Neben spontaner Sympathie vermutlich ihre gemeinsame Leidenschaft für den Kampfsport, auch die Liebe zu Theater und Literatur. Geist und Körper gleichermaßen zu trainieren, das gab es nicht oft bei Künstlern.

»Ich habe gehört, du warst mal Schauspieler – warum bist du eigentlich nicht dabeigeblieben?«, fragte Johannes.

Kaminski trank sein Glas aus und wischte sich mit dem Handrücken Bierschaum von den Lippen.

»Letztlich war es eine unrühmliche Episode. Hab's gerade mal bis zur Landesbühne Bruchsal gebracht, dritter Fahnenträger links, falls du weißt, was ich meine.«

Sie lachten. Es war die Heiterkeit zweier Menschen, die nur zu gut wussten, was gemeint war, und die beide genossen, dass es keiner weiteren Erklärung bedurfte. Sieht ganz nach einer beginnenden Männerfreundschaft aus, überlegte Kaminski. So was hatte ich noch nie. Na ja. Hatte ich überhaupt jemals Freundschaften, die diesen Begriff verdienen? Er galt als Eigenbrötler, das wusste er, ohne Talent für Freundschaft.

»In Bruchsal«, bekräftigte Kaminski schmunzelnd, »war ich weltberühmt.«

Wieder lachten sie. Voller Behagen sog Kaminski den vertrauten Nestgeruch der Theaterkantine ein. Das betraf beileibe nicht nur die Eintopfdünste, die schwer und fettig im Raum standen. Es war das Gefühl, in eine vergessene Heimat zurückgekehrt zu sein.

Kaminski kannte das ja alles. Die Atmosphäre dieser Parallelwelt, wo zwischen zwei Proben Karten gespielt wurde, wo Handwerk und Hoffnung, Betrieb und Eitelkeit aufeinandertrafen, wo neben halb verkümmerten Topfpflanzen Klatsch und Tratsch blühten. An den Tischen saßen Bühnenarbeiter in schwarzen Overalls neben kichernden Regieassistentinnen und abenteuerlich kostümierten Schauspielern, die volltönend und immer eine Spur zu laut ihre Anekdoten zum Besten gaben. Weiß bekittelte Angestellte schoben Rollwagen mit schmutzigem Geschirr hin und her, das Klappern von Besteck begleitete die Gespräche, aus altmodischen Lautsprechern an der Decke quäkten Durchsagen.

»Herr Laschet, bitte auf die Bühne, Herr Laschet.«

»Achtung, ein blauer Golf blockiert die Feuerwehreinfahrt, bitte sofort wegfahren, sonst müssen wir abschleppen lassen.«

»Der Chor für den *Freischütz* bitte auf die Probebühne zwei. Ich wiederhole: Der Chor für den *Freischütz* bitte zum Einsingen auf die Probebühne zwei.«

Oha, dachte Kaminski, falsches Stichwort. Unvermittelt wurde Johannes Sander ernst. Mit einem bekümmerten Ausdruck starrte er in sein Bierglas.

»Wieso hat dieser Wolf von Nesselröden so auf deinen *Freischütz* eingedroschen?«, fragte Kaminski.

»Keine Ahnung. Leider ist niemand von den überregionalen Zeitungen zu meiner Premiere gekommen, obwohl ich einige wichtige Kritiker persönlich habe anschreiben lassen.«

»Die hätten dein Konzept bestimmt verstanden«, erwiderte Kaminski.

Auch Johannes trank sein Bier aus.

»Hast du mich mal gegoogelt? Als aktuellste Meldung kommt von Nesselrödens Verriss.«

Ein Spielball der Kritiker zu sein. Seinen Wert von irgendeinem Hanswurst definieren lassen zu müssen. Sich im Spiegel der medialen Meinungen zu betrachten und nur Zerrbilder zu sehen. Auch das kannte Kaminski.

»Ich google nicht«, bekannte er. »Wenn ich was Bestimmtes wissen will, frage ich Laura – oder Frett…, äh, Chantal. Ich hab nicht mal einen Computer.«

»Sei froh.«

Der Blick des Intendanten wurde unstet, und seine angespannte Muskulatur signalisierte vor allem eines: Stress. Vielleicht sogar Angst vor der totalen Vernichtung?

Für Kaminski stand fest, dass Johannes' Furcht durchaus begründet war. Es galt als offenes Geheimnis, dass am Nationaltheater empfindliche Etatkürzungen bevorstanden, was auf mögliche Entlassungen hinauslief und dem zuständigen Intendanten rasch den Ruf eines Abwicklers einbringen würde. Zudem war Johannes' erste Inszenierung mit Pauken und Trompeten durchgefallen. Floppte auch die zweite, würde er sich im freien Fall befinden, als Intendant wie als Regisseur gescheitert. Mausetot.

»Das wird schon, Sportsfreund.« Kaminski versetzte Johannes einen scherzhaften Boxhieb vor die Brust. »Wie gesagt, in Weimar muss man durch die Feuertaufe, da wird man erst mal geteert und gefedert. Wenn du's überlebst, hast du echt gute Chancen, akzeptiert zu werden.«

Johannes brach in Gelächter aus.

»Soll ich bei diesem von Nesselröden etwa eine Charmeoffensive starten? Seine Frau zum Likör einladen? Ist diese Trockenpflaume überhaupt verheiratet?«

Wenn du wüsstest, dachte Kaminski. Aber Johannes war nicht zu bremsen.

»Komm, wir trinken noch einen auf den Blödmann! Wie er seine Frau wohl nennt – mein Fesselblödchen?«

Eigentlich hatte Kaminski gehen wollen. Doch in dieser Verfassung konnte er Johannes nicht zurücklassen.

»Okay, ein Bier noch, aber alkoholfrei«, lenkte er ein. »Dann muss ich wirklich los. Meine Pferde brauchen Wasser, und bei dem Wahnsinnswetter stehen die Kunden bestimmt schon Schlange.«

»Geht klar, Herr Fremdenführer.«

Trotz Kaminskis Protest ließ Johannes es sich nicht nehmen, selbst die Getränke vom Kantinentresen zu holen. Das dauerte eine Weile. An jedem Tisch blieb er stehen, um ein paar Worte mit seinen Mitarbeitern zu wechseln. Obwohl Kaminski auf Kohlen saß, beobachtete er es mit größter Geduld. Johannes war ein Paterfamilias. Ein Intendant mit Leib und Seele, kein Verwalter, der Menschen mit Funktionsträgern verwechselte.

Nur einen einzigen Tisch ließ Johannes aus. Wie eine Spinne im Netz hockte dort Birte Dasselmann, das hennarote Haar zu einer Feuermelderfrisur hochgesteckt. Mit gesenkter Stimme redete sie auf Torsten Kuzer ein, der sich offenbar in den klebrigen Fäden ihres Netzes verfangen hatte. Zwischendurch warf sie feindselige Blicke auf Johannes.

Auf einmal beschlich Kaminski eine dunkle Ahnung. Streng genommen war Birte Dasselmann nur die stellvertretende Leiterin des Betriebsbüros, also hierarchische Mittelklasse. Ihr Vorgesetzter fehlte allerdings seit Monaten wegen einer Entziehungskur, sodass sie freie Hand hatte. Ohnehin neigte sie in Ermangelung eines nennenswerten Privatlebens dazu, sich seit Jahren in sämtliche Theaterangelegenheiten einzumischen, wie Kaminski gehört hatte, vom Blumenschmuck des Foyers bis zu den Besetzungsplänen. Geschickt betätige sie sich als Strippenzieherin. Mehr noch: Sie agiere als Schaltzentrale, an der keiner vorbeikomme, nicht einmal der Intendant.

Das alles beunruhigte Kaminski umso mehr, als Torsten Kuzer, auf den Birte Dasselmann einredete, als von Nesselrödens willfähriger Adlatus galt. Konspirativ steckten beide die Köpfe zusammen und grimassierten wie Schüler, die über ihren Lehrer herzogen. Wem ihr Spott und ihr Groll galten, war unschwer zu erraten.

Gestärkt vom Zuspruch seiner Mitarbeiter kehrte Johannes in bester Laune zu Kaminski zurück.

»So, hat ein bisschen gedauert. Musste mir 'ne Runde Sympathie abholen. Dies hier ist mein Zuhause. Ich mag die Leute. So gut wie alle leisten Großartiges. Das muss erhalten werden. Gestern war ich beim Kultusminister und habe dafür gekämpft, dass die leidigen Sparpläne vom Tisch kommen.«

»Chapeau. Na, was soll man auch anderes von einem Kämpfer erwarten.«

»Wir sind beide Kämpfer. Deshalb haben wir uns das nächste Bier auch redlich verdient.« Er stellte die zwei gefüllten Biergläser auf den Tisch. »Hey, du siehst aus, als wär' dir die Petersilie verhagelt.«

Mit dem Kinn deutete Kaminski auf Birte Dasselmann.

»Warum ist sie heute in Gegenwart der Schüler dermaßen ausgeflippt? Macht Bitzi öfter Stress?«

Johannes folgte seiner Bewegung mit den Augen.

»Ach, die – eine handelsübliche Hexe, würde ich sagen. Frustriert, nervig, verlogen, herrschsüchtig. Aber die biege ich mir schon zurecht.«

Wie leichtsinnig er ist, durchfuhr es Kaminski.

»Stört dich denn gar nicht, dass sie mit Kuzer vom *Weimarer Anzeiger* rumtuschelt?«, fragte er vorsichtig nach.

Johannes zuckte mit den Schultern.

»Äh, wieso?«

»War sie es, die die Einladungen an die Kritiker verschicken sollte? Im *WMS* hat sie erzählt, dass die Presseabteilung unterbesetzt ist, und bekanntermaßen reißt sie ja immer alles an sich.«

Ein Ruck ging durch Johannes' Körper. Mit aufgerissenen Augen starrte er Kaminski an, dann Bitzi, anschließend wieder Kaminski.

»Oho! Ich habe es also mit einem Verschwörungstheoretiker zu tun. Mit einem, der überall ein Komplott wittert.«

Kaminski sah, wie sich Torsten Kuzer und Birte Dasselmann mit Wangenküsschen voneinander verabschiedeten. Wie beste Freunde und so übertrieben, als verließen sie ein Wohltätigkeitsdinner in spektakulärer Kulisse und nicht die stinknormale Kantine des Weimarer Nationaltheaters. Was war das denn für eine Show?

»Check es aus, Johannes. Je früher, desto besser. Ruf ein, zwei Kritiker an, die du gut kennst. Aber sei vorsichtig. Tu wie Tulpe. Bloß kein Kontrollanruf, sonst wittern die sofort, dass vielleicht etwas nicht stimmt.«

»Verschwörungsfreak, sag ich's doch«, grinste der Intendant. »Weißt du was? Ich bin mit einem Münchner Kritiker befreundet. Hab mit ihm studiert und sogar mal eine Kommilitonin mit ihm geteilt. Gib mir eine Minute, ja? Danach kannst du die irren Spekulationen mit deinem alkoholfreien Bier runterspülen.«

Er griff zum Handy, wählte im Speicher eine Nummer an und ging hinaus. Die angekündigte Minute verstrich, eine weitere. Untätig saß Kaminski herum, und ein Lächeln stahl sich in sein Gesicht, als er an die vergangene Nacht dachte. Sollte ich jemals einen Liebesroman schreiben, wird darin ein Champagnerkorken vorkommen. Ach, Laura …, dachte er.

Nachdem er volle zehn Minuten gewartet hatte, trank Kaminski sein Glas aus und stand auf. In diesem Augenblick kam Johannes zur Tür herein, aschfahl im Gesicht. Schnurstracks lief er auf Kaminski zu.

»Setz dich«, zischte er. »Drei Kritiker habe ich angerufen. Keiner wusste von irgendeiner Einladung nach Weimar.«

»Komisch, warum überrascht mich das nicht?« Kaminski nahm wieder Platz. »Und? Was gedenkst du zu tun?«

»Sag du's mir. Du bist doch der Verschwörungsexperte.«

»Das ist nicht so einfach. In Weimar ticken die Uhren anders. Ich …«

Mit einem Knall landete ein unförmiges schwarzledernes Notizbuch auf der Tischplatte. Wie eine gerupfte Krähe stand Birte Dasselmann plötzlich neben ihnen.

»Der Bühnenmeister sucht Sie, Herr Sander. Seit geschlagenen drei Minuten! Hier«, sie schlug das Notizbuch auf, »da stehen alle Termine drin. Auch Ihre.«

Angewidert warf Johannes einen Blick auf die vollgekritzelte Seite. Manche Einträge waren mit einem giftgrünen Neonmarker angestrichen, einer war mit Rotstift eingekringelt. Seine Stimme triefte vor Ironie, als er sich erhob.

»Entschuldigen Sie bitte vielmals, werte Frau Dasselmann. Selbstverständlich melde ich mich sogleich bei dem Herrn.«

Falsche Antwort. Doch für ein Coaching war es jetzt zu spät. Kaminski hätte ihm geraten, sich die Ironie zu sparen, da Bitzi keinerlei Sinn für Humor besaß und Johannes' vermeintliche Freundlichkeit in ihrem Universum ein Synonym für Schwäche war.

»Gleich? Was heißt gleich?«, legte sie prompt los. »Hier klappt ja wohl gar nichts mehr! Das reine Chaos! Wenn ich nicht wäre, Herr Sander, würde alles zusammenbrechen!«

Es wurde still in der Kantine. Gebannt hörten alle Anwesenden zu, die meisten entsetzt, wie Kaminski ihrem Mienenspiel entnahm. Johannes öffnete den Mund und holte Luft für eine Erwiderung, als sich Torsten Kuzer an den Tisch schob.

»Störe ich?«

Sein Gesichtsausdruck zeigte, dass er genau wusste, wie sehr er störte.

»Sieh an, der Spezialist fürs Vermischte«, knurrte Kaminski.

»Haben die leckeren Eintöpfe oder die günstigen Preise Sie angelockt?«

Torsten Kuzer lächelte sein schiefes Lächeln.

»Rein journalistische Beweggründe sowie mein Faible für die performativen Künste führen mich her, verehrter Herr Kaminski«, antwortete er, wobei er Wolf von Nesselrödens blasierten Tonfall imitierte und das Wort *Faible* übertrieben betonte. »Ich bin zu einem informellen Hintergrundgespräch mit Herrn Gabler verabredet.« Er wandte sich an Johannes. »Darf ich mich Ihnen nochmals vorstellen, Herr Sander? Torsten Kuzer, Torsten ohne H, Kuzer mit langem U, *Weimarer Anzeiger*.«

Unter Johannes' rechtem Auge begann ein Nerv zu zucken. Kaminski bemerkte es und begriff sofort, warum. Dass Kuzer, ein Redakteur von Nesselrödens Gnaden, ausgerechnet den renitenten Gabler treffen wollte, nachdem er schon mit der intriganten Birte Dasselmann palavert hatte, ergab ein bisschen viel Zufall auf einmal. Heckten die drei etwas gegen Johannes Sander aus? Oder war das eine Vermutung, die dann doch in die Sphäre der Verschwörungstheorien gehörte?

Kaminski erhob sich erneut, um zu gehen. Doch der nächste Auftritt ließ nicht lange auf sich warten. Angekündigt wurde er durch ein Rasierwasser, dessen penetranter Geruch Kaminski an Nagellackentferner erinnerte. Eine dröhnende Stimme folgte.

»Ja, wen haben wir denn da? Hahaha, Kantinenparty, haha, und die Presse ist auch schon da!«

Kaminski mochte kaum hinschauen. Dieter Gabler war einfach eine Beleidigung fürs menschliche Auge. Seine unförmige Gestalt steckte in einem schmuddeligen, ehemals weißen Frotteebademantel, darunter trug er einen verwaschenen blauen Jogginganzug, dessen Reißverschluss fast barst, so gewaltig wölbte sich der Bierbauch vor. Vervollständigt wurde sein Aufzug durch Adiletten und verfilzte rötliche Wollsocken, die, das musste Kaminski dem Mann zugestehen, durchaus mit dem ebenso verfilzten Toupet in Rotbraun harmonierten. Dankenswerterweise verbarg ein graubrauner Vollbart den größten Teil seines Gesichts.

»Herr Gabler!« Torsten Kuzer deutete eine Verbeugung an. »Meine Verehrung!«

»Wusste gar nicht, dass Sie aus dem kaiserlichen Geschlecht der Hohenzollern stammen«, sagte Kaminski trocken und zeigte auf die Brust des Schauspielers. »Oder sollten Sie von einer hochwohlgeborenen Dame adoptiert worden sein?«

Mit verschlagenem Lächeln tätschelte Dieter Gabler die Brusttasche des Bademantels, auf der unter einer eingestickten Krone der Schriftzug *Hotel Hohenzollern* prangte.

»Haha«, er lachte keckernd, »den Bademantel habe ich bei einem Gastspiel in Osnabrück mitgehen lassen, wo ich einen Abend mit Chansons der Fünfzigerjahre veranstaltet habe. Man muss eben sehen, wo man bleibt. Diese unverschämten Hotels zocken einen sonst ab wie nix – eine winzige Cola in der Minibar kostete vier Euro in dem Schuppen, Herrschaften, vier Euro! Da heißt es zurückzocken. Einen Aschenbecher hab ich auch eingesteckt, der steht jetzt zu Hause auf meinem Nachtschrank, für die Zigarette danach.«

Kaminski verdrehte die Augen. Bei Laura hatte es Gabler mit der gleichen Masche versucht. Aber Laura war wachsam gewesen, und so hatte er den geklauten Kaffeelöffel wieder herausrücken müssen – mit dem Kommentar, er habe gedacht, bei den hohen Preisen sei der Löffel inbegriffen.

Johannes sah auf seine Uhr.

»Herr Gabler, in dreißig Minuten beginnt die Probe für *Fidelio*. Sie gedenken doch wohl nicht, im Bademantel am Klavier zu sitzen, oder?«

»Warum nicht?« Die Augen des Korrepetitors blitzten angriffslustig. »Regie ist heute doch nichts weiter als Provokation. Ein vollgemülltes Bühnenbild, ein bisschen Porno, ein bisschen Kloake, fertig ist der Braten. Da passt mein Bademantel wie der Senf zum Würstchen.«

Kaminski hätte gut verstanden, wenn Johannes diesem Widerling auf der Stelle an die Gurgel gegangen wäre. Stattdessen reagierte der Intendant erstaunlich gelassen.

»Wir haben es mit einem Stück zu tun, in dem die Macht vor sich hin fault und die Opfer in den Trümmern großer Träume gefangen sind«, erläuterte er sein Konzept. »Nebenbei gesagt, die ideale Thematik für Sie, Herr Gabler. Um die Fallhöhe zu verdeutlichen, ist allerdings ein militärisch straffes Kostüm vonnöten, kein Proll-Look.«

Einige Sekunden lang brauchte Dieter Gabler, um das Gesagte zu verarbeiten. Er schnappte nach Luft. Dann reckte er eine Faust in die Höhe.

»Ah, verstehe. Wissen Sie, ich könnte sofort nach München oder Berlin wechseln. Dort reißt man sich um meine Konzeptionen für ausgefallene Liederabende. Aber Familie hat immer die größte Rolle in meinem Leben gespielt. Wenn meine alte Mutter nicht in Weimar lebte …«

»Stimmt«, pflichtete Torsten Kuzer ihm bei. »Die großen Bühnen lecken sich alle zehn Finger nach ihm. Kein Wunder, schließlich ist es ein Glücksfall, wenn Ingenium, Erfahrung und ein untrügliches Gespür für den Zeitgeist in einer Person vereint sind. Übrigens bin ich schon sehr gespannt auf seinen neuen Geniestreich: *Das kann doch einen Seemann nicht erschüttern* wird Gablers nächster Themenabend heißen. Ein Mutmach-Programm als Trost in stürmischen Theaterzeiten – à la bonheur!«

Kaminski musste sich beherrschen, um nicht laut aufzustöhnen. So ein gequirlter Quark. Ganz abgesehen davon, dass der titelgebende Mutmach-Song von Goebbels' Gnaden gewesen war.

»Aber Wertschätzung ist für gewisse Menschen ja ein Fremdwort«, giftete Birte Dasselmann.

Dieter Gabler warf sich in Positur.

»Aus einer bestens unterrichteten Quelle weiß ich, dass Herr Sander seinen Intendantenposten nur bekommen hat, weil er sich zum Büttel der Politik machen lässt. Wir werden alle weggespart. Meine Damen, meine Herren, vor uns steht der Totengräber der Weimarer Theaterkultur.«

In der Kantine herrschte eisiges Schweigen. Obwohl niemand sich traute, etwas zu sagen, spürte Kaminski, dass alle überlegten, was Dieter Gablers Anschuldigungen für sie bedeuteten. Bislang waren die Etatkürzungen nur ein Gerücht gewesen. Durch Gablers Hinweis auf eine *bestens informierte Quelle* – sie stand in Gestalt von Kuzer direkt neben ihm – hatte sich dieses existenzbedrohende Gerücht nun in eine greifbare Tatsache verwandelt. Allen stand der Zweifel ins Gesicht geschrieben, wie Kaminski sah, alle fragten sich: Ist Johannes Sander ein Abwickler? Und wenn nicht, hat er dann überhaupt das Format, das finanziell angeschlagene Theaterschiff durch die gefährlichen Klippen von Etatkürzungen zu lenken?

»Herr Gabler, Sie wissen genau – dafür ist eine Abmahnung fällig«, sagte Johannes kühl. »Bitte holen Sie sich bei Frau Dasselmann einen Termin für ein persönliches Gespräch. Ich freue mich auf unsere Unterredung.«

Kapitel 10

In äußerst widersprüchliche Gedanken vertieft, stand Torsten Kuzer in der Herrentoilette neben der Theaterkantine und wusch sich die Hände. Du tust das Richtige, sprach er sich Mut zu. Nein, du verrätst deine journalistische Ehre, mischte sich sein Gewissen ein. Du diffamierst den Intendanten, streust falsche Gerüchte, versetzt die Theaterleute in Angst und Schrecken. Hast du etwa nicht die schockierten Gesichter eben in der Kantine gesehen?

Während das kalte Wasser durch seine Finger rann, spähte er in den Spiegel über dem Waschbecken. Im harten Neonlicht des Toilettenraums schienen sich die Sorgenfalten auf seiner Stirn noch tiefer einzugraben. Der graue Kinnbart wirkte schütterer als sonst, die kurzsichtigen Augen trübe. Was er sah, war ein müder alter Mann, der seine Seele verkaufte.

Gleich würde er mit Dieter Gabler sprechen müssen. Er hatte den Korrepetitor bereits telefonisch über die Sparpläne des Kultusministeriums und Sanders angeblich fatale Rolle in dieser Sache informiert, damit Gabler schon mal die Gerüchteküche vorheizen konnte. Nun musste er ihn mit weiteren erfundenen Gerüchten munitionieren. Dass es nicht mit rechten Dingen zugehe, seit der neue Intendant das Theater leite. Dass im Kultusministerium sogar von finanziellen Unregelmäßigkeiten gemunkelt werde. Aus der Luft gegriffene Anschuldigungen, das wusste Torsten Kuzer, und doch enorm wirkmächtig. Gabler würde alles sofort ausposaunen, auf seine übliche wichtigtuerische Art.

Unversehens schweiften Kuzers Gedanken ab. Wie durch einen

Nebel sah er das weiß getünchte Häuschen am Stadtrand vor sich, die verglaste Holzveranda, auf der er gemeinsam mit seiner Frau den Morgenkaffee trank, den Garten mit den alten Obstbäumen. Das alles stand auf dem Spiel, falls er sich seinem Chef widersetzte. Und doch – es missfiel ihm, einen Mann zu Fall zu bringen, der ihm nichts getan hatte. Wie konnte er sich nur dafür hergeben, diesem Sander böswillig etwas anzuhängen? Irgendeine Inszenierung auszubuhen war das eine. Aber bestellter Rufmord, das war eine ganz andere Liga.

Geistesabwesend knetete er seine Hände unter dem kalten Wasserstrahl. Torsten Kuzer hatte nicht vergessen, wie idealistisch er seine journalistische Laufbahn angetreten hatte. Das Volontariat beim *Südkurier*, seiner Heimatzeitung, war ihm wie ein Sechser im Lotto erschienen. Er hatte ja nicht einmal eine Universität von innen gesehen, weil seine Eltern ihm kein Studium finanzieren wollten, nur ein glänzendes Abitur hingelegt und eher zufällig einen Job in der Poststelle der Zeitung ergattert. Als ein Redakteur erkrankt war, hatte man ihn gebeten, kurzfristig einzuspringen, und siehe da, sein Bericht über eine Landwirtschaftsausstellung hatte Furore gemacht. Wenig später hatte ihm der Chefredakteur, ein Journalist alten Schlages, der keinen Wert auf akademische Weihen legte, das Volontariat angeboten. Mit Feuereifer hatte Torsten Kuzer diese Chance ergriffen, sich als Autodidakt alles Fehlende selbst beigebracht und irgendwann eine Redakteursstelle bekommen.

Fast vier Jahrzehnte war das alles her. Der Zauber des Beginns, die Überzeugung, etwas Sinnvolles zu tun. Damals war es ihm weder um Geld noch um die Karriere gegangen, nur darum, die Welt ein wenig besser zu machen: Ungerechtigkeiten aufdecken, sich für die kleinen Leute engagieren, das Gute ins Licht der Öffentlichkeit holen. Anfang der Neunzigerjahre war er mit seinem damaligen Chef zum *Anzeiger* gewechselt und hatte sich im Osten eine neue Heimat aufgebaut. Auch hier wollte er mithelfen, dass sich alles zum Guten entwickelte. Das Ganze schien Ewigkeiten her zu sein. Und jetzt? Jetzt war schon lange nicht mehr Sebastian Turnherr sein Chefredakteur, der war längst als Rentner zurück im Südwesten. Stattdessen litt er unter diesem fiesen Ehrgeizling, der ihn kurz nach Amtsantritt aus der Landespolitik ins Vermischte abgeschoben hatte. Und wegen der Zeitungskrise hatte er es nicht mehr geschafft, aus Weimar wegzukommen.

»Ich wasche meine Hände in Unschuld«, murmelte er. »Ich führe nur Befehle aus.«

Was würde es bringen, wenn er sich querstellte? Falls er, Kuzer, sich nicht für diese Verleumdungskampagne hergab, würde es ein Leichtes für Wolf von Nesselröden sein, einen anderen zu finden, der die Drecksarbeit erledigte. Es gab genügend Redakteure mit befristeten Verträgen, die nur darauf warteten, doch noch fest angestellt zu werden. Das journalistische Gewerbe hatte sich stark verändert, das wusste Kuzer nur zu gut. Die Auflagen der Zeitungen sanken überall, das Anzeigengeschäft brach ein, Online war kaum etwas zu verdienen. Er musste ja schon froh sein, dass die letzte Sparrunde einen Bogen um ihn gemacht hatte, und konnte sich glücklich schätzen, wenn Nesselröden ihn bis zur Rente hielt.

Wieder schaute Kuzer in den Spiegel, und plötzlich meinte er Johannes Sanders Gesicht zu erblicken. Mit großen Augen starrte der Intendant ihm entgegen, misstrauisch, auch ein wenig ängstlich. Schuldbewusst senkte Kuzer den Blick. Er fühlte sich elend. Wie gern hätte er jetzt über ein Schützenfest berichtet, über den hundertsten Geburtstag eines Weimarer Bürgers oder über Probleme der Müllabfuhr, Hauptsache, es handelte sich um irgendetwas Harmloses.

Zum x-ten Mal drückte Kuzer auf den Seifenspender und schäumte einen Klecks Gel zwischen den Händen auf.

Aber ich, ich bin kein schlechter Mensch, dachte er. Ich tue nur, was getan werden muss. Mitgefangen, mitgehangen. Manchmal hat man eben keine Wahl.

Er zuckte zusammen, als die Tür des Toilettenraums aufflog und gegen die gelb gekachelte Wand schlug.

»Hey, Kuzer, mein Bester, ich dachte schon, Sie sind ins Klo gefallen!«, rief Dieter Gabler mit seinem dröhnenden Bass. »Geben Sie mal ein bisschen Gas, Sie haben ja gehört, ich muss pünktlich auf der Probe erscheinen.«

»Ja, na-natürlich, äh, Entschuldigung«, stammelte Kuzer.

Sorgfältig spülte er den Seifenschaum von seinen Händen und drehte den Wasserhahn zu. Sanders Gesicht im Spiegel war verschwunden. Bald würde Sander aus Weimar verschwunden sein, dann war dieser Höllenspuk vorbei.

Du tust es für deine Familie, schärfte Kuzer sich ein. Per aspera ad astra, sagt Nesselröden doch immer. Johannes Sander wird eine andere Stelle finden. Einer wie der geht schon nicht unter, doch du hast keine andere Option. Mit einem heftigen Ruck riss er ein Papierhandtuch von der Rolle an der Wand und trocknete sich die vom langen Waschen geröteten Hände.

»Werter Herr Gabler, Sie glauben gar nicht, was in diesem Theater vor sich geht. Aus erster Hand habe ich erfahren, dass demnächst ein Skandal ungeahnten Ausmaßes über unsere Stadt hinwegfegen könnte. Ich darf doch auf Ihre Verschwiegenheit zählen?«

»Verschwiegenheit ist mein zweiter Vorname«, lachte der Korrepetitor. »Kommen Sie, wir gehen in die Requisite, da sind wir ungestört.«

Kapitel 11

Als Kaminski nach dem dritten Bier aus der Kantine kam und über den Theaterplatz schlenderte, traute er seinen Augen nicht. Die Kutsche war verschwunden. Einfach weg, wie vom Erdboden verschluckt. So etwas war noch nie passiert. Oder täuschte er sich? Hatte er die Kutsche vielleicht gar nicht am Theaterplatz abgestellt, sondern ganz woanders? Nein, er erinnerte sich genau – Christiane, *junge Erwachsene*, Bo-Jutsu. Aber wer besaß die Chuzpe, am helllichten Tag seine Kutsche zu entführen? Dafür, dachte er grimmig, kam nur eine Person infrage.

Wütend, wenn auch mit schlechtem Gewissen, marschierte er los bis zur *Wilhelm Meister-Schänke*. Dass die Kutsche neben dem *WMS* stand, hatte Kaminski erwartet. Dass jedoch gleich zwei Streifenwagen vor dem Lokal parkten, neugierig beäugt von den Gästen, die draußen unter den roten Sonnenschirmen Eisbecher vertilgten, überraschte ihn dann doch. Er wusste nicht, auf wen er zorniger sein sollte: auf die Weimarer Polizei, die lächerlicherweise mit vier Mann angerückt war, oder auf Chantal, die mit einem Blecheimer vor dem Brunnen auf dem Vorplatz des *WMS* stand. Ungerührt schleppte sie den gefüllten Wassereimer zur Kutsche und stellte ihn vor Wanda und Bismarck ab, die freudig wieherten. Sie trug ein winziges neongelbes Tanktop über einem zerschlissenen grauen Männerunterhemd, das gerade mal ihren mageren Po bedeckte. Trotz der Hitze hatte sie nicht auf die obligatorischen Springerstiefel verzichtet. Dünn wie Streichhölzer ragten ihre nackten weißen Beine aus dem klobigen Schuhwerk.

»Herr Kaminski?« Ein Polizeibeamter trat auf ihn zu. »Das ist Ihre Kutsche, richtig?«

»Das wissen Sie so gut wie ich«, antwortete Kaminski angespannt.

»Dann wissen Sie ja auch, dass wir Ihnen den Gewerbeschein sowie den Kutschenführerschein entziehen können, wenn eine unbefugte Person Fahrgäste mit Ihrer Kutsche transportiert. Ohne entsprechende Ausbildung im Gespannfahren, ohne den Basispass und ohne Kenntnisse der Straßenverkehrsordnung, die im Rahmen einer allgemeinen Führerscheinprüfung nachgewiesen werden müssen, ist sowohl das Kutschieren als auch die Personenbeförderung untersagt. Das gilt im Besonderen für Minderjährige. Durch die Verletzung Ihrer Aufsichtspflicht haben Sie Ihre Adoptivtochter, die Fahrgäste sowie die anderen Verkehrsteilnehmer grob fahrlässig gefährdet. Daneben muss ich Sie darauf aufmerksam machen, dass ein Gespannführer ohne Führerschein im Falle eines Unfalls keinen Anspruch auf Erstattung seitens der Pferdehaftpflicht geltend machen kann.«

»Ey Alter … hast du den ganzen langweiligen Kram extra auswendig gelernt?«, maulte Chantal.

»Klappe«, knurrte Kaminski.

»Ich kann kutschieren!«, rief sie aufgebracht. »Du hast es mir doch selber beigebracht! Ich hab's voll drauf, verdammt, die Pferde gehorchen mir! Ich bin saugut!«

Mit hochgezogenen Augenbrauen musterte der Polizist Chantals eigenwillige Erscheinung, um sich dann Notizen auf einem Spiralblock zu machen. Seine drei Kollegen standen betreten daneben. Einer von ihnen fühlte sich offenbar bemüßigt, Kaminski ins Gebet zu nehmen.

»Bei aller Sympathie, Herr Kaminski, was sich Ihre Adoptivtochter da geleistet hat, geht entschieden zu weit.«

Die anderen beiden nickten ernst.

»Meine Herren, darf ich Ihnen eine kleine Erfrischung anbieten?«

Mit ihrem strahlendsten Lächeln, als sei dies eine zwanglose Zusammenkunft alter Bekannter, trat Laura vor die Tür des *WMS*. Ihre weiße Bluse leuchtete in der Sonne, ihre schwarz-weiß gewürfelte Caprihose und die schwarzen Lacksandaletten wirkten unerhört elegant. In den Händen hielt sie ein Tablett voller Gläser, in denen eine gelbliche Flüssigkeit schwappte. Der Wortführer der Polizisten hob abwehrend die Hände, doch Laura ließ sich nicht beirren.

»Kein Alkohol im Dienst, verstehe schon, aber das ist hausgemachte Ingwer-Minze-Limonade mit Gurke und einem klitzekleinen Schuss Holundersirup. So greifen Sie doch bitte zu. Bei dieser Hitze muss der Mensch einfach etwas trinken.«

Zögernd, doch deutlich entspannter bedienten sich die Beamten. Wieder einmal bewunderte Kaminski seine Frau für ihre gusseiserne Contenance. Was auch immer Laura von Chantals Alleingang hielt, sie ließ sich weder Unmut noch Angst anmerken. Dabei wusste sie so gut wie Kaminski, dass mit einem Fahrverbot eine wichtige Einnahmequelle ihrer kleinen Familie versiegen würde.

»Vielleicht darf ich zur Klärung der Ereignisse beitragen?«, schlug er kleinlaut vor.

»Nee, nee, den Scheiß schaffe ich allein. Es war nämlich so …«, setzte Chantal zu einer Antwort an, aber Laura nahm sie in den Arm und legte ihr einen Finger auf den Mund.

»Schatz, dich trifft keine Schuld. Ich war es schließlich, die dich gebeten hat, dass du dich um die Pferde kümmerst. Mein Mann«, sie bedachte Kaminski mit einem schwer zu deutenden Blick, bevor sie sich den Beamten zuwandte, »war offenbar zu beschäftigt, und ich bangte um die Gesundheit der Tiere. Schließlich standen sie ohne Wasser in der prallen Sonne. Deshalb bat ich unsere Tochter, die Kutsche vom Theaterplatz zu holen. Hier gibt es einen Brunnen, wie Sie sehen. Das Wohl der Tiere liegt mir sehr am Herzen, wissen Sie, und ich hoffe inständig, dass Sie das Vorliegen einer Notlage anerkennen, in der man zuweilen Entscheidungen treffen muss, die vielleicht nicht ganz korrekt, aber dringend geboten sind.«

»Dringend geboten«, echote einer der Polizisten und leckte sich einen Limonadenrest von den Lippen.

»Sie sagen es«, bestätigte Laura. »Es war Gefahr im Verzug. Die Pferde brauchten Wasser. Dass dann ohne jede Aufforderung Gäste in die Kutsche gestiegen sind, konnte ich nicht vorhersehen. Und letztlich war es doch ausgesprochen nett von Chantal, dass sie die Touristen mitgenommen hat.«

Kaminski war baff. Bei dieser Story konnte es sich nur um eine faustdicke Lüge oder zumindest um eine originelle Interpretation der Ereignisse handeln. Aber so war sie, seine Frau: charmant, diplomatisch und nie um eine gute, nein, um eine brillante Ausrede verlegen, die haarscharf an der Wahrheit vorbeischrammte. Nun ja, gab es nicht immer viele Wahrheiten?

»Tja«, der Polizist mit dem Spiralblock kratzte sich am Kopf, »wenn das so ist …«

Noch immer sagte Chantal keinen Ton. Kaminski sah, dass Lauras Umarmung eher einer Umklammerung ähnelte. Ein unmissverständliches Zeichen, dass sie das Mädchen zum Schweigen verdonnerte. Laura räusperte sich.

»Wir werden uns schon einig, schicken Sie uns bitte einen Bußgeldbescheid.«

»Können wir die Kohle nicht vergessen, und Sie kriegen einfach was zu essen?«, schlug Chantal vor. »Heute steht eine vorzügliche geeiste Gazpacho auf der Karte, danach könnte ich Ihnen unser Roastbeef mit hausgemachter Remoulade und einen leichten Kartoffel-Gurken-Salat in Essig-Öl-Dressing empfehlen.«

Kaminski verschlug es die Sprache angesichts der Gewähltheit, mit der Chantal sich ausdrückte, dem wandelnden Spiralblock lief offensichtlich das Wasser im Mund zusammen. Er schluckte erkennbar.

»Das ist leider unmöglich. Wie Sie wissen …«

»… sind Sie selbstverständlich unbestechlich«, vervollständigte Laura den Satz. »Ich möchte Sie auch keinesfalls korrumpieren, würde mich jedoch freuen, falls Sie unsere ermäßigten Familienpreise akzeptieren könnten. Wenn Sie mögen, kommen Sie doch heute nach Dienstschluss vorbei. Ich reserviere Ihnen gern einen Tisch.«

Die Beamten tauschten kurze Blicke, dann nickte der Polizist, der sich Notizen gemacht hatte, und steckte seinen Spiralblock ein.

»Einverstanden. Um sechs.«

Schon wieder ein diplomatisches Meisterstück, dachte Kaminski. Wenn Laura nicht so aufrecht und integer wäre, könnte sie glatt Politikerin werden.

»Dann einen schönen Tag noch und bis heute Abend«, lächelte der Beamte.

Einer nach dem anderen stiegen die Polizisten in ihre Streifenwagen, die Motoren heulten auf, eine Minute später waren sie auch schon außer Sichtweite.

»Krisenkonferenz«, ordnete Laura an. »Sofort.«

Ihre Miene war eisig. Für Kaminski war es gefühlt ein Temperatursturz auf mindestens dreißig Grad unter null. Wie Schüler, die man bei einem Streich erwischt hatte, trotteten er und Chantal hinter Laura her, bis sie im engen Vorratsraum des Restaurants standen, einem fensterlosen Gelass, das von einer hysterisch flackernden Neonröhre beleuchtet wurde. Wasserkästen stapelten sich bis zur niedrigen Decke, Flaschen mit Säften lagerten hier, Dosen mit geschälten Tomaten, riesige Nudelpackungen. Laura lehnte sich an ein Holzregal voller Zucker- und Mehltüten.

»Ich könnte jetzt eine Menge sagen.« Sie verschränkte die Arme. »Zum Beispiel über Leute, die das Leben für eine Hüpfburg halten, auf der man nach Belieben rumhampeln kann, ohne Verantwortungsgefühl, ohne Rücksichtnahme, ohne den winzigsten Hauch einer Ahnung, was Teamwork bedeutet.«

Dagegen war schwerlich etwas einzuwenden. Kaminski fasste sich ein Herz.

»Was ist denn nun wirklich passiert?«

»Ich habe Chantal losgeschickt, um frisches Obst zu holen«, erklärte Laura. »Bei dem heißen Wetter gehen die Eisbecher reihenweise raus, uns fehlten Himbeeren und Blaubeeren. Aber das gnädige Fräulein geruhte, andere Pläne zu verwirklichen. Volle zwei Stunden ward sie nicht mehr gesehen, dann eierte sie auf einmal mit der Kutsche um die Ecke. Herrgott, ich fass es nicht.«

Chantal verschränkte ebenfalls die Arme.

»Hallo? Drei Touren hatte ich! Von der Mörderkohle, die ich eingesackt habe, könnt ihr nur träumen. Voll der Mitleidsbonus. Die Touris dachten bestimmt, ich kratze ab, wenn sie keine fetten Trinkgelder abdrücken.«

Ungerührt hatte Laura zugehört. Nun war Kaminski dran, das wusste er ohne weitere Aufforderung.

»Also, erst habe ich zufällig Christiane getroffen, mit ihren Schülern. Dann sind wir ins Theater gegangen, weil Johannes Sander uns zu einer Bo-Jutsu-Vorführung eingeladen hat.«

»Boschutschu? Wer liegt da auf wem?«, kicherte Chantal.

»Ruhe!« Laura kniff die Lider zusammen. »Christiane war eben hier, und ihre Version klang anders: Du hättest mit diesem

Sander irgendwelche Stockkämpfe veranstaltet. Danach bist du vermutlich mit ihm in der Kantine versackt, deiner Bierfahne nach zu schließen.«

»Alkoholfrei«, murmelte Kaminski, erschrocken darüber, wie brüchig und kraftlos Lauras Stimme klang.

»Macht das etwa einen Unterschied?« Unwillig betrachtete Laura die Spitzen ihrer schwarzen Sandaletten. »Hier macht jeder seins, oder was? Zwei Stunden lang musste ich ohne Chantal klarkommen, obwohl der Laden bis oben hin voll ist. Sie hingegen reißt sich die Kutsche unter den Nagel und fährt lustig durch die Gegend, obwohl sie genau weiß, dass sie das nicht darf. Und du, Kaminski«, sie schüttelte den Kopf, »du lässt dich einfach treiben, überlässt die Kutsche sich selbst, verpasst Fahrgäste, lümmelst im Theater rum.«

Wie ein begossener Pudel stand er da. Laura hatte Recht. Es war verantwortungslos gewesen, die Kutsche einfach stehen zu lassen, den halben Tag zu verquatschen und so zu tun, als gäbe es keine Pflichten. Andererseits – unverzeihlich fand er es nicht. Um Entschuldigung heischend, hob er die Hände. Laura sah kaum hin. Ihr Blick ging ins Leere, so, als sei sie in Gedanken längst woanders und spreche mit sich selbst.

»Ganz ehrlich – ich kann auf euch beide verzichten. Wenn wir nicht füreinander einstehen, nicht am selben Strang ziehen, sind wir kein Team. Aber dann ist der Traum von unserer kleinen Familie geplatzt.«

Das saß. Kaminski fühlte sich wie geohrfeigt. Nein, ausgeknockt. Die eine oder andere Missstimmung hatte es schon gegeben in ihrer Beziehung, aber noch nie hatte Laura alles infrage gestellt.

»Du bist doch nur so mies drauf, weil dein aufgepopelter Rolex-Heini wieder da ist«, spöttelte Chantal. »Und? Ziehst du noch manchmal an seinem Strang?«

Bis jetzt war Laura kontrolliert geblieben, verärgert, jedoch jeden Zoll souverän. Bis jetzt. Denn nun verlor sie die Beherrschung. Wahllos griff sie ins Regal, schnappte sich zwei Mehltüten und warf sie Chantal vor die Füße.

»Raus!«, schrie sie. »Ich habe genug von deinem obszönen Gefasel! Ich habe genug von deinen grauenvollen Klamotten! Wo sind die Blusen und Röcke, die ich dir gekauft habe, damit du im *WMS* anständig gekleidet bist? Wann hättest du jemals meine Ermahnungen beherzigt, dich zivilisiert auszudrücken? Geh mir aus den Augen, du vulgäre, undankbare Göre! Raus, raus, raus jetzt!«

Die Wirkung ihrer Worte war verheerend. Als fürchte Chantal, geschlagen zu werden, zog sie den Kopf ein und legte ihre Unterarme schützend vors Gesicht. Langsam wich sie zwei Schritte zurück. Dann rannte sie wie vom Teufel getrieben aus der Vorratskammer.

»Das nennst du wohl eine Ansage mit pädagogischem Mehrwert, was?«, brach es aus Kaminski heraus. »Herrje, du musst ihr hinterher!«

Mit einem Fuß kickte Laura die aufgeplatzten Tüten beiseite, Mehlwolken wirbelten auf.

»Ich muss gar nichts, außer mein Lokal am Laufen halten. Hab schon viel zu viel Zeit mit euch verloren. Fahr deine blöde Kutsche weg, Kaminski. Dein Frettchen kannst du gleich mitnehmen.«

In seinen Ohren rauschte es, sein Herz schlug panische Trommelwirbel.

»Was – was heißt das?«

Laura antwortete nicht. Sie wollte sich an ihm vorbei in Richtung Tür drängeln, doch er hielt sie grob am Arm fest.

»Was heißt das, verdammt?«

Sie schwieg. Kaminski musste sich zusammenreißen, um nicht an ihr zu rütteln wie an einem Pflaumenbaum. Sag mir, dass du mich liebst. Sag mir, dass du mit mir zusammenbleiben willst. Punkt. Das waren die Säulen seines Universums. Stürzten sie ein, würde er untergehen. Sag was, sag was. Aber sie schwieg weiter.

»Laura, ich würde lügen, wenn ich behaupte, ich sei perfekt. Ich bin chaotisch, unorganisiert, ablenkbar, verspielt, verträumt. Aber ohne das alles weiß ich nicht, wie ich der Mann sein soll, in den du dich verliebt hast.«

»Ich brauch eine Pause«, flüsterte Laura. »Bis auf Weiteres ziehe ich zurück in meine Wohnung über dem Restaurant.«

Unwillkürlich zerrte Kaminski wild an ihrem Arm.

»Bis auf Weiteres? Wie lange? Warum? Du willst allein sein? Moment mal – stimmt es, was Chantal gesagt hat, dass dieser Carsten hier wieder rumscharwenzelt?«

Mit langsamen, aber energischen Bewegungen befreite sie sich aus seinem Griff.

»Er hat soeben draußen ein Eis gegessen, ohne Himbeeren und Blaubeeren, jetzt bringe ich ihm einen Espresso. Lass mich gehen, oder du siehst mich nie wieder.«

Himmel noch mal! Kaminski erinnerte sich schwach an einen großen, blonden Kerl im teuren Leinenanzug, der neben dem Lokal gesessen hatte. Also hatte dieser Typ alles mit angesehen, mit angehört, den ganzen kläglichen Auftritt vor den Polizisten, bei dem Kaminski eine denkbar schlechte Figur gemacht hatte. Er, Lauras Mann.

Wie gelähmt sah er Laura hinterher, die mit festen Schritten den Vorratsraum verließ. Schwindel. Atemnot. Verdammte Hitze. Er suchte Halt an einem der Regale, verfehlte es, taumelte, fiel hin und riss dabei eine Steige mit frischen Tomaten herunter. Schmerzen spürte er nicht, er hatte keinen Körper mehr, konnte nicht mehr denken, nur registrieren, dass eine eiserne Faust seinen Brustkorb zusammenquetschte. Dann war Filmriss.

So fand ihn Chantal Minuten, vielleicht auch Stunden später, Kaminski hatte jedes Zeitgefühl verloren. Er hatte immer noch einen Druck auf der Brust und ein Gefühl, als müsste er sich übergeben. Mit einem Ausdruck größter Panik beugte sich Chantal über ihn.

»Hey, du Sack, pennst du noch, oder stirbst du schon?«

»Kann nicht --- kann nicht --- atmen«, stöhnte Kaminski, dem es schwindlig war.

Chantal verzog den Mund.

»Bist du high? Brauchst du'n Doc?«

Bloß kein Arzt, dachte er, der schickt mich in Krankenhaus. »N-nicht n-ötig«, stotterte er. »Bitte, bring m-mich hier w-weg.«

Es war erstaunlich, welche Kräfte Chantal aufbieten konnte, wenn es darauf ankam. Sie half ihm, sich aufzurichten, und stützte ihn, während sie schwankend und stolpernd wie Schnapsbrüder den Hinterausgang des Lokals ansteuerten. Sobald sie draußen waren, auf der Rückseite des Gebäudes, sank Kaminski auf einen Betonpoller. Der Schweiß war ihm am ganzen Körper ausgebrochen.

»Hol die Kutsche«, ächzte er. »Fahr ein Stück die Geleitstraße runter, bis zum *Anna Amalia*. Da warte ich auf dich.«

»Und wie willst du dahin kommen, alter Mann? Kriechen?«

»Von mir aus auch kriechen. Bloß weg von hier, bloß weg.«

Kapitel 12

Der Abend dieses ungewöhnlich heißen Septembertags brachte keinerlei Abkühlung. Hartnäckig nistete die aufgeheizte Luft zwischen den Häusern, verlangsamte das Leben, die Bewegungen, das Denken. Eine südländische Lethargie schien sich breitgemacht zu haben. Halb Weimar saß in den Straßencafés und auf den Terrassen, ermattet von der ungewohnten Hitze, und ließ sich kalte Getränke servieren.

Auch im Theater war es stickig. Hoffentlich lassen sich die Leute trotz der schlechten Kritik und der Temperaturen nicht davon abhalten, meinen *Freischütz* zu sehen, dachte Johannes Sander. Mit einem mulmigen Gefühl trat er ans Pult des Inspizienten und schaute auf den Monitor, der den Zuschauerraum zeigte.

Kaum jemand hatte sich ins Theater verirrt. Ein paar wackere Senioren im ersten Rang, vermutlich Abonnenten. Zwei Frauen in der dritten Reihe des Parketts, wahrscheinlich opernbegeisterte Freundinnen, die den Abend lieber ohne ihre Männer mit Kultur aufpeppten. Ganze Reihen waren leer geblieben, weit hinten entdeckte Sander außerdem ein missgelauntes Paar, das es offenbar vorzog, abends auszugehen, statt einander zu Hause anzuschweigen. Wahrlich eine magere Bilanz.

Johannes legte seine Wange an die schwarz gestrichene Betonwand. Eine tiefe Erschöpfung befiel ihn. Hat sich denn alles gegen mich verschworen? Erst der Verriss, jetzt die sommerlichen Temperaturen – was kommt als Nächstes? Ungeachtet der schlechten Kritik hatte er sich für seinen *Freischütz* wenigstens an der Kasse einen Erfolg erhofft, doch danach sah es nicht aus. Spätestens am Ende der Saison würde man ihm die mickrige Auslastung um die Ohren hauen, die vielen freien subventionierten Plätze. Da half keine Erklärung, etwa, dass kein Mensch bei diesem Wetter freiwillig ins Theater ging. Zahlen hatten ihre eigene Faktizität.

Wieder ließ Johannes seinen Blick über das Kamerabild des Zuschauerraums schweifen. Plötzlich wurde ihm heiß und kalt. Kein Zweifel – er kannte die beiden Frauen in der dritten Reihe. Und damit nicht genug: Neben der Wirtin der *Wilhelm Meister-Schänke* saß *sie*. Die schöne Unbekannte, die ihm nicht mehr aus dem Kopf ging, von der er nur wusste, dass sie Lehrerin war, und die er in Gedanken bereits *meine Muse* getauft hatte.

Elektrisiert starrte er auf den Monitor. Gott, war sie schön, auf eine reife, sinnliche, frauliche Weise. Wie eine Liebkosung umspielte ihr dunkles Haar das herzförmige Gesicht und ergoss sich bis hinunter auf die Schulterblätter. Unter dem weißen Stoff ihres Kleides hob und senkte sich ein üppiger Busen, die Hände gestikulierten, während sie sich mit ihrer Freundin unterhielt.

Der Theatergong ertönte. Klopfenden Herzens machte sich Johannes auf den Weg zum Zuschauerraum. Verliebter Idiot. Du benimmst dich wie ein kleiner Junge. Und doch konnte er nicht anders. Musste er es nicht als Wink des Schicksals interpretieren, dass *sie* gekommen war? Und inmitten all der leer gebliebenen Plätze saß?

Schon stand er im Parkett, neben der dritten Reihe. Als habe sie seinen Blick gespürt, drehte die schöne Unbekannte den Kopf zu ihm. Binnen einer Sekunde stürzten ihre Augen ineinander. Trotz der Entfernung von einigen Metern meinte Johannes auf einmal, ihren Duft zu riechen, einen zarten, blumigen Duft mit einem Hauch Vanille.

Nun sah auch die Wirtin des *WMS* in seine Richtung, erkannte ihn und winkte ihm zu. Das war seine Chance.

Betont fröhlich winkte Johannes zurück und strich das schwarze Jackett glatt, das er trotz der Hitze zu seiner hellen Leinenhose trug, eine Anstandsgeste seinen Mitarbeitern wie auch dem Publikum gegenüber. Er hatte schweißnasse Hände, als er durch die Reihe schritt, bis er neben den beiden Frauen stand.

»Einen schönen guten Abend. Darf ich mich zu Ihnen setzen?«

Seine Muse sah auf. Diese Augen. Blau, dunkelblau, fast veilchenfarben. Die hohe, klare Stirn. Ein scheues Lächeln, verzagt. Lange Wimpern, die flatterten wie aufgescheuchte Kolibris.

»Herr Sander, na, das nenne ich eine Betreuungsoffensive«, lachte Laura.

Er versuchte sich in Galgenhumor.

»Was bleibt mir anderes übrig? Wenn es so weitergeht, kann ich meine Zuschauer bald allabendlich einzeln per Handschlag begrüßen.«

»Nicht, wenn Sie eine so engagierte Fürsprecherin haben.« Laura zeigte auf ihre Freundin. »Christiane hat mir so eindringlich von Ihrem *Freischütz* vorgeschwärmt, dass ich mich in meinem Restaurant von einer Aushilfe vertreten lasse, nur um Ihre Inszenierung zu sehen.«

Christiane. Ein Schauer lief über seinen Rücken. So hieß sie also, seine Muse. *Chris* – ein heller, frischer, prickelnder Laut, der das gedehnte *tiane* umso wärmer wirken ließ. Lautlos formte seine Zunge ihren Namen nach, rollte sich beim S am oberen Gaumen zusammen, tippte beim T keck an die Schneidezähne, sank beim A herunter, um sich für das N wieder an den oberen Gaumen zu schmiegen. Das E beendete das reizvolle Spiel, reglos verharrte seine Zunge im Mund, als warte sie auf neuerliche Befehle. Oder auf einen Kuss.

»Hallo, Herr Sander.«

Christiane hatte ihm die Hand hingestreckt, verwirrt griff er danach. Überdeutlich spürte er jeden Millimeter seiner Haut, die ihre Haut berührte. Trocken und kühl fühlte sich ihre Hand an, und er verging vor Scham, dass die seine heiß und feucht war. Dann spürte er etwas Metallisches. Ihre Hand entglitt ihm, und im selben Moment sah er den goldenen Reif an ihrem rechten Ringfinger aufschimmern. Eine schreckliche Sekunde lang glaubte er, einen Ehering zu erkennen, doch drei kleine blau funkelnde Steine ließen ihn aufatmen. Nein, kein Ehering, nur ein hübsches Schmuckstück.

Ein weiterer Gongschlag. Das Licht erlosch langsam, bis es völlig dunkel im Zuschauerraum war. Am ganzen Körper bebend, setzte er sich neben die Frau, deren Namen er jetzt kannte und die verführerisch nach einem Versprechen auf weiche, erlösende Umarmungen duftete. Er räusperte sich verlegen.

»Nicht erschrecken – während der Ouvertüre …«

»Ich weiß«, wisperte sie. »Ich war bei der Premiere. Wie hätte ich Laura sonst von der Inszenierung vorschwärmen können?«

»Das heißt, Sie kommen heute zum zweiten Mal?«

»Wow, auch Künstler können rechnen«, scherzte Laura.

Christiane nickte. »Ich liebe diese Inszenierung.«

Ein unbändiges Glücksgefühl durchströmte Johannes. Alles fiel von ihm ab, die Selbstzweifel, die Mutlosigkeit, die dunkle Macht des möglichen Scheiterns, die ihn erschüttert hatte. Dankbar lächelte er sie an, und der irrwitzige Impuls, sie zu küssen, wurde so stark, dass er sich abwenden musste.

Schon erklangen die ersten Töne der Ouvertüre, sacht anschwellende Streicher, Melodiebögen, die im Nichts verebbten, spukhafte Fernwirkungen. Zum ersten Mal erschien Johannes die Musik uferlos, als gebe es kein Ziel, kein Ende. Als nach langen Minuten die

Hörner mit ihrer zugleich volksliedhaften und elegischen Kantilene einsetzten, glitt der Vorhang zur Seite. Auf der Bühne bot sich der Anblick eines verwüsteten Bierzelts nach dem Festgelage. Auf und unter langen Bänken und Tischen hingen Betrunkene, die Sinnloses vor sich hin lallten. Eine Kellnerin im derangierten Dirndl räumte besudelte Pappteller ab; Gewehre, zerfetzte Schießscheiben und leere Flaschen lagen auf dem Boden. Seitlich am Bühnenrand kopulierte hastig ein Paar. Wimmernd, mit hochgerutschtem Rock stützte sich die Frau auf einen Tisch, dem Mann im Lodenjanker hingen die ledernen Hosen in den Kniekehlen.

Für Johannes war es der perfekte Ausdruck jener Katerstimmung, die den dramaturgischen Bogen zum Ende der Oper schlug. Das Unheilvolle, Düstere, Beengte einer dumpfen Bauern- und Kleinbürgerwelt. Festgezurrte Hierarchien. Zwang und Aberglaube, Missachtung des individuellen Rechts auf Glück. Doch jetzt sah er all das mit neuen Augen. Mit Christianes Augen. Während Laura entspannt zurückgelehnt das Schauspiel auf sich wirken ließ, saß ihre Freundin sehr aufrecht neben Johannes. Er konnte hören, wie sie atmete. Unruhig spielten ihre Finger mit dem Programmheft, die Schenkel waren fest zusammengepresst. Erkannte sie etwas im Bühnengeschehen wieder, was sie selbst betraf?

Johannes registrierte, dass sich Christianes Anspannung während des ersten Akts steigerte. Als Max um Agathes Hand anhielt, zunächst vergeblich, weil er erst den rituellen Probeschuss bestehen musste, legte sie eine Hand auf ihre Brust. Im zweiten Akt dann, beim Auftritt Agathes, ging ein Beben durch ihren Körper. Entgegen der gängigen, werktreuen Interpretation hatte Johannes die Rolle nicht etwa mit einer jungen Sängerin besetzt, sondern mit der schon leicht verblühten Diva des Theaters. Dies war kein junges, naives Mädchen, tändelnd verliebt in ihren Max, dies war eine verzweifelt liebende reife Frau, die an ihren Ketten rüttelte.

Abrupt drehte Christiane ihm den Kopf zu, mit geweiteten Augen, als sei sie tief erschrocken. Oder bildete er sich das nur ein? War es lediglich eine Illusion, so wie die vermeintliche Liebe auf den ersten Blick, die möglicherweise nur seiner Einsamkeit und der literarisch aufgeladenen Goethestadt Weimar geschuldet war, wo jeder Begegnung eine dramatische Bedeutung innezuwohnen schien? Fantasierte er am Ende etwas in ihre Blickwechsel hinein, was sich nur in seinem Kopf abspielte? Noch immer sahen sie einander an, und auf einmal meinte er ganz deutlich, ihren Kummer zu spüren, etwas Unerlöstes, Drängendes, eine Trauer, in die sich leises Aufbegehren mischte.

Als habe er sie durchschaut, schlug sie die Augen nieder. Tonlos sprach sie den Text von Agathes Arie mit: »*Wie nahte mir der Schlummer, bevor ich ihn geseh'n? Ja, Liebe pflegt mit Kummer stets Hand in Hand zu geh'n*!«

In Johannes schmolz der letzte Rest Beherrschung. Festhalten wollte er sie, ganz fest, sie schützen vor der dummen, bornierten Kleinbürgerwelt dieser Stadt. Wie von selbst wanderte seine rechte Hand zu ihrem Nacken, streichelte das Haar, legte sich zärtlich um ihre Schulter.

»Ey, was wird das denn hier? Etwa 'n flotter Dreier mit Musik?«, ertönte plötzlich eine heisere Stimme hinter ihm.

Er fuhr zusammen und schaute sich um. Im Schutz der Dunkelheit, ohne jedes hörbare Geräusch, hatte sich ein junges Mädchen angeschlichen, das hinter ihnen in der leeren vierten Reihe kauerte.

»Chantal!« Laura hatte sich ebenfalls umgedreht, wütend funkelte sie das Mädchen an. »Hast du plötzlich deine Leidenschaft für die Oper entdeckt?«

»Nee, für Kaminski. Er hatte einen Herzanfall.«

Kapitel 13

Auch wenn sich längst Dunkelheit über die Häuser gesenkt hatte und allenfalls noch vereinzelte Touristen durch die engen Gassen wanderten, war Wolf von Nesselröden auf der Hut. Es war nicht ganz leicht, in einer Stadt wie Weimar eine Affäre zu verheimlichen. Man kannte sich, man achtete aufeinander, zumal, wenn man eine Figur des öffentlichen Lebens war. Mittlerweile verwünschte er seinen Einfall, immer ein kleines Portraitfoto unter seine Kommentare und Artikel setzen zu lassen. Anfangs hatte er sich noch geschmeichelt gefühlt, dass jede Blumenfrau und jeder Tankwart ihn mit Namen begrüßte. Doch seit er sich regelmäßig zu einer Frau schlich, die nicht die seine war, fand er diese Bekanntheit äußerst lästig.

Missmutig setzte er ein Basecap auf und zog sich den Schirm tief ins Gesicht, bevor er in eine schmale Straße trat und an einem schmucken klassizistischen Haus klingelte. Ein Basecap! Wie peinlich!

Gott sei Dank ertönte sofort der Summer. In seine Furcht, ertappt zu werden, mischte sich eine schülerhafte Aufregung. Mit klopfendem Herzen stieg er die ausgetretenen Holzstufen zum zweiten Stock hoch. Noch immer konnte er kaum glauben, dass eine doch recht ansehnliche Frau wie Birte Dasselmann ihm zu Willen war, wann immer ihn danach verlangte. Sie musste beeindruckt von ihm sein, davon ging er aus, andererseits erfüllte es ihn mit grenzenlosem Staunen, dass sie sein wenig attraktives Äußeres nicht abstieß. Offenbar wirkte die Aura der Macht, und nackt hatte er sich ihr ohnehin nie gezeigt. Sein von der Neurodermitis geschundener Körper ließ keine wirklichen Intimitäten zu.

Das Bild Christianes tauchte vor seinem inneren Auge auf. Wie lange schon waren sie einander nicht mehr nahegekommen, seine Frau und er? Es mussten Jahre sein. Ganz offensichtlich hatte seine Ausstrahlung jeglichen Reiz für sie verloren. Ja, wahrscheinlich ekelte sie sich nur noch vor seinem Körper, wenn er nachts zu ihr unter die Bettdecke kroch. Der Gedanke gab ihm einen Stich. Seit seiner Teenagerzeit hatte er sich vor Zurückweisungen gefürchtet, der linkische Junge, über den die Mädchen lachten, und nun verschmähte ihn sogar die eigene Frau.

Energisch schob Wolf von Nesselröden diese Gedanken beiseite. Immerhin konnte er sich mit Bitzi trösten. Sie stand schon an der geöffneten Wohnungstür, als er den zweiten Treppenabsatz erreichte, in einem bodenlangen Gewand aus bunt bedruckter indischer Seide. Sofort sah er, dass sie darunter keine Wäsche trug. Deutlich zeichneten sich ihre kleinen Brüste unter dem dünnen Stoff ab.

»Wolfi!« Sie schmiegte sich an ihn. »Ich dachte schon, du kommst gar nicht mehr!«

Unangenehm berührt sondierte er das Treppenhaus, ob ein Nachbar sie beobachtet hatte, bevor er Bitzi in den Wohnungsflur dirigierte und die Tür mit einem Fußtritt schloss.

»Wir müssen vorsichtig sein!« Kopfschüttelnd nahm er das Basecap ab. »Ja, bin spät dran. Es war ein Tag voller Konferenzen und Telefonate, du weißt ja …«

»Mein armer, tapferer Wolfi«, flötete Bitzi, die seine Hand nahm und ihn zum Schlafzimmer zog. »Gleich wirst du verwöhnt.«

Sein Körper reagierte auf diese Ankündigung mit einem Ziehen in der Lendengegend. Alles erregte ihn an Bitzi. Ihr lasziver Aufzug, ihr hagerer, aber gelenkiger Körper, ihre fraglose Hingabe. Das Bohemehafte ihres Schlafzimmers, das einer orientalischen Höhle glich, steigerte seine Erregung. Auf der weinroten Matratze eines improvisierten Himmelbetts – indische Foulards, die von einem grob gezimmerten Holzgestell herabhingen – lagen bunte Seidenkissen. Unzählige Kerzen tauchten den Raum in ein weiches Licht, aus unsichtbaren Lautsprechern zirpte asiatisch angehauchte Wellnessmusik à la Ravi Shankar, mit Streicherklängen überzuckert.

Armer Ravi Shankar, dachte Wolf von Nesselröden. Außerdem fand er es viel zu warm hier. Die Luft war erfüllt vom muffig-würzigen Duft der Räucherstäbchen, die, wie Bitzi beteuerte, Körper und Seele reinigten.

»Leg dich hin, mein Wolfi.« Sie zeigte auf das Bett. »Ich ziehe dir die Schuhe aus. Lass dich einfach fallen.«

»Ja doch.«

Er setzte sich auf die Bettkante und entledigte sich seines Jacketts, das er ordentlich zusammenfaltete und auf das Nachtschränkchen aus Rattanholz bettete. Seine Gelenke knackten, als er bäuchlings zum Kopfende kroch. Schon spürte er ihre geschickten Finger an seinen Knöcheln, die Schuhe polterten auf die Holzdielen. Mit seitlich angelegten Armen wartete er auf mehr. Das hatte er sich einfach verdient. Schließlich ging es ja nicht nur um Sex, also um niedere Bedürfnisse, nein, er wollte sich begehrt fühlen, beachtet, anerkannt. All das, was Christiane ihm verweigerte und was er sich nun woanders holen musste.

»Hat mein Wolfi Ärger gehabt?«, fragte Bitzi in einem kindlichen Singsang.

Seine Antwort bestand aus einem vagen Knurren. Er wollte

nicht reden. Reden konnten sie auch noch später. Glücklicherweise verstand Bitzi ihn auch ohne Worte. Sie robbte neben ihn und strich ihm mit einer Hand vom Haaransatz bis zum Gürtel. Der Stoff des Hemds minderte in nichts die Wirkung, im Gegenteil. Mit einem Schauer registrierte seine gereizte, überempfindliche Haut ihre Berührungen.

»Aber mein großer, starker Wolf setzt sich immer durch, stimmt's?«, gurrte Bitzi.

»Genau, Süße«, erwiderte er stöhnend. »Ein Wolf von Nesselröden ist immer auf der Siegerstraße unterwegs.«

»Wow«, hauchte Bitzi.

Zufrieden spürte er, wie sie sich rittlings auf ihn setzte, die Schenkel an seinen Körper gepresst. Mit beiden Händen bearbeitete sie jetzt seinen Rücken, strich über die Schultern, ließ ihre Finger an seinen Armen entlangwandern, streifte kurz die Achselhöhlen.

In seinem Unterleib begann es zu pulsieren. Du kleine Nutte. Du wunderbare kleine Nutte. Nicht, dass er Bitzi verachtete. Aber es erregte ihn, dass sie zuverlässig verfügbar und zu allem bereit war. Sex hatte schmutzig zu sein, wenn es guter Sex sein sollte, das war schon immer seine Überzeugung gewesen. Große Gefühle störten da nur. Wieder dachte er an Christiane, seine Madonna, vor deren Reinheit und engelhafter Unschuld er einen heiligen Respekt hegte. Von Anfang an hatte er das Gefühl gehabt, sie zu entehren, wenn er sich ihr körperlich genähert hatte. Mit Bitzi war es etwas ganz anderes.

»Geile kleine Nutte, geile kleine Nutte«, murmelte er ins Kissen.

»Gefällt dir das?«, säuselte Bitzi, während sie den Druck ihrer Hände verstärkte.

Sanft schüttelte er sie ab und drehte sich auf den Rücken. Sofort war sie wieder über ihm. Kniend, mit weit gespreizten

Beinen, öffnete sie seinen Gürtel, zog ihn aus der Hose und formte eine Schlaufe.

»War der große, starke Wolf auch brav?«

Aufreizend langsam ließ sie den zusammengelegten Gürtel über seinen Oberkörper gleiten, während sie sich auf Wolf von Nesselrödens Gemächt setzte und ihre Hüften rhythmisch kreisen ließ. Durch Hose und Unterhose hindurch meinte er, die Wärme ihres Schoßes wahrzunehmen, unwillkürlich stöhnte er auf, den Blick starr auf ihre Brüste unter dem durchsichtigen Stoff gerichtet. Ein leichter Schlag mit dem Gürtel traf die Knopfleiste seines Hemds. Ihm fiel ein, dass Adorno einst gesagt hatte, die überaus hässlichen britischen Prostituierten seien Sünde und Bestrafung in einem. Dabei war Bitzi gar nicht hässlich, fand er.

»Ich habe dich etwas gefragt.« Bitzis Ton wurde streng und fordernd. Sie rutschte auf seine Oberschenkel, ein weiterer Schlag traf seine geschwollene Männlichkeit. »Du unartiger großer Wolf.«

Ja, das gefiel ihm, doch Bitzi durfte nie vergessen, wer der Regisseur dieses Spiels war.

»Übertreib's nicht, Süße«, zischte er zwischen zusammengebissenen Zähnen, »es wird Zeit, dass du dich um mein Zepter kümmerst.«

Folgsam tat sie, was er sagte, und er schloss die Augen, als ihre Lippen sein bestes Stück eroberten. Sie brauchte keine weiteren Anweisungen. Die Abläufe waren klar, die Rituale eingeübt. Bitzi wusste, dass sie ihn nicht entkleiden durfte, und sie wusste auch, dass er sie nackt sehen wollte, wenn sie sich nach ausgedehntem Zungenspiel auf sein »Zepter« setzte.

»Jetzt«, kommandierte er knapp.

Das indische Gewand flog in die Ecke. Mit der Geschmeidigkeit einer Katze bestieg Bitzi seinen bebenden Körper. Ihr Mund stand weit offen, ihr Blick wurde glasig. Der Teufel wusste, woran sie gerade dachte.

»Aufsitzen ist gut, aber andersherum«, befahl er.

Wieder tat sie, was er ihr sagte. Jetzt konnte er unbeobachtet ihren Rücken anstarren, sich in seine gewagtesten Fantasien verlieren, in denen er gleich von mehreren Frauen verwöhnt wurde, echten Nutten, deren Schamlosigkeit keine Grenzen kannte. Kunstvoll langsam bewegte sich Bitzi auf ihm, und er bestand nur noch aus heißem, fiebrigem Begehren, sein Unterleib ruckte auf und nieder, bis feurige Schlieren vor seinen Augen tanzten und sein Kopf zur Seite fiel. Nur mühsam konnte er den erlösten Schrei unterdrücken.

Sofort überkam ihn der vertraute Selbstekel, den er als verdiente Strafe empfand. Womöglich genoss er diese Abscheu noch mehr als den eigentlichen Akt. Die klebrige Ermattung nach dem Orgasmus, die Wonnen des Selbsthasses. Sie vögeln unter Ihrem Niveau, Herr von Nesselröden.

»Mein Wolfi. War's schön?«, erkundigte sich Bitzi mit belegter Stimme.

Vorsichtig schob er sie von sich herunter, darauf bedacht, jeden weiteren Körperkontakt zu vermeiden. Ob sie auf ihre Kosten gekommen war? Ganz bestimmt war sie das. Ihre kleinen spitzen Schreie und ihr gutturales Röcheln, kurz bevor er gekommen war, bestätigten es. Nackt lag sie neben ihm und atmete keuchend, ohne erkennbares Bedürfnis nach mehr.

Unter halb geschlossenen Lidern ließ er seinen Blick durch den Raum schweifen, betrachtete den Widerschein der flackernden Kerzen an der Wand, die eingerissenen Theaterplakate, mit denen Bitzi ihr Gemach dekoriert hatte, die Vorhänge des Himmelbetts. Einen anderen Raum hatte er, abgesehen vom

Badezimmer, in dieser Wohnung nie betreten. Warum auch? Bitzi war eine Bettgeschichte. Allerdings eine Bettgeschichte, die ihm neben den Annehmlichkeiten von anstrengungslosem Sex und bewundernder Zuwendung neuerdings auch noch aus anderen Gründen sehr gelegen kam.

Wolf wusste, dass Bitzi beträchtlichen Einfluss am Theater hatte. Das war allgemein bekannt, und auch Bitzi selbst hatte ihm einiges erzählt, wenn sie nach dem Sex nebeneinanderlagen. Sie war es, die im Handumdrehen einen Ersatz fand, wenn ein Schauspieler krank wurde. Über ihren Tisch gingen die Verträge, sie redete mit, wenn es um Kündigung oder Verlängerung eines Engagements ging. Letztlich entschied sie sogar, wie oft ein Stück gespielt wurde, weil sie den Besetzungsplan so kompliziert gestalten konnte, dass bestimmte Vorstellungen seltener angesetzt wurden als andere. Damit war sie ein Machtfaktor auch für Regisseure, deren Erfolg davon abhing, wie oft ihre Inszenierungen gezeigt wurden. Bitzi, die heimliche Herrscherin des Theaters, passte fugengenau in seine Pläne.

»Und? Wie macht sich unser Herr Intendant?«, fragte er übergangslos.

»Rohrkrepierer.« Abfällig schürzte Bitzi die Lippen, mit denen sie ihn noch vor wenigen Minuten liebkost hatte. »Der ist so was von fällig.«

»Kluges Mädchen. Sander ist ein Nichtskönner, das habe ich dir von Anfang an gesagt. Ein Parasit des Kulturlebens. Wie läuft sein *Freischütz?*«

Bitzi strich sich eine Strähne ihrer Hennamähne aus der Stirn. »Erwartungsgemäß schlecht. Wir spielen vor leerem Haus.«

»Gut. Wie geht es weiter? Könnte man das Machwerk ganz absetzen?«

»Genau dafür werde ich sorgen. Moment, gib mir eine Sekunde.« Nachdem Bitzi ihr Gewand vom Fußboden geangelt und übergestreift hatte, legte sie sich wieder neben ihn. »Meine Geheimwaffe heißt Dieter Gabler.«

Wolf von Nesselröden konnte Gabler nicht ausstehen. Aber da war etwas in Bitzis Stimme … Er starrte auf die Foulards des Himmelbetts, die gefalteten Hände auf dem mittlerweile wieder geschlossenen Hosenschlitz.

»Gabler? Ist das nicht dieser aufgeblasene, unterdurchschnittlich begabte Korrepetitor?«

»Vorsicht. Er ist sehr talentiert und könnte zur Konkurrenz für Sander werden.«

»Soll das ein Witz sein?«, grummelte Wolf von Nesselröden.

»Du verkennst seine Fähigkeiten«, widersprach Bitzi. »Zurzeit bereitet er einen Liederabend mit deutschen Chansons der Dreißiger- und Vierzigerjahre vor unter dem Titel: *Das kann doch einen Seemann nicht erschüttern*.«

Von Nesselröden runzelte die Stirn. Etwas klingelte bei ihm.

»Das ist aber nicht auf seinem eigenen Mist gewachsen, oder? Gab es nicht unlängst einen ähnlichen Abend in Berlin?«

Bitzi zog die Augenbrauen hoch.

»Und wenn schon. Das wird ein großes Ding, richtig groß. Die Leute lieben so was – ein Hauch Nostalgie, schmissige Texte, Melodien zum Mitklatschen. Ich werde ein Mailing an die Abonnenten rausschicken, dass sie ihre Karten für den *Freischütz* und auch für die *Fidelio*-Premiere gegen Gablers Abend tauschen können. Noch ist der fürs Foyer geplant, aber wenn der Andrang überhandnimmt …«

».. weil ich den Abend über den grünen Klee loben lasse, gehört er auf die große Bühne!«, frohlockte Wolf, der erst jetzt begriff, was Bitzi im Schilde führte.

»Jawoll. Was läge schließlich näher, als dafür die *Freischütz*-

Termine zu nehmen, die sowieso nichts einbringen?« Bitzi lachte kehlig. »Das nenne ich publikumsorientiertes Theatermanagement.«

Er bedachte sie mit einem anerkennenden Blick.

»Du bist gut. Ich liebe deine weibliche Raffinesse.«

Sie kicherte, ihre rechte Hand kroch zu seinem Hosenschlitz.

»Ich weiß doch, was meinem Wolfi gefällt. Jetzt hole ich uns einen schönen kalten Prosecco aus der Küche, und wenn du willst, gebe ich dir danach eine weitere Kostprobe meiner Raffinesse.«

Mit spitzen Fingern hob er ihre Hand an und legte sie auf den schmalen Matratzenstreifen zwischen ihnen.

»Daraus wird leider nichts. Bald kommt meine Frau nach Hause, und …«

Auf der Stelle versteifte Bitzi sich.

»Deine Frau, deine Frau«, äffte sie ihn nach. »Wann trennst du dich endlich von dieser verklemmten Nonne? Schau, wir haben doch alles, was wir brauchen. Wir verstehen uns Granate im Bett, wir ticken synchron, wir lieben das Theater. Und wir könnten sogar noch eine Familie gründen.«

Wolf von Nesselröden erstarrte. Was redete Bitzi da für einen Stuss? Wofür hielt sie sich? Nicht im Traum wäre ihm eingefallen, Birte Dasselmann für eine angemessene Lebensgefährtin zu halten. Sie war weder kultiviert noch gebildet und eher bauernschlau als klug. Ihr greller Alternativ-Schick und vollends ihr Ruf, leichtlebig zu sein, wenn nicht ein Theaterflittchen, schloss jede legitime Verbindung aus.

»Sag mal, du nimmst doch immer noch die Pille, oder?«, fragte er in das Schweigen hinein, das unversehens entstanden war.

»Klar«, erwiderte sie schmallippig. »Ist das etwa alles, was dich interessiert?«

»Also bitte, versteh' mich nicht falsch«, ruderte er zurück, »du bist etwas ganz Besonderes, und ich möchte auch nicht ausschließen, dass wir irgendwann …«

Er ließ den Satz in der Luft hängen, aber sie ließ nicht locker. Ihre Augen blitzten angriffslustig.

»Irgendwann – was?«

Er rang sich dazu durch, ihre Wange zu streicheln. Prompt fingen seine Handgelenke an zu jucken.

»Bitzi, wir reden ein andermal darüber, ja? Ich muss jetzt wirklich los. Alles wird sich von selbst entwickeln, glaub mir. Wir haben noch so viel Zeit.«

»Du vielleicht«, entgegnete sie bitter.

Torschlusspanik, auch das noch. Wie ein Klappmesser schnellte Wolf von Nesselröden hoch, setzte die bestrumpften Füße auf den Boden und bückte sich nach seinen Schuhen.

»Eins nach dem anderen, Bitzi.«

»Seit einem Jahr schleichst du dich wie ein Dieb in mein Schlafzimmer. Hast du auch mal daran gedacht, wie ich mich dabei fühle?«

Nein, darüber hatte Wolf von Nesselröden in der Tat noch nie nachgedacht. Bisher war er davon ausgegangen, dass Bitzi schlicht und ergreifend scharf auf ihn war und darüber hinaus keine Ansprüche stellte. Sex, das war alles, was sie verband. Falls Bitzi mehr erwartete oder gar ernsthafte Gefühle für ihn hegte, war ihm das jedenfalls nie aufgefallen. Ohnehin hielt er nichts von dem neumodischen Empathiegerede, das sogar beim *Anzeiger* die Runde machte, Gefühlsgedöns für Schwächlinge.

»Ich liebe dich, Wolfi.« Plötzlich umklammerte sie ihn von hinten mit ihren Armen. »Ich liebe dich so sehr!«

Wie bitte? Wolf von Nesselröden war ehrlich erschrocken. Mit so viel Leidenschaft hatte er nicht gerechnet. Sicher, es war durchaus schmeichelhaft, dass sich Bitzi in einen Mann wie ihn verliebte, doch das konnte unabsehbare Komplikationen mit sich bringen. Er musste sich schleunigst von ihr zurückziehen, damit sie gar nicht erst auf dumme Gedanken kam. Auf der anderen Seite durfte er Bitzi nicht verprellen. Nicht, bevor Sander erledigt war.

»Du bist eine tolle Frau«, erwiderte er. »Ich mag dich sehr, weißt du, und wir sehen uns so bald wie möglich wieder, versprochen. Was sollte ich denn ohne meine süße Bitzi machen, hm?«

Sie zog einen Flunsch, wie ein Kind, dem man die Bonbons weggenommen hat.

»Okay. Ich warte. Wie immer.«

Und jetzt nichts wie weg, dachte Wolf von Nesselröden, band seine Schuhe zu und griff zum Jackett. Was für ein Jammer, dass selbst die schärfsten Frauen irgendwann Sex mit Gefühlen verwechseln. Wirklich bedauerlich. Wenn die Intrige gegen Sander über die Bühne gegangen ist, werde ich Bitzi schrittweise auf null setzen müssen. Momentan fand er sich, wenn möglich, ein- bis zweimal die Woche bei ihr ein, doch seine Besuche würden seltener werden und irgendwann ganz versiegen. Der Lauf der Dinge. Bitzi war eine erwachsene Frau, sie würde darüber hinwegkommen. Und er würde sich eine neue Gespielin suchen oder halt öfter seinen Lieblingspuff vor den Toren Weimars frequentieren, wo er zwar zahlen musste, aber unbehelligt von störenden Emotionen blieb.

Ich werde Bitzi ein hübsches Abschiedsgeschenk machen, nahm er sich vor, ich bin ja kein Unmensch. Vielleicht ein kostbares orientalisches Parfum oder einen edlen Kaschmirschal?

Kapitel 14

Bitzi sah zu, wie Wolf von Nesselröden sein Jackett zuknöpfte. Sie verfolgte jede seiner Bewegungen, als könnte sie daraus ihre Zukunft ablesen. Obwohl sie nicht auf Abschiedszärtlichkeiten gehofft hatte, war sie enttäuscht, als ihr Geliebter mit zackigen Schritten das Schlafzimmer verließ und das Bad ansteuerte, wo er sich einschloss. Bitzi hörte den Wasserhahn laufen, dann das Geräusch der Toilettenspülung und nochmals den Wasserhahn. Sie sah auf den Wecker. Gerade mal eine Dreiviertelstunde hatte das Ganze gedauert.

»Mistkerl«, flüsterte sie.

Eine einsame Nacht erwartete Bitzi, eine weitere von viel zu vielen einsamen Nächten, abgesehen davon, dass ihr unbefriedigter Körper sie nicht schlafen lassen würde. Frustriert zerknitterte sie mit einer Hand das Kopfkissen. Offenbar war Wolf derart von sich eingenommen, dass er allen Ernstes glaubte, ihr die allergrößten Wonnen zu verschaffen. In Wahrheit hatte sie wenig von diesen Begegnungen, weil er, so viel stand fest, überhaupt nichts von Frauen verstand, weder von ihrer Anatomie noch von ihren Gefühlen.

Verdrossen nahm sie ihr Handy vom Nachtschrank und tippte eine Nachricht an Dieter Gabler. Im Liegen. Das kostbare Sperma sollte so lange wie möglich in ihr verweilen. Die Pille nahm sie schon seit Monaten nicht mehr, und der morgendlichen Temperaturmessung nach zu schließen, hatten ihre fruchtbaren Tage eingesetzt.

Nachdenklich rieb sie über ihren flachen Bauch. Es mochte nicht sonderlich originell sein, einen wankelmütigen Mann mit ungewolltem Nachwuchs zu überrumpeln, aber Wolf würde zweifellos entzückt sein, wenn sie ihm einen Stammhalter oder eine kleine Prinzessin ankündigte. Der Gedanke, sich selbst in einem Kind zu verewigen, musste doch ein innerer Vorbeimarsch für diesen eitlen Fatzke sein. Einen unehelichen Bastard konnte er sich allerdings nicht leisten, nicht hier in Weimar. Deshalb würde sie, Birte Dasselmann, bald in die bessere Gesellschaft aufsteigen.

»Alles in Ordnung?« Er stand an der Tür, schon mit dem Basecap auf dem Kopf. »Ich gehe dann mal.«

»Ja, alles schön«, log sie.

»Ich finde den Weg, du musst mich nicht rausbringen, Süße. Schlaf gut.«

Damit war er verschwunden.

Bitzi absolvierte vorsichtshalber eine zehnminütige Übung, *Kerze* genannt, mit steil hochgestreckten Beinen, und bewegte die Zehen, bevor sie aufstand. Diesen Tipp hatte sie einem Ratgeber für Frauen mit spätem Kinderwunsch entnommen – mit einundvierzig wurde man nicht mehr im Vorübergehen schwanger, da musste man schon ein bisschen nachhelfen. Im Badezimmer duschte sie heiß. Danach wickelte sie sich in einen weißen Bademantel mit der Aufschrift »Hotel Hohenzollern«, ein Geschenk Dieter Gablers, und holte eine Packung Kondome aus dem Schrank. In einer halben Stunde würde der Korrepetitor ihrem Körper die Erlösung bescheren, die Wolf ihr nicht schenken konnte. Aber was machte das schon. Nur schwängern sollte Wolf sie gefälligst. Und da ein misstrauischer Pingel wie er auf einem Vaterschaftstest bestehen würde, durfte sie kein Risiko eingehen.

Während Bitzi ihr Make-up auffrischte, besserte sich ihre Laune ein wenig. Immerhin hatte sie durch Wolf eine realistische Perspektive, endlich ihre Singleexistenz zu beenden und als seine Ehefrau ein gewisses Ansehen zu genießen. Ach was – hofieren würde man sie, zum Tee in die Damenzirkel Weimars einladen, und beim alljährlichen Presseball würde sie in großer Abendrobe an seiner Seite bewundernde Blicke einheimsen.

Mann, Kind, Familie, davon träumte Bitzi seit vielen Jahren. Aber sie hatte auch auf ihre Mutter gehört, die nicht müde wurde, sie zur Vorsicht zu ermahnen. Heirate dich hoch, hatte deren simple Empfehlung gelautet. Auf keinen Fall dürfe sich ihre Tochter dem Erstbesten in die Arme werfen. Ein Rat aus leidvoller Erfahrung. Bitzis nichtsnutziger Vater hatte sich aus dem Staub gemacht, bevor sie überhaupt geboren worden war. Ihre Mutter hatte sie allein großgezogen und sich mehr schlecht als recht als Putzfrau durchgeschlagen. Nicht gerade die besten Startbedingungen für Birte, die sich ihrer Herkunft schämte. Wolf schien das nicht zu stören. Deshalb erschien er ihr als Glücksfall, als der langersehnte Prinz, der sie aus ihrem Aschenputtel-Dasein erlösen würde. Angesichts ihres, wie sie fand, fortgeschrittenen Alters musste es allerdings jetzt endlich etwas schneller gehen. Letztlich hatte sie schon viel zu lange gewartet. Sämtliche Freundinnen aus Teenagerzeiten waren bereits in festen Händen, schoben Kinderwagen durch die Stadt oder schwärmten von ihren hochbegabten Schulkindern. Bei den üblichen Kaffeeverabredungen sparten sie nicht mit spitzen Bemerkungen: Ob Bitzi plane, eine alte Jungfer zu werden, wenn auch nicht im physischen Sinne, haha. Was denn mit ihr los sei, dass sie keinen Mann abbekomme. Das tat weh. Sobald ihre Freundinnen auf dieses Thema zu sprechen kamen, musste Bitzi sich neuerdings zusammenreißen, um nicht in Tränen auszubrechen. Sie fühlte sich dann, als habe sie eine ansteckende Krankheit, als gehöre sie nicht richtig dazu und gerate immer mehr ins Abseits.

Mit energischen Strichen bürstete sie ihr rotes Haar und steckte es auf, so wie Dieter Gabler es gern mochte. Dann streckte sie ihrem Spiegelbild die Zunge raus. Sie würde es ihren gehässigen Freundinnen zeigen. Sie würde nicht nur einen Mann abbekommen, oh nein, sie würde sich Dr. Wolf von Nesselröden angeln und kometengleich an den Nörglerinnen vorbeiziehen.

Bitzi formte einen Kussmund, während sie einen dunkelroten Lippenstift auftrug. Birte von Nesselröden. Wie abgefahren das klingt! Dass sie Wolf nicht liebte, spielte keine Rolle. Er war okay soweit, es gab schlimmere Männer. Manchmal spürte sie sogar Mitleid, weil ihr längst aufgegangen war, dass sich hinter der Fassade des arroganten Machtmenschen ein kleiner, unsicherer Junge verbarg. Bitzi war bereit, ihm zu geben, was er brauchte: eine Frau, die ihn restlos bewunderte, bestens umsorgte und ihm den Rücken frei hielt. Nebenbei würde sie ihn sich nach ihrem Gusto zurechtbiegen, wenn sie erst einmal den Ehering trug.

Aber ihr Kind, sie begann zu lächeln, ihr Kind würde sie von Herzen lieben. Einen süßen kleinen Fratz würde sie im Arm halten, endlich. Mit etwas Glück würde das Kind ihr ähneln, nicht Wolf. Und wenn es auch nur ein wenig von seiner Intelligenz erbte, musste man sich um diesen Spross wahrlich keine Sorgen machen.

Froh gestimmt parfümierte Bitzi sich mit einem süßlichen Eau de Toilette, das Wolf – wie im Übrigen jegliche Duftwässer – verabscheute. Er wird mich auf Händen tragen, überlegte sie. Schon allein deshalb, weil ich ihm als Mitgift Sanders Kopf darbringe. Eine glänzende Zukunft wartet auf dich, Birte Dasselmann.

Kapitel 15

»Hallo, Kaminski, was machst du bloß für Sachen?«, sagte Laura, als sie in das Krankenzimmer trat.

Sie versuchte, betont munter zu klingen. Angesichts des Bildes, das sich ihr bot, kam jedoch wenig mehr als ein heiseres Krächzen dabei heraus. Ganz klein und käsig sah ihr Mann aus in dem weiß gestrichenen Raum, er, der kräftige, stets gebräunte Kaminski, dem man jederzeit den Haudegen abnahm, wenn er auf dem Kutschbock saß und die Pferde antrieb, lachend, übermütig, als könnte nichts und niemand ihn aufhalten.

»War nur falscher Alarm.« Kaminski hob eine Hand. »Hallo, mein Schatz.«

»Soso, das nennst du also falschen Alarm«, erwiderte Laura mit hochgezogenen Augenbrauen.

Zusammen mit Christiane und dem Intendanten hatte sie sich aus der Vorstellung geschlichen, dann waren sie zu dritt in Sanders Auto zur Klinik gerast. Nun betrachtete sie entsetzt ihren Mann, während Christiane und Johannes in respektvollem Abstand hinter ihr stehen blieben. Ein Infusionsschlauch steckte in Kaminskis linkem Arm, neben dem Bett piepste es aus einem Monitor, auf dem gezackt laufende Linien seinen Herzschlag abbildeten. Eine zerklüftete Berg- und Tallandschaft, die vermutlich auch einiges über seinen seelischen Zustand verriet.

Ausgebremst, dachte Laura beklommen. So sieht ein Mann aus, der nicht weiterweiß. Und ich? Weiß ich denn weiter?

Sie setzte sich zu ihm auf die Bettkante. Johannes und Christiane, die darauf bestanden hatten, sie in die Klinik zu begleiten, waren ebenfalls sichtlich schockiert.

»Wann wirst du eigentlich mal erwachsen?« Lauras schmale Hände strichen ziellos über die kalkweiße Bettdecke. »Der Arzt meinte, du seist unterzuckert gewesen, weil du ein paar Bierchen gezischt hast, statt was Vernünftiges zu essen. Die Hitze und dein schlapper Kreislauf hätten dich dann vollends umgehauen.« Sie schüttelte den Kopf. »Kaminski, verflixt, manchmal denke ich wirklich, ich habe zwei Kinder.«

Mit der schuldbewussten Miene eines kleinen Jungen, der seinen Schulkameraden zu einem dummen Streich ermutigt hatte, trat Johannes zum Bett.

»Hi Kumpel.«

»Danke, dass du gekommen bist, das nenne ich Freundschaft«, sagte Kaminski.

Johannes nickte ihm kurz zu und wandte sich an Laura.

»Das mit dem Bier nehme ich auf meine Kappe, Frau Kaminski. Wobei Ihr Mann ein alkoholfreies …«

»Laura, sag einfach Laura.« Sie streckte ihm die rechte Hand hin. »Der olle Kaminski und ich, wir mögen dich. Instant-Sympathie. So was kommt nicht oft vor, glaub mir.«

Sander strahlte sie an, ergriff ihre Hand und drückte sie fest.

»Nehm ich mal als Kompliment.«

»Hallo? Ihr redet, als wäre ich gar nicht anwesend«, beschwerte sich Kaminski. »Oder als hätte ich schon meinen Geist aufgegeben.«

»Was durchaus den Tatsachen entspricht«, sagte Laura streng.

»Immerhin war ich auch dabei«, wagte sich nun Christiane aus der Deckung hervor. »Es war eine vollkommen spontane Idee, heute mit den Schülern ins Theater zu gehen, und Herr Sander war so freundlich …«

Sie verstummte. Laura hatte den Eindruck, ihre Freundin fürchte, sonst mehr zu offenbaren, als ihr lieb sein konnte.

»Wozu diese Beerdigungsgesichter? Mir geht's bestens, ich will nach Hause«, meldete sich Kaminski zu Wort.

Du großer dummer Junge, dachte Laura. Unversehens fand sie ihr Lächeln wieder. Lange konnte sie diesem Heißsporn nicht böse sein, auch wenn sie allen Grund dazu hatte.

»Auf keinen Fall verlässt du die Klinik, die müssen morgen erst einmal alles kardiologisch abklären«, entgegnete sie. »Also bleibst du hier, ich übrigens auch. Das Bett ist schmal, aber das dürfte für uns ja kein Problem sein, oder?«

Christiane formte mit Daumen und Zeigefingern ein Herz.

»Ihr seid ein wunderbares Paar. Keine Ahnung, wie ihr das macht.«

Laura schwieg. Obwohl sie dazu neigte, Kaminski wie immer zu verzeihen, steckte ihr der Streit in der Vorratskammer noch in den Knochen, der Ärger über diesen verantwortungslosen Kindskopf, der ihr Mann war, und ihre unzuverlässige Adoptivtochter. Immer wieder musste sie den Gedanken verscheuchen, sie hätte dieser Adoption niemals zustimmen dürfen. Sie schaute zu Kaminski, in dessen Miene sich Schuldbewusstsein und Hoffnung mischten.

»Sagen wir, nach den Höhenflügen des verliebten Beginns sind Kaminski und ich in den Mühen der Ebene angekommen«, erklärte sie und wunderte sich sogleich über ihre Freimütigkeit.

»Dann lassen wir die Turteltauben besser allein.« Johannes zwinkerte ihr zu. »Ich nehme eure Freundin mit in die Stadt, dann könnt ihr ganz in Ruhe tun, was immer dem Patienten zuträglich sein mag. Gute Besserung, ja?«

Unterdessen war Christiane errötet, wie Laura auffiel. Nervös nestelte sie an ihrem Kleid herum, den Blick zu Boden gerichtet.

»Ich kann auch ein Taxi nehmen.«

»Nichts da«, widersprach Johannes, »das ist das Mindeste, was ich tun kann, nachdem Sie freiwillig ein zweites Mal in meinen *Freischütz* gegangen sind.«

Eine eigenartige Schwere lastete plötzlich in dem Krankenzimmer, die Laura irritierte. Christianes Zögern wirkte eigenartig unfrei, ja ängstlich, als bräuchte sie eine Erlaubnis für etwas, was doch völlig selbstverständlich schien. Wachsam schaute Laura vom einen zum anderen. Von Anfang an hatte sie eine vage Befangenheit, auch einen gewissen Zauber zwischen Johannes und Christiane gespürt. Das beunruhigte sie fast so sehr wie Kaminskis schlechter Gesundheitszustand, der ihn jedoch nicht daran hinderte, in die kleine Diskussion einzugreifen.

»Komm schon, Christiane«, sagte er, »es wäre doch albern, ein Taxi zu bestellen. Lass dich ruhig von Johannes chauffieren. Das heißt – dürfte ich euch bitten, kurz auf dem Gestüt nach dem Rechten zu sehen? Chantal ist mit der Kutsche nach Hause gefahren«, er wechselte einen um Verzeihung bittenden Blick mit Laura, »anders ging es nicht, die Pferde mussten ja in den Stall, und jetzt ist sie ganz allein dort.«

»Machen wir sehr gerne«, versicherte Johannes.

Christiane schluckte. Laura konnte ihre Anspannung deutlich spüren. Ihre Freundin öffnete den Mund, wohl um ein weiteres Mal zu protestieren, schwieg jedoch, als sie Kaminskis verständnislosem Blick begegnete.

»Also gut«, lenkte sie ein.

Nein, nicht gut, dachte Laura. Gar nicht gut. Vermutlich wissen die beiden selbst noch nicht, was mit ihnen los ist. Und wie heikel es wäre, wenn sie einander näherkämen. Voller Besorgnis sah sie zu, wie Johannes Christiane die Tür aufhielt und die beiden nach einem aufmunternden Winken gemeinsam den Raum verließen.

Klackend fiel die Tür zu. Jetzt war Laura mit ihrem Mann allein. Schlagartig kühlte sich die Atmosphäre ab. Kaminski schaute zur Decke, abwartend, mit zerknirschtem Gesichtsausdruck. Laura, die vergeblich nach den richtigen Worten suchte, starrte lange auf den Infusionsschlauch, als wollte sie die Tröpfchen zählen, die sich aus der Flasche lösten und den durchsichtigen Plastiktunnel hinunterglitten.

Ein Bilderstrom zog an ihrem inneren Auge vorbei, weich ineinander geblendete Szenen einer Liebe, die sie von Anfang an zwar mit jeder Faser gespürt, aber auch für gefährdet gehalten hatte. Sie sah Kaminski, wie er sie zum ersten Mal richtig angeschaut hatte, fasziniert, flirtig und mit jenem kecken Selbstbewusstsein, das sie so liebte. Kaminski auf seinem Pferdegestüt, wie er einen zerbrochenen Bilderrahmen leimte, mit dem Handrücken seine Stirn abwischte und sie anlächelte. Kaminski nach dem Aufwachen im Bett, wie er die Hand nach ihr ausstreckte, mit jener männlichen Entschlossenheit, die sie um den Verstand brachte. Aber sie sah auch sich selber, die disziplinierte Geschäftsfrau, die ihn tadelnd darauf hinwies, dass er Pflichten übernommen hatte, denen er nicht gerecht wurde.

»Ich bin ein Chaot«, flüsterte er schließlich.

»Halte ich für eine Untertreibung«, grummelte Laura.

»Was du heute gesagt hast, in der Vorratskammer«, er richtete sich ächzend auf, »das hat mir buchstäblich den Boden unter den Füßen weggezogen, es tut mir wahnsinnig leid.«

Ach, so will er sich aus der Affäre ziehen? Mit seinem Schwächeanfall? Laura holte tief Luft.

»Was willst du denn damit sagen? Dass jetzt deine Schonfrist angebrochen ist?«

Das leise Piepsen des Monitors wirkte wie eine Antwort. Doch letztlich lag es nicht in Kaminskis Art, den Unterlegenen zu mimen, das war Laura klar. Er war ein Kämpfer, und selbst in seiner angeschlagenen Verfassung wollte er ganz bestimmt kein Mitleid.

»Heraus mit der Sprache, wie stellst du dir unsere Zukunft vor, du obergenialer Philosoph?«

»Ich – ich habe mir etwas ausgedacht und würde gern deine Meinung dazu hören«, sein Ton war auf einmal sachlich. Wir Kutscher in Weimar machen uns gegenseitig mit Dumpingpreisen das Geschäft kaputt. Auf Dauer wird das nicht gut gehen, deshalb möchte ich etwas Besonderes anbieten. Was hältst du davon, wenn ich nicht nur dann und wann einen Klassiker zitiere, sondern ganz offiziell literarische Kutschfahrten anbiete? Mit Rezitationen an kulturgeschichtlich bedeutsamen Orten? Ein Goethegedicht am Frauenplan, eine Schiller-Ode am Nationaltheater, deftige Luther-Verse vor der Anna Amalia Bibliothek – immerhin lagert dort ein Exemplar der Lutherbibel von 1534. Jetzt fragt sich nur noch, was ich lese, wenn ich Halt am *WMS* mache.«

Laura erhob sich und wanderte mit verschränkten Armen durchs Zimmer. Was sollte sie antworten?

»Na, was denkst du?«, hakte Kaminski nach. »Was passt aufs *WMS*? Was passt auf – uns?«

Laura wusste, warum er dieses neue Thema angeschnitten hatte. Weder sie noch er verstanden sich auf Beziehungsgespräche. Beide fürchteten sie verbale Rangeleien, die womöglich Risse in Gräben verwandelten. Alles hing am seidenen Faden, ihre Liebe, ihre Ehe, das fragile Konstrukt ihrer Familie. Ja, auch ihre Liebe. Offensichtlich war das der Grund, warum er an das appellierte, was sie zusammenhielt – gelebtes Leben, täglich neu erfunden, ohne Regeln, ohne Konventionen. Doch die Zeit der Improvisation war vorbei, das hatte Laura heute begriffen. Wenn ihre kleine Familie Bestand haben sollte, musste sich eine Menge ändern.

»Schön, dass du über neue Geschäftsmodelle nachdenkst. Hast du möglicherweise auch über uns nachgedacht?«

»Tucholsky?« Er blinzelte verschmitzt ins grelle Neonlicht, das den Raum ausleuchtete. *»Gibst du dich – keinem? Bist du nur blond und kühl? Demütigt dich ein starkes, heißes Gefühl? Wir sind allein.«*

Sie verdrehte die Augen.

»Kaminski, wach auf, ich bitte dich. Wir haben ein ernsthaftes Problem, auch wenn du es nicht wahrhaben willst.«

Statt auf ihre Worte einzugehen, sprang er einfach zur letzten Strophe des Gedichts.

»Aber einmal – kann es auch anders sein – Einmal gib dich, – und, siehst du, dann wird aus zwei'n: Wir beide – Und keiner ist mehr allein.«

Kaminski, schrie es in ihr, Kaminski, meinst du wirklich, ich werde mich damit zufriedengeben? Was soll ich mit einem Traumtänzer, der zwar mein Herz erobert hat, jedoch so ganz und gar nicht alltagstauglich ist?

»Du kannst dich nicht länger hinter literarischen Zitaten verstecken, Kaminski. Wir sind an unsere Grenzen gekommen, mit unserer Ehe, mit Chantal, und ich habe nicht die Absicht, so weiterzumachen. Also, was ist dein Vorschlag?«

Sie sah, wie er zusammenzuckte. War das Verzweiflung in seinen Augen?

»Laura, ohne dich kann ich nicht leben. Ich weiß, das klingt theatralisch, aber es ist die Wahrheit. Ich liebe dich, ich will dieses Familiending, ich …«

Er versuchte, ihre Hand zu erhaschen, doch sie wehrte diese Geste ab.

»Ich«, wiederholte sie schneidend, »ich höre immer nur: Ich will dies, und ich will das. Gibt es auch ein Wir, Kaminski? Momentan zweifle ich daran. Es ist ein Unterschied, ob man eine Liaison hat oder ob man sich wirklich für das Zusammenleben entschließt. Mir kommt es so vor, als seist du immer noch Single, einer, der kommt und geht, wie es ihm passt, und nur so tut, als ob er Verantwortung übernehmen will.«

Nun waren sie also doch in ein Beziehungsgespräch geschlittert. Aber es musste sein, davon war Laura überzeugt. Diese Diskussion war lange überfällig.

»Es liegt – an deinem Ex, richtig?« Kaminski presste kurz die Lippen aufeinander. »Er hat dich durcheinandergebracht. Carsten, so heißt er, oder? Der Mann mit der Kohle, der ideale Versorger, Mr Perfect in Vollendung. Herrje, Laura, ich weiß, es ist nicht einfach mit mir, aber …«

Sie spürte, wie Wut in ihr aufstieg. Jetzt spielte er also auch noch diese Karte aus und erwähnte ihren Ex. Laura hatte genug gehört. Kaminski war und blieb ein unreifer Junge, ein echter Partner würde er nie sein.

»Eigentlich wollte ich hier übernachten.« Sie straffte ihre Schultern. »Aber wie ich sehe, hast du immer noch den Kopf in den Wolken. Komm runter, Kaminski. Denk nach. Es war nicht das erste Mal, dass du dich treiben lässt, Absprachen vergisst, ins Blaue hineinlebst, das weißt du. Doch so viel frohgemute Improvisation, wie charmant sie auch immer sein mag, passt nicht in mein Leben.«

Er duckte sich wie unter Schlägen, und fast tat er Laura schon wieder leid. Bisher hatte sie ihm alles durchgehen lassen, seine Launen, das Hallodrihafte, die sorglose, weltvergessene Hingabe an den Moment. Nun war Schluss.

»Freiheit, Laura …« Seine Stimme war kaum mehr als ein heiseres Raunen. »Ich habe hart dafür gekämpft. Glaub mir, ich hätte es bequemer haben können – ein fester Job mit festen Arbeitszeiten, statt als Kutscher herumzufahren, eine ordentliche Wohnung, kein zugiges Gutshaus, ein geregeltes, limitiertes Leben.«

Mit allen zehn Fingern fuhr sich Laura durch ihr kurzes blondes Haar.

»Ich weiß momentan nicht, was ich will. Doch ich weiß sehr genau, was ich nicht will: einen Mann, der sich lebenslang in der Pubertät befindet. Schlaf dich aus, Kaminski, und melde dich erst, wenn du über uns nachgedacht hast. Ich gehe jetzt besser ins *WMS*, die Vertretung ablösen, mich um die Gäste kümmern, danach aufräumen, Kasse machen, abschließen. Chantal versorgt ja schon die Pferde, wenigstens das.«

Sie stand auf und ging, so aufrecht sie konnte, zur Tür. Das Geklacker ihrer schwarzen Sandaletten auf dem grauen Linoleum hörte sich in ihren Ohren wie ein Stakkato von Ausrufezeichen an.

»Laura!«

Sie drehte sich um und sah, dass seine Hände die Bettdecke umklammerten.

»Nur eins noch«, sagte er mit erbärmlicher Stimme »Pass bitte auf deine Freundin Christiane auf.«

Unvermittelt hielt sie in der Bewegung inne.

»Wie soll ich das denn verstehen? Sie ist … ach so, du meinst wegen Johannes?«

Ihre Blicke trafen sich, und für Sekunden fühlte Laura die alte Vertrautheit, ein Verstehen ohne Worte. Solche Blickwechsel hatte es oft zwischen ihnen gegeben.

»Die beiden stecken schon viel zu tief drin«, bekräftigte Kaminski. »Christiane tut das alles nicht gut, sie wirkt so zerbrechlich auf mich.«

Natürlich hatte Kaminski Recht damit, das wusste Laura. Und doch war es nur eine weitere Finte, um vom Wesentlichen abzulenken: vom desolaten Zustand ihrer Ehe und vom drohenden Scheitern ihrer kleinen Familie.

»Wie schön, dass du dir wenigstens Sorgen um Christiane machst«, erwiderte sie. »Ich werde ein Auge auf sie haben.«

Einmal Schauspieler, immer Schauspieler, dachte sie. Dann schlug sie die Tür hinter sich zu. Während sie den hell erleuchteten Krankenhausflur entlangeilte, schossen ihr Tränen in die Augen. Ja, sie liebte Kaminski. Aber zwischen Lieben und Zusammenleben bestand ein himmelweiter Unterschied.

Kapitel 16

»Sagen Sie mal, wo sind wir hier eigentlich?«, fragte Johannes vom Fahrersitz herüber, bremste und steuerte den Wagen auf den Seitenstreifen. Gebüsch kratzte am Kotflügel entlang, holpernd kam der Wagen zum Stehen. Das Motorengeräusch verstummte.

Seit sie vom Krankenhaus aufgebrochen waren, hatten sie unablässig geredet – über den *Freischütz,* die Oper, das Theater, das DNT, über ihre Schüler und die Theater-AG, fast manisch war es aus ihr herausgesprudelt, als müsse sie die verräterischen Zwischentöne überdecken, die ungreifbar und doch gefährlich präsent in jedem Satz lauerten. Mit Müh und Not hatte sie es geschafft, Sander bis zum Gestüt zu lotsen, wo sie Chantal jedoch nicht angetroffen hatten.

Mittlerweile befanden sie sich auf der Rückfahrt in die Stadt, wo sie noch im *WMS* vorbeischauen wollten, ob Chantal vielleicht mit dem Moped dorthin zurückgefahren war. Doch offenbar hatten sie in ihrem Redeschwall die Abzweigung verpasst, die nach Weimar führte.

Christiane schaute aus dem Beifahrerfenster, hinter dem nichts zu sehen war außer nächtlicher Schwärze, in der sich die undeutlichen Umrisse eines bewaldeten Hügels abzeichneten. Sie ließ das Fenster herunter, ein betörender Duft nach frisch gemähten Wiesen strömte in den Wagen.

»Keine Ahnung, sieht so aus, als hätten wir uns verfahren.«

»Danke, dass Sie *wir* sagen«, Johannes Sander lachte leise in sich hinein, »ich fürchte, ich war ziemlich unkonzentriert.«

Verirrt, durchzuckte es Christiane. Wir haben uns verirrt wie Hänsel und Gretel im Wald.

Nervös rang sie ihre Hände. Johannes hatte Musik angestellt, alte Jazz-Standards, gerade umschmeichelte sie die zärtlich-beschwörende Stimme von Ella Fitzgerald. *In a sentimental mood.*

»Die alte Kiste hat leider kein Navi«, entschuldigte er sich. »Soll ich weiter geradeaus fahren? Oder wenden? Oder …«, seine Finger streichelten das Lenkrad, »wollen wir einfach durchbrennen?«

»Wie bitte?«

Entgeistert sah sie zu ihm hinüber, weil ihr genau das Gleiche durch den Kopf schoss – einfach Gas geben und allem entfliehen. Schon jetzt schien Weimar unendlich weit entfernt zu sein, es gab nur sie beide, irgendwo im Nirgendwo, und über ihnen nichts als Sterne. Ihr wurde heiß. Sie spürte, wie das Kleid an ihrem Rücken klebte, ihre Handflächen waren feucht geworden. Johannes hatte sich in seinem Sitz zurückgelehnt und schien sie erwartungsvoll zu betrachten, wie jemand, der beschlossen hatte, sein Schicksal in ihre Hände zu legen.

»Anders gefragt, Christiane: Hast du einen Sehnsuchtsort?«

Ein Schauer überlief ihren Körper. Dass er zum Du übergegangen war, irritierte sie weniger als das Wort, das er benutzt hatte. *Sehnsuchtsort.* Eine ganze Welt verbarg sich darin.

»Als ich eine junge Frau war, bin ich mit meinen Eltern nach Santorin geflogen«, erzählte sie leise, ohne ihn anzusehen. »Eine halb versunkene Vulkaninsel, wenig mehr als ein felsiger Halbkreis, der aus dem Wasser ragt. Man schaut aufs Meer wie von einem Logenplatz, und das Meer, es ist dort so blau …«, sie geriet ins Stocken, »ich weiß nicht, es gibt nichts Vergleichbares, es ist ein tiefes, irrlichterndes Blau, das andere Farben zu enthalten scheint, ein Violett, ein Türkisgrün …«

»*… und wie in alten blauen Briefpapieren / ist Gelb in ihnen, Violett und Grau*«, vollendete Johannes ihren Gedanken.

»Rilke?« Sie sah auf, fast erschrocken. »Sie kennen es?«

»Blaue Hortensie.« Seine Stimme klang weich. »*So wie das letzte Grün in Farbentiegeln / sind diese Blätter, trocken, stumpf und rau,/ hinter den Blütendolden, die ein Blau / nicht auf sich tragen, nur von ferne spiegeln.*«

Tränen stiegen in Christianes Augen, eine Erschütterung erfasste sie. Ob der Mann neben ihr spürte, wie sie innerlich bebte?

»*Sie spiegeln es verweint und ungenau …*«, mit dem Handrücken wischte sie ihre Tränen von der Wange, während sie fortfuhr: »*… als wollten sie es wiederum verlieren.*«

Da beugte er sich zu ihr herüber, seine Finger spielten in ihrem Haar. Er roch gut, nach Mann und Begehren, und jäh traf sie die Erkenntnis, dass er der Seelenverwandte war, an dessen Existenz sie nicht einmal mehr zu glauben gewagt hatte.

»Nur wir, wir dürfen einander nie wieder verlieren«, sagte er weich.

Nein, es durfte nicht sein. Sie war Christiane von Nesselröden, die Frau des Chefredakteurs jener Zeitung, die einen Vernichtungsfeldzug gegen den Mann führte, dessen Berührungen im Nacken sie elektrisierten. Was, wenn Johannes es herausbekam? Was, wenn Wolf entdeckte, dass sie seinem verhassten Feind rettungslos verfallen war?

»Ich, ich muss n-nach Hause«, stammelte sie.

»Nach Hause.« Seine Hand fiel herab auf die Lehne. »Was ist das für ein Zuhause?«

Sie fühlte sich wie eine Verräterin. Ich muss es ihm sagen. Nur nicht jetzt. Vielleicht war es das letzte Mal, dass sie allein sein würden, denn für Christiane stand fest, dass sich diese heikle Situation nicht wiederholen durfte. Es zerriss ihr fast das Herz.

»Ich bin müde«, schwindelte sie. »Morgen muss ich früh aufstehen, die Schüler dürfen eine ausgeschlafene Lehrkraft erwarten.«

Die Stimme von Ella Fitzgerald verebbte, Streicherklänge setzten ein, leise Knackgeräusche verrieten, dass es sich um eine alte Aufnahme handelte. Johannes drehte die Musik lauter. *Moon River*, Klang gewordene Sehnsucht. Er summte mit, und wie von selbst fiel sie mit ein, während sich die Härchen auf ihren Unterarmen senkrecht stellten. Wie konnte es sein, dass sie so viel teilten? Gedanken, Empfindungen und nun auch die Vorliebe für einen Song, der wie aus der Zeit gefallen zu ihnen herüberwehte?

»Tanzen?«, fragte er.

»Nicht Ihr – dein Ernst.«

Aber er drehte die Musik noch lauter, stieß seinen Wagenschlag auf, stieg aus und umrundete die Kühlerhaube, bis er vor der Beifahrertür stand.

»Darf ich bitten?«

Lass dich auf nichts ein, Christiane. Beende es, bevor es richtig angefangen hat. Unwillkürlich zog sie die Schultern hoch und presste ihre Schenkel zusammen.

»Christiane«, raunte er und öffnete die Beifahrertür. »Nur ein Tanz.«

Als sei sie in Trance gefallen, ließ sie sich aus dem Wagen ziehen. Eine überirdische Macht fügte sie beide zusammen, wie von selbst schlang sich ihre rechte Hand um seine linke, die andere Hand ruhte auf seiner Schulter, und sie wiegten sich sacht im langsamen Walzertakt. Noch nie hatte Christiane etwas Derartiges erlebt, ein vollkommen natürliches Dahingleiten, zwei Körper, die alles voneinander zu wissen schienen.

Two drifters off to see the world, sang Audrey Hepburn, *there's such a lot of world to see* … Die mädchenhaft scheue Stimme, der verheißungsvolle Text, die Mundharmonika, die einsame Weiten beschwor, all das überwältigte Christiane, so wie ihre blind tastenden Sinne, die einen Duft wahrnahmen, einen Händedruck, ein Aufleuchten von Augen im Dunkel, das berauschende Gefühl, sich ganz dem Taumel des Moments zu überlassen.

»Schön«, flüsterte er in ihr Ohr. »Wie schön du bist.«

Es erschien ihr, als beginne eine neue Zeitrechnung. Sie war nicht mehr das Mädchen aus Apolda, vom Ehemann mehr geduldet als akzeptiert, sie war nur noch Christiane und ganz Frau, als sei sie nach einem langen Dornröschenschlaf endlich erwacht. Sie spürte ein Prickeln auf der Haut, ein schwereloses Schweben, sie spürte es und fühlte sich doch seltsam körperlos, als sei sie schon mit Johannes verschmolzen.

Ein vorbeirasendes Taxi holte sie in die Realität zurück. Täuschte sie sich, oder war es Kaminski, der im hell erleuchteten Fond saß und sich nach ihnen umdrehte?

»Johannes«, ihre Stimme brach fast, »ich muss jetzt wirklich …«

»Sch, nichts sagen«, murmelte er.

Mit einem Finger hob er ihr Kinn an, sein Mund so nah. Christiane hörte auf zu atmen. Es war ein Reflex. Sie schloss die Augen, ihre Lippen öffneten sich, und schon schmeckte sie ihn. In ihren Ohren rauschte es, ja, sie meinte, das Meer rauschen zu hören, das Meer von Santorin, und ein Begehren flammte in ihr auf, so heiß und schmerzhaft, dass sie erneut in Tränen ausbrach.

»Was – was ist denn?«, fragte er bestürzt.

Sie riss sich los und stieg in den Wagen, am ganzen Körper bebend. Als er sich neben sie setzte und den Motor anließ, drehte sie die Musik ab.

»Tu das bitte nie wieder, hörst du? Nie wieder! Ich bitte dich!« Eine Faust krampfte in ihren Eingeweiden. Und wenn der Taxifahrer sie erkannt hatte oder der Fahrgast, der ja gar nicht Kaminski sein konnte?

»Nie wieder«, sagte sie noch einmal und brach in Tränen aus.

Mit einem Ausdruck größter Bekümmerung startete er den Motor. Der Zauber war gebrochen. Christiane aus Apolda, du hast versagt, bist ein dummes kleines Mädchen aus der Provinz, das den Verführungskünsten eines fremden Mannes erlegen ist, statt sich ihrer Rolle als Gattin bewusst zu sein. Elende Schwäche. Sie hasste sich dafür.

Ein Straßenschild kam in Sicht. *Weimar, Zentrum*. Sie hatten nur wenige Meter entfernt davon angehalten, verstrickt in ein unwürdiges Spiel.

»Nächste links, bis zur großen Kreuzung, dann rechts«, wies sie Johannes kühl an.

Er schob das Kinn vor, ein grimmiger Ausdruck trat in sein Gesicht.

»Sehr wohl, stets zu Diensten. Schade, dass Gnädigste so launisch sind.«

Nun hielt sie es nicht mehr aus. Musste er sie denn auch noch verhöhnen? Begriff er denn nicht, welche Qualen sie litt, wie viel Überwindung es sie kostete, ihm zu widerstehen?

»Halt sofort an!«, schrie sie. »Ich gehe zu Fuß weiter!«

Ohne ein Wort legte er eine Vollbremsung hin. Die Reifen quietschten, schleudernd kam der Wagen zum Stehen. Er schaute starr geradeaus, als sie den Wagenschlag öffnete und ausstieg. Während er mit einem Kavalierstart davonraste, stand sie auf wackeligen Füßen am Straßenrand. Sie fühlte sich wie eine Schiffbrüchige, die nicht wusste, ob sie das rettende Ufer erreicht hatte oder soeben in der Hölle gelandet war.

Kapitel 17

Dröhnende Bässe umfingen Chantal. Die Luft war schneidend dick in der *Wunderbar*, zuckende, heiße Körper rempelten sie an. Obwohl es ein schlapper Montagabend war, lief hier die beste Party aller Zeiten. Und sie mitten drin! Von wegen, *Chantal kümmert sich ums Gestüt*. Klar, die Pferde hatte sie versorgt, aber danach hatte sie sich auf ihr Moped geschwungen, um zurück in die Stadt zu düsen. Schließlich war sie keine Leibeigene. Sie war sechzehn und wollte ihren Spaß. Sollte sich Laura ihr strenges Gehabe doch sonst wohin stecken, sie ließ sich nicht rumkommandieren.

Nein, sie tanzte. Das heißt, streng genommen wedelte sie nur mit den Armen und trat rhythmisch von einem Fuß auf den anderen, darauf bedacht, das Gleichgewicht zu halten. Sie hatte ziemlich geladen. Irgendwas Hochprozentiges direkt aus der Flasche, wen kratzte schon, wie das Zeug schmeckte, Hauptsache, man konnte vergessen, wer man war und woher man kam.

Sie hatte ein bisschen vor den besetzten Häusern in der Gerberstraße rumgelungert und war prompt von zwei Typen aufgegabelt worden, die sie zu der Party reingenommen hatten. Der eine zierlich und mager wie sie, in durchlöcherten Jeans und zerfranstem T-Shirt, der andere hünenhaft, in schwarzer Lederhose und schwarzer Nietenlederjacke.

Schwein gehabt. Sofort hatte sie sich wohlgefühlt in der heruntergekommenen Altbauwohnung, deren Wände von Graffiti bedeckt waren und deren Mobiliar aus nichts als ein paar ramponierten Sesseln und Couchen bestand. Die Räume quollen über von Jugendlichen, die mit Bierflaschen und Kippen in der Hand herumstanden, wenn sie nicht gerade tanzten oder in den Ecken knutschten.

Am meisten jedoch genoss Chantal die Musik. Knallharter Heavy Metal, der ihr in die Glieder fuhr, in den Bauch, in die Beine. Peitschende Rhythmen, die mitten ins Sonnengeflecht zeckten. Seit langer Zeit hatte sie endlich das Gefühl, irgendwo richtig zu sein. Niemand sah sie schief an, niemand erzog an ihr herum. Und ihr ausgefallener Style, auf den sie so viel Mühe verwandte, auch wenn die Erwachsenen zu blöd waren, das zu erkennen, war hier goldrichtig.

»Noch'n Schluck?«, schrie Timo, der Typ in der Lederjacke.

Wortlos nahm Chantal ihm die Flasche ab und setzte sie an die Lippen. Mannomann, das fetzte. Die Konturen der Tanzenden lösten sich auf, Blitze flackerten vor ihren Augen auf, ihr Hirn drehte sich wie ein Karussell im Schädel. Wie geil, dachte sie, während sie ihm die Flasche zurückgab.

»Bist krass! Was richtig Besonderes!«, brüllte Timo. »Komm, wir verziehen uns nach nebenan!«

Den Blick auf seine breiten Schultern gerichtet, mit denen er sich einen Weg durch die tanzende Meute bahnte, stolperte Chantal hinter ihm her. Timo war cool. Kam extra aus Berlin hierher, um abzufeiern. Irrer Typ. Total locker.

Berlin. Chantal stellte sich die Stadt als eine einzige Partyzone vor, vierundzwanzig Stunden geöffnet, abgedrehte Clubs, gechillte Leute. Da wollte sie hin. Schon lange hatte sie mit dem Gedanken gespielt, einfach abzuhauen. Nicht, dass sie vergaß, was sie Kaminski und Laura verdankte, aber das dauernde Gemecker und die Ermahnungen, sie solle an ihre Zukunft denken, gingen ihr total auf den Zeiger. Zukunft? Sie wollte leben, hier, jetzt, sofort!

Der Nebenraum war so überfüllt wie alle anderen, es roch nach Zigarettenqualm und Gras. Timo zog sie auf einen großen braunen Sessel, aus dem seitlich eine Sprungfeder heraushing. Eng aneinandergedrängt saßen sie da. Sein Lächeln ging ihr durch und durch. Überhaupt gefiel er ihr mit seinem geschorenen Kopf und den Spinnennetz-Tattoos, die sich vom Hals über seine Brust zogen.

»Und? Was machst du in Weimar?«, fragte er, während er seine Lederjacke abstreifte, unter der er ein weißes Unterhemd trug.

»Abhängen und so.« Sie zeigte auf die fedrig geschwungenen schwarzen Tätowierungen, die seine Arme schmückten. »Krass. Gefällt mir.«

Mit einigem Stolz ließ er seine Muskeln spielen, was den Ornamenten ein faszinierendes Eigenleben verlieh.

»Das sind polynesische Tribals. Die Stammestattoos der Krieger. Demnächst lasse ich mir eins im Gesicht stechen, von der Schläfe bis zum Kinn.«

»Echt jetzt? Wow.«

Sie überlegte kurz, was wohl Laura sagen würde, wenn sie mit einem Tattoo auf der Wange ins *WMS* kam. Laura? Wer war noch mal Laura?

»Bist echt süß«, grinste er. »Wohnst du noch bei deinen Eltern?«

»In 'ner WG«, schwindelte Chantal. Sie schätzte Timo auf mindestens zwanzig. »Mein Alter ist voll daneben, der disst mich nur und peilt gar nichts.«

»So'n Zäpfchen«, lachte er. »Schick ihn vorbei, dann verpass ich ihm 'nen Einlauf.«

Chantal musste lachen. Wie einfach das Leben sein konnte. Spontan. Unkompliziert. Sie verschlang Timo mit Blicken, und er – himmelte er sie an? Na ja, auf seine Weise. Wieder hielt er ihr die Flasche hin.

»Danke«, sagte sie artig, bevor sie einen weiteren Schluck nahm.

»Bitch, please, bleib cremig. Gönn dir.«

Chantal bemerkte, wie seine Hand höher kroch und sich um ihre Taille legte. Ihre Haut prickelte wie Brausepulver.

»Und was machst du so?«

»Hartzen.« Er verdrehte die Augen zur Decke. »Aber ich hab was Großes am Start. Demnächst will ich mit 'ner Harley durch Argentinien fahren.«

Der Typ hatte es drauf. Chantal wusste nicht genau, wo Argentinien lag, aber es musste weit weg sein.

»Argentinien, fett.«

»Check. Irre viel Gegend da, nicht so spießig eng wie hier. Da kannst du stundenlang durch die Prärie brettern, immer geradeaus, bis hintern Horizont. Sonne gibt's auch ohne Ende. Und die haben die besten Steaks der Welt, die Argentinier.«

»Warst du denn schon mal da?«, erkundigte sich Chantal.

»Nee, aber'n Kumpel von mir. Willste mitkommen?«

Ihr blieb fast das Herz stehen. Der coolste Typ der Party lud sie auf einen Motorradtrip nach Argentinien ein, wo auch immer das war? Ein innerer Aufruhr durchwirbelte sie. Am liebsten wäre auf der Stelle mit ihm losgefahren.

»Bock hätte ich irgendwie schon«, erwiderte sie und bemühte sich, ihrer Stimme einen gelangweilten Klang zu geben, um nicht uncool zu wirken.

»Gebongt. YOLO – you only live once, hab's mir auf den Arsch tätowieren lassen. Kannste dir ja mal angucken, wenn du willst.«

Timo lachte übermütig und drückte sie an sich. An seinem linken Schneidezahn fehlte ein Stückchen. Wie cool war das denn.

»Bist Bombe«, beteuerte er. »Nicht so aufgebitcht wie die anderen Mädels. Die stressen einem immer ihren Banalverkehr rein und wollen bescheuerte Selfies machen. Ich liebe es, wenn eine Frau fly ist.«

Er – liebte … Chantal merkte, wie sie rot wurde. Verdammt. Ja, er meinte sie. Wenn das mal kein Kompliment war. Lässig legte er eine Hand auf ihr Knie. Es wirkte kein bisschen aufdringlich. Eher völlig normal. Auf einmal fühlte sie sich sehr erwachsen. Er hatte sie eine Frau genannt! Sonst gaben ihr immer alle zu verstehen, sie sei eine halbe Portion und gehöre nicht dazu, aber Timo nahm sie für voll. Interessierte sich für sie.

»Wie heißt du überhaupt?«, erkundigte er sich.

Sie überlegte. »Chantal. Aber eigentlich heiße ich Frettchen.«

»Chan-talll!« Lachend schlug er sich auf die Schenkel. »So'n richtiger Osttussi-Name, was? Okay, okay, hab's nicht so gemeint, Schnecke. Äh, Frettchen.«

»Wann willst du denn nach Argentinien?«, fragte sie, um von der blöden Sache mit ihrem Namen abzulenken.

»Vorgestern«, antwortete er verschmitzt. »Aber nur mit dir. Hey, wir beide.«

Chantals Fantasien überschlugen sich. Schon sah sie sich mit ihm über sonnenverbrannte Pisten rasen, auf einer riesigen Harley mit weit ausladenden Seitenspiegeln hinter ihm sitzen, das Gesicht an seine Lederjacke gepresst, der Fahrtwind zerzaust ihr Haar, und abends würden sie Steaks essen, so groß wie Pizzen.

»Hi Frettchen«, wurde sie von Diana begrüßt, die ein kittelartiges, verschlissenes graues Kleid zu Springerstiefeln trug. Chantal kannte sie von der Berufsschule.

»Hi.«, Chantal freute sich, dass Diana mitbekam, dass so ein Wahnsinnstyp sie im Arm hielt. »Das ist Timo. Aus Berlin. Wir fahren bald nach Argentinien.«

Diana verzog das Gesicht.

»Du hast doch null Kohle.«

»Ist mir rille«, kam Timo Chantal zu Hilfe, wofür sie ihn noch mehr liebte. »Die Kohle organisiere ich. Muss nur noch ein Ding durchziehen, todsicheres Geschäft, und schon kann's losgehen.«

»Dann viel Glück dabei«, sagte Diana etwas zu abfällig, wie Chantal fand.

»Erst mal drehe ich ab nach Berlin«, erklärte sie großspurig. »In diesem Pisskaff fällt einem ja der Putz auf die Schüssel.«

Um ihre Worte zu unterstreichen, hauchte sie Timo einen Kuss auf die Wange. Sichtlich perplex zog Diana ab.

»Läuft bei dir«, grinste Timo. »Gute Idee, das mit Berlin.«

Ohne Vorwarnung küsste er sie auf den Mund, ein schneller, frecher Kuss, der nichts forderte, sich nur wunderbar spielerisch anfühlte. Mein erster Kuss, dachte Chantal. Und dann noch von Timo. Sie hätte platzen können vor Glück und wusste gar nicht, wohin mit der verwirrend quirligen Energie, die sie durchströmte. Fragend sah sie ihn an.

»Wieder rüber?«

»Aber so was von.«

Hand in Hand wechselten sie in den Raum, wo das Mischpult mit dem DJ stand. Mittlerweile befanden sich die Tanzenden in geradezu ekstatischer Stimmung, ein unentwirrbares Knäuel von Leibern, eine kochende Masse, die lachend und kreischend das Jetzt feierte. Doch Chantal hatte nur Augen für Timo, der sich geschmeidig wie eine Raubkatze bewegte, mit kreisenden Hüften und hoch erhobenen Armen. Sie wäre überall hin mit ihm gegangen, nach Berlin, nach Argentinien, nach Timbuktu, egal. Das hier, das war das Leben. Ein Fest. Eine Verheißung auf mehr. Noch nie hatte sie sich so frei gefühlt.

Plötzlich tauchte der andere Junge auf, der mit den durchlöcherten Jeans. Grob knuffte er Timo in den Rücken.

»Abflug.«

Was? Chantals Euphorie sank jäh in sich zusammen.

»Wieso denn?«

»Ach, der spinnt. Wir haben noch Zeit. Ist so'n Mitfahrding.«

»Du fährst zurück nach Berlin?«

Ihre Stimme zitterte. Gerade hatte sie ihn gefunden, und jetzt musste er schon wieder weg? Aufmunternd streichelte er ihre Wange.

»Wir haben noch'n paar Minuten. Ich mag dich, Süße, ehrlich. Lust auf 'nen kleinen Spaziergang?«

Was für eine Frage. Sie nickte. Er nahm ihre Hand, und gemeinsam pflügten sie durch die Tanzenden, quetschten sich durch die volle Wohnung, sprangen die Treppe des Hausflurs runter. Standen auf der Straße. Ein warmer Wind strich über sie hinweg.

»Hey.«

Er legte einen Finger unter ihr Kinn, und in Chantal wurde es ganz still. Sie musste zu ihm aufschauen, so groß war er. Sanft legte er seine Lippen auf ihre, sein Arm umfasste sie, und nun küsste er sie richtig, ganz langsam glitt seine Zunge in ihren Mund. Sie schloss die Augen. Es war das Beste, was sie jemals erlebt hatte.

»Du schmeckst so gut«, murmelte er.

Sie konnte nicht sprechen. Wollte nur mehr, mehr, mehr, doch zu ihrer größten Enttäuschung ließ er sie los.

»Weißt du, wie man zum Theaterplatz kommt?«

»Klar.«

Eine kostbare Sekunde lang schauten sie einander in die Augen, dann ergriff sie seine Hand, und gemeinsam rannten sie los, durch die menschenleeren Straßen, lachend, übermütig, bis sie das Goethe-Schiller-Denkmal erreichten und von dort aus in die Dingelstedtstraße neben dem Theater einbogen. Ein klappriger VW-Bus mit laufendem Motor hielt an der Ecke Hummelstraße.

»Handynummer?«, fragte Timo außer Atem.

Chantal glühte. Ihr Herz hüpfte. Dass man sich so lebendig fühlen konnte. Nachdem sie ihre Nummern ausgetauscht hatten, beugte sich Timo noch einmal zu ihr herunter. Zart streifte er ihre Wange mit seinen Lippen.

»Wart auf mich, ja? Ich sag dir Bescheid, wann ich wiederkomme. Und dann – Argentinien.«

Ganz tief sog sie seinen Duft ein, nahm seinen Anblick in sich auf, glaubte zu verbrennen, als er sich von ihr löste.

»Argentinien«, krächzte sie.

Kapitel 18

Es war kurz nach Mitternacht, als Kaminskis Taxi vor der *Wilhelm Meister-Schänke* hielt. Nachdem Laura gegangen war, hatte er lange auf die in hässlichem Ocker gestrichene Tür des Krankenzimmers gestarrt, in der irrwitzigen Hoffnung, Laura könnte zurückkommen. Doch sie war nicht zurückgekommen. Plötzlich war es ihm eng in der Brust geworden, etwas in ihm hatte sich aufgebäumt, und sein einziger Gedanke war gewesen: Ich muss hier raus, verdammt, sonst ersticke ich. Mit einem Ruck hatte er den Infusionsschlauch aus seinem Arm gezogen, sich angekleidet und war in seine staubigen Schuhe geschlüpft. Dann hatte er ein Taxi bestellt.

Allein zu zwei'n. Ich werde Laura zurückgewinnen.

Mühsam rappelte er sich im Rücksitz auf und spähte nach draußen. Alle Fenster des Lokals waren noch hell erleuchtet, Klaviermusik drang an sein Ohr. Einmal pro Woche spielte eine russische Pianistin in dem Lokal, die Klanggirlanden von Rimski-Korsakow und Prokofjew zum Wein kredenzte. Erwartet hatte Kaminski so viel Betrieb keineswegs um diese Uhrzeit an einem normalen Montagabend. Andererseits war es durchaus nichts Ungewöhnliches, denn ganz gleich, was man in Weimar unternahm, irgendwann trudelten alle Nachtschwärmer unweigerlich bei Laura ein – Theaterbesucher, Konzertgänger, erlebnishungrige Touristen sowie all jene, die einen Nightcup mit Gleichgesinnten bevorzugten, statt einsam daheim vor dem Fernseher wegzudämmern. Heute schien es jedoch voller zu sein als sonst.

»Sicher, dass Sie da reinwollen?«, fragte der Taxifahrer, ein älterer Herr, dessen zerfurchtes Gesicht auf eine gewisse Lebenserfahrung schließen ließ. Während der gesamten Fahrt hatte er Kaminski argwöhnisch im Rückspiegel beobachtet. »Wenn Sie mir die Bemerkung erlauben: Sie sehen total abgewrackt aus. Hatte schon Angst, dass Sie mir die Sitze vollreihern.«

»Nein, nein, alles in Ordnung«, murmelte Kaminski.

Dabei war ihm ziemlich schwummrig zumute. Verdammte Medikamente. Er wusste nicht, welche Mittel man ihm in der Klinik eingeflößt hatte, doch was auch immer es gewesen war, das flaumige Gefühl im Hinterkopf und der Pudding in seinen Beinen konnten nicht allein daher rühren, dass die Auseinandersetzung mit Laura derart unerfreulich geendet hatte. Immerhin hatte der dumpfe Druck in seiner Herzgegend nachgelassen, wenigstens das. War vielleicht doch nur ein kleiner Schwächeanfall gewesen, überlegte er, und kein Herzkasper. Der Arzt hatte ihm zwar umfangreiche kardiologische Untersuchungen am folgenden Tag in Aussicht gestellt, doch jetzt gab es Wichtigeres.

Nachdem er bezahlt hatte, wand er sich aus dem Taxi und steuerte den Eingang des *WMS* an.

Was jetzt, Kaminski? Plötzlich wusste er nicht mehr, was er eigentlich mit seinem Besuch bezweckte. Wenn ich jemals einen Liebesroman schreibe, dachte er, dann kann ich mir in Ruhe überlegen, wie man sich in solchen Situationen verhält. Leider habe ich jetzt keine Zeit dafür. Es gibt kein Textbuch, keine schlauen Sätze, nichts. Nur meine Liebe zu Laura, und dass ihr die nicht reicht, ist offensichtlich. Also kann ich mich wohl nur auf mein Improvisationstalent verlassen.

Seine Hand verfehlte die Klinke der Eingangstür, konzentriert versuchte er es ein zweites Mal und betrat leicht schwankend das Lokal. Nach der Stille des Krankenzimmers trafen ihn der Lärm und die aufgestaute, von Essensdünsten geschwängerte Luft wie ein Faustschlag. Unsicher stolperte er einen Schritt rückwärts. Wo war Laura? Über die Köpfe der Gäste hinweg spähte er zum Tresen. Von Laura keine Spur. Hatte sie ihn etwa angelogen? Wollte sie sich in Wahrheit mit ihrem Ex treffen, als sie das Krankenhaus verließ?

»Hey, Kaminski, altes Haus!«, rief ein vierschrötiger, auffällig gebräunter Mann, der am Tisch neben der Tür saß. Sein weit geöffnetes Hawaiihemd offenbarte eine behaarte Brust und eine protzige Goldkette. »Mann, siehst du Scheiße aus. Mindestens wie siebzig.«

»Komisch, ich fühle mich wie hundert.« Kaminski stöhnte. »Mucken-Michi, was machst du hier? Ich dachte, dein Vertrag sei nicht verlängert worden?«

Jeder hier wusste, dass Michael von Schwerin jahrelang seine schauspielerischen Pflichten am Nationaltheater zugunsten von Autohauseröffnungen und anderen Mucken übelster Art vernachlässigt hatte, was ihm letztendlich zum Verhängnis geworden war.

»Korrekt«, erwiderte er. »Bitzi hat mich achtkantig rausgeschmissen, das Aas. Und der Neue, dieser Sander, hat sie gewähren lassen. Ist ihr bestimmt auch schon verfallen.« Er lachte dröhnend. »Macht aber nichts. Ich wollte sowieso umschulen. Setz dich, dein Fanklub ist auch schon da.«

Neben dem Schauspieler hockten einige ältere Herrschaften aus der Villa Gründgens, einem Altersheim für Bühnenveteranen, die Kaminski erfreut zunickten. Im Winter vor zwei Jahren hatte Mucken-Michi mit den betagten Künstlern eine umjubelte Aufführung von Schillers *Räubern* erarbeitet, während Kaminski im Seniorenstift den Hausmeister gegeben hatte.

»Freut mich außerordentlich, Sie zu sehen, mein hochverehrter Roman Kaminski«, begrüßte ihn Leo Bamberger, ein kleiner, glatzköpfiger Greis im knapp geschnittenen, schwarz-weißen Pepita-Anzug.

»Der Trost meiner verwaisten Weiblichkeit«, seufzte Elfriede Sasse. Kokett strich die matronenhafte alte Dame über ihr tief dekolletiertes Kleid aus weinroter Atlasseide. »Liebster Herr Kaminski, so gesellen Sie sich doch zu uns.«

Im Sitzen zog Mucken-Michi einen Stuhl vom Nachbartisch heran. Dann lehnte er sich breitbeinig zurück.

»Ich geb' einen aus, Kaminski. Wir trinken drauf, dass ich mich final verpisse.«

»Unser Don Giovanni für Arme – und Beine – praktiziert jetzt Shiatsu«, verkündete Leo Bamberger.

»Handauflegen, Bamberger, genau«, grinste Mucken-Michi. »So wie Jesus – weißt schon, der alte Trick, die Weiber stehen drauf. Man soll eben das tun, was man am besten kann. Ich sag immer: Frauen sind meine Playstation – zwei runde Knöpfe und eine dreieckige Starttaste!«

Er war der Einzige, der über seinen Witz lachte.

Elfriede Sasse streifte ihn mit einem mitleidigen Blick, bevor sie seine Ausführungen mit einem saftigen »Scheiß drauf« kommentierte.

Kaminski rieb sich die schmerzende Brust. Aus dem Augenwinkel gewahrte er, dass Laura aus der Küche auftauchte. Sein Herzschlag beschleunigte sich. Plaudernd ging sie von Tisch zu Tisch, mit der unnachahmlich konzilianten Beiläufigkeit einer perfekten Gastgeberin. Also hatte sie doch nicht geschwindelt. Ihm wurde flau im Magen.

»Weimar ist ein Drecksloch, ich ziehe zu meiner Schwester nach Konstanz«, erklärte Mucken-Michi. Aus einer halb leeren Schnapsflasche goss er einige kleine Gläser voll, die auf dem Tisch standen. »Hopp, hopp, rin in'n Kopp!«

Alle tranken, Kaminski nippte lediglich. Inzwischen hatte sich Laura genähert, sie war nur noch einen Tisch entfernt. So vertraut, so fremd. In nichts ließ sie sich anmerken, was sie dachte oder fühlte. Erst, als sie sich Mucken-Michi zuwandte und nun auch Kaminski in der Runde entdeckte, erschien ein winziges Zucken unter ihrem linken Auge.

»Du bist – hier? In deinem Zustand?«, entfuhr es ihr konsterniert.

»Wow, Laura, die Seele des *WMS*!« Mucken-Michi deutete einen Handkuss an, bevor er Kaminski jovial auf die Schulter schlug. »Was'n los, Sportsfreund? Hast du sie beim Spielen von der Schaukel geschubst?«

»Aber, aber«, intervenierte Leo Bamberger. »Unser werter Herr Kaminski ist bekanntlich der Charme in Person.«

»Genau, der Mann mit den Charme-Lippen«, gackerte Mucken-Michi los.

»Er gehört definitiv ins Bett«, fuhr Laura ihm über den Mund. »Vor wenigen Stunden wurde er mit einem Herz-Kreislauf-Kollaps ins Krankenhaus eingeliefert.«

»Wenn ich Mucken-Michis Humor aushalte, ist es um meine Konstitution bestens bestellt«, brummte Kaminski.

Michael von Schwerin brach erneut in dröhnendes Gelächter aus.

»Egal, los jetzt, schluck mal richtig, Kumpel. Prost!«

»Verflixt, wollen Sie ihn umbringen?« Laura zitterte vor Wut. Selten hatte Kaminski seine Frau in Anwesenheit der Gäste so zornig erlebt. »Kaminski braucht Ruhe, Alkohol ist tabu. Aber wenn Sie ihn partout ins Jenseits befördern wollen und er darauf besteht – bitte.«

Ohne eine Reaktion abzuwarten, machte sie auf dem Absatz kehrt und ging zum Tresen.

»Holla.« Mucken-Michi griente vergnügt. »Wenn man knallharte Engel verärgert, schnallen sie die Flügel ab, nehmen ihren Besen und fliegen eine Runde ums Haus. Na ja. Es gibt keine Ehekrise, die sich nicht in Schnaps auflösen lässt.«

Energisch schob Kaminski sein Glas von sich.

»Nein, ich …«

Die Worte blieben ihm im Halse stecken. Ein weiterer später Gast hatte das *WMS* betreten. Kaminski erkannte Christiane kaum wieder. Das dunkle Haar hing ihr wirr in die Stirn, ihre Wimperntusche war verlaufen, auf ihren Wangen malten sich rote Flecken. Alarmiert schoss er von seinem Stuhl hoch und nahm sie beiseite.

»Christiane! Was ist passiert?«

»Nichts. Ich, ich muss – mit Laura sprechen«, brachte sie stammelnd hervor.

»Johannes?«, fragte Kaminski mit gedämpfter Stimme.

Ein Ruck ging durch ihren Körper, und im selben Moment begriff er alles. Sah die vom Küssen geschwollenen Lippen, die verweinten Augen, den Ausdruck größter Verzweiflung in ihrem Gesicht.

»Du musst hier raus«, flüsterte er. »Zu viele Zuschauer. Ich bringe dich nach hinten.«

Bereitwillig ließ sie sich von ihm durch das Lokal führen, mit eng an den Körper gelegten Armen und gesenktem Blick. Obwohl er sie nur sanft vor sich herschob, spürte Kaminski, dass ihr Körper flog. Sie konnte sich kaum auf den Beinen halten. Verflucht. Niemals hätte er zulassen dürfen, dass Johannes sie nach Hause brachte.

Gerade wollte er sich mit ihr unauffällig am Tresen vorbeidrücken, als Laura ihnen in den Weg trat.

»Hallo? Was hat das zu bedeuten? Was zur Hölle ist hier los?«

Christiane war unfähig zu antworten. Schluchzend fiel sie in Lauras Arme und verkrallte sich im Stoff ihrer weißen Bluse.

»Sie will mit dir reden, ich glaube, es ist wichtig«, raunte Kaminski. »Ich wollte sie in dein Büro bringen.«

Laura rollte mit den Augen, denn in diesem Moment kam Chantal hereinspaziert. Eine zarte Alkoholwolke, vermischt mit einem süßlichen Hauch Haschisch, umwehte sie.

»Wo kommst du denn her?«, fragte Laura. »Du weißt doch, um diese Uhrzeit möchte ich dich nicht mehr hier im Lokal sehen. Und außerdem müsstest du im Gestüt sein!«

Chantal brach ihren Versuch ab, mit der Zunge ihre Nasenspitze zu erreichen.

»Du weißt doch, ohne einen Gute-Nacht-Kuss von dir kann ich nicht einschlafen«, sie grinste und setzte feixend ein »Mutti« hinzu.

Nach einem Seitenblick zur bebenden Christiane zuckte Laura mit den Schultern.

»So spät darfst du eigentlich nicht mehr arbeiten, aber wenn du nun schon mal da bist, kannst du mich ein paar Minuten vertreten. Einen Grauburgunder, Saale-Unstrut, für Tisch drei, zweimal Carpaccio vom Seeteufel an Tisch sieben. Vorher Händewaschen. Bin gleich wieder da. Und vergiss nicht wieder die Servietten.«

»Jawoll, Frau Obersturmbannführer«, raunzte Chantal.

Ohne Kaminski oder Chantal weiter zu beachten, verschwand Laura mit Christiane in den hinteren Räumen, und sein Impuls hinterherzugehen, um die Wogen zu glätten, wurde fast übermächtig. Doch er zügelte sich. Das war ein Frauending, völlig klar.

»Deine Alte ist echt saumäßig drauf«, knurrte Chantal. »Kannst du sie mal gefälligst in Form pimpern? Stinkt mir schon länger, dieses beschissene Gezicke.«

»Wenn hier was stinkt, dann deine Arbeitsmoral«, schimpfte Kaminski halblaut los. »Du provozierst sie, wo du kannst, kommst dauernd zu spät, schwänzt die Berufsschule – ich kann Laura verstehen.«

»Du? Ausgerechnet? Was machst du überhaupt hier? Geh doch zurück auf deine verkackte Intensivstation!«

Es fehlte nicht viel, und er hätte sie gepackt und kräftig durchgeschüttelt. Was war nur in sie gefahren? Auf dem Gestüt erlebte er sie pflichtbewusst, fast pflegeleicht. Solange es um die Pferde ging, verhielt sich Chantal absolut vorbildlich. Nie vergaß sie, Bismarck und Wanda zu füttern und zu striegeln, flocht sogar ihre Mähnen. Allabendlich säuberte sie die Kutsche und das Zaumzeug. Aber hier im *WMS* kam regelmäßig ihre aufsässige Seite zum Vorschein. Etwas fast Soziopathisches, als ertrage sie nicht die Gesellschaft der durchweg gutbürgerlichen Gäste. Ob ihr hier bewusst wurde, in welchen Verhältnissen sie groß geworden war? Doch bei allem Verständnis – Kaminski beschloss, ihre Renitenz nicht länger ertragen zu wollen. Sie war mindestens genauso an dem Zerwürfnis mit Laura schuld wie seine Charakterschwächen.

»Hau ab«, zischte er ihr zu. »Lass dich erst wieder blicken, wenn du zur Vernunft gekommen bist. Laura und ich, wir geben dir eine Chance nach der anderen, wir geben dir ein Zuhause, und du? Spuckst uns in die Suppe.«

Chantal wurde kreidebleich. Wortlos schnappte sie sich eine Flasche Wodka aus dem Regal und schlängelte sich an ihm vorbei, so geschickt und blitzschnell, dass seine Hand, die versuchte, sie festzuhalten, ins Leere griff.

»Frettchen!«

Zu spät. Sie war ihm entwischt. Und die Aushilfe, die Laura engagierte, wenn Not am Mann war, ein junges, biederes Mädchen, das mit ihrem schwarzen Rock und ihrer weißen Bluse einen scharfen Kontrast zu Chantals schlampig-verwahrlostem Aufzug bildete, war offenbar schon gegangen. Also blieb ihm nichts anderes übrig, als selbst einzuspringen. Mit schleppenden Schritten und ohne auf den wieder zunehmenden Druck in seiner Brust zu achten, servierte er den Schoppen, holte zwei Portionen Seeteufel-Carpaccio aus der Küche und nahm weitere Bestellungen auf, bis Laura auf einmal vor ihm stand.

»Sag mal, geht's noch? Wo ist Chantal?«

»Hab sie nach Hause geschickt, ich wollte doch nur …«, keuchte er, das elende Kreiseln ignorierend, das ihn erfasste, »… dir beweisen …«

»Ey, Kaminski, alte Tresenschlampe«, krakeelte Mucken-Michi quer durchs Lokal, »bring mal Nachschub, unsere Flasche ist leer!«

Vor Kaminskis Augen verschwammen die Konturen, seine Knie sackten weg, alles drehte sich um ihn, auch Laura, die ihn mit schreckgeweiteten Augen musterte. Er schleppte sich zum einzigen freien Tisch am Fenster und sank auf einen Stuhl. Als sei es damit nicht genug, wurde in diesem Augenblick die Eingangstür aufgerissen, und Wolf von Nesselröden marschierte in den Raum, Torsten Kuzer im Schlepptau. Die beiden Männer hielten direkt auf Laura zu.

»Kann es sein, dass sich eine überaus charmante Dame mit wallendem dunklen Haar und betörend blauen Augen hier aufhält?«, fragte Wolf von Nesselröden. Es klang wie eine Drohung.

Unwillkürlich wich Laura ein wenig zurück.

»Wen meinen Sie?«

»Sie wissen ganz genau, wen ich meine.« Seine Miene gefror. »Sie waren mit Christiane im Theater. Warum geht sie nicht ans Handy? Und warum haben Sie sie überhaupt in diese unsägliche Inszenierung mitgenommen? Ganz Weimar zerreißt sich das

Maul darüber, dass meine Frau dieses Schmierenstück besucht, obwohl sie sich doch bereits bei der Premiere davon überzeugen konnte, wie frech es unsere Theaterkultur beschmutzt!«

Mit einem Gesichtsausdruck, der um Verzeihung bat, legte Torsten Kuzer eine Hand auf Lauras Arm.

»Verehrteste, nehmen Sie es Herrn Doktor von Nesselröden nicht übel. Es bleibt doch unbestritten …«

»… dass er sich wenig *chevaleresk* aufführt?«, schnitt Laura ihm das Wort ab, wobei sie sich beiläufig seiner Hand entledigte. »Christiane ist oben bei mir in der Wohnung, sie fühlte sich nicht wohl.«

Gewichtig wiegte Wolf von Nesselröden den Kopf hin und her.

»Gesetzt den Fall, das entspricht der Wahrheit, dann gehört sie nach Hause, in die Obhut ihres Ehemannes – und nicht in die nächstbeste Kaschemme.«

»Wie bitte?« Laura stemmte die Hände in die Hüften. »Sie bezeichnen mein Restaurant als Kaschemme?«

Unglaublich, was sich dieser Kerl herausnahm. Kaminski erhob sich halb, aber seine Kraft reichte nicht, um sich aufzurichten. Wie ein nasser Sack fiel er auf den Stuhl zurück.

»Sie werden sich auf der Stelle bei der Dame entschuldigen«, mischte sich nun ein groß gewachsener Mann im hellen Leinenanzug ein, der wie aus dem Nichts aufgetaucht war. Schützend legte er seinen Arm um Lauras Schulter, was sie mit einem dankbaren Lächeln quittierte. Carsten, durchzuckte es Kaminski, und er verfluchte seine Schwäche.

»Ich denke, es ist das Beste, wenn Christiane bei mir übernachtet«, sagte Laura kalt, die augenscheinlich jede weitere Diskussion überflüssig fand. »Sie schläft schon, und ich würde sie nur ungern wecken.«

Wolf von Nesselröden sah nicht aus wie ein Mann, dem diese

Wendung des Gesprächs gefiel, aber er gab klein bei, möglicherweise auch deshalb, weil Lauras Ex ihn drohend fixierte.

»Gut, gut, dann grüßen Sie Christiane von mir«, erwiderte er mühsam beherrscht. »Aber sie soll mich morgen früh sofort anrufen. Richten Sie ihr bitte aus, ich sei sehr besorgt.«

Torsten Kuzer, der Lauras Ex-Mann beäugt hatte, reckte das Kinn vor.

»Wo wir schon mal hier sind, könnten wir doch noch alle was trinken. Einen Versöhnungsschluck.« Unsicher lächelte er Laura an. »Falls die entzückende Wirtin uns nach wie vor gewogen ist.«

Wolf von Nesselröden verzog den Mund, als habe er auf etwas Bitteres gebissen, und kratzte an seinem linken Handgelenk.

»Also schön, einen Schoppen vielleicht«, antwortete von Nesselröden schmallippig.

Mit unbewegter Miene holte Laura Gläser und eine Flasche Wein. Seelenruhig stellte sie die drei Gläser auf den Tresen und schenkte sie für von Nesselröden, Kuzer und Carsten ein. Dann ging sie zu Kaminskis Tisch am Fenster und stellte ihm ein Glas Mineralwasser hin.

»Du siehst so fahl aus, ich mache mir große Sorgen. Hak dich bei mir ein, ich fahre dich sofort heim.«

»Nicht nötig, ich fühle mich schon viel besser«, log er.

»Ja, wen haben wir denn da?« Wolf von Nesselrödens Miene wurde ein wenig freundlicher. »Der Herr Kutscher, unser wandelndes Lexikon Weimarer Geschichte. Und? Wie laufen die Geschäfte?«

Froh, dass der Chefredakteur ein neues Thema ansprach, schlug Kaminski einen verbindlichen Ton an.

»Bei dem guten Wetter blendend. Ich biete ab morgen literarische Touren mit Rezitationen an: Gedichte, Oden, auch Luthertexte.«

»Na, das ist uns aber eine kleine Geschichte im Ressort *Vermischtes* wert, was, Kuzer?«, bemerkte von Nesselröden gönnerhaft.

»Eine hervorragende Idee«, bestätigte Torsten Kuzer.

Mit der rechten Hand zwirbelte er an seinem Bart herum, als sei er aus irgendeinem Grund nervös. Kaminski betrachtete ihn genauer. Merkwürdig. Kuzer schien um Jahre gealtert.

»Kutschfahrten mit Gedichten? Was kommt als Nächstes? Kaffee und Kuchen an Bord?«, lachte Carsten hinter von Nesselröden.

Musste der jetzt auch noch seinen Senf dazugeben? Es wäre Kaminski herzlich egal gewesen, wenn dieser Carsten nicht soeben Laura verteidigt hätte, als sei er – und nicht Kaminski – der Mann an ihrer Seite. Vermutlich war Lauras Ex gar kein so übler Kerl. Er sah sogar fast sympathisch aus, das musste Kaminski zugeben. Aber in dieser Konstellation war und blieb er nun mal der Nebenbuhler. Ein Stachel im Fleisch. Eine Bedrohung.

»Nun, jeder weiß, wie überaus engagiert Herr Kaminski die Kultur Weimars hochhält und damit zum Ruhm unserer Stadt beiträgt«, sagte der Chefredakteur. »Kaminski ist ein höchst respektabler Mann, was man im Übrigen nicht von allen Kulturschaffenden dieser Stadt sagen kann. Wir bringen die Geschichte gleich übermorgen, mit Interview und Foto. Kuzer, kümmern Sie sich bitte darum.«

»Avec plaisir, sehr gern«, versicherte der eilfertig.

Lauras Ex zog die Augenbrauen hoch.

»Wow, Süße, du hast ja einen berühmten Ehemann. Mit Kutsche, Peitsche und hoher Literatur, wenn das kein Aufstieg ist …«

»Lass gut sein, ja?«, zischte Laura. »Es reicht.«

»Wie du meinst.«

Er deutete eine Verbeugung an, zwinkerte Kaminski zu und

setzte sich an einen weit entfernten Tisch. Mit seinem eleganten Anzug und seiner gestylten Frisur wirkt er wie der wandelnde Gegenentwurf zu mir, dachte Kaminski. Tja, Carsten-ich-bin-der-Größte, jetzt hast du deinen letzten Sympathiebonus verspielt. Warum redet Laura überhaupt noch mit dir? Ich sollte dir mal Kante geben, damit du sie in Ruhe lässt. Wenn nur dieser Druck in meiner Brust nicht wäre …

»Immer erstaunlich, welch nette Gäste man hier trifft«, sagte Wolf von Nesselröden mokant.

Torsten Kuzer, der Laura nicht aus den Augen gelassen hatte, zuppelte an seinem zu engen Jackett herum.

»Kein Wunder. Wo eine Königin residiert, ist auch der Hofstaat nicht fern. Enchanté. Ihr untertänigster Diener, werte Laura.«

»Wohl bekomm's«, lächelte sie. »Gerade ist ein Tisch frei geworden – darf ich Sie bitten, dort Platz zu nehmen? Hier am Tresen ist es doch etwas zu ungemütlich für Sie nach einem langen Arbeitstag. Eine Sekunde, ich bereite nur eben Ihren Tisch vor.«

Von Nesselrödens Anmaßung und Kuzers Gockelei mussten ihr wirklich mächtig auf die Nerven fallen. Um ihren Worten Nachdruck zu verleihen, ging sie zu dem Tisch, der neben der Eingangstür stand, und räumte die Teller ab. Als sie sich aufrichtete, prallte sie mit Johannes Sander zusammen, der zur Tür hereinstürmte.

»Laura, ist Christiane hier?«, fragte er sichtlich aufgelöst.

Kaminski schnappte nach Luft. Flog jetzt alles auf? Glücklicherweise setzte Wolf von Nesselröden soeben einigen Gästen die Prinzipien seines Kulturverständnisses auseinander, sodass er den Intendanten nicht bemerkte. Laura hatte unterdessen alle Mühe, Johannes zu beruhigen.

»Bitte, nicht so laut, lass uns besser nach draußen gehen, ja?«

Wie angewurzelt stand Johannes da, hochrot, mit zerzaustem

Haar, und ließ seinen Blick durch das Lokal wandern, in dem es immer stiller wurde. Jeder kannte ihn. Sein derangierter Zustand war eine willkommene Steilvorlage für Spekulationen. Überall an den Tischen steckten die Gäste die Köpfe zusammen, flüsternd diskutierte man erneut die Personalie, die im *Weimarer Anzeiger* so offen als Fehlgriff kritisiert worden war.

»Ach nee, unser Überflieger-Intendant!«, rief Mucken-Michi, der sich erhob und langsam Sander entgegenschritt.

In völliger Verkennung des Aufsehens, das sein Erscheinen erregte, konzentrierte sich Johannes allein auf Laura.

»Ich habe einen schlimmen Fehler gemacht«, bekannte er geknickt. »Es tut mir so leid. Ich muss mich bei ihr entschuldigen. Weißt du, wo sie wohnt?«

»Wer ist denn Ihr schlimmer Fehler?«, feixte Mucken-Michi. »Haben Sie etwa Bitzi abblitzen lassen? Dann ziehen Sie sich warm an! Die hat Eier in der Hose!«

»Bitzi?«, wiederholte Johannes verdattert.

»Frau Birte Dasselmann. Mit der muss man sich gut stellen«, bekräftigte Mucken-Michi. »Sie auch. Die setzt einfach Vorstellungen vom Spielplan ab, wenn ihr der Regisseur gegen den Strich geht. Ein veritables Biest, unser Bitzilein. Wie 'ne Gottesanbeterin – erst vögelt sie die Kerle, dann murkst sie sie ab. Ich hab sie auch eine Zeitlang geknallt, wissen Sie, aber irgendwann wollte sie mehr. Seitdem hatte ich nichts mehr zu lachen. Hat sie nicht dafür gesorgt, dass Sie meinen Vertrag nicht verlängert haben? Wie sagt man noch bei solchen Frauen? Da steckt man nicht drin?«

»Ich weiß nicht, wovon Sie reden«, wehrte Johannes ab.

Kaminski registrierte, wie nun auch Wolf von Nesselröden auf Johannes aufmerksam wurde.

»Sieh an, der Herr Sander, der Totengräber unserer Weimarer

Kultur gibt sich die Ehre«, spöttelte er laut genug, dass alle es hören konnten.

Johannes nahm Haltung an. Er drückte die Brust heraus und ballte die Fäuste, während er auf den elegant gekleideten Herrn am Tresen zuging, dessen gehässige Bemerkung ihm gegolten hatte.

»Sagt wer?«, fragte er angriffslustig.

Auch von Nesselröden versuchte, so etwas wie eine Drohhaltung einzunehmen, was angesichts seiner schlaksigen Gestalt gründlich misslang. Er sieht aus wie eine lebensgroße Marionette, deren Fäden ruckartig nach oben gezogen werden, fand Kaminski.

»Doktor Wolf von Nesselröden!«, rief er mit seiner viel zu hohen Stimme, die Kaminski zum ersten Mal so deutlich registrierte, »Chefredakteur des *Weimarer Anzeigers.*«

Als habe er den Teufel höchstpersönlich gesehen, versteinerte Johannes.

»Nesselröden? Sie sind also der arme Idiot, der meine Arbeit in die Tonne tritt?«, dröhnte Sanders Bariton durch den Raum.

Kaminski, der die Szene mit zunehmender Panik verfolgte, stemmte sich von seinem Stuhl hoch und ging zum Tresen. Seine Furcht galt Christiane. Wenn jetzt ihre Identität gelüftet wurde und dieser Showdown eskalierte, würde alles in einer Katastrophe enden.

»Meine Herren, wir sollten ganz ruhig bleiben«, versuchte er begütigend auf die Streithähne einzuwirken.

Aber Johannes, der sich offenbar von seiner ersten Überraschung erholt hatte, lachte nur bitter.

»Toll. Hat Ihnen schon mal jemand gesagt, dass Sie keine Ahnung vom Theater haben, Herr von Nesselröden? Dafur müsste man sich nämlich in die großen Städte wie Berlin bequemen, um zu erfahren, wie sich das zeitgenössische Theater verändert und entwickelt. Sagt Ihnen der Name Gorki-Theater etwas? Wann haben Sie das letzte Mal die Stuttgarter Oper besucht? Kennen Sie die letzte preisgekrönte Inszenierung am Münchner Residenztheater? Weimar ist großartig, aber mit Ihren unqualifizierten Kritiken machen Sie daraus – Provinz!«

»Und Sie sind nichts weiter als ein impertinenter Trottel«, kreischte Wolf von Nesselröden, der auffallend blass geworden war. »Ein hoffnungsloser Dilettant, der mit Fäkalien spielt wie ein Dreijähriger.«

Kaminski hatte nicht mit Johannes' Temperament gerechnet. Bevor er ihn davon abhalten konnte, ging der Intendant auf den Chefredakteur los und streckte ihn ansatzlos mit einem gezielten Schwinger ans Kinn zu Boden.

Der Tumult, der auf Johannes' tätliche Entgleisung folgte, war unbeschreiblich. Alle schrien durcheinander, Stühle fielen um, Gläser gingen zu Bruch. Mucken-Michi knipste ein Handyfoto nach dem anderen. Laura half dem zitternden von Nesselröden auf die Beine. Torsten Kuzer kletterte auf den Tresen und rief nach der Polizei, während Kaminski das Durcheinander nutzte, um den völlig verstörten Johannes Sander in die Vorratskammer zu führen.

Kapitel 19

So ein Wirrkopf! Wie konnte sich Johannes nur so vergessen!, dachte Laura kopfschüttelnd, als sie die Treppe zu ihrer Wohnung hochstieg. Es hatte ihr einiges abverlangt, die erhitzten Gemüter zu besänftigen, Wolf von Nesselröden mit einem Cognac zu beruhigen und die Gäste hinauszukomplimentieren. Binnen weniger Minuten hatte sich das Lokal geleert, und Laura war danach so erledigt gewesen, dass sie das Aufräumen auf den nächsten Tag verschoben hatte.

Während sie den Wohnungsschlüssel aus ihrer Tasche holte, wurde ihr wehmütig zumute. Vor gut zwei Jahren war die Wohnung über dem *WMS* das Liebesnest für sie und Kaminski gewesen. Der Schauplatz wilder Nächte und stundenlanger Frühstücke, bei denen sie über Gott und die Welt geredet hatten. Nach der Hochzeit war die Wohnung Lauras Refugium geworden, ein Rückzugsort, wenn ihr das Leben auf dem Gestüt zu viel wurde. Und das war in letzter Zeit öfter vorgekommen. Zu oft?

Heute freute sie sich ganz besonders auf ihre eigenen vier Wände und darauf, endlich etwas Ruhe zu finden nach diesem anstrengenden Tag. Sie liebte ihr Domizil, das sie ganz nach ihrem eigenen Geschmack gestaltet hatte, fünf Jahre zuvor, nach der Trennung von Carsten. Damals hatte sie den Sprung in die Selbstständigkeit gewagt, das *WMS* gepachtet und auch gleich die Wohnung schräg darüber. Nach ihren Plänen war alles umgebaut worden. Die nicht tragenden Wände waren rausgeflogen, sodass ein loftartiger Raum entstanden war. Das Parkett hatte sie in einem warmen Grauton beizen lassen und bewusst nur wenige Möbel angeschafft – eine gemütliche rote Couch, eine antike Glasvitrine, einen Kleiderschrank. Am meisten mochte sie den langen, schlichten Holztisch, um den bunt bemalte Stühle standen, und natürlich das breite Doppelbett mit der graubraunen Felldecke.

Wo war nur Kaminski geblieben? Im Durcheinander nach Johannes Sanders Faustschlag musste er irgendwie entwischt sein. Typisch. Machte sich einfach aus dem Staub, wenn es brenzlig wurde. Ja, das Eheleben mit diesem charmanten Taugenichts hatte seine Tücken. Laura seufzte. Im selben Moment fiel ihr Christiane ein. Ob ihre Freundin wohl schon schlief?

Nachdem sie aufgeschlossen hatte, schlich sie auf Zehenspitzen in die Wohnung. Christiane lag zwischen bunten Kissen auf der roten Couch, sichtlich angeschlagen, aber noch wach.

»Hallo Laura. Was war denn los? Ich habe Geschrei und Gepolter von unten gehört.«

»Du wirst es nicht glauben – Johannes Sander hat deinen Mann mit einem gepflegten Kinnhaken niedergestreckt.«

Erschrocken riss Christiane die Augen auf.

»Er hat – was?«

»So wahr ich hier stehe.« Laura holte zwei Gläser aus der antiken Glasvitrine und füllte sie mit Rotwein. »Was seine Ambitionen in Weimar betrifft, muss sich dein Galan auf harte Zeiten einrichten.«

»Er ist nicht mein Galan!«, protestierte Christiane, doch Laura entging nicht, dass die Stimme ihrer Freundin bebte.

Eine Stille entstand, in der sie einander stumm zuprosteten und von dem Wein tranken. Jetzt erst bemerkte Laura, dass Christiane verweint aussah.

»Wie lange kennen wir uns eigentlich schon?«, fragte sie nach einer Weile.

Christiane zuckte mit den Schultern.

»Weiß nicht. Sieben, acht Jahre vielleicht?«

»Jedenfalls kenne ich dich gut genug, um zu bemerken, dass etwas nicht stimmt mit dir. Ich habe dich noch nie in einer so furchtbaren Verfassung gesehen. Komm schon, liegt es an Johannes Sander? Da läuft doch irgendwas zwischen euch.«

»Wieso – äh, nein, absolut nicht!«, rief Christiane erregt. Ihre Wangen röteten sich.

»Ja, und der Osterhase ist eine wissenschaftlich bewiesene Tatsache«, lachte Laura. »Schatz, du bist eine unterirdisch schlechte Schauspielerin. Denk nicht, mir sei entgangen, dass du bis über beide Ohren verliebt bist. Ich kann es sogar verstehen bei einem attraktiven Mann wie Johannes, und auch er ist ja hin und weg von dir. Aber wie stellst du dir das vor, so ein Techtelmechtel, als Gattin des hochwohlgeborenen Herrn von Nesselröden?«

War das so etwas wie Panik, was Christiane in den Augen stand? Laura setzte sich neben ihre Freundin und legte einen Arm um sie.

»Gefühle sucht man sich nicht aus, Christiane, die kommen einfach anspaziert, sagen Guten Tag und nisten sich im Herzen ein. Auf einem anderen Blatt steht allerdings, wie du damit umgehst. Weiß Johannes überhaupt, wer du bist? Und dass er mit der Frau seines erklärten Widersachers flirtet?«

»Äh, nein«, flüsterte Christiane betreten. »Ich glaub nicht.«

»Wann willst du es ihm denn freundlicherweise sagen?«

Mit zitternden Fingern umklammerte Christiane ihr Weinglas. Sie schloss die Augen, bevor sie weitersprach.

»Bald. Ganz bestimmt.«

Bald? Laura presste die Lippen aufeinander. Da sich Christiane ihr mehrfach anvertraut hatte, wusste sie um die Eheprobleme ihrer Freundin. Doch was da gerade vor sich ging, war dermaßen verrückt, dass sie innerlich den Kopf schüttelte.

»Ich wollte nicht mit der Tür ins Haus fallen«, fügte Christiane matt hinzu.

»Du wolltest nicht, dass er dich von vornherein ablehnt«, korrigierte Laura sie. »Herrgott, deine Verliebtheit in allen Ehren, aber hast du mal überlegt, wie sich Johannes fühlen wird, wenn er es selbst herausbekommt? Und was passiert, wenn dein Mann Wind davon kriegt? Du musst die Situation klären, Schatz. Entweder, du sagst Johannes klipp und klar, dass du Christiane von Nesselröden heißt und deine Ehe ohne Seitensprünge weiterführen wirst, oder aber …«

»Oh Gott, ich habe solche Angst«, unterbrach Christiane sie mit erstickter Stimme. »Was wird Johannes sagen? Was werden die Leute sagen? Abgesehen davon, dass Wolf mich quasi umbringt, wenn er davon erfährt – ich habe Johannes doch gerade erst kennengelernt. Keine Ahnung, was daraus wird. Und allein leben … ehrlich, ich fürchte mich davor. Klar, meine Ehe ist nur noch eine leere Hülle, aber Wolf gibt mir Halt. Wer bin ich denn schon ohne ihn?«

Laura konnte kaum fassen, was sie da hörte. Sie sprang so impulsiv auf, dass der Wein in ihrem Glas fast über den Rand schwappte.

»Hat Wolf dir diesen Unsinn eingeredet? Dass du nichts weiter als sein Anhängsel bist? Ein unselbstständiges Weibchen, das nur an seiner Seite bestehen kann?«

Christiane zog die Beine an und verkroch sich noch tiefer in die Couch.

»Du verstehst das nicht. Ich war ein Niemand, als ich ihn traf. Ich verdanke ihm sehr viel.«

Laura fühlte eine unbändige Wut in sich aufsteigen. »Ja, ein lädiertes Selbstbewusstsein und jede Menge Selbstzweifel«, schimpfte sie. »Wach auf, Christiane. Du bist eine wunderbare Frau, eine geachtete Lehrerin und die beste Freundin, die man sich wünschen kann. Wolf bist du nichts schuldig. Falls du ihn verlässt, hast du dir nichts vorzuwerfen – außer, dass du es nicht früher getan hast.«

Schweigend starrte Christiane in ihr Weinglas. Laura setzte sich wieder neben sie, und ihr fiel auf einmal ein, wie schwer ihr selbst damals die Trennung von Carsten gefallen war. Wollte nicht jeder, dass Beziehungen hielten? Selbst um den Preis, dass man seine Ansprüche dafür aufgab? Wo hörten die Kompromisse auf, wo begann die Selbstverleugnung?

»Ich weiß, du möchtest alles richtig machen«, sagte sie sanft. »Aber du gehst vor die Hunde, wenn du so weiterlebst. Unabhängig davon, was aus dir und Johannes wird – willst du wirklich an Wolfs Seite verkümmern? Du bist doch nur noch ein Schatten deiner selbst. Schau mich an, ich habe es auch geschafft, mich von Carsten zu lösen und, nebenbei gesagt, von einem sehr komfortablen, sorglosen Leben.«

Christiane sah auf.

»Stimmt, doch du hast jetzt Kaminski.«

»Hab ich ihn?« Laura drehte ihr Weinglas in den Händen hin und her. »Unter uns gesagt, ist er ein lausiger Ehemann. Sicher, wir lieben uns. Andererseits lässt er mich mit meinen Problemen allein. Demnächst wird die Pacht erhöht, eine neue Zapfanlage ist nötig, die Preise der Lieferanten schießen durch die Decke. Und Kaminski, mein Göttergatte? Lebt in den Tag hinein. Von Chantal, unserem munteren Früchtchen, will ich lieber gar nicht erst anfangen.«

»Das – das, äh, wusste ich alles nicht«, stammelte Christiane.

»Es sollte auch unter uns bleiben.« Laura nahm einen Schluck

Wein. Ihr Blick streifte die ungerahmten Bilder, die lässig an der Wand lehnten. Abstrakte Farbkompositionen, die sie gekauft hatte, weil sie eine lodernde Energie ausstrahlten. »Offen gestanden bin ich ziemlich am Ende. Früher hat sich Carsten immer um das Finanzielle gekümmert, Steuer, Versicherungen, den ganzen Krempel. Mir wächst das Ganze allmählich über den Kopf.«

»Und dann komm auch noch ich und mache dir mit meinem Gefühlsdurcheinander das Herz schwer«, sagte Christiane.

»Ach was«, winkte Laura ab. »Wofür wären wir denn sonst befreundet, wenn wir nicht unsere Sorgen teilen könnten?« Sie setzte ihr Glas auf dem niedrigen Couchtisch ab. »Bestimmt hast du heute noch nichts gegessen. Ich bringe dir jetzt ein bisschen Brot und Käse, danach schläfst du dich aus, okay?«

Versonnen spielte Christiane mit einer Haarsträhne.

»Darf ich dich – hm, was fragen?«

»Nur zu«, nickte Laura.

»Wolltest du nie Kinder? Ich meine – eigene Kinder?«

Oha, bitte nicht dieses neuralgische Thema. Laura fühlte, wie sich ihr Herz zusammenkrampfte. Natürlich hatte sie eigene Kinder gewollt, damals, mit Carsten. Zwei, vielleicht auch drei, das war der Plan gewesen. Eine große, quicklebendige Familie. Auch mit Kaminski hätte sie sich eigene Kinder vorstellen können. Aber konnte sie sich das immer noch?

»Die Frage erübrigt sich«, entgegnete sie schroffer als gewollt. »Ich habe bereits zwei Kinder mit hohem Betreuungsbedarf, Chantal und Kaminski.« Sie zwang sich zu einem zuversichtlichen Lächeln. »So wie es aussieht, bist du neuerdings das dritte Kind, willkommen in unserer schrägen Familie. Also, was möchtest du? Ein wenig Gruyère, ein Stückchen Brie, dazu vielleicht etwas Ziegenkäse?«

Christiane strich die Haarsträhne nach hinten, die sie sich mehrmals um den Finger gewickelt hatte.

»Ich werde dir nicht lange zur Last fallen«, versprach sie. »So schnell wie möglich werde ich die Sache in Ordnung bringen. Und wenn ich dir irgendwie helfen kann …«

»Kannst du«, lachte Laura mit einem Anflug von Bitterkeit. »Organisier mir ein Bootcamp für Chantal, täglichen Beziehungsunterricht für Kaminski, dazu einen Lottogewinn, um das *WMS* zu retten, das wäre dann schon alles.«

»Du liebe Güte, ist es so schlimm?«, fragte Christiane, während sie ihre Freundin tröstend in die Arme nahm.

»Schlimmer«, erwiderte Laura. Ihr Kopf sank auf Christianes Schulter. »Manchmal möchte ich nur noch das Lokal abschließen, in meinen Wagen steigen und wegfahren, egal, wohin. Ich habe keine Lust mehr, die starke Frau zu spielen. Ach, was heißt Lust – ich habe keine Kraft mehr.«

»Dann sitzen wir im selben Boot«, raunte Christiane.

Laura hob den Kopf und schaute ihr in die rotgeränderten Augen.

»Rudern oder untergehen, das ist hier die Frage. Aber vorher wirst du was essen. Hungrig ertrinken, das ist dann doch des Schlechten zu viel.«

Kapitel 20

Bekümmert hockte Kaminski auf einer Wasserkiste in der Vorratskammer. Seit er mit Johannes hierhergeflohen war, lauschte er auf Lebenszeichen aus dem Schankraum. Anfangs hatte er noch lautes Stimmengewirr, trappelnde Schritte und das kreischende Geräusch hin- und hergeschobener Stühle gehört. Nun war alles ruhig. Die Gäste schienen fluchtartig gegangen zu sein, und auch Laura suchte offenbar nicht nach ihm.

Kaminski gegenüber lehnte Johannes mit geballten Fäusten an einem Regal. Sein Blick war unstet, sein Atem flog. Noch immer zog er die Schultern hoch und spannte alle Muskeln an, als wappne er sich instinktiv für einen Gegenangriff seines Widersachers. Nachdem sie dem Tumult entkommen waren, hatten sie noch kein Wort gewechselt.

»Weißt du überhaupt, was du angerichtet hast?«, brach es jetzt aus Kaminski heraus. »Ich fasse es einfach nicht! Du hast den mächtigsten Mann Weimars tätlich angegriffen!«

Johannes hob den Kopf, ein gehetzter Ausdruck trat in sein Gesicht.

»I-ich, i-i-ich w-war – i-im Au-au-ausn-n-n-ahmez-z-z-zustand«, stotterte er.

Kaminski war völlig perplex. Noch nie hatte er einen derart eloquenten Mann so hilflos stammeln gehört.

»Oh je. Was ist mit dir los?«

»I-ich k-k-kann n-n-nicht«, Johannes' Augen quollen vor, angestrengt formte er die Wörter, »spr-spr-spr-echen.«

Es musste eine Qual für ihn sein. Rasch stand Kaminski von dem Getränkekasten auf und langte nach einer Wasserflasche, die er aufschraubte und Johannes hinhielt. Nachdem der Intendant sie fast ausgetrunken hatte, entspannte er sich ein wenig. Einige Minuten lang atmete er tief und regelmäßig mit geschlossenen Augen, als ob er meditiere, dann erst wandte er sich Kaminski zu.

»Sobald der emotionale Stress zu groß wird, fange ich an zu stottern«, erklärte er nun wieder ohne jedes Stocken. »Leider. Schon als Kind wurde ich dafür gehänselt, und ich schäme mich in Grund und Boden, wenn es mir heutzutage passiert. So gut wie niemand weiß es. Ich bitte dich eindringlich, es für dich zu behalten. Nennen wir es mein *kleines Geheimnis*.«

»Von mir wird niemand etwas erfahren«, versicherte Kaminski. »Sag mir lieber, warum du auf Nesselröden losgegangen bist, als hättest du den Teufel im Leib.«

»Es ist alles zu viel für mich. Der Probenstress, der fürchterliche Verriss, Dasselmanns Feindseligkeit, der irre Erwartungsdruck«, verteidigte sich Johannes. »Und dann Christianes Verhalten … sie war auf einmal kalt und abweisend – wieso musste mir auch noch dieser blöde Nesselröden über den Weg laufen?«

Christiane von Nesselröden und Johannes Sander, dachte Kaminski. Die Bombe tickt. Sie tickt ziemlich laut. Er setzte sich wieder auf die Mineralwasserkiste.

»Was läuft da mit Christiane?«

»Sag du's mir, du kennst sie besser«, kam es dumpf zurück. Auch Johannes ließ sich auf einer Getränkekiste nieder, erschöpft rieb er sich die Stirn.

»Du hast dich in sie verliebt«, sprach Kaminski das Offensichtliche aus.

Johannes kickte eine heruntergefallene Dose mit geschälten Tomaten zur Seite.

»Und wenn es so wäre? Was ist falsch daran? Ich denke Tag und Nacht an sie, sie geht mir nicht mehr aus dem Kopf! Sensibel, sinnlich, neugierig, sie hat einfach alles. Du hättest sie sehen sollen, als sie mit mir tanzte. Und wie sie duftet! Allein ihr Duft bringt mich schon um den Verstand! Ohne sie kann und will ich nicht leben, sie ist das Beste, was mir jemals passiert ist! Aber ich verstehe nicht, warum sie sich immer wieder entzieht.«

Kaminski kämpfte mit sich. Dies war vermutlich der Moment, in dem er Johannes endlich in die brisante Tatsache hätte einweihen müssen, dass er sich die denkbar unpassendste Frau Weimars für seine amouröse Schwärmerei ausgesucht hatte. Aber damit wäre er, Kaminski, Christiane in den Rücken gefallen, hätte sie quasi als Betrügerin bloßgestellt – weil sie sich offenbar auf Johannes eingelassen hatte, ohne ihm ihre Ehe mit seinem erbitterten Feind zu gestehen.

Nein, den unseligen Schlamassel musste Christiane selbst aufklären. Welche Beweggründe auch immer sie für ihr Schweigen haben mochte, wenn Kaminski ganz ehrlich zu sich selbst war, wollte er nur ungern der Überbringer dieser Hiobsbotschaft sein.

»Frag sie selbst«, sagte er deshalb nur. »Sie wird dir schon eine Antwort geben.«

»Aber Christiane geht nicht ans Handy, ich weiß weder ihren Nachnamen noch wo sie wohnt. Lass mich nicht hängen, hilf mir, bitte.«

Kaminski spürte wieder den dumpfen Druck in seinem Brustkorb. Selbst für einen Mann, der sich bester Gesundheit erfreute, wären die Ereignisse dieses Tages starker Tobak gewesen, in seinem angeschlagenen Zustand fühlte er sich einfach nur noch überfordert. Alles war so unwirklich. Sein Körper zog ihn auf einmal bleischwer Richtung Boden, in seinen Ohren blubberte es, als tauchte er in der Tiefsee.

Gut, dass ich sitze, dachte er und sagte laut: »Falls ich Christiane sehe, richte ich ihr aus, dass sie sich bei dir melden soll. So, und jetzt solltest du unauffällig verschwinden, sonst wirst du noch vom Kulturmob Weimars gelyncht.«

Wie ein Häuflein Elend hockte Johannes auf seiner Kiste. Bittend schaute er Kaminski an.

»Kann ich bei dir übernachten? Ehrlich gesagt fürchte ich, dass Nesselrödens Rächer gleich vor meinem Haus stehen könnten, in Gestalt von Kuzer und einem Pressefotografen.«

Unschlüssig hakte Kaminski die Daumen in den Bund seiner alten Cordhose. Eigentlich hatte er sich mit Laura aussprechen wollen, aber solange ihr Ex um sie herumscharwenzelte, machte das wenig Sinn. Der einzige Trost bestand darin, dass Christiane jetzt bei Laura schlief, sodass ein Liebescomeback mit dem Ex zumindest heute Nacht so gut wie ausgeschlossen war. Er schämte sich für diesen unwürdigen Gedanken.

»Okay«, erwiderte er lapidar und erhob sich.

Leise drehte er den Schlüssel im Schloss und schlüpfte aus der Vorratskammer. Die Luft war rein.

»Los, komm!«, feuerte er Johannes an.

Wie zwei Einbrecher schlichen sie zum Hinterausgang. Dann liefen sie geduckt zu Johannes' Wagen, der eine Querstraße weiter parkte. Als sie zwei Minuten später am *WMS* vorbeifuhren, standen auf dem Platz davor grüppchenweise Gäste herum, die sicher immer noch über den unerhörten Vorfall debattierten.

»Du musst dich bei Wolf von Nesselröden entschuldigen, ganz offiziell.« Kaminski atmete schnell und flach, der kurze Lauf zum Auto hatte ihn viel Kraft gekostet. »Sei froh, wenn er dir keine Anzeige anhängt.«

Johannes umklammerte das Lenkrad, während er an einer roten Ampel hielt.

»Und wenn schon. Ich lass mir nicht den Schneid abkaufen und meine Freiheit schon gar nicht.«

Kaminski schüttelte den Kopf.

»Hier in Weimar? Welche Freiheit?«

»Ich probe gerade *Fidelio*«, entgegnete der Intendant. Sein Fuß spielte mit dem Gaspedal, rhythmisch heulte der Motor auf. »Beethovens einzige Oper, wie du vermutlich weißt, und ein grandioser Einspruch gegen die Ungerechtigkeit, gegen jegliche Willkür.«

Mit fassungslos erhobenen Händen hatte Kaminski zugehört, jetzt tippte er sich an die Stirn.

»Ja, die große Rettungs- und Befreiungsoper, mit einem unschuldigen Helden in höchster Not. Dumm nur, dass du nicht ganz so unschuldig bist wie der gute Florestan.«

Die Ampel schaltete auf Grün. Offensichtlich irritiert, schaute Johannes ihn von der Seite an, bevor er Gas gab.

»Was soll das denn heißen?«

Kaminski biss auf seine Unterlippe. Fast hätte er sich verplappert, denn er hatte Christiane im Sinn gehabt.

»Na ja, so ein Faustschlag ist kein Kapitalverbrechen, aber … warte, da vorn bitte abbiegen, so kommen wir auf schnellstem Weg zum Gestüt.«

Die Bebauung rechts und links wurde bereits spärlicher. Einige einzeln stehende Häuser flogen vorbei, ein paar trübe Laternen säumten noch die Straße, dann hüllte Dunkelheit sie ein. Johannes stellte das Fernlicht an.

»Ich würde einen miesen Job machen, wenn ich nicht etwas bewegen wollte. Jeder Mensch sehnt sich nach Freiheit, auch wenn es ihm vielleicht gar nicht mehr bewusst ist. Florestan wird gefangen gehalten, weil er die Machenschaften des Gefängnisgouverneurs Don Pizarro aufgedeckt hat. Darum geht's. Die Leute wachrütteln, damit sie den ganzen Spuk durchschauen – den alten von damals und den neuen jetzt. Mensch, Kaminski, ich sag's mal pathetisch: Ich will einfach die Kerkermauern des Denkens niederreißen.«

»Ja, aber nicht mit den Fäusten.«

»Geschenkt. Viel wichtiger: Mir schwebt eine Trilogie vor.« Mittlerweile raste Johannes regelrecht, und je hitziger er sich in seine Euphorie hineinsteigerte, desto energischer bremste und beschleunigte er den Wagen. »Der *Freischütz*, das war der Einspruch gegen die Regeln einer kleinbürgerlich verlogenen Gesellschaft. *Fidelio* wird ein Plädoyer für Freiheit von allen gesellschaftlichen Zwängen. Danach bringe ich Kafkas *Prozess* auf die Bühne, szenisch, in einer Kulisse, die dem KZ-Eingangstor von Buchenwald nachgebildet ist.«

»Buchenwald, die dunkle Kehrseite der touristisch verwertbaren Dichter-und-Denker-Seligkeit? Als Bühnenbild? Dafür wird man dich in dieser Stadt lieben«, merkte Kaminski an und fragte sich im selben Moment, ob Johannes überhaupt noch empfänglich für Ironie war.

»Es geht um die Präsenz einer Macht, die nicht mehr greifbar ist«, fuhr Johannes unbeirrt fort. »Denk an Hannah Arendts These: Die schlimmste Herrschaft sei die Niemandsherrschaft. Das Gleiche passiert bei Kafka – Unfreiheit ohne ein Gegenüber, das Verantwortung übernimmt. Spätestens dann werden die Weimarer mein Konzept verstehen: Das wahre Gefängnis ist die Begrenztheit des eigenen Vorstellungsvermögens, die Lethargie des Denkens, die Resignation. Das ist das wahre Theater der Befreiung.«

Kaminski war beeindruckt. Eine Weile schaute er aus dem Fenster, bevor er etwas erwidern konnte.

»Hätte ich doch nur die Hälfte deines Feuers gehabt, als ich damals auf der Bühne stand.«

Trotzig wölbte Johannes die Lippen vor.

»Sollen sie mich doch mit Schimpf und Schande überziehen, ich werde trotzdem weitermachen. Ich denk mir eben was aus, um die Bude vollzubekommen. Preisnachlässe, Aktionen für Altersheime, Unternehmen, Schulen, was weiß ich.« Er unterbrach sich. »In welcher Schule unterrichtet eigentlich Christiane?«

Ach, du großer Gott. Kaminskis Kiefer mahlten. Konnte Johannes denn an nichts anderes mehr denken?

»Irgendein musisches Ding«, antwortete er vage.

»Ah, sicher das Musikgymnasium Schloss Belvedere!« Johannes' Züge hellten sich auf. »Ich habe schon davon gehört. Muss ja eine großartige Schule sein, die kooperieren mit der Musikhochschule Franz Liszt, ihre Schüler gewinnen regelmäßig Preise. Passt zu Christiane, finde ich.«

»Mmmhhh«, brummte Kaminski.

Die nahezu kindliche Begeisterung von Johannes verhieß nichts Gutes. Mit der gleichen ungebremsten Impulsivität, mit der er Wolf von Nesselröden k.o. geschlagen hatte, stürzte er sich auf Christiane. Ein Mann ohne Filter, der das Zerstörerische seiner Emphase übersah.

»Sie mag meinen *Freischütz*«, frohlockte Johannes. »Deshalb will sie auch mit ihrer Klasse noch mal rein.«

»Nicht so schnell, gleich kommt die Einfahrt zum Gestüt«, wechselte Kaminski das Thema. »Vorsicht, der Hof besteht quasi nur aus Schlaglöchern.«

Johannes schaffte es tatsächlich abzubremsen. Im Schritttempo bog er auf das Gelände und lenkte den Wagen zum ungepflasterten Vorplatz des Gutsgebäudes. Im schwachen Licht der Hoflaterne sah es herrschaftlicher aus als tagsüber. Gnädige Schatten legten sich über das schadhafte Mauerwerk und die bröckelnden Fenstersimse.

»Ich muss dich warnen, es ist alles noch weitgehend Improvisation.« Mit seiner rechten Hand deutete Kaminski auf das Gebäude. »Kein Hotelkomfort, aber charmant gemütlich, was natürlich auf Lauras Konto geht. Herzlich willkommen.«

Nachdem sie ausgestiegen waren, führte Kaminski Johannes treppauf und treppab durch die Räume, und der Intendant konnte sich für alles begeistern: für die anmutigen, wenn auch lückenhaften Stuckaturen, für die geschnitzten Holzpaneele, sogar den knarrenden Dielenboden. Ganz besonders hatte es ihm die Küche angetan.

»Herrlich, ein alter Kachelofen, und dann dieser monströse Herd – darf ich auf dem Sofa schlafen? Es sieht aus, als hätten sich darauf höchst rasante Begebenheiten zugetragen.«

Kaminski hätte es etwas anders formuliert, da er weder die leidenschaftlichen Umarmungen mit Laura vergessen konnte noch Chantals Anblick, nachdem aggressive Dorfrüpel ihr vor Jahren eine Glatze rasiert hatten. Ohnehin hörte er nur mit einem halben Ohr hin. Das Haus war leer, und ihn beschlich eine unheilvolle Ahnung. Um diese Uhrzeit lümmelte Chantal normalerweise am Küchentisch herum, rauchte Selbstgedrehte und spielte mit ihrem Handy. Doch sie war nicht da. Weder in ihrem Zimmer noch in der Küche. War er zu hart gewesen, als er sie aus dem *WMS* geworfen hatte? Ihm fiel ein, dass sie schon öfter damit gedroht hatte abzuhauen. So richtig ernst hatte er das nie genommen. *Familie ist etwas, was man sich aussucht.* Oh Gott, Chantal. Du denkst doch nicht etwa, ich hätte dich auch aus der Familie geworfen? Hm. Oder übernachtete sie im Stall so wie früher? Möglich war's.

»Ich schau mal nach den Pferden, Johannes, nimm' dir gern ein Bier aus dem Kühlschrank, bin gleich zurück.«

Eine betäubende Müdigkeit drohte Kaminski zu überwältigen, aber die kühle Nachtluft draußen vor der Tür brachte etwas Klarheit in sein überreiztes Hirn. Dass Johannes bei ihm übernachtete, war ihm gar nicht so unrecht. Ohne Laura und Chantal fühlte er sich verlassen in dem großen Haus. War etwa er, der Einzelgänger, zum Familienmenschen geworden?

Als er im Stall die nackte Glühbirne anknipste, die vom Dachfirst herunterhing, bot sich ihm das gewohnte Bild. Bismarck und Wanda standen in ihren Boxen und rupften Heu aus den vollen Krippen, das Zaumzeug hing ordentlich am Haken. Nur Chantal, die wie versprochen die Pferde versorgt hatte, während er im Krankenhaus lag, fehlte.

Sanft streichelte er Bismarck und Wanda über die weichen Nüstern, was sie mit einem leisen Schnauben quittierten. Sofort musste er an Laura denken. Ihn rührte die traute Zweisamkeit der beiden Tiere, die große Selbstverständlichkeit, mit der sie tagsüber gemeinsam die Kutsche zogen und nachts einträchtig den Schlafplatz teilten. Nichts konnte sie auseinanderbringen. Und wenn sie eines Tages zu alt für die Kutsche sein würden, erwartete sie ein gemeinsamer Lebensabend auf der Weide.

Kaminski stellte den Pferden einen Eimer Hafer hin, in Gedanken versunken kraulte er ihnen die Mähne. Könnte er doch auch mit Laura ein Leben zu zweit führen, unbehelligt von den Querelen des Alltags, weit weg, ganz weit weg. Ihre Konflikte würden sich in Luft auflösen, wenn sie nur sich selbst hätten, dessen war er sicher. Wie viel Stärke musste Laura jeden Tag beweisen, wie viel Disziplin, diese grandiose und doch so zarte Person. Jeder wollte etwas von ihr, jeden musste sie zufriedenstellen, Tag für Tag. Obendrein übernahm sie den Löwenanteil von Chantals Betreuung, permanent auf der Hut, dass das Mädchen nicht über die Stränge schlug. Das musste doch an ihren Nerven zerren.

Überforderte er Laura? Sollten sie besser das Gestüt verkaufen, die Pacht des Restaurants aufkündigen und zusammen fortgehen? Er sah sich schon mit ihr auf einer paradiesischen Insel, unter ewiger Sonne, nur sie beide. Das Lächeln würde auf ihr Gesicht zurückkehren, und es würde wieder so sein wie am Anfang, als sie sich kennengelernt hatten – leicht, heiter, unbeschwert. Wie abgöttisch er sie liebte …

»Hey, hast du die Absicht, im Stall zu übernachten?«

Johannes war ihm gefolgt. Neugierig sah er sich um. Ein wenig überrumpelt ließ Kaminski von den Tieren ab.

»Ich habe Chantal gesucht, unsere Adoptivtochter. Sie ist erst sechzehn, weißt du …«

»Dann ist diese Botschaft vielleicht von ihr?«

Mit zusammengekniffenen Augen studierte Kaminski den zerknitterten Zettel, den Johannes ins Licht hielt.

Macht euren Scheiß alleine, ich brauch euch Wixer nich. F.

»Sieht ganz danach aus, als hätte dieses Mädchen ein großes Freiheitsbedürfnis«, lächelte Johannes. »Der Zettel lag im Kühlschrank, gleich neben den Bierflaschen, sehr originell, finde ich.«

»Ja, das ist sie – originell.« Auf einmal spürte Kaminski einen Kloß im Hals, und auch der Druck in seiner Brust war wieder da. »Wenn ich nur wüsste, was sie vorhat. Sie kennt niemanden, hat kaum Freunde. Am Ende schläft sie noch im Straßengraben.«

»Kennst du denn ihre Freunde?«

Kaminski zuckte die Schultern.

»Mitgebracht hat sie nie jemanden, und offen gestanden habe ich mich auch nie um diese Sachen gekümmert.«

»Die taucht schon wieder auf. Wetten? Eine wilde Nacht,

ein gehöriger Kater, morgen Mittag kommt sie anspaziert, um daheim ihren Rausch auszuschlafen.«

»Weiß nicht …«

Kaminski nahm ihm den Zettel ab. Diese krakeligen Buchstaben, wie von einer Siebenjährigen. Frettchen, dachte er, um Himmels willen, Frettchen hat mir noch nie geschrieben, nicht mal eine SMS oder WhatsApp. In dringenden Fällen sprach sie ihm etwas auf die Mailbox, und er wunderte sich, dass sie in ihrer Botschaft überhaupt zwei einigermaßen fehlerfreie Sätze hingekriegt hatte. Zugleich gab es der Situation etwas bedrohlich Ernstes. Sein Frettchen machte keine halben Sachen. Wenn sie sich verabschiedete, noch dazu derart formvollendet für ihre Verhältnisse, dann endgültig. Auf Gedeih und Verderb. Ganz gleich, wie miserabel es ihr ergehen würde, ihr störrischer Stolz verbot ihr zurückzukommen.

Plötzlich ging ihm auf, wie sehr er das Mädchen vermisste. Nicht nur die magere kleine Chantal, die mit Feuereifer die Pferde versorgte und hingebungsvoll Kutschieren übte, nein, auch die aufsässige Göre, in der er insgeheim sein eigenes rebellisches Wesen gespiegelt sah. Mit dem Kopf durch die Wand, ohne zu wissen, was man im Nebenraum wollte. Frohgemute Eigenbrötlerei statt sozial kompatibler Angepasstheit. Freche Klappe statt braver Konversation. Sie ist deine Tochter im Geiste, hatte Laura erst kürzlich gesagt. Umso heftiger regten sich nun die Schuldgefühle. Und Kaminski ahnte, dass sie ihn jetzt brauchte wie nie zuvor.

Kapitel 21

»Noch'n Shot, Kleine«, fragte der Typ hinter dem windschief zusammengehauenen Tresen, an dem Chantal mit wackeligen Beinen lehnte. Eine ganze Weile hing sie nun schon in diesem Schuppen und ließ die Wodka-Shots reinlaufen, immer schön einen nach dem anderen. Die Wodkaflasche aus dem *WMS* war längst alle, die hatte sie mit ein paar Typen draußen auf der Straße weggehauen. Danach war sie in die *Wunderbar* gestolpert. Ohne Plan, ohne Kohle. Wie sie die Zeche bezahlen sollte? Null Peilung. Also war es auch scheißegal, ob sie noch was trank oder nicht.

»Lass rüberwachsen«, sagte sie und versuchte, dabei cool zu klingen. »Aber keine lauwarme Pisse wie der letzte Shot, klar?«

»Klar, kalt wie'n Eisbärarsch«, grunzte der Typ.

Er hieß Fat Boy, so viel wusste Chantal bereits. Und er kannte Timo, was ihn zu einem absolut faszinierenden Gesprächspartner machte, abgesehen davon, dass Fat Boy zu der beschissenen maulfaulen Sorte gehörte. Alles musste sie dem Spack aus der Nase ziehen. Viel war es nicht, nur, dass Timo ab und an hier aufschlug. War ja auch fett, der Laden. Ein paar gechillte Leute hingen noch in den versifften Sesseln. Die meisten wohnten in den besetzten Häusern der Gerberstraße, zu denen auch diese Bar gehörte. Chantal gefiel das alles. Die Atmosphäre, die Rauchschwaden der Selbstgedrehten, die abgefahrenen Typen, die sich Dosenbier, Shots und den einen oder anderen Joint reinzogen. Und knallharten Techno, nicht diesen Oldie-Scheiß, den Laura im *WMS* laufen ließ.

Mannomann, sie hatte die Schnauze gestrichen voll von Laura und Kaminski. Dauernd dieses verkackte Gelaber von Familie und so. Scheißspießer waren sie, immer nur am Ackern, und das mit der Familie kriegten die sowieso nicht auf die Reihe. Dauernd zeckten die sich an. War echt nicht auszuhalten. Und wenn denen nichts mehr einfiel, dissten sie eben ihr Frettchen. Verdammte Axt, wer brauchte schon so einen nervigen Familienbullshit, wenn er die richtigen Freunde hatte?

Bist echt krass, Schnecke, hatte Timo ihr vorhin in eine WhatsApp geschrieben. *Wann kommste nach Bärlin?*

Bald, hatte sie geantwortet, mit einem Herz-Smiley. Sie grinste in sich hinein. Bärlin. Timo. Endlich diese ganze Weimar-Grütze abhaken. Am liebsten wäre sie sofort losgefahren. Per Anhalter, was sonst. Mit dem bescheuerten Moped hätte sie es vielleicht sogar bis Mittag geschafft, blöderweise fehlte ihr die nötige Asche fürs Benzin. *Ohne Moos nix los.* Also trampen. Aber mitten in der Nacht? Am Ende erwischte sie irgendeinen perversen Arsch, der sie auf einem dunklen Parkplatz befummelte, statt sie in die Hauptstadt zu bringen.

Ein kleiner Plastikbecher landete knallend auf dem Tresen.

»Letzte Runde, gleich ist Schicht im Schacht«, erklärte Fat Boy. »Mach schon mal'n Zahlheimer. Kannst mir'n Zwanni rüberschieben, stimmt dann so.«

Chantal setzte den Becher an und trank erst mal. Dann wischte sie sich mit dem Handrücken über die Lippen.

»Kriegste morgen.«

Fat Boy lehnte sich zu ihr herüber. Sein rundes Gesicht verzerrte sich.

»What?«

»Portemonnaie vergessen.«

»Sprich lauter«, ätzte er, »ich versteh immer nur *blöder Wichser*, und da steh ich nich so drauf.«

Sie biss sich auf die Unterlippe. Scheiße. Das Ding ging ja voll nach hinten los. Irgendwie hatte sie gehofft, dass man es in dieser alternativen Bude nicht so genau mit dem Bezahlen nahm. Aber so lässig lief es offensichtlich doch nicht.

»Ich bring's dir vorbei. Morgen. Echt.«

Fat Boy fletschte die Zähne wie ein Pitbull, ein ziemlich beschissener Anblick, fand Chantal.

»Hast du'n Schaden? Denkst wohl, du kannst dich hier für lau abschädeln. Schieb dir dein Portemonnaie sonst wohin und drück endlich die Kohle ab, klar soweit?«

»Ach, fick dich«, sagte sie, obwohl ihr allmählich der Arsch auf Grundeis ging.

»So, Bitch, das reicht!«, brüllte Fat Boy. »Wenn du nicht sofort abdrückst, verpass ich dir'n Einlauf, den wirst du so schnell nicht vergessen!«

Eingeschüchtert zog Chantal die Schultern hoch. Wieso hatte sie im *WMS* nur den Wodka mitgehen lassen und nicht auch in die Kasse gegriffen? Ein paar Scheine nur, Fluchtgeld sozusagen, und sie würde hier nicht so dumm abkacken.

»Hey, hey, was'n los?«, ging ein rothaariges Mädchen dazwischen.

Es war Diana. Chantal hatte gar nicht bemerkt, dass sie noch da war. »Wo is'n dein Stecher, Frettchen? Dem geht bestimmt einer ab, wenn er seine Checkerbraut einladen darf.«

»Der ist auf dem Weg nach Berlin. Morgen fahre ich auch hin.« Chantal umklammerte den leeren Becher. »Äh, sag mal, kannst du mir was leihen?«

Höhnisch hielt sich Diana eine Hand hinters Ohr, als hätte sie nicht richtig gehört.

»Wie behindert ist das denn? Was leihen. Willste vielleicht auch noch 'ne Kippe dazu? Du hast echt'n Arsch offen.«

»Ich, ich … könnte es abarbeiten, Gläser spülen und so«, wandte sich Chantal an Fat Boy.

»Siehst du hier etwa Gläser?«, knurrte er.

Nun kam er auch noch hinter dem Tresen hervor und baute sich drohend vor ihr auf. Heilige Scheiße. Vorsichtshalber hielt sich Chantal schon mal die Arme vors Gesicht. Wenn man jahrelang vom eigenen Vater in die Fresse gekriegt hatte, wusste man, was abging.

»Gibt es ein Problem?«, erkundigte sich eine Frau mit blonder Löwenmähne, die Chantal bisher genauso wenig beachtet hatte wie Diana.

Chantal ließ die Arme sinken. Was war das denn für eine schräge Tussi? Kurzes rotes Kleid, Titten wie Melonen, Gesicht mit Make-up verkleistert, High Heels mit Leopardenmuster. Was wollte die denn hier?

»Hau ab, geht dich nichts an«, pupte Fat Boy sie an.

»Klappe.« Die Frau stellte sich schützend vor Chantal. »Du darfst so 'nem Baby gar keinen Wodka geben. Soll ich's den Bullen stecken? Dann reiten die hier ein, so schnell kannst du gar nicht gucken.«

Sichtlich verunsichert kratzte sich Fat Boy am Kopf, doch sein eisenhartes Pokerface sagte Chantal, dass er sich nicht so leicht ans Bein pinkeln ließ.

»Ist mir latte.«

»Schön, aber die Kleine lässt du in Ruhe.« Die Frau drehte sich zu Chantal um und legte einen Arm um sie. »Komm, wir gehen. Hab mir diese Pickelfresse schon viel zu lange angesehen.«

Ohne Fat Boy weiter zu beachten, lotste sie Chantal zur Tür. Wow. Schutzengel hatte sich Chantal ganz anders vorgestellt.

»Hey, Frettchen, sehen wir uns morgen in der Berufsschule?«, schrie Diana ihr hinterher.

»Scheiß auf Schule, morgen bin ich in Berlin!«, erwiderte Chantal.

Dann zeigte sie Fat Boy und Diana den Stinkefinger, ohne sich umzudrehen, und verließ zusammen mit ihrem Schutzengel die *Wunderbar*.

»Zigarette?«, fragte die Frau, als sie draußen auf der Straße standen.

Sie hielt eine geöffnete Schachtel in den Lichtkegel der Straßenlaterne. Gierig griff Chantal zu. Ihr Tabak war längst aufgeraucht, und nachdem sie mehrfach irgendwelche Typen angeschnorrt hatte, war es ihr zu blöd geworden, dauernd um Kippen zu betteln. Während die Frau ihr Feuer gab und sich selbst eine Zigarette anzündete, sah sie Chantal neugierig an.

»Kommt das öfter vor, dass du pleite bist?«

Vorsicht, durchzuckte es Chantal. Lass dich bloß nicht ausquetschen. Wenn die Tussi rausfindet, dass du von zu Hause abgehauen bist, macht sie bestimmt Stress.

»Nö, war nur'n bisschen viel shoppen«, antwortete sie und musste dabei ein bisschen grinsen, weil sie nie *shoppte*. Ihre Klamotten suchte sie sich in Secondhandläden oder in der Kleiderkammer vom Roten Kreuz zusammen, weil sie die abartigen Blusen und Röcke, die Laura ihr kaufte, nicht ausstehen konnte.

Auch die Frau grinste. Ihre Augen glitten von Chantals weiß gebleichter Raspelfrisur über das Männerhemd mit dem Tanktop bis runter zu den Springerstiefeln.

»Willst du dir was dazuverdienen?«, fragte sie.

Scheiße, und wie Chantal das wollte. Es war Mitte September. Was sie von Laura und Kaminski am Monatsanfang kriegte, hatte sie längst verbrannt, für Tabak, für das Tanktop, für eine neue Prepaidcard. Sie nickte.

»Hast du schon mal gekellnert?«, erkundigte sich die Frau. »Ich heiße übrigens Denise. Und du?«

»F…«, sie nahm einen tiefen Zug aus der Zigarette, um Zeit zu gewinnen, »äh, Fiona.«

So hieß die Prinzessin aus *Shrek*, ein total süßer Film, den sie liebte, weil Shrek so ein tollpatschiger Außenseiter war.

»Und wie alt bist du, – Fiona?«

»Soll das hier 'ne Sprechstunde werden?« Jetzt nix wie weg. Instinktiv machte Chantal einen Schritt rückwärts. »Also, war nett, dass Sie mich da rausgehauen haben, aber …«

»Warte.« Die Frau, die vielleicht genauso wenig Denise hieß wie sie Fiona, hielt sie am Ärmel fest. »Ist ja egal. Jedenfalls hätte ich einen guten Job für dich. Musst nur Getränke servieren, Geld gibt's bar auf die Kralle, saftige Trinkgelder sind auch drin. Ist so 'ne Art Hotel. Du bekommst eine Servieruniform. Wenn du willst, kannst du da sogar umsonst ein eigenes Zimmer haben.«

Jetzt war Chantal wirklich geflasht. Sie hatte schon überlegt, wo sie schlafen könnte, eingefallen war ihr aber nichts. Zurück aufs Gestüt? Nie im Leben. Lieber wäre sie im Straßengraben verreckt, als bei Kaminski und Laura an der Tür zu kratzen.

»Hm, ja, also, klingt ganz okay«, sagte sie.

Ob sie dieser schrägen Tussi trauen konnte? Ach, Quatsch, sagte sie sich, jeder hat eben seinen Style. Und du bist schließlich keine aus der Spießerabteilung, die andere Leute nach ihrem Äußeren beurteilt. Der eine steht halt auf Springerstiefel, der andere auf Leopardenstöckel.

»Bin dabei«, bekräftigte sie.

»Fein.« Denise trat ihre Zigarette aus. »Fiona – hübscher Name. Aber vielleicht ein bisschen zu … Was hältst du von Fancy?«

Fiona, Fancy, ist mir so was von egal. Kannst mich auch Flummi nennen, ist doch komplett Banane, amüsierte sich Chantal.

»Fancy ist geil«, versicherte sie.

Das schien Denise zu freuen. Ihr Lächeln kam nur etwas gruselig rüber, weil sie Lippenstift an den Zähnen hatte. Sieht aus wie'n Vampir, dachte Chantal.

»Zu komisch.« Denise lächelte immer noch. »Wieso habe ich bloß den Eindruck, du willst gar nicht erst nach Hause, deine Sachen holen?«

»Stimmt, ich wohne in einer WG, also, eigentlich bei einem Freund, äh, und, na ja, läuft gerade nicht so mit, hm, dem Typen …«

»Verstehe schon«, kürzte Denise die total vergurkte Erklärung ab. »Er hat dich rausgeschmissen. Umso besser. Dann nehme ich dich gleich mit. Ich arbeite nämlich auch in dem Hotel.«

»Super. Freu mich voll.«

Denise bestellte mit ihrem Smartphone ein Taxi, und Chantal hatte das sichere Gefühl, dass es die beste Entscheidung ihres Lebens gewesen war, bei Laura in den Sack zu hauen. Hallo? Sie bekam einen Job, ein Zimmer, und bald stand ihr die ganze Welt offen. Ein paar schlappe Tage kellnern, nur so lange, bis es fürs Mopedbenzin reichte, dann ab nach Berlin. Wahnsinn! Wenn das mal kein scheißgenialer Plan war!

Kapitel 22

Der nächste Tag begann wolkenlos, doch Christiane, die unruhig geschlafen hatte, sehnte sich nach Regen, nach Abkühlung. Lange stand sie am Fenster und starrte in den blassblauen Himmel. Das Gespräch mit Laura ließ ihr keine Ruhe: Sollte sie ausharren in ihrer freudlosen Ehe oder den Sprung in ein eigenständiges Leben wagen, selbst auf die Gefahr hin, auf dem Boden harter Realitäten aufzuschlagen? Durfte sie Wolf überhaupt verlassen, oder war es nicht vielmehr ihre Pflicht, in guten und in schlechten Zeiten zu ihm zu stehen, wie sie es bei ihrer Heirat gelobt hatte? Und welche Rolle spielte Johannes Sander in diesem Dilemma?

Wenn sie nur an ihn dachte, wurde ihr heiß. Du lieber Himmel, Johannes! Wie hatte er sich bloß dazu hinreißen lassen können, Wolf anzugreifen. Und doch – Christiane konnte Johannes nicht böse sein, obwohl er dadurch alles nur noch schlimmer gemacht hatte. Es schockierte sie zwar, dass er derart rasch die Kontrolle verloren hatte, andererseits passte es zu ihm, wie sie fand. Im Grunde mochte sie gerade dieses jungenhaft Unbekümmerte, seinen unbändigen Freiheitsdrang. Es war dieser Hauch Anarchie, der ihr imponierte. Der zartbesaitete Intellektuelle mit den stahlharten Fäusten, was für ein reizvoller Widerspruch. Insgeheim beneidete sie Johannes darum, dass er sich nicht hatte domestizieren lassen, während sie selbst immer ängstlicher und mutloser geworden war.

Sie würde bei ihrem Mann ein gutes Wort für den unbeherrschten Intendanten einlegen, nahm sie sich vor. Aber ob das reichte? Schließlich kannte sie Wolf gut genug, um zu wissen, dass er diese Schmach nicht auf sich sitzen lassen würde. Eine Anzeige wegen Körperverletzung war das Mindeste, was Johannes blühte. Und was blühte ihr, wenn alles rauskam? Du darfst Johannes nicht wiedersehen, ermahnte sie sich, es sei denn, um mit ihm zu brechen. Alles andere wäre zu riskant. Wolf wird Johannes und dich vernichten, wenn er euch auf die Schliche kommt, also lass dich auf nichts mehr ein.

Sie warf einen Blick zu Laura, die noch schlief, das Gesicht im Kissen vergraben, und empfand tiefe Dankbarkeit, dass die Freundin ihr Unterschlupf gewährte. Allerdings war das nur ein Aufschub. Wie lange wollte sie denn auf Lauras Couch übernachten, bevor sie endlich eine Entscheidung traf? Einfach die Augen zu verschließen, war jedenfalls keine Lösung. Immerhin gab es einiges, was sie nicht ungeschehen machen konnte – weder die zermürbende Missachtung ihres Mannes noch die seligen Momente mit Johannes. *Moon River,* ein Tanz unter dem Sternenhimmel …

Plötzlich hatte Christiane das Gefühl, keine Luft mehr zu bekommen. Sie musste raus, nach draußen, durchatmen.

Nachdem sie sich geduscht und eilig angezogen hatte, schrieb sie einen kleinen Zettel, den sie auf den Tisch legte: *Danke für alles, bis später, ich melde mich.* Leise, um Laura nicht zu wecken, verließ sie die Wohnung. Es war halb sieben. Dienstags musste sie um acht Uhr in der Schule sein, also blieb genügend Zeit, um ihr Auto zu holen und die weiteren Schritte zu überdenken, bevor sie wieder vor ihren Schülern stand.

Ein wenig kopflos marschierte sie los. Die Straßen waren um diese Uhrzeit noch menschenleer, die Läden geschlossen, die Cafés verwaist. Nur ein älterer Herr, der seinen Hund Gassi führte, überquerte den Platz vor dem *WMS*. Während Christiane durch die kühle Morgenluft wanderte, zermarterte sie ihr Hirn, wie sie klare Verhältnisse schaffen könnte. Johannes reinen Wein einschenken, mit Wolf Klartext reden, das hörte sich leichter an, als es tatsächlich zu tun. Es waren Experimente mit offenem Ausgang, und sie hatte Angst vor den Konsequenzen.

Als sie einige Häuserblocks weiter das gepflegte klassizistische Mehrfamilienhaus erreichte, in dem sie seit vielen Jahren lebte, blieb sie stehen. Unschlüssig betrachtete sie die zartgrün gestrichene, mit weißem Stuck verzierte Fassade. Dort oben im zweiten Stock war ihr Zuhause. Oder nahm sie innerlich schon Abschied? Die hellen Vorhänge im Arbeitstrakt ihres Mannes waren noch zugezogen. Vermutlich kochte Wolf gerade in der Küche einen Brennnesseltee und fragte sich, wo seine Frau steckte. Es würde nicht leicht sein, ihn mit irgendeiner Erklärung für ihr nächtliches Wegbleiben abzuspeisen und dann zur Tagesordnung überzugehen. Nervös spielte sie mit dem Schlüsselbund, ihr Herz trommelte gegen die Rippen. Nein, sie war noch nicht so weit. Sie scheute die Begegnung mit Johannes, so wie sie die Aussprache mit Wolf fürchtete. Lieber würde sie heute ausnahmsweise in derselben Kleidung wie gestern in die Schule gehen.

Geradezu fluchtartig stieg sie in ihren Wagen und fuhr los. Erst, als sie auf den Parkplatz des Musikgymnasiums Belvedere einbog, normalisierte sich ihr Herzschlag wieder. Hier fühlte sie sich wirklich heimisch. Das Schulgebäude, ein moderner Flachbau neben dem alten Rokokoschloss Belvedere, lag in einem hübschen Park, über dem rechteckig angelegten Teich davor tanzten Mücken. Einmal mehr ging ihr auf, wie sehr sie ihren Beruf liebte. So wie diese Schule, eine musische Oase, in der Bildung mit Persönlichkeitsbildung einherging – was natürlich nicht jegliche pubertären Renitenzen eliminierte, aber doch ein weithin freundliches Klima erzeugte. Auch die Motivation stimmte. An welcher anderen Schule hätte sie schon derart begeisterte Mitstreiter für ihre Theater-AG gefunden?

Sacht bewegten sich die Zweige der alten Bäume auf dem hoch gelegenen Areal mit seinen buschumstandenen Rasenflächen, ein paar trockene Blätter knisterten unter Christianes Sandaletten. Da sie viel zu früh dran war, setzte sie sich auf eine Bank und ließ den Blick schweifen. Vom Mozarthaus, einem zierlichen, mit einem Türmchen gekrönten Rokokobau, wehten Klavier- und Geigenklänge aus den Proberäumen herüber, weil einige Schüler immer schon vor Schulbeginn an ihren Instrumenten übten.

Die nächsten Stunden durchlebte Christiane wie in Trance. Nach einem schnellen Kaffee in der Schulcafeteria absolvierte sie den Unterricht, indem sie gleichsam auf Autopilot stellte. Nur nicht nachdenken, nur nicht die bohrenden Fragen an sich heranlassen. Wenigstens hier in der Schule wusste sie, was zu tun war. Dennoch fühlte sich Christiane vollkommen ausgelaugt, als sie am frühen Nachmittag das Schulgebäude verließ. Etwas nachlässig war sie heute im Unterricht gewesen, unkonzentriert, manchmal sogar ungeduldig. Die Probe für eine Sprechfassung des *Freischütz* war der Höhepunkt dieses Schultags gewesen, was nicht zuletzt daran lag, dass sie sich dabei Johannes besonders nah gefühlt hatte.

Einige Schüler grüßten sie höflich, während sie trödelnd über den Plattenweg zum Lehrerparkplatz ging. Den Blick auf ihr Smartphone gerichtet, schlenderte Christiane weiter. Unzählige verpasste Anrufe und Text-Messages zeigte das Display an, ein stummer und doch höchst beredter Vorwurf in Zeiten des Erreichbarkeitszwangs. Christiane hätte sich nicht gescheut, von *Kommunikationsterror* zu sprechen. Musste man denn immer ansprechbar, immer verfügbar sein? Was rechtfertigte den harschen Ton, mit dem Wolf schrieb, sie habe *gefälligst sofort* zu antworten? In dürren Worten schrieb sie ihrem Mann, alles sei in Ordnung. Dann zögerte sie. Ein Hitzeschauer überlief sie beim Überfliegen von Johannes' Nachrichten.

Ich bin untröstlich, bitte, wir müssen uns sehen.

Christiane, verzeih mir. Du bist so kostbar, und ich habe mich wie ein Idiot aufgeführt.

Christiane, bitte melde dich.

Und wieder: *Bitte, wir müssen uns sehen!!*

War es vielleicht ein Fehler gewesen, dass sie ihm während der Autofahrt ihre Handynummer gegeben hatte?

Sie schaute auf die Uhr. Es war halb drei. Ihr Mann kam selten vor acht, neun Uhr abends nach Hause. Was, wenn sie Johannes' Drängen noch ein einziges Mal nachgab, obwohl sie sich doch vorgenommen hatte, ihn nie wieder …, aber hatte er nicht eine Erklärung verdient? Mehr noch: Musste sie ihm nicht endlich die Wahrheit sagen – dass sie verheiratet war, und zwar ausgerechnet mit Wolf von Nesselröden –, bevor er es selbst herausfand?

Weich strich der Wind über ihre Wangen. So weich und zärtlich wie Johannes' Hand in der Nacht zuvor. Du darfst ihn nicht länger belügen, Christiane. Auch Verschweigen kann eine Lüge sein, und in dieser explosiven Konstellation sowieso.

»Na, Schulschluss?« Ein Kollege überholte sie, ein junger Lehrer in Jeans und T-Shirt, der sein Rad neben sich herschob. »Keine Lust, dich ins aufgeheizte Auto zu zwängen, was? Versuch's mal mit Radfahren, bei dem Wetter die reine Wohltat.«

»Ich überleg's mir«, erwiderte sie.

Wolf von Nesselröden sah es nicht gern, er fand es zu gefährlich, auch zu wenig damenhaft für seine Frau Gemahlin. Radfahren, mit gebauschten Röcken und geröteten Wangen, das sei

Apolda, sie hingegen habe sich standesgemäß im Auto fortzubewegen.

»Und grüß deinen Mann, die Geschichte über unser Schulorchester im *Anzeiger* war klasse. Das hilft uns politisch.« Anerkennend hob der Lehrer einen Daumen, bevor er aufs Rad stieg. »Super, wie er das macht.«

Ja, in Weimar war alles mit allem vernetzt. Und sie, Christiane, mittendrin in diesem engmaschigen Gewebe. Ihr schnürte sich die Kehle zu bei der Vorstellung, dass dieses Gewebe reißen könnte, Faden für Faden, und sie ins Bodenlose fiel.

Mit beiden Händen strich sie ihr Haar zurück, das sich im Nacken feucht kräuselte. Ich kenne Johannes doch kaum, ich darf mich nicht verrückt machen, schärfte sie sich ein, obwohl sie, ermutigt von Laura, innerlich längst den zweiten Schritt vor dem ersten erwog: Wie wäre es, wenn ich mich von Wolf trenne? Finanziell stehe ich auf eigenen Beinen, aber wie überlebe ich das gesellschaftlich, zumal dann, wenn sich aus der ersten Verliebtheit eine Beziehung mit Johannes entwickelt? Und, viel heikler noch: Würde Johannes es überleben? Hier in Weimar?

Christiane machte sich keinerlei Illusionen. Dies war nicht Berlin. So tolerant und offen man sich hier auch gab, aus einer Ehe auszubrechen, galt als unverzeihlich, als Makel, den man nie wieder loswurde. Falls sie sich offiziell zu Johannes bekannte, wären sie beide gleichsam Aussätzige. Für Johannes wäre es das Ende seiner Intendantenkarriere. Halb Weimar, das tonangebende Weimar, wohlgemerkt, würde sich geschlossen gegen ihn stellen. Nicht genug, dass er mit seiner Kunst aneckte – wenn er dem Chefredakteur der wichtigsten Zeitung die Frau ausspannte, würde er fortan Persona non grata sein.

Sie seufzte. Und wenn ich mich nicht trenne, wenn alles beim Alten bleibt?, fragte sie sich zum hundertsten Mal an diesem Tag.

Die Antworten fielen zwar weniger dramatisch, jedoch keineswegs weniger niederschmetternd aus: Sie würde immer mehr verkümmern, und Johannes würde sie hassen, weil sie sich auf die Seite seines Erzfeinds schlug.

Aber eine heimliche Affäre? Gestohlene Stunden, Liebe am Nachmittag, selig in seinen Armen liegen – wie würde das enden? Mit Sex auf Autositzen, als seien sie Teenager? Nein, sie war eine Frau, die nicht in den Spiegel hätte schauen können, wenn sie ihren Mann hinterging – auch wenn er ihr nichts mehr bedeutete.

Ein unlösbares Dilemma. Nur eines stand für Christiane fest: Sie musste Johannes das Ungeheuerliche eröffnen, musste ihm gestehen, mit wem sie verheiratet war. Das war eine Frage des Anstands.

Als das Klingeln des Handys ertönte, schrak sie zusammen. Auf dem Display erkannte sie Johannes' Nummer. Einen Moment lang rang sie mit sich, dann nahm sie das Gespräch an.

»Ja?«

»Christiane, endlich, ich bin ja so froh, deine Stimme zu hören!«

»Danke, aber …«

»Ich verspreche dir, ich werde dir nie wieder gegen deinen Willen zu nahe treten«, sprudelte er hervor. »Nie wieder, hörst du? Nur mit dir reden muss ich, unbedingt. Gib mir eine halbe Stunde, irgendwo. Eine halbe Stunde, Christiane. Bitte. Irgendeine Idee, wo wir uns treffen können?«

Das raue Timbre seiner Stimme. Der jungenhafte Überschwang. Die geballte Energie eines Mannes, der sich nicht zähmen ließ.

»Es gibt ein Schloss, Anna Amalias ehemaliger Sommersitz, mit einem wunderschönen Park, wo einst …«

»Wie heißt es, Christiane?«

»Schloss Tiefurt, es liegt nordöstlich von Weimar.«

»Wir treffen uns am Eingang, okay?«

»Ja«, sie holte tief Luft, »das heißt – nein, besser am Musentempel, das ist ein kleiner Pavillon im Schlosspark.«

»Meine Muse«, erwiderte er, und ohne, dass sie ihn sehen konnte, wusste sie, dass er lächelte.

»In einer halben Stunde«, flüsterte sie.

»Ja, meine wundervolle Muse.«

Er beendete das Gespräch. Im selben Augenblick bereute sie ihren Entschluss schon wieder. Bei einem impulsiven Mann wie Johannes konnte man nicht wissen, wie er auf schlechte Neuigkeiten reagierte. Wenn er erfuhr, dass sie Wolf von Nesselrödens Frau war – ob er dann tobte? Sie verachtete? Sich etwas antat? Oder ihr? Alles schien möglich.

Beklommen machte sie sich auf den Weg zu ihrem Wagen. Nur dreißig Minuten Galgenfrist blieben ihr, dann würde die Stunde der Wahrheit anbrechen. Dieser Gedanke ängstigte sie mehr als die Furcht, man könnte sie mit Johannes Sander ertappen. Sie bangte um ihn. Weil sie ihn – liebte?

Im glutheißen Wagen ließ sie alle Fensterscheiben herunter. Ohne einen Blick für die sonnenbeschienene Landschaft, in der Hügelkuppen und idyllische Täler einander abwechselten, goldgelbe Stoppelfelder, rötlichbraun getönte Laubwälder, dunkle Tannentunnel, raste sie die Straßen entlang. Tränen liefen ihre Wangen hinunter. Geplagt von Gewissensbissen, verstand sie auf einmal nicht mehr, warum sie nicht gleich zu Anfang alles aufgeklärt hatte.

Du Egoistin, schalt sie sich, du hättest Johannes schützen müssen – vor dir, vor Wolf, vor verbotenen Gefühlen. Aber du wolltest ja unbedingt diesen betörenden Taumel auskosten. Sicher, von außen betrachtet, war nichts passiert, nur ein

Kuss am Straßenrand, doch das war nicht nur ein Kuss gewesen, sondern eine atemberaubende, alles infrage stellende Erfahrung. Ein Versprechen.

Schon kam der kleine Ort Tiefurt in Sicht, in einer Schlaufe der Ilm gelegen, wenig mehr als einige dicht aneinander gedrängte Häuser wie aus einem Spielzeugladen. Fiebrig folgte sie den Schildern, die auf das Schloss und den Park hinwiesen. Ihre Knie zitterten, als sie schließlich den Wagen parkte und ausstieg.

Die hochhackigen Sandaletten, die sie seit dem Vortag trug, eigneten sich wenig für Spaziergänge, deshalb streifte sie sie von den Füßen und nahm sie in die Hand. Barfuß lief sie am Schloss vorbei, einem efeubewachsenen, eher unspektakulären ehemaligen Gutspächterhaus. Von dort schlug sie den Weg zum nördlichen Parkgelände ein. Am Teesalon, einem charmanten chinoisen Häuschen, bog sie nach links, passierte den Gedenkstein für Johann Gottfried Herder und gelangte zum Musentempel: sechs ionische Säulen, die ein Kupferdach trugen, darunter eine Statue der Kalliope.

Einige Wochen zuvor hatte Christiane eine Kutschfahrt mit Kaminski und Laura hierher unternommen, und Kaminski, wie immer bestens belesen, war ins Schwärmen geraten: Im Jahre Achtzehnhundertdrei errichtet, sei der Pavillon eine Kulisse für Rezitationen und Theateraufführungen gewesen. Das Who's Who jener Zeit habe sich hier zu geistreichen Geselligkeiten eingefunden, Wieland, Herder, Goethe, Schiller, in Anwesenheit ihrer kunstsinnigen Gönnerin Herzogin Anna Amalia.

Christianes Herz klopfte wild, als sie sich auf dem Sockel des Tempelchens niederließ. Die Sandaletten stellte sie neben sich. Wie erhofft, war sie allein hier. An Wochentagen verirrten sich kaum Touristen in den Park, und wegen der Nachmittagshitze saßen die wenigen Besucher vermutlich im Schlossgebäude, um etwas Kaltes zu trinken. Alles, was sie hörte, war Vogelgezwitscher, untermalt vom Plätschern der Ilm, die nur wenige Meter entfernt vorbeifloss. Das Wasser des Flüsschens stand ungewöhnlich hoch, da es im Juli und August unaufhörlich geregnet hatte. Nach dem sommerlichen Dauerregen folgte nun dieser heiße September.

Vier Mal erklangen die metallischen Glockenschläge der Tiefurter Kirche. Das Telefonat mit Johannes lag mehr als eine halbe Stunde zurück. Ob er sich verfahren hatte? Oder hatte man ihm bereits gesteckt, dass er mit Christiane von Nesselröden verabredet war? Verabscheute er sie jetzt so sehr, dass er sie versetzte?

Voll innerer Unruhe betrachtete sie die baumumstandenen Rasenflächen. Die Schönheit dieses Fleckchens Erde war überwältigend. Christiane konnte Anna Amalia verstehen, dass sie hier, in der freien Natur, die Wonnen geistiger Freiheit kultiviert hatte, weit weg von der Enge und Begrenztheit ihrer provinziellen Residenzstadt. Vermutlich war dies nicht nur der Schauplatz für Gipfeltreffen des Geistes gewesen, sondern auch für die eine oder andere Liebelei. Historisch belegt war nur, dass Goethes *Iphigenie auf Tauris* im Tiefurter Schlosspark uraufgeführt worden war.

»*Der Frauen Zustand ist beklagenswert*«, sprach Christiane aus dem Gedächtnis eine Zeile der *Iphigenie*, »*Wie eng gebunden ist des Weibes Glück.*« Hieß es nicht in diesem Stück: *Und rette mich auch von dem Leben hier, dem zweiten Tode?*

Als erhoffte sie sich seelischen Beistand, sah sie hoch zu der Statue. Kalliope sei die weiseste der sieben Musen, hatte Kaminski erläutert, zuständig für epische Dichtung, Wissenschaft und Philosophie. Besonders hatte er auf ihre ungewöhnliche Haltung hingewiesen. Nachdenklich, fast lässig lehnte die Muse auf einem Vorsprung, das Kinn in die Hand gestützt, um gedankenverloren in die Weite des Parks zu schauen. Ein Sinnbild abgeklärter Introspektion. Christiane hätte etwas darum gegeben, wenigstens ein bisschen von dieser ruhigen Besonnenheit in sich zu spüren. Stattdessen überwältigten sie widersprüchlichste Gefühle, Sehnsucht, Resignation, Leidenschaft, Schuldbewusstsein.

Ratlos starrte sie in das Grün der Büsche und Stauden. Ob Johannes sich gleich dahinter zeigte? Immer wieder glättete sie ihr Kleid. Warum war sie nicht erst nach Hause gefahren, um zu duschen? Warum hatte sie so ungeduldig den schnellstmöglichen Zeitpunkt genannt?

»Christiane!«

Seine Stimme. Eine heiße Welle, die sie überrollte und alles hinwegspülte, ihre Mattigkeit, ihre Skrupel, ihre guten Vorsätze. Sie wirbelte herum. Mit ausgebreiteten Armen kam er auf sie zu gerannt und fragte nicht lange, sondern beugte sich zu ihr herunter und drückte sie einfach an sich, als sei es das Selbstverständlichste der Welt. Ein Schluchzen stieg in ihr auf, das Schluchzen unendlicher Erlösung. Bebend schmiegte sie sich an ihn, spürte seinen schnellen Herzschlag und verschmolz mit seinem Körper, als seien sie für alle Ewigkeiten als Paar in Stein gemeißelt.

Nur widerstrebend löste sie sich nach einer Weile aus seiner Umarmung.

»Johannes, ich muss dir etwas beichten. Versprich mir, dass du nicht ausrastest, ja?«

»Wie könnte ich dir wegen irgendetwas böse sein?« Erwartungsvoll funkelte er sie an. »Du darfst mir alles sagen. Übrigens habe ich dir ebenfalls eine Menge zu sagen, doch ich lasse dir den Vortritt. Also los. Es ist was Schönes, oder?«

Wie konnte er nur solch einen blinden Optimismus hegen? Hatte er denn nicht die einzig logischen Schlüsse aus ihrem Verhalten gezogen – dass sie nicht frei war, sondern etwas zu verbergen hatte?

»Sag du mir deins, dann sag ich dir meins«, lachte er, als sei das Ganze nur ein kindisches Spiel. »Komm schon, Christiane, raus mit der Sprache!«

»Es ist so, dass …«, sie kam ins Stocken.

»Ich weiß, ich weiß«, wieder lachte er, »ich gehe dir auf den Zeiger mit meinem Draufgängertum. Du brauchst mehr Zeit, das war nicht schwer zu erraten.«

»Nein«, widersprach sie, wissend, dass jeder weitere Aufschub der Beichte ihren Mut zur Wahrheit schwinden ließ. Johannes wirkte so arglos, und es fiel ihr von Sekunde zu Sekunde schwerer, ihn vor den Kopf zu stoßen.

»Warum machst du es so kompliziert?« Er knöpfte sein Hemd auf. »Okay, du kriegst noch ein paar Minuten, um dich zu sammeln, ich geh baden!«

»Du gehst – was?«

»Die Ilm soll sehr sauber sein, es ist ein heißer Tag, ich bin verschwitzt, voilà, die Gelegenheit lasse ich mir nicht entgehen. Was ist mit dir? Lust auf ein erfrischendes Bad?«

Und wieder hatte er es geschafft, sie zu überraschen. Entgeistert sah sie zu, wie er das Hemd auf den Rasen warf und seine Jeans auszog.

»Ich – ich habe kein Badezeug dabei«, erwiderte sie lahm.

»Ja und? Nicht gucken!«, rief er verschmitzt, als er auch seine Boxershorts auszog. »Ich teste die Temperatur für dich!«

Der Anblick seines nackten, durchtrainierten Körpers verschlug ihr die Sprache. Im nächsten Moment rannte er bereits zum Ufer des kleinen Flusses, warf sich bäuchlings ins glitzernde Wasser, tauchte unter und prustend wieder auf.

»Hey! Komm rein! Es ist herrlich!«

Seine Spontaneität wirkte ansteckend auf Christiane. Sie, die Vorsichtige, Zurückhaltende, die immer darauf achtete, die Form zu wahren, wischte alle Bedenken beiseite, zu verlockend war die

Aussicht, mit ihm im Wasser zu planschen. Ohne weiter nachzudenken, zog sie das Kleid über den Kopf, legte BH und Slip ab und lief mit erhobenen Armen ins aufspritzende Wasser.

»Hab dich!«, schrie er und umfing ihre Hüften.

Kreischend und zappelnd entglitt sie ihm, er nahm die Verfolgung auf, und wieder gelang es ihm, sie festzuhalten. Diesmal war sein Griff fester, seine Beine umschlangen ihren Körper, ihre nassen Lippen trafen aufeinander.

»Meine Muse, meine Nixe«, murmelte er zwischen zwei Küssen.

Sein Gesicht, mit Wasserperlen bedeckt, sein Mund, der an ihrem Hals entlangwanderte. Eine kleine Welle schwappte über ihr Gesicht, keuchend holte sie Luft, und im selben Augenblick spürte sie seine Erektion. Ihr Becken vibrierte. Mit einer Hand stützte er ihren Rücken, die andere streichelte ihre Schultern. Alles vergessen, nur ihm gehören, das ist Freiheit.

»Christiane …«

Etwas in ihr zerbrach. Wahrscheinlich der innere Schutzpanzer, der ohnehin schon Risse hatte, denn alles, was sie denken konnte, war, dass sie ihn wollte, hier, jetzt, in den Fluten der Ilm. Ihre Arme umschlangen seinen Hals, ihre Schenkel öffneten sich, und er drang in sie ein.

»Johannes …«

Geliebter Name, unzählige Male geflüstert, heimlich, verstohlen, jetzt hinausgeschrien in höchster Ekstase. Wie Ertrinkende hielten sie sich aneinander fest, bewegten sich ineinander, steigerten sich in sinnliche Raserei. Es war ein Rausch, nasse Haut an nasser Haut im gluckernden Wasser, das sie sanft umfloss und schwerelos machte. Als Christiane kam, brach ihre Stimme. Nur ein heiseres Raunen gab ihre Kehle noch her, während sie sich an ihn klammerte, die konvulsivischen Zuckungen auskostend, die kein Ende nehmen wollten.

Danach lagen sie umschlungen im Ufergras, verborgen hinter einem Ginsterbusch, die Gesichter einander zugewandt, die Augen im stummen Zwiegespräch. Christiane zitterte immer noch. In einer fernen Zone ihres Bewusstseins erhob sich ein unheilvolles Donnergrollen. Du kannst nicht mehr zurück. Nie wieder.

Kapitel 23

Die literarische Kutschpartie erwies sich als Volltreffer. *Schöne Orte, große Worte*, damit traf Kaminski den Nerv der kulturbegeisterten Weimar-Touristen. Das selbst gemalte Schild, mit dem er für seine Idee warb, lockte Fahrgäste in Scharen an. Dank seiner Schauspielervergangenheit verfügte er über ein bestens trainiertes Gedächtnis. Ohne jede Mühe rezitierte er Schiller, Goethe, Wieland, aber auch Ringelnatz und Tucholsky, und unterhielt seine Fahrgäste mit kleinen Anekdoten über den berühmten Weimarer Musenhof.

Dennoch war seine Laune leicht getrübt. Am frühen Morgen hatte ihn der Chef der kardiologischen Abteilung ins Krankenhaus zitiert und ihm die Leviten gelesen: Ein Unding sei es, einfach mitten in der Nacht aus der Klinik zu verschwinden. Ob er denn gar nicht die Risiken bedacht habe? Kaminski hatte nur etwas von *dringenden Familienangelegenheiten* gegrummelt. Danach hatte er ein Formular unterschrieben, dass er entgegen des ärztlichen Rats auf weitere Untersuchungen verzichte und das Krankenhaus auf eigene Verantwortung verlasse.

Nach dem unerfreulichen Arztgespräch war es dann aber deutlich bergauf gegangen. Die Leute rissen sich förmlich darum, einen Platz in seiner Kutsche zu ergattern, und auch die Trinkgelder fielen höher aus als sonst.

Sechs Touren hatte er bereits absolviert, mittlerweile war es früher Abend. Zwar machte ihm die zunehmende Schwüle zu schaffen, der Druck in seiner Brust hatte noch nicht völlig nachgelassen, und auch die Tatsache, dass Chantal verschwunden blieb, bereitete ihm Kopfzerbrechen, doch der Erfolg seiner ungewöhnlichen Idee beflügelte ihn. Deshalb ließ er zwei weitere Touristen einsteigen, um sie zu den historisch wie literarisch bedeutsamen Plätzen der Stadt zu bringen.

Die Tour startete am Frauenplan, vor dem Haus, in dem der Geheime Rat und Staatsminister von Goethe mit Christiane Vulpius gelebt hatte. Ein ungleiches Paar, doch allem Anschein nach recht glücklich. In Gedanken versunken betrachtete Kaminski die kleinen Fenster, hinter denen Goethe und sein »Bettschatz« gehaust hatten. Gab es ein Geheimnis glücklicher Beziehungen? Wie meisterte man die Mühen der Ehe, ohne dass die Liebe auf der Strecke blieb? Er fühlte sich wie ein blutiger Anfänger, was er ja auch war nach seinem jahrzehntelangen Singledasein.

Falls ich jemals so etwas Ähnliches wie einen Liebesroman zustande bringen will, überlegte er, muss ich vorher unbedingt jemanden fragen, der sich mit Beziehungen auskennt. Sonst kommt entweder hemmungsloser Kitsch dabei heraus, oder ich schreibe womöglich nur über das, was schiefgeht. Wäre doch absurd. Auf einmal fiel ihm das Motto der mittelalterlichen Minnesänger ein: *Omnia vincit amor* – die Liebe besiegt alles. Ja, darüber wollte er schreiben, und vor allem wollte er daran glauben.

In der Realität schien sich diese optimistische Weisheit allerdings nicht zu bewahrheiten. Laura hatte er nur mittags kurz gesehen, als er die Pferde getränkt und einen Salat im *WMS* gegessen hatte. Aus ihrer neutralen Freundlichkeit hatte er nichts herauslesen können, was ihm Hoffnung gab. Sie zeigte ihm ihr professionelles Gesicht wie jedem anderen Gast auch. Was ging bloß in ihr vor?

»Und wann beglücken Sie uns mit Ihren Erklärungen, Herr Kutscher?«, fragte hinter ihm eine Frauenstimme, womit er unsanft aus seinen Überlegungen gerissen wurde. Er drehte sich um. Diesmal war es ein älteres Ehepaar, das sich für eine Sightseeingtour mit literarischem Mehrwert entschlossen hatte.

Kaminski zeigte auf das lang gestreckte, gelb gestrichene Gebäude, im Barockstil errichtet und von seinem berühmten Bewohner mit klassizistischen Details verfeinert, wie er erläuterte.

»Dies ist das Haus, in dem Goethe mit kleineren Unterbrechungen fünfzig Jahre lang gewohnt hat. Es beherbergt nicht nur Original-Einrichtungsgegenstände aus dem damaligen Haushalt sowie Goethes Privatbibliothek, es erzählt auch eine ungewöhnliche Liebesgeschichte.« Er wandte sich halb um. »Lassen Sie mich deshalb mit einem der schönsten Liebesgedichte überhaupt beginnen, *Willkomm und Abschied.*«

»Oh, ein Liebesgedicht«, freute sich die alte Dame.

»Es schlug mein Herz. Geschwind, zu Pferde! Und fort, wild wie ein Held zur Schlacht«, begann Kaminski zu rezitieren.

Wie stets kam ihm dabei Laura in den Sinn. Er staunte selbst, dass er nach zwei Jahren Ehe immer noch ein sehnsüchtiges Verlangen spürte, wenn er an sie dachte. Absichtlich ließ er eine Strophe aus, um schneller zu seiner Lieblingspassage zu gelangen.

»Ich sah dich, und die milde Freude / Floss aus dem süßen Blick auf mich. / Ganz war mein Herz an deiner Seite, / Und jeder Atemzug für dich.«

Seine Stimme begann, seltsam zu zittern. Herrje, Kaminski, du wirst doch wohl nicht auf deine alten Tage in Tränen ausbrechen? Einigermaßen gefasst sprach er die weiteren Strophen, nur am Ende musste er sich zusammenreißen, um nicht doch noch von seiner Rührung eingeholt zu werden.

»Du gingst, ich stund und sah zur Erden / Und sah dir nach mit nassem Blick. / Und doch, welch Glück, geliebt zu werden, / Und lieben, Götter, welch ein Glück!«

»Da seid ihr ja!«, rief ein groß gewachsener Mann, der sich im Laufschritt näherte. »Wartet, ich steige mit ein!«

Es war Carsten, Lauras Ex-Freund. Kaminski verzog das Gesicht. Wollte dieser Carsten ihn etwa demütigen? Ihn als Dienstleister erleben? Verstimmt wandte er sich nach vorn. Er wollte diesen Kerl nicht sehen, das gebräunte, etwas kantige Gesicht, den teuren Chronometer am Handgelenk, den eleganten Leinenanzug, der trotz der Hitze untadelig saß.

»Na, da wäre ja die ganze Familie beisammen«, lachte Carsten aufgeräumt, nachdem er auf die hintere Bank geklettert war. »Darf ich vorstellen, Kaminski? Meine Eltern. Wir tragen uns mit dem Gedanken, in Weimar ein Hotel zu übernehmen.«

Das wurde ja immer besser. Also wollte sich dieser Carsten in Lauras Nähe einnisten. Was versprach er sich davon? Dass er sie durch stetiges Auflauern zurückbekam? So ein Honk.

»Wir fahren jetzt zum Deutschen Nationaltheater Weimar«, verkündete Kaminski, ohne auf die Neuigkeiten einzugehen. »Der 1908 eingeweihte neoklassizistische Bau, der an der Stelle des als veraltet betrachteten Weimarer Hoftheaters errichtet wurde, verfügt über fast neunhundert Plätze. Im Haus am Theaterplatz befinden sich darüber hinaus die Nebenbühnen *Foyer* und *Studiobühne*.«

Leise schnalzte er mit der Zunge, woraufhin sich Wanda und Bismarck in Bewegung setzten. Hinter ihm war aufgeregtes Getuschel zu hören, das er nonchalant ignorierte. Deutlich zu spüren meinte er jedoch die neugierigen Blicke, die sich in seinen Rücken bohrten.

»Das Hoftheater erlebte unter Goethe als Theaterdirektor seine Blütezeit«, fuhr er fort. »Sie endete abrupt im Jahre 1817. Goethe warf das Handtuch, als eine Schauspielerin, die Mätresse des Herzogs, mit einem dressierten Pudel auftreten wollte, noch dazu in einem banalen Unterhaltungsstück. Sie sehen – schon damals entbrannte eine Kontroverse über Qualität, über die Frage, was wichtiger ist: Anspruch oder Amüsement.«

»Er spielt auf den neuen Intendanten an«, kam es von hinten. »Johannes Sander. Ein grässlicher Kerl, der gestern eine Schlägerei angezettelt hat – in Lauras Lokal! Unverständlicherweise gibt es Leute, die trotzdem zu ihm halten.«

Aha. Offenbar wollte Carsten ihn provozieren. Kaminski konzentrierte sich auf das Getrappel der Pferdehufe. Mit einem leichten Zug an den Leinen lenkte er die Kutsche zunächst in die Brauhausgasse und von dort durch die Schützengasse zum Theaterplatz.

»Im alten Hoftheater wurden viele Bühnenwerke Schillers uraufgeführt«, spulte er seinen Text herunter, während er überlegte, welches Zitat auf Lauras unhöflichen Ex-Freund passen könnte, der weiter mit seinen Eltern flüsterte statt zuzuhören. »1798, vor der Uraufführung des *Wallenstein* gab es eine berühmt gewordene Vorrede, den ignoranten Kleingeistern sei's ins Stammbuch geschrieben: *Denn nur der große Gegenstand vermag / Den tiefen Grund der Menschheit aufzuregen; / Im engen Kreis verengert sich der Sinn, / Es wächst der Mensch mit seinen größer'n Zwecken.«*

Ein wieherndes Lachen antwortete ihm.

»Ist ja herzerwärmend«, frotzelte Carsten. »Der Kutscher und seine größeren Zwecke. Habt ihr das gehört? Dabei reicht es nicht mal dafür, seine Familie zu ernähren. Bei mir musste Laura nie arbeiten. Ich habe sie verwöhnt, schließlich muss man solch eine wunderbare Frau auf Händen tragen.«

»Lass doch«, wisperte die alte Dame, der diese Konfrontation offenbar unangenehm war.

»Nein, nein.« Kaminski hielt die Kutsche an und drehte sich

um. »Ihr Herr Sohn verfolgt offenbar niedere Zwecke, das ist doch hochinteressant.«

Daraufhin mischte sich der Vater ein, ein untersetzter älterer Herr im offenen weißen Oberhemd, dessen Kragen durchweicht war.

»Nun spucken Sie mal nicht so große Töne, Herr Kutscher. Das *WMS* ist kräftig in Schieflage. Wenn mein Sohn nicht wäre, stände Laura ganz schön auf dem Schlauch. Er will ihr ein zinsloses Darlehen geben – Sie sollten sich bei ihm bedanken.«

Kaminski blieb der Mund offen stehen. Carsten, Lauras Finanzier? Und von welcher Schieflage faselte dieser alte Mann? Ein Blick in das triumphierende Gesicht des Sohns reichte, um Kaminskis Verwunderung in Groll umschlagen zu lassen. Warum hatte Laura ihm ihre Sorgen verschwiegen? Um ihn zu schonen? Oder weil sie meinte, er sei ohnehin nicht in der Lage, ihr zu helfen?

»Meine Frau und ich haben keine Geheimnisse voreinander«, behauptete er, das mulmige Gefühl in seiner Magengegend überspielend. »Deshalb werde ich ihr berichten, dass meine letzte Tour heute kürzer war als gewöhnlich. Bitte steigen Sie auf der Stelle aus.«

»Hat der Mensch Töne?«, sagte Carstens Mutter kopfschüttelnd.

»Betrachten Sie sich als eingeladen, gnädige Frau«, schob Kaminski galant nach. »Ich bin nämlich nicht käuflich und nehme weder von Ihnen noch Ihrem Sohn Geld an.«

Ungerührt wartete er, bis die drei murrend ausgestiegen waren. In seinem Inneren brodelte es jedoch. Ja, Laura hatte erzählt, dass die Pacht erhöht werden sollte und eine neue Schankanlage fällig war. Außerdem klagte sie seit Kurzem, die Lieferanten hätten alle ihre Preise erhöht. Erschwerend komme hinzu, dass die Umsätze im letzten Monat mau gewesen seien, weil die Leute bei der Hitze weniger Alkohol tranken und lieber ein Eis bestellten als ein mehrgängiges Menü. Zudem wimmele die Stadt von Tagestouristen, die im Laufschritt alle Sehenswürdigkeiten abklapperten und sich allenfalls Zeit für eine Bratwurst am Imbissstand nahmen.

Er hatte sich alles angehört und nicht weiter nachgefragt. Sein Fehler. Andererseits hätte Laura sich ihm anvertrauen müssen, wie schlimm es wirklich um das *WMS* stand, fand er.

»Hey Kumpel, jetzt guck mal nicht wie der Wetterfrosch beim Tsunami«, lachte Carsten und warf einen Fünfzigeuroschein auf den Kutschbock. »Ohne Moos nix los.«

Grüßend legte er einen Zeigefinger an die Stirn, hakte seine Mutter unter, und zu dritt überquerten sie den Theaterplatz in Richtung *WMS*. So ein Widerling. Umso mehr entsetzte ihn der Gedanke, dass Laura heimlich Geld von ihm annehmen könnte.

»Ach nee, der Herr Kaminski«, erklang auf einmal Bitzis schrille Stimme. In einem wadenlangen schwarzen Kleid, bedruckt mit roten Erdbeeren, stand sie neben der Kutsche und entzifferte das Schild, das Kaminski seitlich angebracht hatte. »Li-te-ra-ri-sche Kutsch-fahrt. Willst hoch hinaus, was?«

Auch das noch. Er brummte etwas Unverständliches.

»Wo ist überhaupt dein Spezi Sander?«, fragte Bitzi. »Heute ist er eine halbe Stunde früher aus der *Fidelio*-Probe gerannt. Aber unser Herr Intendant steht ja bekanntlich auf Freiheit. Ist einfach abgehauen, Ziel unbekannt.«

»Der kommt schon wieder«, versicherte Kaminski, obwohl er sich keineswegs sicher war.

Wie aufs Stichwort raste ein Wagen mit aufheulendem Motor um die Ecke und hielt hinter der Kutsche. Bestens gelaunt stieg Johannes aus. Sein Haar klebte nass an den Schläfen, seine Haut war gerötet, und er bewegte sich mit der federnden Energie eines

Mannes, der soeben eine Eroberung gemacht hat. Kaminski sah so etwas. Er spürte es. Es war mit Händen zu greifen, und eine dunkle Ahnung sagte ihm, wen Johannes erobert hatte.

»Hab ich was verpasst?«, fragte der Intendant und lachte sein Siegerlachen.

»Ja, Lauras Blaubeertorte, ich hatte soeben das Vergnügen im *WMS*«, antwortete Torsten Kuzer, der keuchend nahte und offenbar alles mitgehört hatte. Er trug einen altmodischen grauen Glencheckanzug, dazu eine lilafarbene Lederkrawatte. »Werter Herr Kaminski, ich habe Sie schon gesucht. Herr Doktor von Nesselröden besteht auf einer Geschichte über Ihre«, er trat einen Schritt zurück und las nun ebenfalls das Schild, »literarische Kutschfahrt. Scheint ja ein höchst elaboriertes Divertissement zu sein. Wenn Sie mir ein paar investigative Fragen gestatten würden, danach können Sie wieder starten.«

»Investigativ, wow«, feixte Johannes. »Wird bestimmt brisant, Herr Torsten ohne H und Kuzer mit langem U.«

Kuzers Gesicht verfärbte sich, bis sein Teint mit der Farbe seiner Krawatte wetteiferte.

»Sie!«, rief er aus, »Sie sollten sich mal zurückhalten! Ihre Position wackelt, aber ganz gewaltig! Als Regisseur durchgefallen, als Intendant eine Fehlbesetzung, ein rüpelhafter Schläger, und nun hört man auch noch von Unregelmäßigkeiten finanzieller Art!«

Johannes erblasste.

»Was soll das heißen?«

Einige Schaulustige blieben stehen, angelockt durch den lautstarken Wortwechsel. Kaminski stutzte. Was war denn bloß in Kuzer gefahren? Bisher hatte er den Redakteur des *Anzeigers* lediglich als aufdringlich, aber letztlich doch harmlos empfunden. Gut, er machte Laura den Hof und schmückte sich mit albernen

Fremdwörtern, dennoch war er immer einigermaßen höflich geblieben. Jetzt wirkte er wie ausgewechselt. Richtig aggressiv. Trotzdem schien er sich unbehaglich zu fühlen, mit solchen Anschuldigungen um sich zu werfen. Unaufhörlich knetete der Journalist seine Hände, als wasche er sie unter einem imaginären Wasserhahn.

»Was auch immer Sie angestellt haben, Herr Sander«, Kuzer reckte seinen Hals, »finanzielle Tricksereien sind keine Kavaliersdelikte, die man exkulpieren könnte. Sollte sich der Verdacht erhärten, sind Sie erledigt.«

»Das wird man genauestens prüfen müssen«, ergänzte Bitzi.

»Sie wollen mir was anhängen?«, fragte Johannes. »Sie – Sie Wurm?«

Ringsum erhob sich erregtes Gemurmel. Torsten Kuzer versteckte sich hinter Bitzi, vorsichtig linste er über ihre Schulter.

»Aha! Jetzt wird er ausfallend! Hast du es gesehen, Bitzi? Gleich schlägt er wieder zu!«

»Ich befürchte, Sie haben soeben das verminte Terrain der Verleumdung betreten«, intervenierte Kaminski.

Und dann sah er, wie Kuzer und Bitzi einen Blick tauschten, einen winzigen, aber verräterischen Blick, derart vertraut, ja, komplizenhaft, dass ihm trotz der Hitze das Blut in den Adern gefror. Hier lief ein abgekartetes Spiel. Das Trio von Nesselröden, Kuzer und Dasselmann wollte Johannes nicht nur vertreiben, er sollte vernichtet werden.

»Gratuliere, Herr Kuzer, das nenne ich Qualitätsjournalismus – wenn es keine Nachrichten gibt, werden eben Fake News erfunden«, presste Johannes hervor. »Und Sie, Frau Dasselmann, nehmen gefälligst wieder Ihren Platz im Betriebsbüro ein! Nach dem Stockkampftraining erwarte ich Sie in meinem Zimmer. Punkt acht Uhr. Und kommen Sie mir jetzt bloß nicht mit Feierabend, denn dass dringender Gesprächsbedarf besteht, sollte Ihnen ja wohl aufgefallen sein.«

Bitzi trollte sich ohne Widerworte. Torsten Kuzer, dem nun das menschliche Schutzschild fehlte, machte sich eiligst aus dem Staub. Nachdem auch die Schaulustigen sich zerstreut hatten, blieben Johannes und Kaminski allein zurück.

»So ein Pack.« Johannes schüttelte den Kopf. »Tu mir nur einen Gefallen, bitte: Komm übermorgen in die *Fidelio*-Premiere.«

»Schon wieder eine Premiere?«, wunderte sich Kaminski. »Die letzte ist doch erst zwei Wochen her.«

»Das ist mein Konzept – die Weimarer sollen aufwachen! Man muss sein Publikum erziehen, na ja, sagen wir: konsequent an das Neue heranführen. Seit ich in der Stadt bin, haben wir parallel an beiden Inszenierungen gearbeitet, und damit die Solisten sich nicht überanstrengen, habe ich extra zwei Gastsänger verpflichtet. Ich lasse dir zwei Karten an der Abendkasse hinterlegen.«

»Mit dem größten Vergnügen«, erwiderte Kaminski. »Ich werde da sein. Und falls irgendwer aus der Rolle fällt, werde ich ihm Manieren beibringen.«

»Bisher dachte ich, Hunde, die bellen, beißen nicht«, stöhnte Johannes, »aber das gerade war schon fast Rufmord.«

Kaminski lehnte sich an die Kutsche.

»Seine Freunde kann man sich aussuchen, seine Feinde leider nicht.«

Kapitel 24

Wolf von Nesselröden hatte seine Gewohnheiten. Kam er abends gegen acht nach Hause, so führte sein erster Weg ins Badezimmer, wo er kalt duschte, um seine juckende Haut zu kühlen und seinen Körper anschließend mit einer medizinischen Salbe einzubalsamieren. Das wusste Christiane nur allzu gut, als sie sich um kurz vor acht Uhr abends im Badezimmer einschloss und die Wanne vollaufen ließ.

Nach dem Rendezvous mit Johannes im Park war sie eine Weile mit dem Wagen durch die Gegend gekurvt, glückselig, aber auch vollkommen durcheinander. Sie hatte nicht gewusst, wohin. Zu Laura auf die Couch? Oder war es Zeit, sich den neuen Realitäten zu stellen?

Irgendwann hatte sie beschlossen, in die Wohnung zurückzukehren. Und noch etwas hatte sie beschlossen: Sie wollte nicht mehr vor ihrem Mann kuschen. Als es an der Badezimmertür pochte, dachte sie deshalb gar nicht daran, das Feld für ihn zu räumen. Sollte er doch klopfen, bis er schwarz wurde.

»Christiane?«, tönte Wolfs ungehaltene Stimme durch die Tür. »Was machst du da drin? Kannst du denn nicht die Gästetoilette benutzen?«

Sie hörte kaum hin. Sie lag in der Badewanne, betrachtete den glitzernden Schaum auf dem Wasser und wünschte sich, jemand anderes zu sein. Doch ihr Mann ließ nicht locker.

»Christiane? Antworte mir gefälligst!«

Die kleine geschnitzte Skulptur der drei Affen fiel ihr ein, die ihre Mutter ihr einmal geschenkt hatte. Auch eines dieser Ärgernisse für Wolf, der abfällig von billigem Schund gesprochen hatte. Der eine Affe hielt sich die Augen zu, der zweite die Ohren, der dritte den Mund. Nichts hören, nichts sehen, nichts sagen. Sich einfach tot stellen. Und war sie denn nicht längst tot gewesen? Erloschen? Bis heute Nachmittag?

Träge spielten die Finger ihrer rechten Hand im Wasser, schoben einen Schaumberg hin und her, tauchten wieder unter. *Und rette mich auch von dem Leben hier, dem zweiten Tode* … Nein. Nicht tot. Sie fühlte sich quicklebendig. Im Wasser der Ilm war sie heute neugeboren worden, Venus, die Schaumgeborene.

Der Gedanke an Johannes' nackten Körper trieb ihr die Röte auf die Wangen. Nie hatte sie eine derart heiße Welle in sich gespürt, Hingabe bis zur Selbstaufgabe.

»Christiane …«

Das Pochen wurde schwächer und verstummte. Sie schloss die Augen. Es gibt kein Zurück, seit Stunden setzte sie sich der schicksalhaften Wucht dieses Satzes aus. Was aber, wenn es nur ein Intermezzo für Johannes gewesen war? Eine schnelle, hitzige Angelegenheit, reine Lust des Augenblicks? Fröstelnd zog sie die Schultern zusammen. Himmel, was hast du getan? Noch nie hatte sie ihren Mann betrogen, nicht einmal mit dem Gedanken gespielt, obwohl es durchaus den einen oder anderen attraktiven Mann in ihrem Umfeld gab. Aber Johannes hatte alles hinweggefegt, ihre guten Vorsätze, ihre Schüchternheit, ihre Bedenken.

»Freiheit«, flüsterte sie vor sich hin.

Das war es, was sie an Johannes am meisten faszinierte: dieses immense Freiheitsbedürfnis, mit dem er ihre tiefsten Sehnsüchte berührte. Was nutzte es denn, dass sie ihren Schülern die Freiheit des Denkens und Handelns ans Herz legte, auch die Freiheit der

Kreativität, wenn sie selbst ein Leben in Unfreiheit akzeptierte? Viel zu lange hatte sie sich ihrem Mann gebeugt, seinen Prinzipien, seinen Marotten, seiner Prüderie. Anfangs aus Bewunderung für den kultivierten Denker und wortgewaltigen Journalisten. Später aus dem natürlichen Respektempfinden einer wohlerzogenen Bürgerstochter heraus, mittlerweile nur noch aus resignierter Gewohnheit.

Wenn sie ehrlich zu sich selbst war, bedeutete ihr Wolf von Nesselröden nichts mehr. Gar nichts. Ein verbitterter alter Mann war er geworden, der ihr schon beim Frühstück druckreife Vorträge über die Zukunft Weimars hielt und über die glänzende Rolle, die er darin zu spielen gedachte. Jetzt drängte sich ihr der Verdacht auf, dass es dabei nicht um hehre Motive, sondern nur um Macht und Einfluss ging. Warum schließlich verschanzte er sich dauernd in seinem Arbeitszimmer? Warum hatte sie dort keinen Zutritt? Und warum verbrachte er so viel Zeit mit diesem speichelleckerischen Torsten Kuzer?

Sie horchte. Energische Schritte auf dem Flur, heftiges Gehämmer an der Tür.

»Mach sofort auf, Christiane!«

Sein strenger Ton wirkte immer noch. Hastig stieg sie aus dem Wasser. Fast glitt sie aus, als sie ein Handtuch nahm und sich darin einwickelte. Wolf durfte sie jetzt nicht nackt sehen. Alles hätte er gesehen, so schien es ihr, verräterische Spuren, Küsse, Bisse, alles. Tropfnass öffnete sie die Tür.

»Du badest? Um diese Uhrzeit?«, bellte er ihr entgegen.

»Ach, gibt es neuerdings ein Gesetz, dass man nach acht Uhr nicht mehr baden darf?«, entgegnete sie herausfordernd.

Er prallte zurück, als habe sie ihm eine Ohrfeige gegeben.

»Was ist das für ein Ton? Und was ist das für eine Art, mich warten zu lassen? Den ganzen langen Tag habe ich mich abgerackert, während du mit deinen Schülern rumhampelst. Wahrscheinlich hast du nicht mal eingekauft, und ich muss mir wieder eine Pizza bestellen.«

Sie schlug ihm die Tür vor der Nase zu, weil sie seinen Anblick nicht mehr ertrug. Wieder fragte sie sich, wie es wäre, allein zu leben. Würde sie das schaffen? Sie durfte sich nicht darauf verlassen, dass Johannes wirklich eine Beziehung wollte. Weimar war für ihn nichts weiter als eine Durchgangsstation, das spürte Christiane. Einer wie er wollte alles. Und das war der Preis seiner Freiheit: ein unstetes Leben, getrieben von Elan und Ehrgeiz. Eine Frau wie sie, gewohnt, ein ruhiges Leben zu führen, in vertrautem Terrain, mit vertrauten Menschen, würde dabei auf der Strecke bleiben. Sie gehörte hierher, nach Weimar. Auch wenn sie nicht mehr zu Wolf von Nesselröden gehörte, gehören wollte.

Während sie ihr Haar mit einem Handtuch trocknete, hörte sie ihren Mann im Flur auf und ab marschieren. Das Parkett ächzte und knarrte unter seinen ärgerlichen Schritten. Christiane wusste, dass sie ihn provozierte. Einer wie Wolf wollte immer die Kontrolle behalten, ganz gleich, ob es um das Badezimmer ging oder um die geistige Hoheit über seine Redaktion. Schon häufiger hatte er ihr vorgeworfen, sie ziehe sich von ihm zurück und flüchte in eine lächerliche Welt voller Kleinmädchenillusionen. Was sie denn schon bewirke mit ihren lachhaften Schüleraufführungen? Was sie sich einbilde, indem sie allen Ernstes behaupte, sie könne den Schülern mit ihren Tagträumen von Kunst und Kreativität einen Sinn für Kultur vermitteln?

Als das Geräusch der Schritte abbrach, zog Christiane einen weißen Frotteebademantel an und öffnete die Tür. Wolf war vor dem gold gerahmten Flurspiegel stehen geblieben, skeptisch, fast feindselig betrachtete er sein Gesicht. Auf seiner Stirn zeigten sich neuerdings kleine rote, von Hautschüppchen umränderte

Flecken. Da Christiane wusste, wie sehr er unter seinem Ausschlag litt, begriff sie auf der Stelle, wie niederschmetternd dies für ihn sein musste. Bisher war sein Hautleiden ein gut verborgenes Geheimnis geblieben, doch die Male auf seiner Stirn zeigten nun jedem, dass Dr. Wolf von Nesselröden trotz seines Geistes, seiner Maßanzüge und seiner guten Manieren keineswegs eine makellose Erscheinung war. Für ihn kamen die Flecken auf der Stirn vermutlich einer Stigmatisierung gleich.

Mitgefühl erfasste Christiane. Auch wenn ihre Liebe zu diesem Mann längst erloschen war, bedauerte sie ihn. Auf nackten Sohlen ging sie zu ihm.

»Wolf, es tut mir leid, dass der Ausschlag …«

Er fuhr herum, mit verzerrten Zügen, die Christiane frösteln ließen.

»Wie siehst du bloß aus?«, schrie er. »Einfach ekelhaft!«

Sie erstarrte.

»Wie bitte?«

»Du widerst mich an!«

»Warum denn?«

Christiane brauchte einen Moment, bis sie den Grund seiner Wut verstand: Er ertrug ihren Anblick nicht, ihre glatte, reine Haut. Auch wenn die Jahre Spuren in ihrem Gesicht hinterlassen hatten, war sie sich bewusst, dass sie gerade heute, nach dem erotischen Abenteuer im Park, wahrscheinlich etwas ausstrahlte, das ihn zur Weißglut brachte. Man musste nicht Psychologie studiert haben, um zu begreifen, dass er seinen Selbstekel auf sie projizierte. Besorgt beobachtete sie, wie er die Fingernägel in seine Handflächen bohrte. Dann kehrte ihr Blick zu seiner Stirn zurück, von der ihr die brandroten Flecken entgegenleuchteten.

»Wolf, was willst du?«, fragte sie mit tonloser Stimme.

»Du dumme Pute rennst in den *Freischütz* und fällst mir damit in den Rücken«, presste er hervor. »Weißt du überhaupt, dass dieser Sander mich niedergeschlagen hat?«

»Ich hörte davon«, erwiderte sie leise.

»Und währenddessen hast du dich mopsfidel in der Wohnung dieser Wirtin vergnügt, stimmt's? Ich sag dir was: Das gehört sich nicht für die Gattin des Chefredakteurs! Diese Dame …«, er spuckte das Wort aus wie ein Stück Dreck, »ist kein Umgang für dich. Ich habe dir Zugang zu den höchsten Kreisen verschafft, und du? Lungerst in irgendwelchen Spelunken herum. Du gehörst an die Seite deines Mannes, an meine Seite!«

»Laura ist meine Freundin, und das *WMS* ist wahrlich keine Spelunke«, entgegnete Christiane trotzig.

»Eine elende Kaschemme ist dieser Laden!«, brüllte Wolf von Nesselröden. »Ich dulde nicht länger, dass du dich abends ohne mich in Weimar herumtreibst. Schon gar nicht im Theater, verstanden? Nicht, solange dieser impertinente Stümper dort die Kultur verhunzt. Du bist meine Frau. Ich erwarte unbedingte Loyalität. Keine Sorge, lange macht's der Herr Intendant sowieso nicht mehr. Wenn ich ihm erst einmal nachweisen kann, dass er betrügerische Mauscheleien auf dem Kerbholz hat, ist das Kapitel Johannes Sander endgültig abgeschlossen. Und nicht nur in Weimar.«

Fassungslos musterte Christiane diesen Mann, der mit hochrotem Kopf im Flur stand. Ein Wildfremder. Instinktiv spürte sie, dass seine ungeheuerlichen Vorwürfe nicht der Wahrheit entsprachen. Sie musste Johannes warnen. Aber sie musste auch für ihn eintreten, das war sie ihm schuldig.

»Über seine Inszenierungen kann man geteilter Meinung sein«, sagte sie diplomatisch, die Augen auf ihre nackten Zehen gerichtet. »Aber ich denke nicht, dass er sich etwas hat zuschulden kommen lassen.«

Langsam, sehr langsam zog Wolf von Nesselröden die Augenbrauen hoch.

»Interessant. Woher willst ausgerechnet du das denn wissen?«

Innerlich bebend ließ sie die Katze aus dem Sack.

»Ich, nun ja, ich habe ihn zufällig persönlich kennengelernt. Bei der Gelegenheit hat er mich und meine Theater-AG zu einer Probe eingeladen. Nur, damit wir uns richtig verstehen, Wolf: Ich werde hingehen. Es ist schon alles mit der Schuldirektorin abgesprochen, einen Rückzieher kann ich nicht mehr machen, es wäre zu peinlich.«

Die Einladung zur Probe war geschwindelt, aber Christiane ertrug nicht den Gedanken, Johannes nur noch heimlich sehen zu dürfen.

»Du hast ihn«, Wolf kniff die Lider zusammen, »zufällig kennengelernt? Was heißt das?«

Sie schwieg. Es widerstrebte ihr, ihm mehr zu erzählen, zum einen, weil sie unweigerlich ihre Gefühle für Johannes verraten hätte, zum anderen, weil sie die Erinnerung an jenen Nachmittag im Theater nicht von den abfälligen Kommentaren ihres Mannes besudeln lassen wollte.

»Hochinteressant. Meine Frau trifft sich also mit dem Mann, der mich gestern tätlich angegriffen hat?«, fasste er nach.

»Ich ...« Sie zögerte und wich seinem Blick aus. »Ich bin dir keine Rechenschaft schuldig. Dies ist eine Kleinstadt, da läuft man einander schon mal über den Weg. Das ist alles. Jetzt entschuldige mich bitte, ich muss noch Hefte korrigieren.«

Er trat so dicht an sie heran, dass sie seinen Geruch wahrnahm, ein scharfer Geruch, der an Terpentin und Kernseife erinnerte.

»Und das Essen?«

»In der Kühltruhe liegt eine Lasagne, die kannst du dir aufwärmen. Lass mich jetzt bitte durch, ich muss mir was anziehen.«

Er versuchte, ihr den Weg zu verstellen, doch sie war schneller. Barfuß lief sie ins Schlafzimmer und warf die Tür hinter sich zu. Einmal mehr wurde ihr bewusst, dass sie keinen eigenen Raum in dieser riesigen Altbauwohnung hatte, keinen Rückzugsort. Wenn sie sich auf den Unterricht vorbereitete oder Klassenarbeiten durchsah, setzte sie sich an den Küchentisch. Wolf hätte nicht im Traum daran gedacht, für sie auf einen seiner beiden Arbeitsräume zu verzichten.

Ratlos hockte sie sich aufs Bett. Oben auf dem Kleiderschrank lag ihr Reisekoffer, und sie begann, ihn in Gedanken zu packen. Ein aufschlussreiches Spiel. Wie verblüffend wenig ihr an all dem lag, was zu dieser Wohnung, zu diesem Leben gehörte. Obwohl es absolut unwahrscheinlich schien, dass Johannes jemals tatsächlich mit ihr durchbrannte, stand für sie fest, dass sie nur ihre Handtasche mitnehmen würde. Tabula rasa.

Mechanisch strich sie mit einer Hand über die Bettdecke. Seltsam, es roch muffig in dem Raum. Zwar schliefen sie stets bei geöffnetem Fenster, doch das freudlose Eheleben hing wie ein schaler, abgestandener Geruch über dem Bett. Sie erschauerte, als ihr Handy in der Handtasche piepste. Im selben Augenblick wusste sie, dass die eingegangene Nachricht von Johannes kam.

Meine Nixe, habe ich dir schon gesagt, wie umwerfend du bist? Darf ich dich zu mir einladen? Jetzt? Würdest du kommen? Es gibt nur Bier, und es ist nur eine billige Bude, aber mit dir wäre es ein Palast. Küsse, J

Natürlich war das vollkommen unmöglich. Sie atmete tief durch. War es das wirklich? Von Ferne hörte sie das Rauschen der Dusche. Was wollte sie hier noch? Darauf warten, dass ihr liebloser Mann hereinkam, sie weiter ungeniert beleidigte und sich dann in seinen Arbeitstrakt zurückzog?

Sag mir die Adresse, und ich komme, schrieb sie zurück.

Dann warf sie das Handy in ihre Handtasche zurück, zog ein rotes T-Shirt-Kleid über ihren nackten Körper und schlich sich auf Flipflops aus der Wohnung. Zwei Minuten später stand sie auf der Straße. Ein großartiges Gefühl. Ich werde Johannes verlieren, dachte sie, aber bis dahin werde ich ihn genießen, verschlingen, auskosten, jede nur mögliche Sekunde.

Kapitel 25

Fast Mitternacht. Zufrieden und auch ein wenig aufgeregt betrachtete Kaminski sein Werk. Seit er Carsten und dessen Eltern aus der Kutsche komplimentiert hatte, war er den ganzen Abend lang damit beschäftigt gewesen, etwas Besonderes zu erschaffen, etwas Unvergessliches. Er hatte einen Tisch und zwei Stühle in den Stall geschleppt, Geschirr, Gläser und einen Weinkühler. Im Heu versteckt stand eine CD-Anlage. Selbstgepflückte Blumen in Blechkannen und schlichten Wassergläsern schmückten den Boden und den Tisch. Auf der rot-weiß karierten Tischdecke lagen Leckereien ausgebreitet, die er mit Bedacht ausgesucht hatte: französischer Käse, italienischer Parmaschinken, gebratene Jakobsmuscheln auf Rucolasalat, Minipizzen mit Ratatouille, Shrimpscanapees, Räucherlachs. Dazu ofenfrisches Baguette, das er im Haus aufgebacken hatte.

Zum hundertsten Mal sah er auf die Uhr. Zu seiner Überraschung hatte es keiner großen Überredungskünste bedurft, Laura für ein Date zu gewinnen. Auf seine SMS war recht schnell eine Antwort gekommen, in Laura-typischer Manier, sachlich und leicht ironisch:

Wenn der kleine Philosoph zum Mitternachtssouper bittet, weckt das große Erwartungen. Einverstanden.

Rastlos schnürte er im Stall umher, dessen Wände er mit goldgelb schimmernden Strohballen ausgepolstert hatte, gab Bismarck und Wanda je einen Apfel, fegte hier noch ein paar Halme zusammen, zupfte dort einen Strauß in Form, bis er endlich

Motorengeräusch hörte. Laura. Das Herz klopfte ihm bis zum Hals. Schnell beugte er sich zum CD-Player herunter und stellte die vorbereitete Musik an.

Rhythmisch setzte das Klavier ein, dann erklang die Stimme jener Sängerin, die der legendären Gruppe Manhattan Transfer einen nostalgischen Piaf-Sound verliehen hatte: »*Chanson d'amour, ra da da da da, play encore. Here in my heart, ra da da da da, more and more. Chanson d'amour, ra da da da da, je t'adore …* Das Lied hatten Laura und Kaminski einmal zufällig gemeinsam im Radio gehört, und seither wusste er, dass Laura es liebte. Sooft es im Radio gespielt wurde, trällerte sie das *ra da da da da* mit, halb amüsiert, halb sentimental.

Gerade röhrte das Saxofon los, als sich die schwere Holztür knarrend öffnete.

»Kaminski?«

Verwundert musterte Laura den gedeckten Tisch, die Blumen, das matte Funkeln der Kristallgläser. Dann neigte sie den Kopf, als müsse sie ganz genau hinhören, um es zu glauben. Ihre Lippen kräuselten sich zu einem Lächeln, und beim nächsten *ra da da da da* war sie dabei. Nicht gerade von der literarischen Qualität eines Weimarer Klassikers, dieser Text, aber von Laura mit einer überschwänglichen Lebensfreude vorgetragen, dass Kaminski eine Gänsehaut bekam.

»Laura«, er ging auf sie zu und zog sie an sich, »ich habe es dir viel zu lange nicht gesagt, ich habe es dir auch viel zu lange nicht gezeigt …«

»Psssst.«

Lächelnd legte sie einen Finger auf seine Lippen. Ihr Kopf sank auf seine Schulter. Als das *Chanson d'amour* verklungen war, schluchzten Geigen auf. Ein Trommelwirbel kündigte das nächste Lied an, und Richard Taubers weicher Tenor erfüllte den Raum, mit dem unscharfen Sound und der überbordenden Emotionalität vergangener Epochen. *Du bist die Welt für mich.* Auch so ein Lied, mit dem sie beide viel verband. Gemeinsam lauschten sie dem Sänger und wiegten sich unmerklich im Takt. Es schien Kaminski, als ob sich ein goldenes Band um sie schlang, ein Band aus zauberischem Klang und glückseliger Übereinstimmung. *Du bist die Welt für mich,* sang Richard Tauber, *du bist mein lachender Mai, und gehst du fort, ist der Frühling vorbei.* Nachdem die letzten Töne verebbt waren, sah Laura ihm in die Augen.

»Unsere Lieder …«

Jetzt war er es, der sie unterbrach.

»Tauber singt etwas zu schnell, er verschluckt einige Töne, seine Diktion ist alles andere als klar – weil ihm das Herz so voll ist. Es ist nicht perfekt, und genau darum ist es schön. Weil es menschlich ist, mit allen Schwächen und Ungenauigkeiten.«

»Ja, mein kleiner Philosoph.«

Erleichtert registrierte er, dass jene Wärme in ihre Stimme zurückgekehrt war, die er seit Tagen vermisste.

»Auch das mit uns ist nicht perfekt, aber es ist schön.«

Ihm lag noch viel mehr auf der Zunge, Liebeserklärungen, auch Fragen, beispielsweise nach Carsten und dessen Andeutungen, doch nichts durfte diesen Moment entweihen. Deshalb nahm er nur die Champagnerflasche aus dem Kühler, entkorkte sie ohne Knallen, um die Pferde nicht zu erschrecken, und goss die beiden Gläser voll. Laura nahm ihm den Champagnerkorken ab, schmunzelnd betrachtete sie ihn.

Die Zeit stand still. Einige Augenblicke nahm Kaminski alles überdeutlich wahr und in sich auf, die aufgeschichteten Heuballen, die Wiesenblumen, seine Frau, die in Jeans und weißer Bluse vor ihm stand, so schlicht, so unvergleichlich.

»Auf dich.« Er reichte ihr ein Glas. »Auf meine Königin.«

»Deine Heukönigin«, verbesserte sie ihn.

Schon während sie tranken, zeigte sie mit dem Champagnerkorken auf die Holzleiter, die zum Heuboden führte. Er verstand sie ohne Worte. Mit aller Grandezza, die ihm zur Verfügung stand, nahm er ihre Hand und führte sie zur Leiter. Laura kletterte zuerst hoch. Als sie oben angekommen war, hob sie scherzhaft einen Zeigefinger.

»Du Schuft. Du hast es geplant.«

Grinsend kletterte er hinterher und legte sich neben sie auf das weiche Federbett, das er im Heu ausgebreitet hatte. Einen Moment lang betrachteten sie einander, dann berührte er scheu ihre Wange. Nach zwei Jahren Ehe gab es eigentlich keine Premieren mehr, doch dies war ein erstes Mal, verwirrend anders und neu. Von unten erklang Kreislers *Liebesleid*, ein sanfter Dreivierteltakt, ironisch gebrochene Sehnsucht, ironisch überzuckerte Zuversicht, und auch diese Musik passte, erzählte sie doch von der Liebesfreud', die auf Liebesleid folgte. Kaminski wollte so gern an dieses Wunder glauben.

»Es duftet gut hier«, flüsterte Laura.

Schon immer hatte Kaminski den würzigen Geruch des Heus gemocht, vermischt mit dem warmen Atem der Pferde, und er hätte jubeln können, dass Laura diese Empfindung mit ihm teilte. Stattdessen murmelte er ihren Namen, den Mund in ihrer Halsbeuge vergraben, und schlang einen Arm um sie.

»Laura, Laura, Laura …«

Nicht, dass er vergessen oder verdrängt hatte, dass so vieles zwischen ihnen stand. Aber gerade die Distanz, die sich aufgebaut hatte, machte die neuerliche Annäherung so atemberaubend erregend. Als entdeckten sie sich jetzt erst, streichelten sie einander, zogen einander aus, und als sie sich liebten, standen so viele Fragen in ihren Augen, so viele Zweifel, dass sie überschäumten vor Glück, als sie sich endlich synchronisierten, als sie nur noch eine Bewegung waren, ein Atem, ein Keuchen.

Danach lagen sie lange vollkommen still. Eine kleine Ewigkeit verging, bevor Kaminski einen Halm aus ihren Haaren zupfte und sie damit kitzelte.

»Hunger?«, fragte er.

»Riesenhunger.«

Hastig schlüpften sie in ihre Kleidung und mussten kichern, weil er sein Hemd falsch zuknöpfte und sie ihre Bluse linksherum anzog. Sie beließen es dabei. *Liebling, mein Herz lässt dich grüßen,* sang Lilian Harvey süß, auch ein wenig schrill, und selbst das genossen sie. Übermütig wie Kinder, die heimlich die Speisekammer der Eltern plündern, fielen sie unten im Stall über das Essen her. Das Besteck ließen sie weg. Sie aßen mit den Fingern, fütterten sich gegenseitig und lachten darüber, wenn etwas daneben ging.

»Warum kann es nicht immer so sein?«, seufzte Kaminski kauend.

»Weil wir manchmal erwachsen sein müssen. Apropos«, Laura setzte das Glas ab, aus dem sie trinken wollte, »wo ist eigentlich Chantal?«

Kaminski knabberte auf seiner Unterlippe herum, bevor er antwortete.

»Sie ist weg.«

»Wie – weg?«

»Na, nicht mehr hier. Gestern Abend hat sie einen Zettel in den Kühlschrank gelegt, dass sie nicht mehr auf dem Gestüt bleiben will, deshalb dachte ich eigentlich, sie sei bei dir im *WMS*.«

Er sah, dass Laura sich verkrampfte. Eine steile Falte erschien zwischen ihren Augenbrauen, während er ihr von dem Zettel erzählte.

»Das heißt, seit mehr als vierundzwanzig Stunden ist sie verschwunden? Mit Ansage?«

»Ja.« Verlegen schnitzte er an einem Stück Ziegenkäse herum. »Du kennst doch Frettchen. Wenn sie sich was in den Kopf gesetzt hat …«

Entsetzt legte Laura ihre Hände an die Wangen.

»Roman Kaminski! Sie heißt Chantal und ist unsere Tochter! Hast du nicht eine Sekunde darüber nachgedacht, sie zu suchen? Oder sie bei der Polizei als vermisst zu melden?«

»Äh – nein? Wie gesagt, ich dachte, sie sei bei dir. Schließlich ist sie nicht die Einzige, die sich neuerdings weigert, hier zu übernachten.«

Laura stand auf. Sie hyperventilierte, in ihren Augen loderte helle Panik.

»Okay, ich spare mir die Vorwürfe. Gelernt hast du nichts, aber auch gar nichts aus unseren Auseinandersetzungen.« Er sah ihr an, wie eisern sie sich zusammennahm, um ihren Ärger hinunterzuschlucken. »Chantal ist eine Nervensäge, das wissen wir beide, und ich liebe sie. Doch sie ist labil, verführbar – denk nach, Kaminski, ich bitte dich, wo in aller Welt könnte sie sich rumtreiben?«

Jetzt lief auch ihm ein kalter Schauer über den Rücken. Laura hatte Recht. Er war zu sorglos gewesen.

»Es gibt dieses besetzte Haus in der Gerberstraße«, überlegte sie laut, »mit Wohnprojekt und abgeratzter Kneipe. Vielleicht ist Chantal dort.«

»Du meinst die Junkie-Höhle?«, fragte Kaminski beklommen. »Wo das jugendliche Prekariat Weimars rumhängt und kifft?«

»Kiffen.« Sie rollte mit den Augen. »Gras ist heutzutage das kleinste Problem. Schon mal von Meth gehört? Das trudelt im Stundentakt aus Tschechien rein. Fahr los, Kaminski, ich räume hier auf. Du kannst meinen Wagen nehmen, der Schlüssel steckt.«

Bedauernd schaute er auf den einladenden Tisch, zu Lauras von der Liebe erhitzten Wangen. Es war vorbei. Eine Faust griff nach seinem Herzen. Er musste das ignorieren.

»Verzeih mir«, flüsterte er, bevor er ging.

Sie verzog nur den Mund.

»Bete zu Gott, dass er dir verzeiht, falls Chantal etwas passiert ist!«

Kapitel 26

Lauras Worte dröhnten in Kaminskis Ohren, als er zu ihrem Pick-up lief, der direkt vor dem Stall parkte. Mit seiner Lebensdevise, dass sich alles schon irgendwann von selbst einrenkt, kam er ganz eindeutig nicht mehr weiter. Verantwortung, Kaminski, hämmerte es in seinem Kopf, du hast Verantwortung übernommen, verdammt. Er drehte den Schlüssel im Zündschloss, der Motor heulte auf. Ohne auf die Schlaglöcher zu achten, rumpelte er los.

Die Gerberstraße also. Jeder in Weimar kannte sie. Für das bürgerliche Lager ein illegales Rattennest, ein Schandfleck im Stadtbild und nur geduldet, weil man im Falle einer Räumung gewaltsamen Protest befürchtete. Kaminski hingegen hatte dieses alternative Projekt immer mit skeptischem Wohlwollen betrachtet – er fand, dass sich eine derart aufgeräumte Stadt wie Weimar ruhig ein bisschen Anarchie leisten konnte. Zwei Häuser, Nummer eins und Nummer drei, kurz nach der Wende besetzt und seither als alternatives Kulturzentrum firmierend, was sollte daran so schlimm sein? Dazu eine Buchhandlung mit linker Literatur, schwul-lesbische Filmabende, eine schmuddelige Kneipe, die *Wunderbar*, die für ihren billigen Schnaps, den »Gerber-Kurzen«, berüchtigt war, na und? Als Vater einer verhaltensauffälligen Sechzehnjährigen war ihm das Ganze jetzt allerdings nicht mehr ganz so geheuer. Wenn es stimmte, dass dort Drogen vertickt wurden, bedeutete das Gefahren, die er sich lieber nicht so genau ausmalte.

Während er am Schlossmuseum vorbeiraste und über den

Kegelplatz fuhr, von wo aus man in die Gerberstraße einbiegen konnte, versuchte er sich in positivem Denken. Sei doch nicht so spießig. Vielleicht hängt Chantal da nur ein bisschen ab und pennt nachts in den Räumen des Wohnprojekts. Immer noch besser, als in der Gosse zu landen.

Er hatte kaum den Wagen abgestellt, als er auch schon von zwei mageren, ganz in Schwarz gekleideten Jugendlichen angemacht wurde, die sich über den »bescheuerten Scheiß-Kapitalisten-Schlitten« mokierten. Frettchen-Sprech, unverkennbar.

Die beiden Häuser waren leicht zu erkennen. Vor den mit Graffiti besprayten Mauern lagen Müll und zerbrochene Flaschen herum. An den geöffneten Fenstern der oberen Stockwerke hingen Transparente mit kämpferischen Aufschriften, aus der *Wunderbar* quoll ihm lärmende Musik entgegen. Drinnen umfingen ihn bräunliche Rauchschwaden und der typische Geruch von Dope. Als sich seine Augen an das dunstig-schummrige Halbdunkel gewöhnt hatten, gewahrte er einen niedrigen, mit eingerissenen Plakaten dekorierten Raum voller Sperrmüllmöbel. Jugendliche und nicht mehr ganz so junge Typen in, nun ja, eher speckigen Klamotten, tranken Bier aus der Dose und fläzten auf Stühlen und durchgesessenen alten Sesseln herum. In einer Ecke hockten zwei stark geschminkte Frauen in knappen Kleidchen. Von Chantal war nichts zu sehen.

Kaminski stellte sich an den Tresen. Dahinter hantierte ein dicklicher Mann unbestimmbaren Alters mit zwei Tellern herum, die er mit streng nach Kohl riechendem Eintopf füllte.

»Ein Bier«, nuschelte Kaminski, bei Weitem nicht so höflich wie sonst, um bloß nicht gleich als bürgerlicher Eindringling erkannt zu werden.

»Ey, Alter, siehste nich, dass ich gerade zu tun habe?«, blaffte der Mann.

»Dann eben bei Gelegenheit.« Kaminski ließ sich nicht aus der Ruhe bringen. »Ist Chantal, äh – Frettchen schon da?«

Es hatte beiläufig klingen sollen, so als sei er mit ihr verabredet, doch die Wirkung seiner Worte erzählte einiges über die Brisanz dieser Frage. Der Mann hinter der Bar stellte den Teller ab, den er gerade befüllt hatte, und rammte seine Ellenbogen auf die Holzplatte des seltsam schrägen Tresens. Abweisend verzog er das runde Gesicht.

»Wer rumschnüffelt, fliegt raus, klar soweit?«

»Blödsinn. Wir wollten uns hier treffen, das ist alles.«

»Erstens kenn ich kein – Frettchen.« Ein argwöhnischer Seitenblick auf die beiden Frauen in der Ecke. »Zweitens, du siehst nicht so aus, als ob du dich hier mit irgendwem treffen willst. Also verpiss dich.«

So viel zum Thema unauffällige Recherche. Ich hab's vergeigt, dachte Kaminski, ärgerlich darüber, dass er mit der Tür ins Haus gefallen war. Betont desinteressiert täuschte er ein Gähnen vor.

»Na ja, nicht so wichtig. Was ist, krieg ich jetzt ein Bier?«

»Ey, Fat Boy, gibt's Ärger?«, schrie ein spiddeliger junger Mann, der gegenüber an der Längsseite des Lokals saß.

»Der Typ versucht, mich auszuhorchen«, kam es knurrend zurück.

»Mach mal locker, okay?« Kaminski verdrehte die Augen zur Decke. »Ein Bier und eine Suppe, falls es recht ist. War'n harter Tag. Oder seid ihr hier so fascho drauf, dass ihr nicht jeden bedient?«

Damit hatte er den Tresenmann bei seiner Ehre gepackt.

»Jetzt hör mal gut zu, Alter. Die *Wunderbar* ist der einzige Ort in diesem verkackten Weimar, wo es so was wie Toleranz gibt. Also trink dein Scheißbier und iss deine Scheißsuppe, aber halt deine Klappe.«

»Hört sich nach 'nem Deal an.«

Wortlos holte Fat Boy eine Dose Bier aus dem mit Zetteln beklebten Kühlschrank hinter sich und öffnete sie zischend. Dann schob er seinem Gast die Dose hin.

»Besten Dank auch«, grinste Kaminski.

»Suppe kommt gleich.«

Mit der Dose in der Hand verzog sich Kaminski an einen freien Tisch. Das Bier war lauwarm, die Rauchschwaden legten sich wie ein schmutziger Film auf seine Haut. Aus dem Augenwinkel ging er die einzelnen Gäste durch. Was Habitus, Körpersprache und Ausdrucksweise betraf, passten sie allesamt zu Chantal wie die berühmte Faust aufs Auge. Schlechte Laune inklusive. Die Gesprächsfetzen, die er aufschnappte, wimmelten von Wörtern wie »ätzend«, »beschissen« und »fuck«. Dabei wirkten die Leute nicht mal unsympathisch, das musste er zugestehen, nur dass sie alle darauf bedacht waren, supercool und superverächtlich rüberzukommen. Nur die beiden Frauen in der Ecke passten nicht richtig hierher. Ihre aufreizend décolletierten Minikleider und die stark geschminkten Gesichter ließen vermuten, dass es sich um Damen des horizontalen Gewerbes handelte. Warum sie ausgerechnet in der *Wunderbar* abhingen und wie ihre Aufmachung zum Feminismus passte, der hier propagiert wurde, war Kaminski ein Rätsel. Ob sie hier mit mehr »Toleranz« rechnen konnten als in anderen Lokalen? Möglich war's.

Ein rothaariges junges Mädchen trat an seinen Tisch. Es trug ein kittelartiges, verschlissenes graues Kleid, dazu Springerstiefel. In der Oberlippe steckten mehrere Piercingringe.

»Du suchst Frettchen, stimmt's? Kannste dir von der Backe putzen. Die ist abgehauen.«

Verblüfft starrte er in das eingefallene Gesicht.

»Geht das auch etwas genauer?«

Das Mädchen grimassierte schadenfroh und zuckte mit den Schultern.

»Berlin, glaube ich. Da wollte sie hin, zu ihrem Homie. Das bescheuerte Scheißkaff hier ist ihr schon lange auf die Eier gegangen. Haste mal 'ne Kippe?«

Berlin. Großer Gott. Ganz gleich, was Chantal vorhatte, letztlich war sie immer ein Provinzei geblieben, nie über Weimar hinausgekommen und ohne einen blassen Schimmer, wie man sich in der Großstadt bewegte. Und wer, verdammt, war dieser Homie?

»Ich – leider nein, ich rauche nicht. Bist du sicher? Ich meine, das mit Berlin?«

Das Mädchen lachte meckernd, wobei sie gelbe, kleine Zähne und ein knopfartiges Zungenpiercing entblößte.

»Darauf kannste einen lassen. Die feiert jetzt mal richtig ab, Clubs und so. Haste wirklich keine Kippe?«

Kapitel 27

Hände im Dunkel. Die Silhouette seines Körpers, der Duft nach Liebe. Verschlafen rieb sich Christiane die Augen. Nach dem Streit mit Wolf war sie einfach losgerannt, quer durch die Stadt, bis sie sich endlich wieder in Johannes' Arme hatte stürzen können. Den Ellenbogen aufgestützt, lag er neben ihr im Bett und malte mit einem Finger die Kontur ihres Halses nach.

»Johannes …«

»Nein, nichts sagen.«

Benommen tastete sie nach ihrem Handy, das sie neben das Kopfkissen gelegt hatte.

»Wie viel Uhr ist es?«

»Nicht wichtig«, murmelte er und küsste ihr linkes Schlüsselbein. »Du bist wichtig. Wir sind wichtig.«

»Aber …«

Sanft presste er seine Lippen auf ihren Mund, womit er sie zum Schweigen brachte. Es hatte etwas Magisches – sobald er sie berührte, geriet sie in einen Ausnahmezustand. Ein Fließen und Strömen, ein Sehnen, das die körperliche Dimension bei Weitem überstieg. Intuitiv hatte Johannes nicht nur die verborgenen Mechanismen ihres Körpers entdeckt, sondern, mehr noch, die ungekannten Mechanismen ihrer Seele. Wenn er sie liebkoste, war es, als ob er den Schleier zerriss, der über ihrem inneren Kern gelegen hatte. Nackt und bloß brachte sie sich ihm dar, ohne jede schützende Hülle.

Christiane dachte daran, wie wenig sexuelle Erfahrung sie

doch besaß. Vor ihrer Ehe hatte es lediglich zwei Männer gegeben, einen tapsigen Musikstudenten, der sich relativ glücklos an ihr versucht hatte, und eine Zufallsbekanntschaft, mit der sie nach einer Party hastigen Sex in seinem Kleinwagen gehabt hatte. Auch die ehelichen Freuden hatten ihr wenig Lust verschafft. Nie hätte sie für möglich gehalten, dass sie sich einem Mann derart vorbehaltlos ausliefern konnte.

Sie streichelte sein Haar und küsste ihn ungestüm. Christiane war nie eine Frau gewesen, die die Initiative ergriffen hatte, doch zu ihrer eigenen Verblüffung bestieg sie ihn nun, im Hochgefühl ihrer Befreiung.

Wieder schrie sie seinen Namen, halb Aufforderung, halb Hilferuf. Und so wie am Tag zuvor in den Fluten der Ilm, ertrank sie förmlich in dem Wellengang, der sie überrollte. Wimmernd vergrub sie ihre Finger im Kopfkissen, den Mund weit geöffnet. Unartikulierte Laute entströmten ihrer Kehle, ein heiseres Klagen, mit einer rauen, unbekannten Stimme, die direkt aus ihrem Innersten zu kommen schien. War das der Kontrollverlust, nach dem sie sich sehnte? Aber wollte sie überhaupt noch darüber nachdenken? Ihr wurde schwarz vor Augen.

»Christiane.«

Bebend lag sie in seinen Armen. Wusste sie, wo sie war? Sie weinte.

»Christiane.«

Ermattet drehte sie ihm ihren Kopf zu und spürte, wie ihr die Tränen über die Wangen liefen.

»Ja?«

»Ich liebe dich, Christiane.«

Sie war unfähig, etwas zu erwidern. Innig umfing sie ihn, rückte noch näher an ihn heran, erschüttert über die unverhoffte Liebeserklärung. Wolfs Liebe, wenn es denn jemals Liebe gewesen war, hatte sich immer an Bedingungen geknüpft. Immer hatte sie das Gefühl gehabt, sich ändern zu müssen, um liebenswert zu sein. Johannes dagegen feierte sie mit allem, was sie war, ohne den geringsten Vorbehalt, ohne Einschränkungen. Er verstärkte den Druck seiner Arme, und sie hörte sein leises Lachen.

»So wie dich stelle ich mir Leonore vor. Du weißt schon, die liebende Frau, die sich als Mann verkleidet, den Namen Fidelio annimmt und sich in den Kerker schleusen lässt, um ihren Gatten zu retten. Sogar einen Flirt mit der Tochter des Kerkermeisters muss sie hinnehmen, alles für ihren Florestan. Würdest du mich auch retten, Christiane?«

Sie wagte kaum zu atmen. Warne ihn. Aber wie sollte sie das bewerkstelligen, ohne ihre Identität preiszugeben?

»Würdest du mich retten?«, insistierte er.

»Natürlich«, versicherte sie, obwohl ihr Angst die Kehle zuschnürte. »Du sitzt zwar nicht im Staatsgefängnis, aber wenn man den Gerüchten Glauben schenken darf, die in Weimar zirkulieren, will man dir eine Schlinge um den Hals legen. Dir irgendwelche finanziellen Unregelmäßigkeiten unterschieben.«

Argwöhnisch rückte er ein bisschen von ihr ab.

»Ach nee. Woher weißt du das denn?«

Ertappt. Ihr Herz stand still.

»Nicht aus erster Hand«, fügte sie hastig hinzu. »Es, es ist …«

Es war so erbärmlich. Als von Nesselrödens Frau saß sie quasi im Zentrum der Verschwörung, dennoch konnte sie nichts dagegen unternehmen. Oder musste sie jetzt Farbe bekennen? Die Flucht nach vorn wagen, Johannes alles gestehen?

»Lass uns noch ein bisschen schlafen«, beendete er das Gespräch. »Komm her.«

Willig ließ sie sich von ihm umarmen. Und wieder war eine Chance vertan, ihm ihr Geheimnis anzuvertrauen. Du bist feige,

Christiane. Dein Mut reicht gerade mal, um dich nachts zu Johannes zu schleichen.

Sie wartete, bis seine regelmäßigen Atemzüge verrieten, dass er eingeschlafen war, dann entwand sie sich seiner Umarmung und glitt aus dem Bett. Im Halbdunkel des Zimmers suchte sie ihr Kleid und ihre Flipflops. Dabei stieß ihr Fuß gegen einen Bücherstapel auf dem Boden. Ein kleiner, abgegriffener Band rutschte von dem Stapel. Sie hob ihn auf und entzifferte den Titel. Novalis, Gedichte. Johannes hatte ihr daraus vorgelesen, als sie bei ihm erschienen war. Das Lesezeichen, ein Flyer, der für einen Pizza-Lieferservice warb, steckte noch zwischen den Seiten.

Ich sehe dich in tausend Bildern, / Maria, lieblich ausgedrückt, / Doch keins von allen kann dich schildern, / Wie meine Seele dich erblickt.

Seine Liebe war rein, das wusste sie. Sie durfte nicht länger warten. Heute noch würde sie sich bei ihm melden, ihm alles erzählen und ihn um Verzeihung bitten, selbst auf die Gefahr hin, dass er sich von ihr abwandte. Bevor sie ging, schaute sie ein letztes Mal zu dem schmalen Bett, in dem sie sich geliebt hatten. Auf der Treppe des Hausflurs streifte sie die Flipflops über. Und plötzlich kam ihr eine Idee. In aller Eile rannte sie los.

Es war nach fünf Uhr morgens, als sie auf Zehenspitzen die heimische Wohnung betrat. Vorsichtig betätigte sie den Lichtschalter und wurde in das orangerote Licht des Flurs getaucht. Entgegen ihrer Befürchtung, Wolf könnte ihr auflauern wie ein Vater, der seine Tochter nach einer durchfeierten Nacht mit einem Donnerwetter empfängt, war alles still. Ihr Mann schlief offenbar. Gut so. Im bangen Bewusstsein, etwas Verbotenes zu tun, schob sie die Tür zu seinem Arbeitsbereich auf. Außer Wolf von Nesselröden hatte hier nur die Putzfrau Zutritt, die sich seinem strengen Reglement fügen musste: In nur zwanzig Minuten hatte sie Böden und Polstermöbel abzusaugen sowie die Bücher abzustauben, durfte aber keinesfalls den Schreibtisch anrühren.

Das wenige Licht, das durch die hellen Vorhänge hereindrang, reichte aus, um sich umzusehen. Im Empfangsraum wirkte alles penibel aufgeräumt, im angrenzenden Schreibzimmer bot sich das gleiche Bild akribischer Ordnung: deckenhohe Bücherregale, gleichmäßig gefüllt mit nach Fachgebieten und Größen sortierten Bänden, bedeckten die Wände, unter dem Fenster stand ein Aktenschrank. Auf dem Schreibtisch war alles rechtwinklig ausgerichtet, bis hin zum Füllfederhalter, der parallel zur Schreibunterlage aus grünem Leder lag, neben einem Stoß eierschalenfarbener Bögen aus schwerem Büttenpapier. Kein Computer – Wolf war stolz darauf, daheim ausschließlich mit der Hand zu schreiben.

Christianes Herz klopfte bis zum Hals, als sie das oberste Blatt in die Hand nahm. *Weimar – Kulturstadt der Zukunft*, stand darauf, in der winzigen, gestochenen Handschrift ihres Mannes. Darunter nur ein einziges Wort: *Ich.* Verwundert ließ sie das Blatt sinken und untersuchte die anderen Bögen des Stapels. Sie waren allesamt leer. Das also war der große Wurf, an dem er seit Monaten arbeitete? Nur dieses eine Wort: *Ich?*

Verwundert brachte sie den Papierstoß wieder in Form, auch ein wenig amüsiert. Was tat er in dieser Arbeitsklause, wenn dabei nichts weiter herauskam als ein verräterisches Wort?

Ihr Blick fiel auf den Aktenschrank. Nachdem sie gelauscht hatte, ob irgendein Geräusch das Erwachen ihres Gatten anzeigte, öffnete sie die Schiebetüren. Auch dahinter herrschte wohldurchdachte Ordnung. Aktenmappen standen in Reih und Glied, säuberlich beschriftet. *Versicherungen. Steuer. Wohnung. Urlaube. Anschaffungen.* Das sah Wolf von Nesselröden ähnlich – ihr gemeinsames Leben, zwischen Aktendeckel gepresst. Ganz rechts entdeckte sie einen Aktenordner mit der Aufschrift *Notizen*. Sie zog ihn heraus.

Im Gegensatz zu den leeren Blättern des Schreibtischs zeugten die vollgekritzelten Zettel, die darin abgeheftet waren, von nahezu manischer Betriebsamkeit: Namen, Orte, Daten, Vermerke über Gespräche. Stichpunkte wie *loyal, unsicher, zu gebrauchen, später aktivieren* katalogisierten die Gesprächspartner. Es schienen Dossiers zu sein, die ihr Mann mit der absurden Genauigkeit eines Stasi-Informanten angelegt hatte.

Wild blätternd durchforstete Christiane den Ordner, ohne zu wissen, wonach sie eigentlich suchte. Dann sah sie den geliebten Namen, umgeben von anderen Namen. Bitzi. Kuzer. Gabler. Auch für diese Personen gab es Stichpunkte. Zu Birte Dasselmann – warum nannte ihr Mann sie vertraulich Bitzi? – gab es eine ganze Reihe von Charakterisierungen: *schlau, gerissen, kurzfristig einsetzbar, Neigung zu Kompetenzüberschreitungen, Fachfrau für Verträge*. Das Wort *Verträge* war doppelt unterstrichen.

Christiane überlief ein Schauer. So hatte sich ihr Mann die Demontage des Intendanten also vorgestellt. In die Zange genommen von seinem Adlatus Kuzer, vom notorisch unzufriedenen Gabler und der umtriebigen Birte Dasselmann sollte Johannes zu Fall gebracht werden.

Sie war so vertieft in ihre Lektüre, dass sie das leise Knarren der Dielen überhörte. Deshalb ließ sie vollkommen überrumpelt den Aktenordner fallen, als plötzlich Wolf vor ihr stand, in einem gestreiften Pyjama und ausgetretenen schwarzen Lederpantoffeln. Sein Gesicht war totenblass, die roten Flecken auf seiner Stirn brannten.

»Was tust du da?«, fragte er mühsam beherrscht.

Einen verdrehten Augenblick lang holte sie Atem.

»Ich – ich konnte nicht schlafen«, log sie. »Da habe ich die

Unterlagen über unsere Urlaube gesucht. Damit wir was fürs Frühjahr buchen können.«

»Das ergibt keinen Sinn«, schnarrte er. »Außerdem weißt du ganz genau, dass du hier nichts zu suchen hast. Ich hab dir hundert Mal gesagt, dass mein Arbeitsbereich für dich tabu ist!«

Instinktiv zog sie den Kopf ein.

»Ja, entschuldige bitte.«

»Wo bist du überhaupt gewesen?«, erkundigte er sich, und seine Stimme nahm den Klang einer rostigen Gießkanne an. »Ich fände es aufschlussreich zu erfahren, wo sich Frau von Nesselröden nachts herumtreibt.« Er sah auf seine Armbanduhr. »Bis morgens um fünf Uhr dreißig.«

Fieberhaft zermarterte sie ihr Hirn, um eine plausible Ausrede zu erfinden. Im selben Moment spürte sie eine unbändige Wut in sich aufsteigen. Allein das Wort »Ausrede« hatte etwas zutiefst Demütigendes. Ihr Puls beschleunigte sich. Wer war schon Wolf von Nesselröden, dass sie, ein freier Mensch, sich vor ihm rechtfertigen musste? Und plötzlich ging ihr auf, dass sie keine Lust mehr auf Lügen hatte. Es war vorbei. Das Mädchen aus Apolda gab es nicht mehr, das unselbstständige arme Hascherl, das immer um die Anerkennung ihres überheblichen Mannes gekämpft hatte.

»Ich verlasse dich, Wolf«, erklärte sie, überrascht von ihrer eigenen Courage.

»Was?« Seine Augen quollen fast aus den Höhlen. »Sag das noch einmal.«

In aller Ruhe hob sie den Aktenordner auf, schob ihn in den Schrank zurück und richtete sich wieder auf. Wie eine Vogelscheuche stand ihr Mann da, die Arme halb erhoben, das Gesicht verzerrt. Kläglich schlotterte der Pyjama um den schlaksigen Körper. Für sein Äußeres kann er nichts, dachte sie, wohl aber für seine miese Intrigantenseele. Ja, es war vorbei. Sie hätte längst gehen sollen, doch es hatte dieses letzten Impulses bedurft, um das Naheliegende zu erkennen und in die Tat umzusetzen.

»Ich verlasse dich. Gib mir ein, zwei Tage, um zu packen. Heute Nachmittag, gleich nach der Schule, fange ich damit an.«

»Nichts dergleichen wirst du tun«, zischte er. Seine Hand verkrallte sich in ihren nackten Arm. »Du bist meine Frau. Einen Wolf von Nesselröden verlässt man nicht, hörst du? Ohne mich bist du ein Nichts, ein Niemand.«

»Mag sein«, erwiderte sie müde. »Aber lieber bin ich ein Niemand als die Frau eines Jemands, den ich nicht ausstehen kann.«

»Du bist ja irre!«, rief er.

»Nein, ich bin Christiane, eine Frau, die du nie gesehen und nie geschätzt hast.«

Sprachlos ließ er geschehen, dass sie sich von ihm losmachte. Ihr schwirrte der Kopf, als sie mit letzter Kraft aus dem Raum wankte. Wohin soll ich gehen? Werde ich das Gerede verkraften, die Gerüchte, die neugierigen Gesichter, wenn die Trennung publik wird? Aber schon auf dem Flur kam sie zur Besinnung. Solche Fragen stellte nur jemand, der Angst vor der Freiheit hatte. Sie hatte keine Angst mehr.

Ohne sich um Wolf zu kümmern, der steifbeinig an ihr vorbeischritt und Beschimpfungen vor sich hin murmelte, nahm sie ihre Handtasche von der geblümten Chaiselongue. Mit fliegenden Fingern holte sie das Handy heraus und tippte eine Botschaft an Johannes.

Heute Nachmittag um vier im Schlosspark Tiefurt? Es gibt großartige Neuigkeiten. Freu mich riesig auf dich. PS Ich liebe dich.

»Du hast mich betrogen, richtig?«

Die Frage ließ sie zusammenzucken. Mit verschränkten Armen stand Wolf am Ende des Flurs. Sein Mund war nur noch ein

Strich, seine angespannten Kiefer zeichneten sich unter der Haut ab.

»Das geht dich nichts mehr an.«

»Du dreckiges kleines Miststück. Verlass dich drauf, ich finde raus, wer es ist. Und dann Gnade euch Gott. Ich sitze am längeren Hebel, vergiss das nicht. In Weimar bist du verbrannt, mit Fingern werden die Leute auf dich zeigen, du Luder. Wenn ich mit dir fertig bin, wirst du vor mir kriechen, mich um Vergebung anwinseln, und meine Antwort wird ein Fußtritt sein.«

Kapitel 28

Ein Morgen von unwirklicher Schönheit präsentierte sich Kaminski, als er an diesem Mittwochfrüh um sieben aus dem Schlafzimmerfenster schaute. Gazeartiger Bodennebel lag über den Wiesen, in der Ferne zeichneten sich die dunklen Streifen der Tannenwälder ab, durchzogen von bunten Inseln mit Laubbäumen, die in Schattierungen zwischen Grün, Gelb, Braun und Rot changierten. Der durch den Dunst gefilterte Sonnenschein tauchte alles in ein mildes Licht, darüber spannte sich wie ein riesiges Zelt ein blassblauer Himmel.

Das Leben hätte leicht sein können, heiter und gelassen. Doch die Idylle täuschte. Laura hatte nicht auf dem Gestüt übernachtet, das gemeinsame Bett war verwaist. In der Nacht hatte sie nur ungeduldig seinen Bericht aus der Gerberstraße angehört und war dann zurück in die Stadt gefahren, in ihre Wohnung über der *Wilhelm Meister-Schänke*. Sicher, seine liebevolle Inszenierung im Stall hatte ihnen ein paar wunderschöne Momente beschert, geklärt oder gar gekittet hatte sie jedoch nichts. In Lauras Augen war er nach wie vor der sympathische, aber verantwortungslose Hallodri, dem es an Stetigkeit mangelte und letztlich auch an Konsequenz.

Wie sehr er sie schon wieder vermisste. Ohne Laura hatte das alles hier keinen Sinn. Und falls auch noch Chantal verschwunden blieb …

Stöhnend dehnte er seinen Körper. Dann stapfte er hinunter in die Küche.

Seit Laura eingezogen war, gab es eine Espressomaschine. Es bedurfte zweier Anläufe, bis er einen doppelten Ristretto hinbekam, der fast so gut schmeckte wie im *WMS*. Mit der morgendlichen Dosis Koffein fuhr sein Hirn hoch. Während er sich auf dem Küchensofa ausstreckte, prasselten die Probleme in noch größerer Eindringlichkeit auf ihn ein. Chantal war weg. Seine Ehe zerlegte sich. Außerdem ging ihm wieder die Geschichte mit Johannes durch den Kopf – das Komplott, das gegen ihn geschmiedet wurde, die Sache mit Christiane.

Baustellen, wohin das Auge blickte. Lustlos trank er seinen Kaffee, plötzlich von einer ungekannten Mattigkeit befallen. Jede Bewegung fiel ihm schwer, als er endlich duschte, sich anzog und die Stiefel überstreifte. Auch der Stalldienst war heute eine Qual. Schon nach wenigen Minuten kam er ins Schwitzen wegen der ungewohnten körperlichen Arbeit. Das Füttern und Striegeln hatte in den vergangenen beiden Jahren immer Chantal erledigt, so wie Laura sich immer ums Frühstück gekümmert hatte.

Bang horchte er auf seinen Herzschlag. Der Arzt in der Klinik hatte ihm jede Anstrengung verboten, sicher ein guter Rat, nur im Moment leider nicht umsetzbar. Hoffentlich macht dein Herz jetzt nicht schlapp, Kaminski.

Nachdem er die Pferde angeschirrt hatte, bestieg er mit gebeugtem Rücken den Kutschbock. Ein Geruch von Herbst lag in der Luft, frisch und moderig zugleich. Inzwischen hatte sich der Nebel gelichtet, die Konturen von Zäunen und Gestrüpp wurden schärfer, die Farben lebendiger. Wehmütig betrachtete er das Gutshaus. Ja, er liebte dieses Gehöft, hier fühlte er sich heimisch. Aber es war kein Zuhause mehr ohne Laura und Chantal.

Tu was, Kaminski. Werd endlich erwachsen. Er schüttelte den Kopf. Es war so absurd – noch nicht erwachsen zu sein und sich dennoch uralt zu fühlen.

Als ahnten Wanda und Bismarck, dass etwas nicht stimmte, reagierten sie zunächst nicht auf sein Kommando. Störrisch warfen sie die Köpfe hin und her, wieherten unruhig. Erst, nachdem er mit der Peitsche geknallt und ihre Namen gerufen hatte, setzten sie sich in Bewegung und zogen die Kutsche vom Hof.

In sich zusammengesunken hockte Kaminski auf dem Kutschbock. Das rhythmische Geklapper der Hufe auf der Straße hatte immer eine beruhigende Wirkung auf ihn gehabt, aber heute machte ihn das Getrappel nervös. Vergeblich legte er sich ein paar Sätze zurecht, die er Laura sagen wollte. Sie klangen hohl. Obwohl er die Macht der Wörter liebte, war er kein Mann der großen Worte. Im Bewusstsein, dass er vieles gutzumachen hatte, war es umso schwerer, Formulierungen zu finden, die aufrichtig klangen,

»*Gibst du dich – keinem? Bist du nur blond und kühl? Demütigt dich ein starkes, heißes Gefühl?*«, rezitierte er murmelnd die Tucholsky-Zeilen, die er neuerdings vor Lauras Restaurant zum Besten gab.

Leider bedeutete es keinen Trost, dass es die alte, ewig gleiche Geschichte von Mann und Frau war, die ihm widerfuhr. Dass schon so viele vor ihm gebangt und gehofft hatten, alles könnte sich doch noch in Wohlgefallen auflösen, die Liebe könnte siegen. *Omnia vincit amor?* Nein, mit Worten kam er nicht weiter. Jetzt mussten Taten folgen.

In Weimar angekommen, lenkte er die Kutsche zur Kriminalpolizeistation Am Kirschberg, einem weitläufigen modernen Bau in der Nordstadt, um dort eine Vermisstenanzeige aufzugeben.

Als der zuständige Beamte ihn über Chantal ausfragte, wurde ihm bewusst, wie beschämend wenig er über seine Adoptivtochter wusste. Die leiblichen Eltern hatte er nur ein einziges Mal gesehen, bei einem Termin im Jugendamt, weitere Verwandte kannte er nicht. Auch über Chantals Freunde hatte er nicht die leiseste Vorstellung, abgesehen davon, dass sie vermutlich den Typen in der Gerberstraße ähnelten.

»Ein Abschiedsbrief, so, so – und Sie sind sicher, dass sie sich außerhalb Weimars aufhält?«, fragte der Beamte, ein älterer Herr, dessen müdes Gesicht wenig Zuversicht vermittelte.

»Ich habe es zumindest gehört, von einer Bekannten meiner Tochter«, erwiderte Kaminski.

»Name? Adresse?«

Kaminski räusperte sich. »Sorry, ich kenne diese Bekannte nicht weiter, habe sie gestern Abend nur zufällig in der *Wunderbar* getroffen, Gerberstraße, Sie wissen schon.«

»Ach nee.« Der Beamte nahm seine randlose Brille ab und ließ sie an einem der silberfarbenen Bügel hin und her wippen. »Na, wenn sich Ihre Tochter in so einem Milieu bewegt, sehe ich schwarz. Abgesehen davon darf sie mit sechzehn noch nicht unbegleitet in Lokale gehen, wo man ihr in Umgehung des Jugendschutzgesetzes eventuell Alkohol ausschenkt. Das nennt man *Verletzung der Aufsichtspflicht*!«

In Kaminski stieg heißer Zorn hoch.

»Alkohol ist vermutlich das kleinste Problem, das meine Tochter gerade hat. Sie stammt ursprünglich aus desolaten Verhältnissen, wurde vom Vater misshandelt, von der Mutter vernachlässigt. Bei uns hat sie eine Zuflucht gefunden.«

»Hatte sie wenigstens einen Therapieplatz?«, fragte der Beamte.

»Einen …«

Halb wütend, halb schuldbewusst traf Kaminski die Erkenntnis, dass er nie ernsthaft über diese Möglichkeit nachgedacht hatte. Ein Versäumnis, keine Frage. Es reichte eben nicht, einem dermaßen traumatisierten Mädchen ein Dach über dem Kopf und eine Aufgabe zu geben. Sie hätte längst ihre belastenden

Erfahrungen aufarbeiten müssen, mit einem professionellen Therapeuten. Jetzt war es vielleicht schon zu spät dafür.

»Wie geht's denn jetzt weiter?«, fragte er kleinlaut.

Der Beamte setzte seine Brille wieder auf und klickte auf der Computertastatur herum.

»Ich brauche ein aktuelles Portraitfoto zum Einscannen, das schicken wir bundesweit an die Kollegen, zusammen mit einer Personenbeschreibung. Für Suchtrupps und dergleichen besteht meiner Einschätzung nach kein Anlass, da ein krimineller Hintergrund – Entführung oder Mord zum Beispiel – ausgeschlossen werden kann. Wahrscheinlich steht Ihre Tochter im Laufe der nächsten Tage wieder vor der Tür, wie die meisten jugendlichen Ausreißer. Dann informieren Sie mich bitte umgehend. Ich drücke Ihnen die Daumen, dass sich alles wieder einrenkt.«

Entführung. Mord. Begriffe, die wie Stromstöße wirkten. Vergeblich versuchte Kaminski, das Kopfkino zu ignorieren, das ihm eine Flut grässlicher Bilder lieferte.

Wie betäubt verließ er wenig später das Polizeigebäude. Seine Beine zitterten, als er draußen wieder auf den Kutschbock stieg. Die Sonne war höher gewandert, die frische Morgenluft drückender Wärme gewichen. Während die Pferde lostrabten, tastete seine rechte Hand gewohnheitsmäßig nach der Thermoskanne mit Eistee, die Laura ihm immer mitgab. Seine Hand griff ins Leere. Keine Thermoskanne. Frustriert rieb er sich mit dem Handrücken über die schweißnasse Stirn. Warum musste alles dermaßen kompliziert sein?

Entschlossen trieb er die Pferde zur Eile an und fuhr in die Innenstadt, direkt zur *Wilhelm Meister-Schänke*. Natürlich war sie noch geschlossen. Nur der Kastenwagen des Fleischlieferanten, der vor dem Lokal parkte, verhieß, dass Laura schon aktiv war.

Er fand den Hintereingang unverschlossen und traf sie in

der Küche an, über eine Wanne mit ausgelösten Hühnerbrüsten gebeugt, die sie misstrauisch beschnupperte. Daneben stand ein rotgesichtiger Mann in einem weißen Overall, dessen hochgekrempelte Ärmel abenteuerliche Tattoos auf den Unterarmen entblößten. Das war die Frau, mit der er gestern im Heu gewesen war, seine Frau. In ihrer knappen Jeans und der blau-weiß gestreiften Hemdbluse sah sie zum Anbeißen aus.

»Riecht verdorben«, stellte sie sehr bestimmt fest. »So was können Sie mir nicht andrehen. Bestimmt wurde die Kühlkette unterbrochen, und bei diesen Temperaturen ist das mehr als gefährlich.«

»Unsinn, alles frisch«, grantelte der Mann.

Das war ja wohl die Höhe. Die Brust herausgestreckt und mit erhobenem Kinn ging Kaminski auf ihn zu.

»Ganz dünnes Eis, Freundchen, Sie laufen auf ganz dünnem Eis. Wenn jemand eine untrügliche Nase hat, dann Laura Kaminski.«

»Stopp, das ist mein Text«, lächelte sie.

Konsterniert blickte der Fleischlieferant vom einen zum anderen.

»Also, was jetzt? Wollen Sie die Hühnerbrüste oder nicht?«

»Natürlich nicht«, antwortete Kaminski für Laura. »Das vergammelte Zeug können Sie gleich wieder mitnehmen.«

»Wenn Ihnen unsere Qualität nicht gefällt – wollen Sie dann überhaupt noch die Kalbsleber anschauen, die Sie bestellt haben?«

»Nur zu«, grinste Kaminski.

Missgelaunt wuchtete der Lieferant die Wanne hoch und trug sie nach draußen. Jetzt waren sie allein. Eine seltsame Spannung lag in der Luft, die Kaminski nicht recht einordnen konnte.

»Der Typ ist ja angenehm wie eine Hämorrhoidenverödung«, schnaubte er. »Morgen, Süße.«

Ihr Lächeln blieb sphinxhaft.

»Guten Morgen, mein Ritter in der schimmernden Rüstung. Was war das denn gerade?«

»Wonach sah's denn aus?«

Die Spannung zwischen ihnen verstärkte sich, gleichzeitig registrierte Kaminski, dass keine Aggressivität in der Luft lag, sondern die Anspannung eines sportlichen Duells.

»Solltest du etwa deine Beschützerinstinkte entdeckt haben?«, fragte Laura mit einem ironischen Zucken der Mundwinkel.

»Nun mal nicht so vorlaut, Frollein. Meine Zeit wächst zwar nicht auf Bäumen, aber so schnell wirst du mich nicht los.«

»Vorsicht, Kaminski, das ist mein Lokal, nicht deins. Wenn du nicht aufpasst, fängst du dir ein Hausverbot ein.«

Spielerisch legte er einen Arm um sie, und als sie nicht protestierte, zog er sie an sich.

»Punkt eins. Wir suchen einen neuen Lieferanten. Ich weiß, du hast andere an der Hand und den besten Überblick, aber der Küchenchef des *Elephanten* hat mir neulich eine fantastische Geschichte über eine Straußenfarm erzählt. Straußenfleisch ist absolut im Kommen und schmeckt delikat – dazu später mehr. Punkt zwei. Soeben habe ich eine Vermisstenanzeige bei der Polizei aufgegeben. Jetzt wird ganz offiziell nach unserem Frettchen gesucht, vielleicht fahre ich sogar nach Berlin, weil sie möglicherweise dort untergetaucht ist. Punkt drei. Wenn du in finanziellen Schwierigkeiten steckst, sag es mir gefälligst, bevor du deinen Ex anpumpst. Es gibt ein Stück brachliegendes Ackerland, das zum Gestüt gehört und an das Dorf grenzt. Wie mir jemand von der Stadt unlängst gesteckt hat, wird es eventuell als Bauland ausgewiesen, dann könnten wir beim Verkauf einen guten Preis erzielen.«

Ungläubig hatte sie ihm zugehört.

»Seit wann machst du dir denn Gedanken um Chantal und um mich?«

»Seit du mir gezeigt hast, worum es geht.« Er versenkte sein Gesicht in ihrem Haar. »Laura, ich war ein Idiot. Letztlich habe ich mich zwei Jahre lang wie ein verheirateter Single aufgeführt. Doch das wird sich ändern.«

»Dein Wort in Gottes Ohr«, erwiderte sie mit einem leicht spöttischen Unterton, dann wurde sie ernst. »Ist das wahr? Dass du ein Stück Land verkaufen würdest?«

»Für dich würde ich sogar meine Seele verkaufen.«

Kopfschüttelnd lächelte sie ihn an, zwischen ihren verführerischen Lippen sah er ihre Zähne aufblitzen, und er neigte sich zu ihr herunter, um sie zu küssen, als die Küchentür aufgestoßen wurde. Hochrot vor Ärger kehrte der Lieferant zurück und knallte eine hellblaue Plastikwanne auf die Ablagefläche neben dem Herd.

»Bitte sehr. Die Kalbsleber.«

Eingehend inspizierte Laura den Inhalt der Wanne, drückte mit einem Finger darauf, schnupperte daran.

»Wunderbar, akzeptiert.«

Nachdem sie den Posten Hühnerbrust durchgestrichen hatte, unterschrieb sie den Lieferschein. Unwillig griff der Lieferant zu der leeren Plastikwanne und trollte sich. Beim Hinausgehen stieß er fast mit Christiane zusammen, die mit wirrem Haar und sichtlich durcheinander in die Küche kam.

»Ich hab's getan«, keuchte sie. »Mich von Wolf getrennt.«

»Du hast – was?« Laura lief auf sie zu und legte die Hände auf ihre Schultern. »Wow. Sehr mutig. Ich kann nicht gerade behaupten, dass es mir leidtut. Ehrlich gesagt, habe ich mich immer gewundert, wie du es überhaupt mit diesem Mann aushältst.«

»Er ist noch weit schlimmer, als du denkst«, murmelte Christiane dumpf.

Laura strich ihr das Haar aus dem Gesicht.

»Trotzdem ist eine Trennung kein Spaziergang. Ich bin für dich da, das weißt du. Am besten, du bleibst erst einmal eine Weile bei mir.«

»Bei uns«, verbesserte Kaminski sie. »Das Gestüt ist groß genug, wir haben jede Menge Gästezimmer, und es wird dir guttun, wenn du Abstand gewinnst, auch räumlich.«

Damit hatte er sich weit vorgewagt. Gespannt beobachtete er, ob Laura den Köder schnappte – und damit ihrer Rückkehr zu ihm aufs Gestüt zustimmte. Doch sie ging nicht auf seine Bemerkung ein.

»Christiane, Schatz, du kannst hier duschen, bevor du zur Schule fährst. Heute Nachmittag beratschlagen wir, wie es weitergeht.«

»Okay, ja, danke.« Christiane nickte erschöpft. »Ich gehe dann mal nach oben. Übrigens …«

Sie zauderte, ganz so, als hätte sie noch etwas auf dem Herzen. Kaminski ahnte, dass die Trennung nicht die einzige Neuigkeit in Christianes Leben war, drang aber nicht weiter in sie. Das war Lauras Aufgabe, ein Gespräch von Frau zu Frau. In Liebesangelegenheiten fühlte er sich ohnehin nicht sonderlich kompetent. Wie denn auch?

Nachdem Christiane gegangen war, entstand eine Pause. Milde Skepsis malte sich in Lauras Zügen, ein Ausdruck, den Kaminski an ihr kannte. Er verhieß, dass sie ihn zumindest nicht zurückwies. Sie tauschten einen langen Blick, der Anflug eines Lächelns leuchtete in ihrem Gesicht auf, doch der Moment verstrich, das Lächeln verblasste, und sie wandte sich ab.

»Gib mir Zeit«, raunte sie fast unhörbar.

Auch wenn es nicht das war, was er sich erhofft hatte, nickte er. »Einverstanden.«

Als gebe es gerade nichts Wichtigeres zu tun, begann sie, die Spülmaschine auszuräumen. Kaminski fühlte sich auf einmal ziemlich überflüssig. Das Klappern von Geschirr und Besteck hallte durch den Raum, Lauras Absätze klackerten über die Fliesen. Quälende Sekunden vergingen. Er wollte sich gerade davonmachen, als sie wieder das Wort an ihn richtete.

»Du hast diese Straußenfarm erwähnt. Was ist das für eine Geschichte?«

Erleichtert stemmte sich Kaminski auf die Arbeitsfläche und ließ die Beine baumeln.

»In Schwerstedt, ungefähr zwanzig Kilometer von hier …«

»… danke, ich weiß, wo Schwerstedt liegt«, unterbrach sie ihn.

»Stell dir vor, dort hat der glückliche Vater einer süßen kleinen Tochter seinem Kind zum Geburtstag einen lebenden Strauß geschenkt. Doch das Tier fühlte sich nicht recht wohl, so ganz allein und fern der Heimat. Es wurde immer trauriger und verweigerte jegliche Nahrung. In seiner Not sann der Vater auf Abhilfe. Eines Morgens überraschte er den armen, traurigen Strauß mit einem Artgenossen. Wie groß war das Glück des vereinsamten Tieres. Übermütig flatterte es mit den Flügeln, und gemeinsam tollten die beiden Strauße über die eingezäunte Weide. Von früh bis spät.«

»Kaminskis Märchenstunde.« Laura lehnte ihm gegenüber am Herd, mit hochgezogenen Augenbrauen. »Sag mal, willst du mich in den Schlaf quatschen?«

»Wart's ab. Auch das kleine Mädchen war glücklich. Doch wie staunte es, als es an einem lauen Spätsommerabend mitten im Stroh des Stalls ein riesiges Ei entdeckte. Nun erst ging dem Vater ein Lichtlein auf.«

»Also hatten die Strauße Besuch vom Storch? Wie nett.« Laura schien sich königlich zu amüsieren. »Sag mal, Kaminski, was willst du mir eigentlich damit sagen? Dass du auf deine alten Tage noch mal Vater werden willst?«

Er warf ihr einen glühenden Blick zu.

»Okay, ich komme auf den Punkt. Am Ende gab es so viel Nachwuchs, dass der Vater nicht wusste, wohin mit all den Tieren. Jetzt hat er sich entschlossen, die Zucht gewerblich zu nutzen. Das heißt, er braucht einen kleinen Stamm fester Kunden, die ihm das Fleisch abnehmen. Da es sich um keine Massentierhaltung handelt, hat es Bioqualität, und der Preis, sagte mir der Chefkoch des *Elephanten*, ist bestechend niedrig.«

Mit großen Augen schaute sie ihn an, anerkennend, fast ein bisschen bewundernd. Passen Straußenvögel eigentlich in einen Liebesroman, sollte ich je einen schreiben?, fragte er sich. Wäre zumindest eine Idee.

»Hört sich wirklich attraktiv an, Kaminski.« Spontan umarmte sie ihn, und er nutzte die Gelegenheit, sie schnell und stürmisch auf den Mund zu küssen. Bevor sie ihn dafür rügen konnte, unterbreitete er ihr seinen nächsten Vorschlag.

»Übrigens habe ich zwei Karten für die *Fidelio*-Premiere, mit schönen Grüßen von Johannes Sander. Morgen Abend. Würde mich freuen, wenn Frau Kaminski sich dafür freimachen könnte.«

»Lust hätte ich schon. Hängt aber davon ab, ob ich eine Aushilfe bekomme. Sobald ich es weiß, melde ich mich bei dir.«

Einen Wimpernschlag lang starrte er unschlüssig auf seine Stiefel, dann hauchte er einen scheuen Kuss auf ihre Wange und marschierte frohgemut hinaus, zum ersten Mal seit Tagen mit einem Strahlen auf dem Gesicht.

Kapitel 29

Mittwoch war der Yogatag von Birte Dasselmann. Aber heute würde sie den Kundalini-Yogakurs, den sie sonst immer in ihrer Mittagspause besuchte, ausfallen lassen. Ihr stand nicht der Sinn danach. Lieber widmete sie sich der Frage, wie sie Johannes Sander zu Fall bringen könnte, um Wolf endgültig für sich zu gewinnen. Dass der Intendant Wolf tätlich angegriffen hatte, hatte ihre Wut noch verstärkt. Was bildete dieser unmögliche Kerl sich ein, ihren zukünftigen Ehemann auszuknocken?

Auf Rache sinnend, goss sie die Topfpflanzen auf der Fensterbank ihres Büros. Die Alpenveilchen, eine Yuccapalme und Einblattgewächse, manche mit braunen Blättern, waren allesamt Geschenke ihrer Kollegen, weshalb sie sie nicht wegwarf, auch wenn sie wenig dekorativ wirkten. Für Grünzeug hatte sie ohnehin wenig Sinn. Bei der Arbeit mochte sie es lieber praktisch. Die Pflänzchen stellten die einzige persönliche Note des Raums dar, der mit einem Sammelsurium hässlicher Möbel angefüllt war: ein zu wuchtiger Schreibtisch aus Nussbaumholz, den ihr abwesender Chef angeschafft hatte, ein neuer ergonomisch geformter Drehstuhl in Dunkelgrau, Aktenschränke aus Metall, deren blaue Farbe hier und da abblätterte.

Sie rupfte einige welke Blätter aus den Alpenveilchen, während sie leise vor sich hin fluchte. Es lief nicht rund mit Wolf von Nesselröden. Immer, wenn sie versuchte, ihn zu konkreten Aussagen zu ermuntern, zog er sich mit Ausflüchten aus der Affäre. Nach wie vor bestand ihre einzige Hoffnung darin, endlich schwanger zu werden. Aber das konnte dauern. Musste sie ihm vielleicht schnell Ergebnisse in der Causa Johannes Sander präsentieren, um seine Gefühle zu befeuern und ihn zu einer finalen Entscheidung zu bewegen?

Auch sein Adlatus Torsten Kuzer drängte auf Beweise für Verfehlungen, die nicht existierten. Seit dem frühen Morgen versuchte er unausgesetzt anzurufen, ohne dass sie ein Gespräch angenommen hatte. Als es erneut klingelte, erkannte sie wieder seine Nummer auf dem Handydisplay. Dieses Mal ging sie ran.

»Torsten, was gibt's?«

»Bitzi, wie schon gestern gesagt, wir brauchen belastbare Unterlagen. Nesselröden macht Druck. Ich komme in Teufels Küche, wenn ich nicht bald liefere.«

»Dein Problem«, entgegnete sie kalt.

»Du musst mir helfen.« Seine Stimme bekam etwas Flehendes. »Er schickt mich in die Frühverrentung, wenn ich versage. Versteh doch – das wäre mein Ende. Ich bin zu alt für einen anderen Job, und meine Jungs …«

»… studieren noch, ich weiß.«

Bitzi betrachtete die Pflanzen. Nein, sie hegte kein Mitleid mit Kuzer, dafür hatte er sie bisher zu wenig beachtet. Aber dass jetzt gehandelt werden musste, stand außer Frage.

»Ich schaue, was ich tun kann«, erklärte sie vage und beendete das Gespräch.

In einer Aufwallung von Unmut und Ungeduld ging sie zu ihrem Schreibtisch und aktivierte ihren Computer. Schon vor Jahren hatte sie sich von einem Liebhaber, einem Nerd mit Faible fürs Theater, zeigen lassen, wie man Mailaccounts hackte. Seitdem war sie bestens darüber auf dem Laufenden, was im Theater passierte – kostbares Herrschaftswissen, das ihr erlaubte, den anderen stets um eine Nasenlänge voraus zu sein.

Und da sie ihr Wissen geschickt zu nutzen verstand, umgab sie eine beunruhigende Aura der Allmacht, für die sie am Theater gefürchtet wurde.

Auch Johannes Sanders Account hatte sie längst gehackt, war jedoch nicht fündig geworden. Ohnehin erhielt und verschickte der Intendant wenige Mails, denn offenbar telefonierte er lieber oder schickte Nachrichten per WhatsApp.

Aufmerksam scrollte Bitzi durch sein Postfach. Schauspieler schrieben ihm, Kollegen anderer Häuser, Journalisten, Freunde. Hinzu kamen Einladungen der thüringischen Kulturinstitutionen zu Vernissagen, Konzerten, Lesungen, außerdem Werbung von Verlagen und der übliche Spam-Trash. Alles unbrauchbar. Nur die Mail eines gewissen Doktor Martensen weckte ihr Interesse. Im Betreff stand »Alte Zeiten«. Aufs Geratewohl klickte sie die Mail an.

Lieber Johannes Sander,
vielleicht erinnern Sie sich noch an mich? Ich war Ihr Logopäde, vor zwei Jahren, als Sie wegen Ihres Stresses plötzlich wieder stotterten wie schon in Ihrer Jugendzeit. In der kommenden Woche führt mich ein Kongress nach Weimar. Vielleicht haben Sie Lust, ein Glas Wein mit mir zu trinken? Um der alten Zeiten willen? Das würde mich freuen.
Herzliche Grüße, Ihr Dr. Gerald Martensen.
PS Gern können wir auch einige Sprachübungen absolvieren, ich weiß ja, dass Sie zuweilen unter Rückfällen leiden.

Aha. Sander hatte also gestottert? Kurz überlegte Bitzi, ob man das gegen ihn verwenden könnte, verwarf den Gedanken aber sofort wieder. So ein Handicap erweckte eher Mitleid, möglicherweise sogar Sympathie. Der Underdogeffekt. Konzentriert scrollte sie weiter. Ein Hamburger Kritiker hatte sich gemeldet, der in freundschaftlichen Worten mitteilte, er wolle nach Weimar kommen und den *Freischütz* anschauen. Eine Kritik sei durchaus noch drin, wenngleich die Premiere nun schon zwei Wochen zurückliege, und auch der *Fidelio* komme für eine Besprechung infrage. Von wegen. Grimmig lächelnd löschte sie die Mail und leerte auch den elektronischen Papierkorb, um keine verräterischen Spuren zu hinterlassen.

Was jetzt? In Gedanken versunken kramte sie in ihrer Handtasche nach der Puderdose und klappte sie auf. Der kleine Spiegel darin schien sie zu verhöhnen. Gruben sich die Linien zwischen Nasenflügeln und Mundwinkeln nicht immer tiefer in ihre Haut, erschlaffte die Augenpartie nicht zusehends, verloren ihre Wangen unübersehbar an Straffheit? Sie trug eine dicke Schicht Puder auf, um ihrem Gesicht wenigstens einen Hauch Frische zu verleihen. Ein Taschenspielertrick, der nicht mehr lange funktionieren würde. Kerzenlicht war gnädig. Bei Tageslicht würde Wolf bald schon aufgehen, dass er ein hoffnungslos veraltetes Modell auf dem Beziehungsmarkt erwischt hatte.

Mürrisch verstaute sie die Puderdose wieder in der Handtasche und betastete ihre hennaroten Haarsträhnen, die sie zu einem Dutt aufgezwirbelt hatte. Das Haar fühlte sich so trocken und stumpf an wie ihre Haut. Ob eine Schwangerschaft und das damit einhergehende hormonelle Hoch ihr einen gewissen äußeren Glanz bescheren würden? So hatte sie es in einem der einschlägigen Ratgeber gelesen. Um in den Genuss derartiger Vorteile zu kommen, musste sie allerdings weit häufiger mit Wolfi schlafen, zumal dann, wenn sie wie jetzt ihre fruchtbaren Tage hatte.

Gib ihm einen Grund, dich sehen zu wollen. Worauf wartest du noch? Ruckartig stieß sie sich mit ihrem rollenden Stuhl vom

Schreibtisch ab und stand auf, um die Aktenschränke zu durchsuchen. Schnell fand sie, was sie brauchte. Die Verträge.

Bevor sie zur Tat schritt, schaute sie auf die Agenda des Intendanten und vergewisserte sich, dass er keine Termine eingetragen hatte. Die nächste Besprechung war erst um zwölf. Sehr gut. Ein kurzer Anruf beim Kantinenwirt bestätigte ihre Hoffnung, dass er sich, wie er es zuweilen tat, ein spätes Frühstück in der Kantine genehmigte.

Sofort rief sie Dieter Gabler an.

»Schätzchen«, säuselte sie, »ich habe über dein Projekt nachgedacht. Du hast Recht, die Probenzeit ist viel zu knapp. Spring über deinen Schatten und such das Gespräch mit Sander. Sag ihm, dass sich dein Liederabend butterweich in seine Trilogie zum Thema Freiheit einfügt.«

»Freiheit? Wie kommst du denn darauf?«, fragte Gabler.

»Na, Seemannslieder! Die große Freiheit und so, du weißt schon. Lass dir ruhig Zeit bei dem Gespräch. Den nächsten Termin hat Sander erst um zwölf. Vertrau mir, du hast gute Chancen, dass er die Probenzeit um einiges verlängert. Nach dem Debakel mit dem *Freischütz* brauchen wir unbedingt einen Kassenerfolg. Beeil dich. Er sitzt jetzt in der Kantine. Und bitte – schick mir unbedingt eine SMS, sobald das Gespräch beendet ist. Ich muss doch wissen, wie es gelaufen ist.«

Jetzt war Gabler Feuer und Flamme, und Bitzi hatte freie Bahn. Von ihrem verflossenen Nerd-Liebhaber wusste Bitzi, dass jeder Computer eine IP-Adresse hatte. Wenn sie also Mails von Sanders Account verschicken wollte, musste das wohl auch von seinem Laptop aus geschehen, damit man ihr nichts nachweisen konnte. Oder reichte es, wenn sie sich einhackte? Mit Bitterkeit erinnerte sie sich an das Gespräch vom vorherigen Abend, in dem er ihr gehörig den Kopf gewaschen hatte. Er hatte wahrlich eine Lektion verdient, die er nie wieder vergessen würde. Sicher ist sicher, dachte sie. Es war ein Leichtes, ins benachbarte Intendantenbüro zu gehen und Sanders Laptop zu holen.

Zurück an ihrem Schreibtisch, klappte sie eilig den Laptop auf. Er war mit einem Passwort gesichert. Verdammt! Wieder erinnerte sie sich an ihren Ex-Liebhaber und schrieb: 123456789. Fehlanzeige. Wie war das Geburtsdatum Sanders? Sie fand es in der Personalakte, bingo!, und loggte sich in das Mailprogramm ein. Zunächst nahm sie sich die Abrechnungen der externen Werkstätten vor, die beim Verwaltungsleiter landeten, aber per Kopie auch dem Intendanten gesendet wurden. Es war lachhaft einfach. Als Erstes kopierte sie einige Rechnungen in einen neuen Dateiordner. Nun musste sie nur die Summen erhöhen, die dort angegeben waren, und die gefälschten Rechnungen von Sanders Mailaccount aus an die Buchhaltung senden. Sie versah die Mails mit dem Hinweis, die ursprünglichen Rechnungen seien fehlerhaft gewesen. Den Differenzbetrag solle die Buchhaltung bitte auf ein Konto mit der Bezeichnung »Sonderausgaben« überweisen. Es war Sanders eigenes Konto, die Nummer hatte Bitzi ebenfalls aus der Personalakte. Nun stand diese Mail in seinem Postausgang, gesendet von seinem Laptop, wie man der IP-Adresse zweifelsfrei entnehmen konnte. Elektronische Belege für Unterschlagungen, die Bitzi zusätzlich auf einen USB-Stick speicherte.

Zufrieden mit sich selbst, schoss sie vom Stuhl hoch und vollführte eine tänzerische Drehung. Ihr ausgestelltes schwarzes Spitzenkleid, das sie in der Taille mit einem gelben Seidentuch aufgepeppt hatte, flog hoch, ausgelassen warf sie die Hände in die Luft. Oh ja, sie hatte es drauf. Alles komplett wasserdicht. Das einzige Risiko bestand darin, dass Sander in seinen gesendeten Mails herumstöberte, bevor die Bombe platzte. Doch so, wie sie ihn einschätzte, schien das wenig wahrscheinlich.

Ihr war ein bisschen schwindelig, als sie sich wieder auf dem Bürostuhl niederließ. Als seien all die Jahre im Theater nur eine Vorbereitung für ihr Ränkespiel gewesen, sondierte sie weitere Möglichkeiten. Nach kurzem Überlegen klickte sie erneut das Postfach des Intendanten an. Ein Name war ihr vorhin aufgefallen – Wilfried von Stetten. Es gab einen Schauspieler mit demselben Nachnamen, dessen Vertrag sie wenige Tage zuvor ausgefertigt hatte. Aufmerksam las sie die Mail.

Sehr geehrter Herr Sander,
es freut mich außerordentlich, dass mein Neffe Andreas von Stetten von der kommenden Spielzeit an zum Ensemble des Nationaltheaters gehören wird. Um meiner großen Freude Ausdruck zu verleihen, werde ich eine großzügige Spende an den Förderverein des Deutschen Nationaltheaters Weimar überweisen …

Es schien sich um einen wohlhabenden Onkel zu handeln. Daraus ließ sich etwas machen. Rasch googelte Bitzi den Namen. Aha. Von Stetten gehörte dem Vorstand eines großen Automobilherstellers an, der für seine luxuriösen Limousinen bekannt war. Ihr Hirn arbeitete auf Hochtouren, während sie auf *Antwort* klickte.

Sehr geehrter Herr von Stetten,
haben Sie vielen Dank für Ihre freundliche Mail. Zweifellos bedeutet es einen großen Gewinn für unser Theater, dass ein talentierter Schauspieler wie Ihr Neffe unser Ensemble bereichert. Von größter Bedeutung ist natürlich, dass ein Nachwuchstalent sorgfältig aufgebaut wird. Daher spiele ich mit dem Gedanken, seinen auf ein Jahr befristeten Vertrag auf die gesamte Zeit meiner Intendanz zu verlängern. Im Übrigen könnte ich mir vorstellen, dass die Bereitstellung

eines standesgemäßen Dienstwagens für die Intendanz sowohl dem Renommee Ihres Unternehmens als auch des Nationaltheaters zuträglich wäre.

Eine Schnorrermail mit eingebauter Vorteilsnahme, das war nach Bitzis Geschmack. Wieder speicherte sie alles auf ihren USB-Stick. Ja, sie wusste, dass sowohl die fingierten Werkstattrechnungen als auch diese Mail heikel waren, sie wusste aber auch, dass der daraus resultierende Skandal nicht nur Sanders Stuhl wackeln, sondern seinen Kopf rollen lassen würde. Das war das eher geringe Risiko wert, das sie einging.

Zufrieden lehnte sie sich zurück. Diese Mails mussten als Einstieg genügen, um Wolfi Vollzug zu melden. Er würde entzückt sein, da war sie ganz sicher. Ihr Herz klopfte, als sie ihm eine WhatsApp-Nachricht schickte, er möge sie in ihrer Mittagspause sofort aufsuchen. Sie habe wundervolle Nachrichten für ihn.

Wenig später traf eine schmucklose SMS von Dieter Gabler ein.

Außer Spesen nix gewesen.

Na klar. Was sonst?, dachte sie schmunzelnd. Nun musste es schnell gehen. In Windeseile huschte sie mit Sanders Laptop ins Nachbarbüro, wischte sorgfältig mit einem feuchten Tuch ihre Fingerabdrücke ab und spurtete in ihr eigenes Büro zurück – gerade rechtzeitig, bevor seine Schritte über den Flur hallten.

»Herr Sander, sind Sie's?«, rief sie durch die halb geöffnete Tür.

»Ich hatte soeben ein völlig überflüssiges Gespräch mit einem völlig überschätzten Musiker«, antwortete Johannes, der am Türrahmen stehen geblieben war. »Der denkt im Ernst, sein dämlicher Schlagerabend hätte irgendeinen Bezug zum Thema *Freiheit*. Und jetzt will er für seine Schmonzette auch noch mehr Probenzeit. Ich fass' es nicht!«

Breitbeinig stand er da, die Arme in die Seiten gestemmt, und starrte sie an. Der Zorn stand ihm ausgezeichnet, wie Bitzi feststellte. Kraftvoll und männlich, wie er auftrat, schien er das gesamte Zimmer zu dominieren. Höchst ungern erinnerte sie sich daran, dass sie ihn anfangs sogar ziemlich attraktiv gefunden und mit ihm geflirtet hatte, eine Offerte, die ihm völlig entgangen war. Selbst Schuld, dachte sie. Hättest alles von mir haben können, du Einfaltspinsel.

Sie nahm einen Bleistift und spielte beiläufig damit herum.

»Der Liederabend, den Herr Gabler dankenswerterweise aus dem Boden gestampft hat, ist in aufopferungsvoller Zusammenarbeit mit einigen Sängern entstanden. Die Vorbestellungen sind überwältigend, die Premiere auf der Foyerbühne ist so gut wie ausverkauft, ganz im Gegensatz zu anderen Inszenierungen des Hauses. Gabler trifft den Nerv des Publikums. Wir brauchen den Erfolg – und deshalb mehr Probenzeit!«

»Bedauere, Frau Dasselmann. Die Probebühnen sind alle disponiert, die Sänger überarbeitet, wir können uns keine zusätzlichen Probezeiten aus den Rippen schneiden. Außerdem wissen Sie um die Unannehmlichkeiten einer verschobenen Premiere.«

Natürlich hatte er Recht, das wusste Bitzi, dennoch ärgerte es sie, dass sie diesen Machtkampf verloren hatte.

»Wie Sie meinen«, sagte sie schnippisch. »Und jetzt entschuldigen Sie mich bitte, ich gehe in meine wohlverdiente Mittagspause.«

Dann traf ihr Blick den Briefumschlag auf ihrem Schreibtisch, an den Intendanten gerichtet. Der Brief war vor einer Stunde per Eilbote gekommen, ein Einschreiben mit Rückschein, den sie abgezeichnet hatte, weil Sander in der Kantine gewesen war.

»Moment, Herr Sander, Post für Sie. Scheint dringend zu sein.«

Neugierig bleib sie neben ihm stehen, während er den Umschlag aufriss und den Briefbogen überflog.

»Verdammtes Arschloch«, fluchte der Intendant.

»Schlechte Neuigkeiten?«, erkundigte sich Bitzi.

»Dieser unausstehliche Nesselröden!« Johannes Sander knüllte den Brief zusammen. »Der hat mir doch tatsächlich eine Anzeige wegen Körperverletzung reingewürgt!«

»Na so was«, grinste Bitzi schadenfroh.

Ja, so ist mein Wolfi. Der lässt sich nicht an den Karren fahren. Schnell schnappte sie sich ihre Handtasche, warf den USB-Stick hinein und verließ hocherhobenen Hauptes das Büro. Ihre Laune besserte sich weiter, als das Handy klingelte.

»Wolfi? Du bist schon auf dem Weg? Perfekt. Dann erwarte ich dich gleich in unserem Liebesnest.«

Glücklicherweise lag ihre Wohnung nur einige Hundert Meter vom Theater entfernt. Bitzi brauchte knapp zehn Minuten, bis sie die Haustür aufschloss und die Treppenstufen förmlich hochflog. Im Badezimmerspiegel überprüfte sie noch einmal ihr Make-up, zündete im Schlafzimmer ein paar Räucherstäbchen an und zog die ockerfarbenen Gardinen im Wohnzimmer zu, um sich ihrem Geliebten in schmeichelhaftem Licht zu präsentieren. Ein Quickie war durchaus drin. Sie kannte ihren Wolfi. Wenn er erfuhr, wie raffiniert sie zu Werke gegangen war, würde sie mit einem wohl platzierten Schuss Sperma belohnt werden.

Als er wenige Minuten später an der Wohnungstür stand, empfing sie ihn in einem kurzen getigerten Seidenhemdchen, um ihre Beine in den schwarzen Seidenstrümpfen zur Geltung zu bringen.

»Herein, wenn's kein Schneider ist«, sagte sie aufgeräumt.

Wolf von Nesselröden lächelte müde. Seine Haut war von Schweißtröpfchen bedeckt, eine Hand zerrte an der Krawatte, während sie ihn ins Wohnzimmer führte. Es war eine Premiere. Bislang hatten sie sich immer nur in ihrem Schlafgemach aufgehalten. Irritiert sah er sich um.

»Was ist hier denn los? Wieso ist es so dunkel hier drin?«

»Weil ich mir keine Klimaanlage leisten kann.« Mit schlängelnden Bewegungen tänzelte Bitzi auf ihn zu, um ihn zu küssen. »Da muss ich bei der Sonneneinstrahlung eben die Gardinen zuziehen.«

Offensichtlich wenig begeistert von dem vertraulichen Begrüßungskuss schob er sie von sich. Etwas seltsam Gehetztes strahlte er aus, fand Bitzi, etwas, was ihr absolut nicht gefiel, so wenig wie die abstoßenden roten Flecken auf seiner Stirn. Sie mochte ihn souverän, sogar arrogant.

»Also, mein Wolfi, ich war fleißig. Schau, was deine kluge Bitzi für dich bewerkstelligt hat. Hier«, sie zeigte auf den Laptop, der aufgeklappt auf ihrem kleinen Schreibtisch stand. Sie hatte den Brief an den Autofritzen hochgeladen. »Aus der Nummer kommt Sander nicht mehr raus. Warte, ich druck dir das Material aus, dann hast du's schwarz auf weiß. Wolfi? Hörst du mir überhaupt zu?«

Geistesabwesend starrte er an dem Bildschirm vorbei, aus dem ratternden Drucker schoben sich ein Blatt nach dem anderen. Wolfs Unterlippe zitterte leicht.

»Christiane hat mich verlassen.«

Bitzi meinte, sich verhört zu haben. Wenn das wirklich stimmte, kam es einem Sechser im Lotto gleich. Freie Fahrt ins Eheglück! Andererseits erschien es ihr vollkommen unwahrscheinlich. Christiane war eine blöde, kleine Gans mit ihrem heiligen Getue, klar, aber wer gab denn freiwillig den Status auf, mit dem hoch angesehenen Wolf von Nesselröden verheiratet zu sein?

»Wie – verlassen?«, fragte sie vorsichtshalber nach, um sich nicht zu früh zu freuen.

»Es ist endgültig«, berichtete er mit hängendem Kopf. »Sie hat es mir heute Morgen gesagt, nachdem sie die ganze Nacht außer Haus war. Christiane verlässt mich, vermutlich wegen eines anderen.«

Ein Geliebter? Das wurde ja immer besser.

»Sie hat mich betrogen, die Schlampe«, fügte er düster hinzu.

Während sie innerlich einen Freudentanz aufführte, spielte Bitzi die Besonnene.

»Armer Wolfi. Ich kann nachempfinden, dass du vor den Kopf gestoßen bist. Aber denk doch mal nach. Ihr hattet euch sowieso nichts mehr zu sagen, im Bett war Flaute, betrogen hat sie dich auch noch – da ist es doch nur vernünftig, wenn ihr getrennte Wege geht. Und du«, sie nahm seine knochige Hand, an deren Fingerknöcheln Hautschüppchen klebten, »du bist jetzt – frei.«

»Frei?«, echote er ratlos.

»Frei für uns«, bekräftigte sie. »Keine Heimlichkeiten mehr, kein Versteckspiel, jetzt dürfen alle wissen …«

»Hast du den Verstand verloren?«, schnitt er ihr grob das Wort ab. »Wie stellst du dir das vor?«

Einigermaßen düpiert ließ sie ihn los. Eine eiskalte Hand griff nach ihrem Herzen. Ach, der feine Herr wollte gar keine legitime Verbindung? Nur eine Bettgeschichte? Nee, nee, so nicht. Nicht mit Birte Dasselmann. Blitzschnell erwog sie ihre Optionen. Viele waren es nicht. Jetzt half nur die Flucht nach vorn, und mit der Wahrheit durfte man es dabei nicht so genau nehmen.

»Ich bin überzeugt, mein Wolfilein, dass du nach dem ersten Schock der Trennung rasch zur Besinnung kommen wirst«, säuselte sie. »Es kann keine bessere Gefährtin geben als mich. Zum einen habe ich in deinem Auftrag den Intendanten in justiziables Zwielicht gebracht, zum anderen«, sie legte ihre Hände auf den Bauch, »darfst du dich über Nachwuchs freuen. Wir werden Eltern.«

Sein Kopf ruckte hoch. »Machst du Witze?«

Bitzi gab ihrer Stimme einen weichen, singenden Klang, als wiege sie ein Baby in den Schlaf.

»Ich erwarte ein Kind von dir, Wolfi. Wir – erwarten – ein – Kind.«

Nackte Panik trat in seine Augen. Er ging langsam einige Schritte rückwärts, die Handflächen abwehrend zu ihr gedreht.

»Das kann nicht sein. Du nimmst doch die Pille.«

»Die bei Weitem sicherste Methode der Empfängnisverhütung, jedoch keine hundertprozentige Garantie, wie mir mein Gynäkologe heute Morgen mitgeteilt hat«, erklärte Bitzi. »Es kann immer was passieren. Versteh doch – du hast keine Kinder und wirst jetzt Vater! Deine wunderbaren Gene leben weiter! Freust du dich denn gar nicht?«

Inzwischen hatte Wolf von Nesselröden die Tür erreicht. Sein Mienenspiel war leider ganz anders, als Bitzi erwartet hatte – Überrumpelung, Wut, völlige Konfusion.

»Mach es weg«, krächzte er.

Es fühlte sich an, als habe er ihr in den Bauch getreten. Bitzi krümmte sich zusammen, halb ohnmächtig vor Wut und Enttäuschung. So ein Arsch. So ein mieser, niederträchtiger Arsch. Obwohl vor ihren Augen Sterne tanzten, nahm sie Haltung an.

»Ich nehme an, dass du deine Meinung ändern wirst, sobald du dir den Ernst der Lage vergegenwärtigst«, sagte sie, um wohlgesetzte Worte bemüht, weil sie ihm eine letzte Brücke bauen wollte. »Wir sind miteinander verbunden, ob du willst oder nicht. Ein DNA-Test wird deine Vaterschaft beweisen, außerdem kann es kaum in deinem Interesse liegen, wenn ich ausplaudere, dass du Johannes Sanders Mailaccount manipuliert hast.«

Wie vom Donner gerührt starrte er sie an.

»Ich?«

Mit beiden Händen griff sie zu den Papieren, die im Ausgabefach des Druckers lagen, und überreichte sie ihm.

»Na, wer denn sonst? Cui bono, sagst du doch immer, wem nutzt es? Ich profitiere ja wohl kaum davon, wenn Sander mit Pauken und Trompeten untergeht. Das war von Anfang an dein Plan, um dich zu profilieren. Falls du es anders darstellen willst, wünsche ich dir viel Glück dabei. Man wird immer der Schwangeren glauben, die sich auf ein Leben als liebende Mutter vorbereitet und daher wenig Sinn für Intrigen hat. Mit der Pointe, dass sie dein Kind unter dem Herzen trägt. Dass du diesen Skandal überlebst, wage ich zu bezweifeln.«

Jetzt stand ihr Wolfi buchstäblich mit dem Rücken zur Wand. Seine Schultern an die Tapete gepresst, konnte er sich kaum auf den Beinen halten, so nachhaltig wirkte die Erschütterung. Hilflos starrte er den Papierstapel in seinen Händen an. Touché. Bitzi erkannte: Sie hatte ihn in die Enge getrieben. Vor ihr stand Dr. Wolf von Nesselröden als ein gebrochener Mann.

»Du bist mir immer willkommen«, flötete sie. »Heute Abend um neun? Ich koche uns was Schönes. Rouladen, die magst du doch so gerne, oder?«

Kapitel 30

Mit den Händen in den Hosentaschen schnürte Johannes Sander über den Theaterplatz. Nach dem sinnlosen Gespräch mit Dieter Gabler, der Auseinandersetzung mit Birte Dasselmann sowie einem nicht minder unerfreulichen Disput mit Alexander von Behrendt, dem Generalmusikdirektor, musste er sich ein wenig die Beine vertreten. Raus aus dem stickigen Theater, endlich an die frische Luft.

Wie ein Halbstarker kickte er eine leere Bierdose vor sich her. Klack. Dieter Gabler. Klack, klack. Birte Dasselmann. Klack, klack, klack. Alexander von Behrendt. Probleme, wohin das Auge blickte. Der Generalmusikdirektor hatte sehr selbstbewusst erklärt, die von Johannes vorgeschlagenen Tempi für den *Fidelio* seien möglicherweise originell, er mache das jedoch nicht mit. Werktreue sei oberstes Gebot, und ein Allegro bleibe immer ein Allegro. Punktum. Er lasse sich nicht zum Affen der Regie machen.

Puh. Johannes öffnete einen weiteren Knopf seines Hemds. Das würde ein schweres Stück Arbeit werden heute Abend bei der Generalprobe. Eine Herkulesarbeit. Am meisten aber nervte Birte Dasselmann, diese Hexe. Johannes hatte schon einige verschrobene und verschlagene Leute im Theaterbetrieb erlebt, neben den vielen wundervollen Menschen, denen er im Laufe seiner Karriere begegnet war, doch diese vermaledeite Bitzi brachte ihn regelrecht auf die Palme.

Mit dem rechten Fuß holte er aus und traf die Dose genau in der Mitte, woraufhin sie in hohem Bogen einem schlaksigen, hochgewachsenen Herrn im dunkelgrauen Nadelstreifenanzug vor die Füße flog, der ihm mehr als bekannt vorkam.

»Ah, der hochwohlgeborene Herr Doktor von Nesselröden«, höhnte Johannes. »Wohin des Wegs? Immer in Sachen Theater engagiert, was? Oder waren Sie in Sachen Anzeige unterwegs? Tut mir echt leid, ich hoffe, ich habe Ihnen nicht den Kiefer gebrochen.«

Merkwürdigerweise ließ sich der Chefredakteur des *Weimarer Anzeigers* eine bissige Replik entgehen. Den Rücken vornübergebeugt und totenbleich, als hätte er einen Geist gesehen, schlurfte er an Johannes vorbei in Richtung Frauenplan. Was für eine komische Stadt, was für skurrile Leute, dachte Johannes, verdutzt, dass sein Erzfeind derart teilnahmslos durch die Gegend lief.

Wie schon mindestens zehnmal an diesem Tag, holte er sein Handy hervor und las Christianes Botschaft, die er gleich am Morgen mit einem frenetischen *Jaaaaa!!!* beantwortet hatte.

Heute Nachmittag um vier im Schlosspark Tiefurt? Ich habe dir etwas zu sagen, was dich sehr glücklich machen wird. Freu mich riesig auf dich. PS Ich liebe dich.

Er errötete wie ein Schüler, seine Augen liebkosten den letzten Satz. *PS Ich liebe dich.* Christiane war keine Frau, die solche Worte beiläufig oder gar leichtfertig verwendete wie all die jungen Mädchen, die dauernd beteuerten, sie »liebten« Erdbeereis oder Rihanna oder Prada-Handtaschen. Wenn Christiane von Liebe sprach, dann musste ein großer, heiliger Ernst darin liegen. Umso mehr wurmte ihn, dass er bei seiner spontanen Antwort nicht den wichtigen, keinesfalls verschiebbaren Termin um vier Uhr bedacht hatte. Er selbst hatte ihn angesetzt. Drei Sänger waren eingeladen worden, um für eine vakante Baritonstelle vorzusingen, sodass er dummerweise im Theater sein musste, statt wie verabredet zum Tiefurter Schlosspark zu fahren.

Grübelnd drehte er sein Handy zwischen den Fingern hin und her. Und wenn er sie einfach in der Schule überraschte? Jetzt? Sofort? Sie aus dem Klassenzimmer holte und ihr sagte, wie glücklich ihn ihre Botschaft mache? Jetzt war es kurz nach eins, bis vier Uhr würde er locker wieder im Theater sein. Es war eine Entscheidung binnen Sekunden. Lieber ein gestohlener Kuss als ein geplatztes Date.

Eine wohlbekannte Stimme hielt ihn davon ab, auf der Stelle zum Theaterparkplatz zu rennen. Es war Kaminski, der mit einer Wagenladung Touristen in der Kutsche vor dem Goethe-Schiller-Denkmal hielt.

»*Die Ökonomie meines Schauspiels machte es notwendig, dass mancher Charakter auftreten musste, der das feinere Gefühl der Tugend beleidigt und die Zärtlichkeit unserer Sitten empört*«, rezitierte er einen Text, den Johannes als Vorrede zu Schillers *Räuber* identifizierte. »*Es ist einmal so die Mode in der Welt, dass die Guten durch die Bösen schattiert werden und die Tugend im Kontrast mit dem Laster das lebendigste Kolorit erhält.*«

Lachend applaudierte Johannes und näherte sich der Kutsche.

»Danke für diese sinnige Rezitation, mein Freund. Kommt gerade recht, das kannst du mir glauben.«

Kaminski nahm seinen breitkrempigen Hut ab, um sich etwas Kühlung zuzufächeln.

»Morgen ist deine *Fidelio*-Premiere, dann wirst du heute Abend Generalprobe haben. Kommst du danach ins *WMS*?«

»Auf einen Schoppen mit dir – immer«, versicherte Johannes.

Daraufhin ließ Kaminski die Pferde antraben, und Johannes hörte noch, wie er seine Gäste über die Verbindung von Goethe und Schiller ins Bild setzte.

Jetzt aber los. Die Aussicht, Christiane in ihrer Schule zu besuchen, ließ Johannes' Herz höherschlagen. Möglicherweise probte sie gerade mit ihrer Theater-AG den *Freischütz*. War das nicht ein perfekter Vorwand, sie an ihrem Arbeitsplatz aufzusuchen? Wer hätte gedacht, dass er hier in Weimar seine große Liebe finden würde? Es gab so vieles, was er an Christiane liebte – ihre Theaterleidenschaft, überhaupt ihre Leidenschaft, gepaart mit mädchenhafter Scheu. Ihr empfindsames Wesen, ihre Sinnlichkeit. Und war sie nicht auch wunderschön?

Aufgedreht steuerte er den Theaterparkplatz an, wo er in seinen Wagen stieg, federleicht wie ein Schüler, der die Schule schwänzte. Voller Vorfreude fuhr er los, immer geradeaus die Belvederer Allee entlang. Schon kam die Einfahrt zum Musikgymnasium Schloss Belvedere in Sicht. Wegweiser führten ihn zum Schulparkplatz. Verwundert stieg er aus und sah sich um. Vor ihm erstreckte sich eine verwunschene Gartenlandschaft. Sie passte zu Christiane, diese idyllische Anlage mit dem Schloss und den großzügigen Grünflächen, auf denen vereinzelt Schüler lagerten. Ein weiteres Hinweisschild verriet, dass sich die Räume des Gymnasiums in dem modernen Flachbau neben einem rechteckig angelegten See befanden.

Seine Aufregung steigerte sich. Gleich würde er sie in seine Arme schließen. Auf einmal meinte er, ihren Duft wahrzunehmen, ja, es schien ihm, als sei die ganze Schule von ihr verzaubert.

Neugierig betrat er das Foyer. Die luftige Architektur mit großen Fensterflächen, freischwebenden Treppen und filigranen Blenden aus Metallstäben begeisterte ihn. Doch was hätte ihn nicht begeistert, wenn es um Christiane ging? Nachdem er vergeblich nach einem Raumplan gefahndet hatte, sprach er zwei etwa vierzehnjährige Jungen an, die in einer Ecke des Foyers über einem voluminösen Notenbuch brüteten.

»Verzeihung, ich suche eine Lehrerin.« Die beiden schauten zu Johannes auf. Im selben Moment wurde ihm bewusst, dass er noch immer nicht den Nachnamen seiner großen Liebe kannte. »Christiane. Sie leitet die Theater-AG.«

Einer der Schüler, ein schlanker Typ mit dunklem Stoppelhaar, zeigte zur Treppe, die ins Obergeschoss führte.

»Sie meinen Christiane von Nesselröden. Erster Stock links, dritter Raum. Kann aber auch sein, dass sie im Park probt, Frau von Nesselröden geht gern raus mit den Schülern.«

»Frau …« Das Wort blieb Johannes im Halse stecken, sein Nackenhaar stellte sich auf. »Sorry. Wie heißt sie noch mal?«

Feixend schauten die beiden Jungen einander an, bevor sie ihre Aufmerksamkeit wieder dem unbekannten Besucher widmeten.

»Geiler Name, was?«, grinste der Junge mit der Stoppelfrisur. »Nesselröden. Tja, Pech gehabt. Hätte eben jemand andern heiraten sollen und nicht den Typen von der Zeitung. Voll die Arschkarte.«

Taumelnd wich Johannes zurück. Das Foyer begann zu schlingern wie ein Ozeanriese in Seenot, seine Knie wurden weich. Was war das für ein teuflischer Unsinn? Christiane – Wolf von Nesselrödens Frau?

»Sie können hier warten, ist eh gleich Pause«, meldete sich der zweite Schüler zu Wort. Er blies sich eine blonde Haarsträhne aus dem Gesicht. »Sie kommt hundertpro hier vorbei, weil sie sich da vorn immer ein Wasser aus dem Getränkeautomaten holt.«

Bunte Schlieren waberten vor Johannes' Augen, sein Herz raste, in seinem Hirn überschlugen sich die Gedanken. Es war so abwegig, so absurd. Die ganze Zeit hatte sie ein Geheimnis um ihre Identität gemacht. Warum? Weil sie als Nesselrödens Spionin fungierte? Ihn, den missliebigen Intendanten aushorchte? Und alles gegen ihn verwandte, was er ihr anvertraute? Es war ein Gefühl, als stürze er mit einem defekten Fahrstuhl ins Bodenlose.

Im Handumdrehen hatte er sein weißes Leinenhemd durchgeschwitzt, schwer klebte es auf seiner Haut.

»Alles in Ordnung?«, fragte der blonde Schüler.

»Jaja«, murmelte er. »Besten Dank auch.«

Du Idiot. Sie hat dich betrogen. Sie hat mit dir gespielt. Sie hat dich auf die denkbar schlimmste Weise hintergangen. Immer wieder marschierten diese Sätze vor ihm auf, in glühenden Buchstaben, obwohl er sie nicht mit der Christiane zusammenbringen konnte, die in seinen Armen gelegen hatte, zart, rein, engelsgleich. Und doch hatte er sich in ihr getäuscht. War auf den ältesten Trick der Welt hereingefallen, die verräterische Macht des Bettgeflüsters.

Er stürmte dem Ausgang entgegen, als die Schulglocke schellte. Vom einen Moment auf den anderen umringten ihn lärmende Schüler, die sich an ihm vorbei nach draußen drängelten und seinen Schritt verlangsamten. Willenlos ließ er sich von dieser Woge mitspülen, in einem Zustand stumpfer Apathie, der den ersten Schock ablöste.

»Johannes!«

Er hob den Kopf. Mit ihrem bezaubernden Lächeln kam Christiane ihm entgegen. Begleitet wurde sie von Schülern, die Theaterrequisiten mit sich schleppten, Gewehre, Bierseidel, ein Hirschgeweih. Offenbar hatten sie draußen im Park geprobt, ihren sonnengeröteten Gesichtern nach zu schließen. Auch Christianes Wangen hatten Farbe bekommen. Ihre veilchenblauen Augen strahlten ihn an, als sie ihn durch das Gedränge hindurch erreichte.

»Johannes! Was machst du denn hier? Ich hab richtig Herzklopfen«, raunte sie ihm zu.

»Guten Tag, Frau von Nesselröden«, antwortete er förmlich.

Es war, als hätte jemand die Sonne ausgeknipst. Ein Schatten fiel auf Christianes Gesicht, entsetzt presste sie die Lippen aufeinander, offenbar unfähig, auch nur einen Ton herauszubringen. Wenn es noch eines Beweises bedurft hatte, dass es sich bei diesem Namen nicht etwa um eine Verwechslung oder einen üblen Scherz handelte, sondern um die nackte, schmerzhafte Wahrheit, dann war es der Ausdruck größter Verzweiflung, der in ihre Augen trat.

Auch er hatte keine Worte für das, was er empfand, zu tief reichte die moralische Bankrotterklärung, zu existenziell war der Vertrauensbruch. Christiane bestand nur aus Lügen. Ihre Hingabe, ihre Zärtlichkeiten, ihr Interesse an seiner Arbeit, nichts als Täuschungsmanöver.

Wie ferngesteuert schüttelte Johannes ihre Hand ab, die an seinem Hemdärmel zupfte, und setzte seine Füße in Bewegung, immer einen vor den anderen, bis er auf dem Parkplatz angelangt war. Hatte sie ihm etwas hinterhergerufen? Eine Entschuldigung, eine Erklärung, irgendwas? Er wusste es nicht. Er wusste nur, dass diese Episode unwiderruflich vorbei war. Wolf und Christiane von Nesselröden. Was für ein Horror. Lachten die sich abends tot, wenn sie im Ehebett lagen, weil der liebestrunkene Intendant ihnen so leicht auf den Leim ging?

Nein, das konnte nicht sein. Die Leidenschaft, mit der sie sich geliebt hatten, in der Ilm, auf seiner Bude, konnte doch nicht nur gespielt gewesen sein. Solche Femmes fatales gab es nur auf der Bühne, nicht im wirklichen Leben. Aber warum hatte sie ihm, hatten ihm alle – Laura und Kaminski eingeschlossen – verschwiegen, dass Christiane die Frau dieses Scheusals war?

Er fühlte sich elend, als er in seinen Wagen stieg. Benutzt. Beschämt. Mit zeitlupenhafter Langsamkeit ließ er den Motor an, setzte zurück und fuhr zur Straße, wo er anhielt, unschlüssig, wohin er fahren sollte. Verzweifelt legte er den Kopf aufs Lenkrad.

Was sollte er noch in Weimar? So, wie man ihn hier vorgeführt hatte, blieb ihm eigentlich nur noch der unehrenhafte Abgang. Eine gewaltige Leere breitete sich in ihm aus.

Wie groß eine Liebe war, merkt man an der Stille, die sie hinterlässt, wenn sie vorbei ist, dachte Johannes. Dann legte er den Gang ein und raste mit aufheulendem Motor davon.

Kapitel 31

Ein leichter Wind kam auf, als Kaminski gegen vierzehn Uhr vor dem Hotel *Elephant* hielt, der letzten Station seiner literarischen Kutschfahrt. Die Aussicht auf eine Entenkeule mit Klößen und ein frisch gezapftes Bier ließen ihm das Wasser im Mund zusammenlaufen. Schwungvoll sprang er vom Kutschbock.

»Damit wären wir am Ende unserer Fahrt angelangt, verehrte Herrschaften, am Hotel *Elephant,* das zu den traditionsreichsten und geschichtsträchtigsten Etablissements der Stadt gehört«, erzählte er den aussteigenden Touristen. »Am Marktplatz, und daher zentral gelegen, war es nach seiner Erbauung im Jahre 1696 zunächst ein Wirtshaus, mauserte sich dann zur Poststation und im Laufe der Zeit zum wichtigsten Hotel am Platze. Ob Goethe, Herder oder Wieland, alle sind sie hier eingekehrt. Mit seinem Roman *Lotte in Weimar* hat Thomas Mann dem Haus überdies ein literarisches Denkmal gesetzt.«

»Kann man hier gut essen?«, erkundigte sich eine Dame mittleren Alters, die ihren Reiseführer als Fächer benutzte, um der nach wie vor stickigen Luft ein wenig Erfrischung abzuringen.

»Und wie.«

Kaminski schmunzelte in sich hinein. Es war eine kleine Gefälligkeit für den Küchenchef, dass er Gäste hierherführte. Seit Jahren war er mit dem Koch befreundet, der, unbeirrt vom einfachen Geschmack der meisten Touristen, eine ambitionierte Esskultur zelebrierte. Kompromisslosigkeit imponierte Kaminski, ganz gleich, ob es sich um Kunst oder Kulinarik handelte. Laura hatte ihm seine Unterstützung für den Freund nie übel genommen, auch nicht, dass er hin und wieder dort speiste, denn deutlich mehr Gäste, das wusste sie, lotste er zum *WMS*. Trotzdem überkamen ihn auf einmal Zweifel, ob er wirklich alles getan hatte, um Laura neue Klienten zuzuführen. Das *WMS* befand sich in einer wirtschaftlichen Schieflage. Dass ausgerechnet dieser Carsten Laura finanziell unter die Arme greifen sollte, wurmte ihn. »Unter die Arme greifen«, es schüttelte ihn geradezu bei dieser Vorstellung.

Während seine Fahrgäste vor der Luxusherberge stehen blieben und die ausgehängten Speisekarten studierten, setzte er seine Erläuterungen fort: dass man mit einem Faustzitat warb, *Hier bin ich Mensch, hier darf ich's sein,* ein Satz, der seltsam anmutete angesichts der Tatsache, dass ausgerechnet Hitler viele Male hier abgestiegen war.

»Oh, der Führer hat hier genächtigt?«, fragte ein steinalter Herr im Tweedjackett und stupste seine Begleiterin an.

»Über vierzigmal«, bestätigte Kaminski. »Er hat die Stadt so sehr geliebt, dass er sie mit dem KZ Buchenwald beschenkte.«

Irritiert wandte sich der alte Herr dem Hotel zu und mischte sich unter die anderen Touristen. Kaminski hasste das wohlige Gruseln, das manche seiner Fahrgäste überkam, wenn er Hitler erwähnte.

»Meine Herrschaften, ich danke Ihnen für Ihre Aufmerksamkeit«, verabschiedete er sich.

Nachdem er die Pferde festgebunden hatte, betrat er den *Elephanten* durch den Hintereingang. In einem weitläufigen Innenhof hinter dem wuchtigen Bau standen gedeckte Tische unter weißen Sonnenschirmen, ein köstlicher Essensduft kitzelte Kaminskis Nase. Er schlug den vertrauten Weg zur Restaurantküche ein.

Es herrschte Hochbetrieb in dem weitläufigen Raum, ganz offensichtlich war das Mittagsgeschäft noch in vollem Gange. Auf den Herden brutzelte Fleisch in Pfannen jeglicher Größe, Töpfe wurden hin- und hergeschoben, die Arbeitsflächen waren bedeckt mit Schneidebrettern und Bergen von Gemüse. Inmitten umherwuselnder Köche und Küchenhilfen stand ein untersetzter Mann in weißer Kochmontur, dessen welliges dunkles Haar sich bereits lichtete. Lauthals befehligte Max Lackner seine Mitarbeiter, rührte hier in einer Sauce, kostete dort eine Beilage oder überprüfte das Arrangement der Tellergerichte, bevor sie serviert wurden. Trotz des Trubels begrüßte Lackner seinen alten Freund Roman Kaminski mit großer Herzlichkeit.

»Ah, schön, dich zu sehen! Hast du Hunger? Wie immer was Deftiges?«

»Ja, gern.« Kaminski zeigte auf einen Topf mit dampfenden Klößen. »Sag mal, kann ich dich kurz sprechen?«

Wild gestikulierend mimte Max den Untröstlichen.

»Wie kommst du denn darauf? Ich habe nie Zeit! Aber für dich natürlich immer. Ich organisiere was zu essen, dann reden wir.«

Fünf Minuten später saßen sie in einer Nische des voll besetzten *Elephanten*-Kellers, wo es angenehm kühl war. Der Raum wurde von einem mächtigen Gewölbe dominiert, mannshohe Kandelaber verbreiteten ein mildes Licht. Die Einrichtung war schlicht – Holztische mit roten Läufern, moderne, mit orangefarbenem Leder bezogene Stühle. Hungrig verschlang Kaminski seine Entenkeule mit Klößen und Rotkraut und nahm einen Schluck von dem eiskalten Bier, das ein Kellner ihm gebracht hatte.

»Du hast mir doch von der Straußenfarm erzählt. Könntest du dem Besitzer sagen, er möge bitte bei Laura vorbeischauen und ihr ein Angebot unterbreiten? Sie ist sehr an einer langfristigen Zusammenarbeit interessiert.«

»Ja, natürlich, ich rufe ihn heute Nachmittag an, der wird sich freuen.« Max lachte schelmisch. »Was mir an den Straußen sympathisch ist – wenn sie den Kopf in den Sand stecken, muss man ihre uninspirierten Gesichter nicht sehen. Was man von denen da«, er deutete mit dem Kopf auf zwei Herren, die drei Tische weiter saßen, halb verborgen hinter einer Säule, »leider nicht behaupten kann.«

Kaminski beugte sich vor und folgte seinem Blick. Die Köpfe eng zusammengesteckt, unterhielten sich Wolf von Nesselröden und Torsten Kuzer mit konspirativ gedämpften Stimmen. Dennoch meinte Kaminski den Namen Sander herauszuhören. Zwischen den beiden Männern lagen Papiere auf der Tischplatte.

»Nesselröden mit von und Kuzer mit langem U«, flüsterte er und rückte seinen Stuhl ein Stück nach hinten, um auf keinen Fall gesehen zu werden. »Die starten gerade einen Vernichtungsfeldzug gegen den neuen Intendanten.«

»Drecksäcke«, brummte Max.

»Würde mich ja brennend interessieren, was die für Unterlagen durchhecheln.« Kaminski zwinkerte seinem Gegenüber zu. »Könnte man vielleicht …«

Er musste gar nicht erst weitersprechen. Mit einem lausbübischen Lächeln stand Max auf, schnappte sich eine Flasche Rotwein von einem Beistelltisch und näherte sich den beiden Herren.

»Willkommen!«, rief er übertrieben freudig. »Schön, dass Sie bei uns speisen! Aber wie ich sehe, trinken Sie nur Wasser. Viel zu schade um die gute Entenbrust. Darf ich Ihnen einen Rotwein kredenzen? Einen Nobile di Montepulciano? Reich an Beerennoten, holzige Untertöne, eleganter Körper, frech im Abgang. Und eine Spur schwarze Vanille, die, wie Sie sicherlich wissen, einen überraschenden Kontrapunkt zu jeglichem Geflügel setzt. Die ideale Begleitung zur Ente.«

Wolf von Nesselröden und Torsten Kuzer lächelten wohlgefällig. Ganz offensichtlich genossen sie es, hofiert zu werden. Max zog einen Korkenzieher aus der Tasche seiner Kochjacke, entfernte das Stanniolpapier und öffnete die Flasche. Dabei stellte er sich so ungeschickt an, dass die Wasserkaraffe umfiel, deren Inhalt sich auf die Unterlagen und in Kuzers Schoß ergoss. Erschrocken sprang Kuzer auf, von Nesselröden wich zurück, und Max nutzte diesen Moment völliger Konfusion, um die Papiere an sich zu bringen.

»Oh, Verzeihung!«, rief er. »Ich bin untröstlich! Meine Herren, geben Sie mir eine Sekunde, ich trockne alles mit einem Handtuch, und der Wein geht natürlich aufs Haus!«

Kaminski bewunderte ihn dafür, wie beiläufig er seinen Taschenspielertrick durchzog. Gemeinsam liefen sie in die Küche, wo Max die Blätter einzeln abtrocknete und Kaminski übergab. Hastig überflog er sie.

»Und? Irgendwelche Schweinereien?«, fragte Max.

Kaminski zögerte, vollauf damit beschäftigt, seine Bestürzung zu überspielen. Es waren ein paar Rechnungen in doppelter Ausfertigung mit jeweils unterschiedlichen Salden und einem Schreiben, den Differenzbetrag auf ein Konto zu überweisen, für das Sander zeichnete. Und ein, ja was?, Bettelbrief, mit dem Johannes versuchte, einen Luxuswagen zu schnorren. Sander war ein Draufgänger, aber würde er so plump vorgehen? Wenn stimmte, was sich Kaminski da erschloss, war Johannes Sander erledigt, und zwar mit Recht. Veruntreuung. Vorteilsnahme. Wie um Himmels willen war das zu erklären? Es passte einfach nicht zu Johannes. Oder? Auf keinen Fall wollte Kaminski jetzt üble Gerüchte in die Welt setzen, die sich bei eingehender Überprüfung möglicherweise – ach was, bestimmt! – als Verleumdungen entpuppten.

»Das sind Mailausdrucke, Genaueres kann ich nicht sagen«, wich er aus. »Hier«, er gab Max die Papiere zurück, »bring sie wieder rein, damit Nesselröden und Kuzer keinen Verdacht schöpfen. Mich haben sie nicht gesehen, oder?«

»Nein, nein, die kreisen nur um ihren eigenen Bauchnabel.«

»Dann danke ich dir, Max, auch für den Tipp mit der Straußenfarm. Auf bald.«

Sie klopften einander auf den Rücken, und der Küchenchef verschwand in Richtung Gaststube. Leicht benommen steuerte Kaminski den Hinterausgang an. Dass diese Mails nicht von Johannes stammen konnten, dessen war er sich fast sicher. Johannes mochte unkonventionell sein, sogar unvorsichtig, doch Vorteilsnahme oder Unterschlagung waren ausgeschlossen bei seinem geradlinigen Charakter. Womit sich die Frage stellte, wer das Knowhow und die Hinterhältigkeit besaß, derartige Dokumente zu fälschen. Kuzer? Nesselröden? Unwahrscheinlich. Wer dann?

In seine Grübeleien versunken, trat Kaminski auf den Platz vor dem Hotel, wo Wanda und Bismarck auf ihn warteten. Aus einem Fach unter dem Kutschbock zog er einen Sack mit Möhren und Äpfeln hervor, die er an die Pferde verfütterte. Gerührt von den weichen Lippen der Tiere, die ihm buchstäblich aus der Hand fraßen, ging Kaminski durch den Kopf, dass der Mensch als Krone der Schöpfung allen anderen Lebewesen etwas voraushatte: Er hatte die Kunst des Lügens und Betrügens zur Perfektion gebracht.

Wie ein lebender Beweis für diesen Gedanken tauchte in diesem Moment Torsten Kuzer neben der Kutsche auf. Sein Gesicht glänzte, auf dem Kragen seines hellblauen Oberhemds prangte ein Rotweinfleck.

»Ja, der Herr Kaminski!«, rief er leutselig. »À la bonheur, das trifft sich gut, ich hätte nämlich noch einigen Informationsbedarf wegen des Artikels über Ihre exquisiten literarischen Kutschfahrten.«

In nichts ließ sich Kuzer anmerken, dass er wegen der morgendlichen Szene auf dem Theaterplatz beleidigt sein könnte, ganz der treue Diener seines Herrn, immer verfügbar, ohne jedes Rückgrat. Oder stand er unter Druck? Was war das für ein Verhältnis zwischen Wolf von Nesselröden und seinem Redakteur fürs Vermischte? Wie schon am Vormittag wirkte Kuzer eigenartig befangen, trotz seiner gestelzten Ausdrucksweise und seiner konzilianten Art. Er konnte Kaminski kaum in die Augen schauen. Aber wie auch immer, der Artikel im *Anzeiger* kam Kaminski gut zupass, also stand er geduldig Rede und Antwort.

»Wenn ich an der Anna Amalia Bibliothek halte, rezitiere ich Luther. Wussten Sie, dass der Reformator sogar gereimt hat?«

»Äh, na ja, nein, eigentlich nicht.«

»Es ist auf Erden kein besser List, denn wer seiner Zunge Meister ist«, trug Kaminski vor. *»Viel wissen und wenig sagen, nicht antworten auf alle Fragen. Rede wenig und mach's wahr, was du borgst, bezahle bar. Lass einen jeden, wie er ist, so bleibst du auch wohl, wer du bist.«*

Kuzer hörte aufmerksam zu. Das Gesagte schien ihn irgendwie zu treffen, denn er legte seine Stirn in Falten und betrachtete lange seine Schuhe, bevor er die nächste Frage stellte.

»Und Schiller? Ich denke, auch diesen Klassiker werden Sie in Ihr hochgeschätztes Repertoire aufgenommen haben?«

»Sicher.« Kaminski strich mit einer Hand über Wandas Kruppe. »Am Theaterplatz trage ich die Vorrede des *Wallenstein* vor, am Schillerhaus ist dann wieder ein Gedicht dran. Darin heißt es: *Hier – spricht man – warten Schrecken auf den Bösen / Und Freuden auf den Redlichen. Des Herzens Krümmen werdest du entblößen /*

Der Vorsicht Rätsel werdest du mir lösen / Und Rechnung halten mit dem Leidenden.«

Kuzer räusperte sich, während er etwas auf seinen Notizblock kritzelte.

»...warten Schrecken auf den Bösen und Freuden auf den Redlichen«, wiederholte er dann leise und stockend, als spräche er zu sich selbst.

»Am Frauenplan liegt natürlich ein Liebesgedicht von Goethe nahe«, fuhr Kaminski fort. »Am Gartenhaus Goethes im Park gebe ich dann Folgendes aus dem *West-östlichen Divan* zum Besten: *Was verkürzt mir die Zeit? – Tätigkeit! Was macht sie unerträglich lang? – Müßiggang! Was bringt in Schulden? – Harren und Dulden! Was macht gewinnen? – Nicht lange besinnen! Was bringt zu Ehren? – Sich wehren!*«

Kuzer schwieg betroffen, mit geschlossenen Augen.

»Haben Sie genug?«, fragte Kaminski.

»Ich ...«

Als wachte er aus einem düsteren Traum auf, öffnete Kuzer die Augen und seufzte. Dann kritzelte er weitere Notizen auf seinen zerfledderten Spiralblock. Kaminski sah ihm an, wie er sich abmühte, wieder in seinen verbindlichen Tonfall zurückzufinden.

»Sehr schön, sehr charmant. Das dürfte reichen, verehrter Meister. Umso irritierender finde ich, dass ein Mann wie Sie freundschaftlichen Kontakt zu diesem – diesem Sander pflegt. Fürchten Sie nicht, das könnte kompromittierend sein?«

Kaminski machte eine wegwerfende Handbewegung.

»Ach, wissen Sie, Herr Sander ist vielleicht unbeherrscht, aber letztlich doch harmlos«, verteidigte er seinen Freund.

»Die vermeintliche Harmlosigkeit eines Schlägers ist keine Rechtfertigung für den offensichtlichen Mangel an sozialer und künstlerischer Kompetenz.« Kuzer redete sich sichtlich in Rage.

Sein Gesicht verfärbte sich dunkelrot. »Ich habe mit Herrn Gabler gesprochen. Es ist eine Bodenlosigkeit, wie erbittert er um seinen Liederabend kämpfen muss, obwohl ein glänzender Erfolg zu erwarten ist. Aber Herr Sander wird noch früh genug das große Heulen und Zähneklappern bekommen.«

Aha. Kaminski beschloss, aufs Ganze zu gehen.

»Sie erwähnten heute Morgen Unregelmäßigkeiten finanzieller Art?«

Ein wachsamer Ausdruck trat in Kuzers Gesicht.

»Dazu darf ich mich leider nicht äußern. Wir befinden uns noch mitten in der Investigation. Ich kann Ihnen nur verraten, dass es nicht gut aussieht für Ihren gewalttätigen Freund.«

Kaminski überwand sich dazu, dem Journalisten vertraulich eine Hand auf den Anzugärmel zu legen.

»Ich kann Ihnen nur raten – reden Sie mit Frau Dasselmann. Sie wird Ihnen bestätigen, dass Johannes Sander ein äußerst integrer und korrekter Mann ist«, sagte er, einer Inspiration folgend, um Kuzer aufs Glatteis zu führen. Schlagartig war ihm wieder eingefallen, wie Kuzer einen komplizenhaften Blick mit Bitzi getauscht hatte, am Morgen auf dem Theaterplatz.

Wie vermutet, wurde der Journalist nervös. Er schwitzte noch stärker und schien sich erneut nicht recht wohl in seiner Haut zu fühlen.

»Bitzi?« Er rieb sich die Nase, seine Wimpern flatterten unkontrolliert. »Wie kommen Sie darauf?«

Kaminskis Taktik war aufgegangen. Sofern es sich bei den Mails um einen Beleg für ein mieses Komplott gegen Johannes handelte – und sein Gefühl sagte ihm, dass genau dies der Fall war –, beteiligte sich Bitzi bestimmt aktiv an dieser Verschwörung.

»Ohne Frage zählen Sie in dieser Stadt zu den Honoratioren, nicht zuletzt Ihrer reizenden Frau wegen«, wechselte Kuzer auffallend rasch das Thema. »Doch es gibt Situationen, in denen man Farbe bekennen muss. Und zeigen muss, zu wem man gehört. Nicht zuletzt ist das auch gut fürs Geschäft.«

»Danke für den Tipp«, brummte Kaminski. »Auf Wiedersehen.«

Dass dieser undurchsichtige Herr nun auch noch Laura ins Spiel gebracht hatte, glich für Kaminski einem Sakrileg. Kuzer mochte in Gewissensnöten sein, doch was Laura betraf, kannte Kaminski kein Pardon. Mit kräftigen Bewegungen erklomm er den Kutschbock, schnalzte mit der Zunge und ließ die Pferde im Schritttempo zum Frauenplan laufen. Dort schöpfte er mit einem Eimer kaltes Wasser, das sich aus dem Maul eines gusseisernen Delfins in das achteckige Becken des Goethebrunnens ergoss.

Während die Pferde tranken, ging Kaminski erneut alle Verdächtigen durch. Bitzi? Was hätte sie schon davon? Es konnte sie den Job kosten, Mails zu manipulieren. Andererseits war die Fälschung von E-Mails schwer nachzuweisen, das wusste selbst Kaminski, der noch nie an einem Computer gesessen hatte, von Laura und Chantal. Also steckte vielleicht Dieter Gabler dahinter? Der war zwar ein Querulant, aber bei Weitem nicht gewieft genug für die Fälschung von E-Mails, oder? Immerhin war er für Diebereien bekannt, ob es nun um Hotelbademäntel, silberne Zuckerdosen oder geistiges Eigentum ging.

»Sind Sie frei?«, erkundigte sich ein junges Paar mit Rucksäcken, das neben dem Brunnen saß und einen Hamburger verdrückte. »Eine literarische Kutschfahrt, das klingt gut.«

Kaminski zögerte. Musste er nicht sofort Johannes von den Mails berichten? Oder sollte er lieber bis nach der *Fidelio*-Premiere warten, um Johannes nicht zu verunsichern? Kaminski kannte die ungeheure Anspannung von Regisseuren so kurz vor der Premiere. Jeder Störfaktor konnte Johannes aus der Bahn werfen. Oder hatte er ein Recht darauf, so früh wie möglich von den Machenschaften zu erfahren? Was für eine Zwickmühle.

»Ja, kann sofort losgehen, steigen Sie ein«, erwiderte er, holte jedoch sein Handy aus der Hosentasche, bevor er den Kutschbock bestieg.

Sei vorsichtig. Pass auf dich auf und traue niemandem, tippte er eine Nachricht an Johannes. Dann begann er, laut zu sprechen:

»*Liebesqual verschmäht mein Herz, / Sanften Jammer, süßen Schmerz; / Nur vom Tüchtgen will ich wissen, / Heißem Äugeln, derben Küssen. / Sei ein armer Hund erfrischt / Von der Lust, mit Pein gemischt! / Mädchen, gib der frischen Brust / Nichts von Pein und alle Lust!*«

Während er das Liebesgedicht von Goethe rezitierte, dachte er an Laura. Er kannte niemand anderen, der selbst in scheinbar ausweglosen Situationen immer einen klaren Kopf behielt. Wenn es jemanden gab, der Licht in dieses verworrene Dunkel bringen konnte, dann sie.

Nachdem er an der *Wilhelm Meister-Schänke* den Tucholsky zum Besten gegeben hatte, wandte er sich zu dem Paar um.

»Hier legen wir eine kleine Pause ein. Die Getränke spendiere ich Ihnen. Oder ein Eis, ganz wie Sie möchten.«

»Oh, wie nett«, freute sich die junge Frau. »In Weimar ticken die Uhren anders, stimmt's? Man hat das Gefühl, alle sind hier wie eine große Familie.«

Ja, eine heillos zerstrittene, dysfunktionale Familie, hätte Kaminski gern geantwortet. Sichtlich erfreut nahm das Paar unter einem Sonnenschirm Platz, und er schlenderte ins Lokal. Dort traute er kaum seinen Augen, als er Kuzer, Laura sowie Carsten am Tresen stehen sah. Alle drei drehten ihm wie ertappt die Köpfe zu, als er, die Hände in den Taschen seiner Cordhose, auf den Tresen zuschritt. Kein Zweifel, sie hatten über ihn geredet.

»Wenn man vom Teufel spricht …«, witzelte Kuzer.

»Zu viel der Ehre«, entgegnete Kaminski.

Carsten beschränkte sich darauf zu grinsen, Laura begann, Gläser zu polieren.

»Mein Philosoph«, er registrierte, dass sie das *kleiner* weggelassen hatte, »man ist der Meinung, dass du in schlechte Gesellschaft geraten bist.«

»Ich wollte nur einer gewissen Sorgfaltspflicht nachkommen«, druckste Kuzer herum und zupfte an seiner lila Lederkrawatte. »Als Vertreter der öffentlichen Meinung …«

»… der veröffentlichten Meinung«, verbesserte Kaminski ihn.

Irritiert blinzelte der Journalist ihn an.

»Wie auch immer, ich hielt es für meine Pflicht und einen Freundschaftsdienst, die reizende Frau Laura auf die neuesten Entwicklungen hinzuweisen, die sich im Zusammenhang mit einem sich abzeichnenden Finanzskandal am Theater ergeben haben.«

»Was ich sehr freundlich finde«, ergänzte Carsten. »Als Geschäftsfrau steht Laura mitten im gesellschaftlichen Leben. In einer überschaubaren Stadt wie Weimar ist es unerlässlich, Leute zu meiden, die ins Zwielicht geraten sind.«

Kaminski spürte, wie sich die Haare auf seinen Unterarmen senkrecht stellten. Unwillkürlich spannte er seine Muskeln an.

»Soll das etwa eine Warnung sein?«

Kuzer betrachtete eingehend seine Hände, die neuerdings permanent in Bewegung zu geraten schienen. Ein wenig zwanghaft, wie Kaminski fand, rieb er die Handflächen aneinander.

»Hinter dem, was Sie die *veröffentlichte Meinung* nennen, stehen Menschen, die sich ihrer Verantwortung für das Wohl und Wehe der Weimarer und ihrer Stadt durchaus bewusst sind. Wir fungieren als moralische Instanz. Unsere Leser wollen Orientierung in unübersichtlichen Zeiten. Deshalb weisen wir ihnen den Weg.«

»Auf der Suche nach höheren moralischen Werten ist schon so mancher auf Abwege geraten«, knurrte Kaminski.

Mit einer beschwichtigenden Geste ihrer rechten Hand brachte Laura ihn zum Schweigen.

»Möchte einer der Herren vielleicht einen Espresso? Geht aufs Haus.«

»Sehr gern«, flötete Kuzer. »Übrigens hatte ich gehofft, Frau von Nesselröden hier anzutreffen. In der Schule hält sie sich nicht mehr auf, wie man mir am Telefon sagte, ihr Handy ist ausgeschaltet, aber ihr Mann meinte, sie könnte hier sein.«

»Was gibt's denn so Dringendes?«, erkundigte sich Laura.

Geheimnisvoll senkte Kuzer die Stimme.

»Noch ist es nicht offiziell, doch wie ich aus Kreisen des Kultusministeriums erfahren habe, wurde ihre Theater-AG für den diesjährigen Thüringischen Schulpreis ausgewählt. Eine hohe Auszeichnung. Herr von Nesselröden ist bereits im Bilde und bat mich, ihr diese exzeptionelle Nachricht zu übermitteln. Ich darf doch auf Ihre Diskretion zählen?«

»Ein Preis, wie wunderbar!«, rief Laura aus. »Den hat sie längst verdient!«

Torsten Kuzer lächelte milde, offenbar froh, dass er zur Abwechslung auch einmal gute Nachrichten überbringen konnte.

»Die Verleihung wird bereits am Freitagmorgen um elf Uhr im Rathaus stattfinden, im Rahmen des *Kultur-Empfangs*. Frau von Nesselröden ist wie jedes Jahr als Begleitung ihres Gatten eingeladen, aber dieses Mal wird sie im Mittelpunkt stehen.«

Forschend sah Laura Kaminski an, und er wusste, dass sie beide dasselbe dachten: Vermutlich hatte von Nesselröden dafür gesorgt, dass Christiane den Preis erhielt, natürlich ohne vorauszusehen, dass sie ihn bis zur Preisverleihung verlassen haben würde. Nun gab es kein Zurück mehr, und er würde wohl oder übel zusehen müssen, wie sie, die Abtrünnige, geehrt wurde.

»Sobald ich sie sehe, sage ich es ihr«, versprach Laura.

»Wohnt sie denn immer noch hier?«, fragte Carsten, der bisher recht unbeteiligt zugehört hatte.

»Sie – wohnt hier?«, wiederholte Kuzer verblüfft.

Laura rückte unmerklich von ihm ab, ein tadelnder Blick traf ihren Ex.

»Wohnen ist zu viel gesagt. Sie brauchte nur etwas Tapetenwechsel, um an ihrem neuen Theater-Projekt zu arbeiten, und …«

»So, so, ein Tapetenwechsel.« Als gewiefter Rechercheur ließ sich Kuzer nicht so leicht in die Irre führen. »Seltsam. Nun ja. Dann hoffe ich doch, dass dieses Projekt einer raschen Vollendung zustrebt, damit Frau von Nesselröden recht bald zu ihrem Gatten zurückkehren kann, nicht wahr?«

»Sie wissen doch, mein lieber Kuzer, die Annehmlichkeiten des Privatlebens müssen zuweilen auf dem Altar der Kunst geopfert werden«, erwiderte Laura mit ihrem besten Pokerface.

»Große Ziele erfordern große persönliche Freiheiten«, fügte Kaminski lächelnd hinzu.

Kapitel 32

Aus. Alles aus. Unwiderruflich. Seit einer Stunde hockte Christiane an einer Säule des Tiefurter Musentempels in derselben Haltung, in der sie dort zusammengesunken war. Die Stirn auf die Knie gelegt, spürte sie nur noch unendliche Verlorenheit. Ihre Ehe ein Irrtum, ihre Liebe zu Johannes nichts weiter als ein Trümmerfeld. Ihre Träume, ihre Sehnsüchte – vorbei.

Johannes' Blick, als er sie am Mittag in der Schule zur Rede gestellt hatte, ging ihr nicht mehr aus dem Kopf. Selbstvorwürfe marterten sie. Alles hatte sie falsch gemacht. Zu lange in einer erstarrten Ehe ausgeharrt, zu lange gesellschaftliche Erwartungen erfüllt. Vor allem aber hatte sie den Menschen, der ihr am meisten bedeutete, ja, den sie bis zur Selbstaufgabe liebte, so tief verletzt, dass eine Versöhnung ausgeschlossen war. Es würde ja noch weit schlimmer kommen. Wenn Wolf seinen Vernichtungsfeldzug fortführte, würde Johannes hinter all den schrecklichen Manövern immer auch sie vermuten. Als eine Frau, die ihn verraten, die ihn systematisch ausspioniert hatte.

Aber konnte er das wirklich glauben? Nach allem, was geschehen war? Hier im Park, nur wenige Meter entfernt, hatten sie sich in der Ilm geliebt. Müsste er nicht spüren, dass sie keine Frau war, die einem Mann Leidenschaft vorspielte? Eine kleine Flamme der Hoffnung glomm in ihr auf. Sie zog das Handy aus der Tasche. Nein, keine Nachricht von ihm. Nicht einmal Vorwürfe oder Beschimpfungen, die ihr lieber gewesen wären als sein grausames Schweigen. Die Flamme erlosch.

Ein fernes Donnern schreckte sie hoch. Dunkelgraue Wolken zogen auf und verdunkelten den Himmel. Die heitere Pracht des Schlossparks verwandelte sich in aschfahles Einerlei, bleiernes Licht erstickte die Farben, Blätter und kleine Zweige wirbelten durch die Luft.

Erneut schaute sie auf ihr Handy. Keine Nachrichten. Nachdem Johannes weggefahren war, hatte sie ihm zunächst geschrieben, verzweifelte Botschaften, in denen sie ihre Unschuld beteuert und die sie allesamt wieder gelöscht hatte, Buchstabe für Buchstabe. Welche Worte sie auch wählte, alles klang verlogen. Für die wenigen kostbaren Stunden ungetrübten Glücks, erkauft mit der Verschleierung ihrer Identität, würde sie ein Leben lang mit ungestillter Sehnsucht bezahlen.

Ein heftiger Windstoß wehte ihr Kaskaden von abgerissenen Blättern ins Gesicht. Schützend hob sie die Hände, doch ihre Kraft reichte nicht aufzustehen. Wohin sollte sie denn jetzt noch? Zu Laura? Dafür schämte sie sich zu sehr ihrer Niederlage. Nach Apolda? Zu ihren Eltern? Die so stolz auf ihre begabte, mit einem angesehenen Mann verheiratete Tochter waren? Was sollte sie ihnen sagen? Dass ihre Ehe schon lange eine Farce gewesen war und dass sie ihren Mann betrogen hatte? Eine ganze Welt würde für die beiden alten Leute zusammenbrechen. Nein. Es gab keine Zuflucht, keinen Trost, keine Vergebung für das, was sie getan hatte.

Ich sehe dich in tausend Bildern, Johannes. Sie sah ihn vor sich beim Kampfsport im Theater, hoch aufgereckt, wie er leichthändig den Stock schwang. Sie sah ihn, wie er scheu die Arme um sie legte und auf der Straße mit ihr tanzte. Wie er seine Lippen den ihren näherte. Wie er schlaftrunken eine Hand nach ihr ausstreckte.

Das Donnern wurde lauter. Krächzend flogen Krähen auf, Blitze zuckten, erste Regentropfen kündigten einen Wolkenbruch an. Wie versteinert saß Christiane da, als sei es gar nicht sie, die das rasch näher kommende Gewitter beobachtete. Ihren Körper empfand sie nur noch als tote Hülle. Ihre Seele fror, ihr Herz war verwaist.

Als kleines Mädchen hatte sie sich vorgestellt, das Erwachsenendasein sei ein Reigen erhebender Erlebnisse, mit Musik und Blumen umflort. Eine märchenhafte Zukunft hatte sie sich ausgemalt, Reisen, interessante Menschen, Konzerte, Partys. Und stets von der Liebe eines Mannes umfangen zu sein, der sie so bedingungslos liebte, wie ihre Eltern sie liebten. Niemand hatte ihr gesagt, dass Enttäuschungen auf sie warteten, niemand hatte sie auf Krisen vorbereitet. Jetzt war sie unfähig, über die Abgründe hinwegzubalancieren, die sich nach allen Seiten auftaten. Du bist gescheitert, wisperte eine hämische Stimme hinter ihrer Stirn.

Plötzlich peitschte gnadenloser Regen ihre nackten Arme, ihre Beine, ihr Gesicht. Gurgelnd ergossen sich Sturzbäche vom Dach des Musentempels auf ihr Haar und ihre Schultern, rannen an ihrem Körper hinunter, durchnässten sie bis auf die Knochen. Sie ließ es geschehen. Sie duckte sich nicht einmal, als das Gewitter über sie hereinbrach, als die Blitze jäh den Himmel über ihr zerrissen und knallende Donnerschläge die Erde erzittern ließen. Nichts zählte mehr. Es war, als sei ihr Überlebensinstinkt erloschen. Warum weiter existieren, wenn sie für Johannes nicht mehr existierte?

»Hey, Sie da!«, schrie ihr jemand von Weitem zu.

Durch die prasselnden Wassermassen hindurch gewahrte sie einen Parkwächter in dunkelblauer Uniform, der wild winkend zum Musentempel lief.

»Sie müssen da weg, es ist zu gefährlich, so nah an der Ilm!«, rief er atemlos, als er sie erreicht hatte. Seine Uniform triefte, grob zerrte er an ihrem Arm. »Wasser zieht die Blitze an! Schnell, sonst …«

Eine weißblaue Flamme explodierte über ihren Köpfen, krachend zerbarst eine uralte Eiche ganz in der Nähe. Äste splitterten, mit markerschütternder Lautstärke rollte ein nicht enden wollendes Stakkato von Donnerschlägen über sie hinweg. Reflexhaft hatte sich der Mann über Christiane geworfen. Er wartete einen Augenblick und rappelte sich dann auf.

»Alles okay?«, keuchte er. »Sie sind ja wohl lebensmüde! Kommen Sie!«

Obwohl sie sich wehrte, schaffte er es, sie aufzurichten. Ihre Sandalen hatte sie verloren. Barfuß ließ sie sich von ihm durch den Park zerren, über durchweichte Wiesen und Wege. Sie stolperte, eine Glasscherbe schnitt in ihre rechte Fußsohle, doch nicht einmal der Schmerz erreichte sie. Erst, als sie auf dem Parkplatz standen, sah sie das Blut am rechten Fuß.

»Machen Sie das nie wieder«, knurrte der Parkwächter, gab ihr einen Stups und rannte in das Schlossgebäude.

Frierend und zitternd schloss Christiane den Wagen auf. Dieser Mann hatte sie vermutlich gerettet. Aber sie wollte nicht gerettet werden. Dafür war es jetzt zu spät. Wie ein verletztes Tier krümmte sie sich auf dem Fahrersitz zusammen. Hagelkörner schlugen lärmend auf das Autodach, sammelten sich auf der Windschutzscheibe. Mechanisch drehte sie den Zündschlüssel im Schloss und lenkte den Wagen auf den verschlammten Zufahrtsweg. Alles verschwamm vor ihren Augen, die Welt draußen versank grau in grau.

Ohne dass sie gegensteuern konnte, begann der Wagen zu rutschen und driftete nach rechts. Wenn du Glück hast, landest du vor dem nächsten Baum, schoss es ihr durch den Kopf. Oder bist du auch dafür zu feige?

Ein Stöhnen entrang sich ihrer Kehle, als sie auf die Bremse trat. Ihre Fußsohle brannte wie mit glühenden Nadeln durchbohrt, ihr Brustkorb wurde zu eng für das krampfhafte Schluchzen, das in ihr aufstieg. Sie hatte keine Luft zum Atmen mehr. Das Lenkrad entglitt ihren feuchten Händen, kreiselnd drehte sich der Wagen um die eigene Achse und prallte gegen einen Zaun.

Einfach sitzen bleiben, bis es vorbei ist. Dann schlafen und nie wieder aufwachen. *Ich sehe dich in tausend Bildern.* Nein, nichts mehr sehen müssen. Todmüde schloss sie die Augen, während ihr Kopf zur Seite sank. Scham ist schlimmer als Schmerz, dachte Christiane. Was für eine peinliche Darbietung. Applaus, Applaus und Vorhang zu. Es wird Zeit, dass du abtrittst. Ich hatte dich nicht verdient, Johannes. Ich habe gar nichts verdient. Christiane aus Apolda ist nichts wert.

Kapitel 33

Die Generalprobe des *Fidelio* drohte, ein Fiasko zu werden. Johannes kochte vor Wut. Die Sänger wirkten müde, unkonzentriert. Dauernd vergaßen sie Regieanweisungen, verpassten Einsätze oder erschienen erst gar nicht auf der Bühne. Das reine Chaos. Von den Tempi des Orchesters, die nicht im Mindesten seiner Konzeption folgten, ganz zu schweigen. Wie angekündigt, stellte sich der Generalmusikdirektor einfach quer.

Erschöpft rieb sich Johannes übers Gesicht. Es schien, als habe sich seine eigene desolate Verfassung auf das Bühnengeschehen übertragen.

Christiane, verdammt. War sie eine Verräterin? Es sah ganz danach aus. Frau von Nesselröden. Allein schon der Name widerte ihn an, so wie der Chefredakteur des *Weimarer Anzeigers*. Wie ekelhaft, sich vorzustellen, dass Christiane das Bett mit ihm teilte und nach dem ehelichen Beischlaf irgendwelche Schweinereien ausheckte.

Johannes verstand es einfach nicht. Wie hatte er sich derart in ihr täuschen können? Ihr anfängliches Zaudern, später ihre innige Hingabe, alles nur Kalkül, eine Show, um ihm den Kopf zu verdrehen? Dann hatte sie wahrlich einen Oscar für ihre schauspielerischen Fähigkeiten verdient. Aber leitete sie nicht eine Theater-AG? In der Tat, von der Darstellung zur Verstellung war es nur ein kleiner Schritt.

Vor ihm auf der Bühne neigte sich der erste Akt dem Ende zu. Soeben wurden auf Fidelios Bitte hin die Gefangenen ans Tageslicht gelassen, mit steifen Gliedern von der Haft traten sie ins Freie. Zusammen mit dem Kostümbildner hatte Johannes ein Konzept entwickelt, das die Kerkerinsassen wie Touristen aussehen ließ. In Shorts und Sneakers tappten sie über die Bühne, bestückt mit Handys, die sie unablässig zückten, um Selfies zu schießen. Gefangene, die nicht wussten, dass sie überhaupt gefangen waren – Johannes' Metapher für die Verblendung einer vermeintlich freien Gesellschaft. Dazwischen irrte Leonore alias Fidelio umher, von Kopf bis Fuß im grauen Nadelstreifen-Businesslook, ohne ihren Gatten Florestan zu erkennen.

War es nicht die Tragik aller Beziehungen? Dass man Bilder voneinander hatte, die nicht mit der Realität übereinstimmten? Während Leonore immer verzweifelter nach Florestan suchte, spürte Johannes einen bitteren Geschmack im Mund. Gift und Galle vermutlich. Es fiel ihm nicht leicht, Christiane zu verachten, doch wesentlich schwerer würde es sein, sie zu vergessen.

Mach deinen Job, schärfte er sich ein. Er hob die Arme.

»Stopp!«

Die Musik verstummte, Solisten und Chorsänger spähten zum Regiepult, das in der zwölften Reihe des Parketts aufgebaut war. Auch Alexander von Behrendt, der Generalmusikdirektor, drehte sich zu Johannes um. Über die musikalischen Kompetenzen des Dirigenten gab es keinen Zweifel, aber was Johannes' Vorstellungen der Tempi betraf, verweigerte er einfach die Zusammenarbeit.

»Herr Sander, so kommen wir nicht weiter«, rief von Behrendt ungehalten. »Wir haben Mittwochabend, morgen ist die Premiere. Wie oft wollen Sie denn noch abbrechen?«

Johannes holte tief Luft. So, jetzt nicht ausrasten. Ganz ruhig. Zeig ihnen deine Wertschätzung, motiviere sie. Mit leiser Stimme sprach er ins Mikrofon. Bedankte sich für den Arbeitseinsatz aller, verpackte seine Kritik in lobende Anmerkungen, gab seiner Überzeugung Ausdruck, dass ihn Schnitzer bei einer Generalprobe keineswegs beunruhigten, da sie erfahrungsgemäß Vorboten eines großen Erfolgs seien. Nach einer fünfzehnminütigen Pause gehe es weiter.

»Meine sehr verehrten Damen und Herren des Orchesters, werter Herr von Behrendt«, erhob Johannes erneut seine Stimme, »ich weiß die hohe Qualität Ihrer Arbeit zu schätzen, mit der Sie an die große Tradition der Staatskapelle Weimar anknüpfen. Denken Sie an Liszt, an Wagner, an Strauss, die hier bedeutende Uraufführungen dirigierten. Übrigens nicht immer unumstritten. Das Neue eckt manchmal an, ist unbequem, erscheint überflüssig. Doch wir haben die Chance, etwas Einzigartiges zu erschaffen, so wie Liszt, Wagner, Strauss. Also lassen Sie uns kollegial zusammenarbeiten. Und seien Sie versichert: Ihre Verdienste um das innovative Musiktheater wird man zu würdigen wissen.«

Es war mucksmäuschenstill geworden. Dann ging ein Raunen durch das Orchester, und die Musiker verzogen sich. Während auch die anderen Mitwirkenden der Kantine zustrebten, glitt ein Schatten zum Regiepult. Mürrisch schaute Johannes zur Seite, um zu sehen, wer es wagte, ihn während einer Generalprobe zu stören. Zu seinem Erstaunen war es Kaminski, in einem völlig durchnässten Kutschermantel. Aus der Pelerine troffen kleine Rinnsale zu Boden, sein Haar war nass. Was hatte er hier zu suchen?

»Jetzt nicht, entschuldige«, sagte Johannes, die Augen schon wieder auf die Partitur und das Textbuch gerichtet.

»Verstehe. Klar. Sorry.«

Irgendetwas an Kaminskis Tonfall war merkwürdig. Johannes hielt ihn am Ärmel seines Mantels fest.

»Was gibt's denn so Wichtiges?«

»Weißt du, wo Christiane ist?«

Die Frage traf Johannes wie ein Schuss aus dem Hinterhalt.

»Frau von Nesselröden? Was geht mich das an?«, antwortete er unwirsch.

»Oh. Du – weißt es also?« Einen Moment lang rang Kaminski sichtlich um Fassung, dann seufzte er vernehmlich. »Ich warte bis nach der Generalprobe in der Kantine auf dich. Es gibt noch mehr, worüber wir unbedingt reden müssen.«

Johannes nickte knapp.

»Wenn's sein muss.«

Er hatte nicht die geringste Lust auf ein Gespräch. Kaminski hatte natürlich die ganze Zeit über gewusst, mit wem Christiane verheiratet war. Warum hatte er ihm diese Information vorenthalten? War das etwa Freundschaft?

Der Neustart der Generalprobe zehn Minuten später zeigte ein völlig verwandeltes Bild. Jeder konzentrierte sich jetzt, jeder beherrschte seinen szenischen Part, alle Sänger gaben ihr Bestes, ohne sich unnötig zu verausgaben. Sogar Alexander von Behrendt schien sich jetzt zu bemühen, die von Johannes vorgegebenen Tempi einzuhalten. Als die Stockkampfeinlage im zweiten Akt begann, bevor der Gefängnisgouverneur mit einem Dolch auf Florestan losging, war sich Johannes vollends sicher, dass die Premiere gelingen würde. Die Bewegungsabläufe griffen geschmeidig ineinander, und der dramaturgische Effekt, eine Gefangenenrevolte anzudeuten, verlieh dem Stück eine völlig neue Dimension.

Johannes war hingerissen. Sein Publikum würde den Hinweis verstehen: Es reichte nicht, sein Schicksal einem einzigen mutigen Befreier in Gestalt Fidelios anzuvertrauen, nein, alle gemeinsam mussten sich auflehnen. Freiheit war ein Thema, das jeden anging.

Zufrieden knipste er nach dem Schlussbild die kleine Lampe am Regiepult aus.

»Ich danke allen! Ganz besonders Ihnen, Herr von Behrendt, sowie den Kollegen dieses überragenden Orchesters!«

Alexander von Behrendt deutete eine ironische Verbeugung an, einige Geiger klopften anerkennend mit ihren Bögen auf die Pulte. Ein gutes Zeichen. Die Plackerei hatte sich gelohnt. Wer diesen *Fideli*o ablehnte, hatte weder Augen im Kopf noch ein Herz in der Brust. Doch Johannes' Hochgefühl währte nicht lange. Auf dem Weg in die Kantine spürte er, wie wenig ihm das bevorstehende Gespräch behagte. Er blieb demonstrativ neben Kaminskis Tisch stehen, statt sich zu ihm zu setzen.

»Also, was gibt's?«, fragte er barsch. »Falls du über Frau von Nesselröden sprechen willst, spar dir die Worte.«

Ohne aufzusehen, betrachtete Kaminski sein Bierglas. Er wirkte ziemlich zerknirscht.

»Du bist sauer, das kann ich nachvollziehen. Aber ich dachte, sie sollte es dir selbst sagen, weil …«

»Ich habe kein Interesse mehr an dieser Person«, fiel Johannes ihm ins Wort. »Sonst noch was?«

»Setz dich, bitte.« Kaminski machte eine einladende Geste. Dann senkte er die Stimme. »Es geht um eine Schmutzkampagne gegen dich.«

Abweisend verschränkte Johannes die Arme. Er hatte mehr als genug von den Gerüchten, die ihn umschwirrten wie Schmeißfliegen.

»Du wirst es nicht glauben – das ist mir auch schon aufgefallen. Verwirre mich bitte nicht mit Details. Einen Tag vor der Premiere kann ich mir keine Ablenkungen leisten.«

Kaminski schob das Kinn vor.

»Dann hast du also eine Mail verschickt, in der du den Onkel eines Schauspielers veranlasst, dir einen Dienstwagen zu stellen? Und ganz nebenbei hast du auch noch Abrechnungen frisiert, um beträchtliche Summen für dich selbst abzuzweigen?«

Johannes blieb der Mund offen stehen. Bluffte Kaminski? Was waren das für abstruse Anschuldigungen?

»Nimm schon endlich Platz«, sagte Kaminski derart bedrückt, dass Johannes sich nun doch ihm gegenüber auf einen Stuhl fallen ließ.

»Raus mit den Fakten.«

»Von Nesselröden will dich reinreißen. Ich habe die Ausdrucke der Mails, deiner Mails wohlgemerkt, selber gesehen.«

»Dann zeig sie mir.«

Nach einem Schluck Bier schob Kaminski ihm ein zweites volles Glas hin, das noch unberührt war, die Krone war schon etwas eingefallen.

»Trink erst mal was. Ich konnte die Ausdrucke nur überfliegen, aber das wenige, was ich gesehen habe, reicht für eine Anklage wegen Veruntreuung und Vorteilsnahme. Denk nach – wer außer dir hat Zugang zu deinem Mailaccount oder wie das heißt?«

Zwei Bühnenarbeiter gingen am Tisch vorbei mit Kaffeebechern in den Händen. Johannes nahm sich die Zeit aufzustehen und sie zu begrüßen, bevor er sich wieder setzte und Kaminski antwortete.

»Computer sind bekanntlich durch ein Passwort geschützt. Auch meiner. Und selbstverständlich behalte ich mein Passwort für mich.«

»Könnte jemand das Passwort geknackt haben?«

Johannes stützte seine Ellenbogen auf die Tischplatte. Hörte das denn nie auf? Womit hatte er verdient, dass man ihn wie einen Hasen jagte? Und sein Passwort? Originell war das nicht gerade. Aber er hatte keinen Kopf dafür, sich immer neue komplizierte Passwörter auszudenken und zu merken.

»Hacker kommen überall rein. Aber wer würde sich die Mühe machen … warte mal.« Plötzlich beschlich ihn ein ungutes Gefühl. »Es gibt eine höchst eigenwillige Dame in meinem Umfeld, die mit allen Wassern gewaschen ist, so viel steht fest.«

Es war offensichtlich, von wem er sprach, und so vermied er es, Bitzis Namen in der Kantine auszusprechen.

Kaminski zupfte nachdenklich an seinem Ohrläppchen.

»Und neuerdings sehe ich sie öfter mit Kuzer.«

»Das Dumme ist nur – wie soll man ihr das nachweisen? »Solange Hacker keine Trojaner oder Spionageprogramme absetzen, hinterlassen sie keine Spuren.«

Eine Pause entstand. Stumm tranken sie ihr Bier, als plötzlich Kaminskis Handy klingelte. Er schaute aufs Display, ein alarmierter Ausdruck trat in sein Gesicht.

»Frettchen – äh, Chantal? Bist du das?«

Stirnrunzelnd lauschte er. Johannes sah, wie der gebräunte Teint seines Freundes bleich wurde.

»Wo, Chantal, wo genau?« Er ließ das Handy sinken, fassungslos, wie es schien. »Meine Tochter. Sie steckt in Schwierigkeiten. Ich muss sofort los.«

»Was ist denn passiert?«

»Wenn ich sie richtig verstanden habe«, Kaminskis Stimme brach, er räusperte sich ausgiebig, »hält man sie in einer Art Puff gefangen.«

»Das ist doch hoffentlich ein blöder Scherz!«

»Hörte sich leider nicht so an.«

Eilig stand Kaminski auf und warf seinen Kutschermantel über. Auch Johannes erhob sich.

»Wenn das stimmt, brauchst du einen tatkräftigen Mann an deiner Seite.«

Ohne jedes weitere Wort rannten sie aus der Kantine. Draußen goss es in Strömen, Regenböen schlugen ihnen entgegen, der Boden des Theaterparkplatzes war mit Pfützen übersät.

»Wohin?«, fragte Johannes, nachdem sie in seinen Wagen eingestiegen waren.

In höchster Panik massierte Kaminski seine Nasenwurzel. Er sah aus wie ein Mann, der soeben einen Schlag auf den Kopf bekommen hatte und nur mühsam sein Erinnerungsvermögen wiedererlangte.

»Wohin? Du meinst – ach so. Tja, ich bin wahrlich kein Puff-Experte. Aber Chantal sagte etwas von einem Wald, was darauf schließen lässt, dass sie außerhalb von Weimar festgehalten wird. Warte mal – fahr bitte Richtung Apolda. Ich meine, mich zu erinnern, dass es da irgendwo einen, na ja«, er malte mit den Fingern Gänsefüßchen in die Luft, »›Saunaclub‹ gibt.«

Allein schon der Begriff *Saunaclub* löste in Johannes widerwärtige Assoziationen aus. Kaminski legte seine Hände auf die Herzgegend, sein Atem ging stoßweise. Starr sah er geradeaus zur Windschutzscheibe, auf der die Wischblätter Sturzbäche von Wasser hin- und herschleuderten. Weltuntergangsstimmung. Erst nach einigen Kilometern Fahrt fand er seine Sprache wieder.

»Jetzt ergibt alles einen Sinn«, sagte er mehr zu sich als zu Johannes. »Der Wirt der *Wunderbar*, Fat Boy, er schaute zu den beiden Prostituierten in der Ecke, als ich nach Chantal gefragt habe. Die Damen hatten leichtes Spiel. Chantal wusste nicht, wohin, sie hatte kein Geld, und …«

Er brachte es nicht über sich, den Satz zu vollenden. Während der Wagen durch sintflutartige Wassermassen pflügte, die Straßen und Wälder in Grauschattierungen ertränkten, hing Johannes seinen Gedanken nach. Sie mäanderten zwischen *Fidelio*, den

E-Mails, die Kaminski erwähnt hatte, Christiane und Kaminskis Tochter hin und her. Aufmunternde Worte waren überflüssig, denn die bloße Vermutung, ein minderjähriges Mädchen könne sich in einem Bordell befinden, hätte jeden Zweckoptimismus degoutant klingen lassen. So raste Johannes stumm durch den Regen, bis Kaminski hinter einer scharfen Kurve mit der Faust auf das Armaturenbrett schlug.

»Halt an. Da vorn!«

Aus dem feuchten Dunst zeichnete sich rechter Hand ein Schild ab, auf dem in roten Neonbuchstaben der Schriftzug *Sauna-Oase Safari* leuchtete. Johannes stieg auf die Bremse. Schlammige Wasserfontänen spritzten in hohem Bogen auf, als er auf dem ungepflasterten Parkplatz vor dem einstöckigen Gebäude hielt. Es ähnelte einem billigen Motel aus amerikanischen Filmen. Ein lang gestreckter, barackenartiger Bau, mit schäbigen grünen Holzplatten vernagelt, von denen die Farbe abblätterte. Davor eine Veranda, auf der ein schmuddeliger, ehemals weißer Plastikstuhl stand.

»Schnuckeliges Plätzchen«, witzelte Johannes matt.

»Allerliebst. Könnte morgen hier einziehen«, knurrte Kaminski.

Zusammen näherten sie sich der Veranda. Die verglaste Tür war verschlossen, ein Pfeil zeigte auf eine Klingel.

Ohne, dass sie sich verabredet hätten, gaben sich Kaminski und Johannes als Kunden aus, als ihnen die überraschend dezent gekleidete Puffmutter öffnete. Sie trug ein dunkelblaues Strickkleid, das ihre Knie bedeckte. Nur ihre hoch blondierte Löwenmähne, die High Heels mit Leopardenprint und die aufgeklebten künstlichen Wimpern deuteten auf ihre Profession hin – alles etwas zu dick aufgetragen für eine Frau, die die Vierzig offenbar lange überschritten hatte.

»Ich steh auf junges Gemüse«, behauptete Kaminski. »Sehr jung und sehr, sehr knackig.«

»Unsere Mitarbeiterinnen sind alle über achtzehn und haben einen Bockschein«, erwiderte die Frau von oben herab.

»Alles legal, klar«, beeilte sich Johannes, Kaminskis Scharte auszuwetzen. »Mein Freund mag halt eher den schulmädchenhaften Typ.«

»Und schlank, gern auch richtig mager«, fügte Kaminski hinzu.

Die Frau presste ihre feuerroten Lippen aufeinander und sah auf ihre Rolex, ein chromblitzendes Ungetüm. Vermutlich gefälscht, dachte Johannes.

»Dann müssen Sie sich noch ein wenig gedulden. Fancy ist erst in einer halben Stunde frei.«

»Fancy.« Kaminski holte hörbar Luft. »Okay. Ich warte.«

»Und Sie?«, wandte sich die Frau an Johannes. »Französisch? Griechisch? Dreirad?«

Irritiert hob Johannes die Augenbrauen.

»Äh …«

»Dreier«, erklärte die Puffmutter lapidar. »Hab zwei süße Tschechinnen, die machen alles.«

»Dann lieber einen Dreier mit Fancy und meinem Begleiter«, schlug Johannes geistesgegenwärtig vor.

»Geht in Ordnung, kostet aber extra, ein Mädel für zwei Kerle. Hier entlang.«

Mit wiegenden Hüften führte die Frau sie durch ein schummriges Vestibül, das mit Kunststoffpalmen vollgestopft war. Weiter ging es über einen schmalen, rötlich beleuchteten Flur, bis sie in einen kleinen Salon mit abwischbaren roten Ledercouchen gelangten. An den Wänden hingen grellfarbige erotische Gemälde – falls man dilettantisch hingepinselte Geschlechtsorgane in Pink und Orange für erotisch hielt. Johannes schüttelte sich innerlich. Ein schwacher Chlorgeruch lag in der Luft, von fern hörte man übermütiges Gekreische und das Geräusch von schwappendem Wasser.

»Was zu trinken? Champagner?«, fragte die Frau.

»Nichts«, winkte Kaminski ab. »Aber ich müsste mal – Sie wissen schon.«

»Erste Tür rechts«, blaffte die Frau enttäuscht und verschwand.

Johannes und Kaminski warteten, bis die Absätze ihrer High Heels nicht mehr zu hören waren, dann schlichen sie den Flur entlang. Nacheinander legten sie ihr Ohr an die zweite Tür. Stille. An die dritte. Vor der vierten Tür verzerrten sich Kaminskis Züge. Johannes trat zu ihm. Eine weinerliche Kleinmädchenstimme wechselte mit einem knarrenden Bass ab.

»Rein, sofort«, flüsterte Kaminski und riss die Tür auf.

Eine unwirkliche Szenerie bot sich ihnen dar. Der winzige holzgetäfelte Raum war wie eine bayerische Gaststube dekoriert, mit auf rustikal getrimmten Möbeln, Hirschgeweihen an den Wänden und einem Kruzifix. Chantal stand neben einer Liege mit rot kariertem Bettzeug. Sie trug ein schenkelkurzes, weit ausgeschnittenes rosa Dirndl, das ihre magere Gestalt mehr betonte als verbarg. Ihre Füße steckten in weißen Söckchen und schwarzen Lackschuhen. Tränen liefen ihr über die knallig rot geschminkten Wangen, während sie die unförmigen Hände eines Mannes abwehrte, der wie ein Riese auf sie herabschaute und an ihrer Bluse herumfingerte.

»Frettchen!«, schrie Kaminski.

»Lass sofort das Mädchen los!«, brüllte Johannes.

Mit gesenktem Kopf lief er auf den sprachlosen Freier zu. Auch Kaminski musste offensichtlich nicht lang nachdenken. Er hatte Johannes erzählt, dass er einst geboxt hatte, und seine Reflexe schienen immer noch bestens zu funktionieren. Mit wenigen Schritten waren beide neben dem Mann. Kaminski schlug als erster zu. Er verpasste dem Mann einen perfekt platzierten Nierenschwinger, Johannes tat es ihm nach, sodass der Mann wie ein gefällter Baum umfiel.

Sogleich nahm Kaminski Chantal in den Arm. Ein zitterndes Häuflein Elend im Dirndl. Ein Kind. Sein Kind. Und genauso weinte sie – bitterlich wie ein Kind.

»Alles gut, alles gut«, wiederholte Kaminski immer wieder.

Johannes hatte nicht übel Lust, den am Boden liegenden Kerl einen wohl portionierten Nachschlag zu geben, beherrschte sich aber.

»Sie, sie hahat gesagt, die Typen wollen nuhur glotzen, nicht anfassen«, schluchzte Chantal.

Unfassbar, dachte Johannes, und registrierte, dass er unablässig den Kopf schüttelte.

Noch immer lag der Freier gekrümmt am Boden und wimmerte vor sich hin.

»Was ist hier los?«, keifte plötzlich eine hysterische weibliche Stimme. Hochrot vor Zorn stand die Puffmutter in der Tür. »Scheißkerle! Was fällt euch ein? Soll ich die Polizei holen, oder drückt ihr freiwillig die Kohle ab, die mir entgangen ist? Und ein saftiges Schmerzensgeld für den Kunden versteht sich ja wohl von selbst!«

»Die Polizei wird sich sehr dafür interessieren, dass diese junge Dame, übrigens meine Tochter, erst sechzehn ist«, entgegnete Kaminski ruhig.

Es war Johannes eine Genugtuung zu sehen, wie ängstlich die Frau erst Chantal, dann Kaminski musterte. Eine wehrlose Minderjährige, die sie einem pädophilen Freier verkaufte, das würde ihr einige Jahre Gefängnis bescheren.

»Das muss ein Missverständnis sein«, flötete sie. »Als sich das Mädchen bei mir bewarb, hat sie Stein und Bein geschworen, dass sie über achtzehn ist.«

»Die ganze Bude hier ist ein einziges Missverständnis«, raunzte Kaminski sie an. »Ihre lächerlichen Ausreden können Sie der Polizei erzählen. Komm, Chantal, wir gehen nach Hause.«

»Schön, schön«, stimmte die Frau mit katzenhafter Freundlichkeit zu. »Dann aber bitte hinten raus, wenn's recht ist, vorn sitzen neue Kunden. Da entlang.«

Mit dem Kinn deutete sie rechts in den Flur, dann ließ sie Kaminski, Chantal und Johannes einfach stehen.

»Diese beschissene Bitch«, fluchte Chantal.

»Du bist mal ganz still«, grummelte Kaminski.

Er zog seinen Kutschermantel aus und legte ihn ihr um die Schultern. Sie versank förmlich darin. Ein Winzling mit einem tränenverschmierten Gesicht. Wortlos ging Chantal noch einmal in den Raum zurück und klaubte ihre Klamotten unter der Liege hervor, dann presste sie das Tanktop und das Männerhemd an sich, als müsse sie sich vergewissern, dass sie mit ihrer Kleidung auch ihre Freiheit zurückgewonnen hatte.

Auf eigene Faust suchten sie nun den Ausgang, immer den dunklen Flur entlang. Der Chlorgeruch wurde penetranter, das Gekreische der Frauenstimmen lauter. Eine Tür am Ende des Ganges stand halb offen. Johannes traute seinen Augen nicht.

»Scheiß die Wand an«, entfuhr es ihm.

In einem blubbernden Whirlpool aalten sich drei nackte Frauen unter einem facettierten Deckenspiegel, der den in Türkisgrün und Gold schimmernden Raum hundertfach reflektierte. Aufreizend präsentierten sie ihre Körper, planschten kreischend herum und schwenkten überdimensionale Sektkelche. Aus unsichtbaren Lautsprechern sickerte Musik, die so süßlich klang, wie der Sekt wahrscheinlich schmeckte. Den männlichen Gast schien das nicht zu stören. Zufrieden lächelnd hockte Dr. Wolf von Nesselröden auf dem Rand des Pools, ohne Jackett, mit hochgekrempelten Hosen, und ließ seine nackten Füße ins Wasser baumeln.

»Ich bin der böse, böse Wolf«, kicherte der Chefredakteur des *Weimarer Anzeigers.* »Merkt's euch, Mädels. So. Und wer bläst mir jetzt einen?«

Kapitel 34

Kaminski war aufgeregt wie ein Tanzstundenschüler, der seinen Schwarm für den Abschlussball abholt, als er am folgenden Abend in die *Wilhelm Meister-Schänke* ging. Ganz wohl fühlte er sich nicht in dem funkelnagelneuen dunkelblauen Anzug, den er extra gekauft hatte. Auch die Krawatte war ungewohnt. Allein das Binden des Teils hatte eine Ewigkeit gedauert. Aber er hatte geahnt, dass Laura überirdisch elegant gekleidet sein würde, und er wusste, sie würde seine Geste verstehen, wenn er ihr zuliebe im feinen Zwirn erschien.

Lauras Blick, als sie ihn am Eingang entdeckte, sprach Bände. Ungläubig zog sie die Nase kraus, dann überzog ein freudiges Strahlen ihr Gesicht.

»Mein kleiner Philosoph!« Auf schwindelerregend hohen Sandaletten, die sie zu einem purpurfarbenen Kleid mit passendem Bolerojäckchen trug, stöckelte sie auf ihn zu. »Ich habe dich kaum erkannt!«

Er lächelte verschmitzt.

»Menschen ändern sich. Sogar Männer können sich ändern.«

»Langsam wirst du mir unheimlich«, entgegnete sie. »Was hast du mit dem anderen Kaminski gemacht?«

»Der ewige Single ruht in Frieden, hoffe ich doch.«

»Boaaahh, was'n Süßholzgeraspel«, ließ Chantal sich vernehmen, die hinter dem Tresen stand und auf ihr Handy eintippte.

Laura und Kaminski hatten ihr geraten, ein paar Tage auszuspannen, doch sie hatte darauf bestanden, sofort wieder im

WMS zu arbeiten. Am Morgen hatte sie ihre erste Therapiestunde gehabt. Die »Laber-Rhabarber-Stunde«, wie sie es nannte. Dabei hatte sie sich auf Anhieb bestens mit der Therapeutin verstanden. Ganz offensichtlich wusste sie mittlerweile so gut wie Kaminski und Laura, dass ihr nichts Besseres passieren konnte, als sich bei einem Profi alles von der Seele zu reden. Was für ein Glück, dachte Kaminski, dass Laura alle ihre Gäste so charmant behandelte. Wie hätte sie sonst von einem Tag auf den anderen eine geeignete Therapeutin aufgetrieben. Es hatte nur ein paar Telefonate gebraucht.

Chantal wirkte gelöst, wie befreit. Sogar den von Laura angeordneten Dresscode hatte sie ohne Murren akzeptiert, schwarze Jeans und weiße Hemdbluse, über der sie eine lange weinrote Kellnerschürze trug.

»Vergiss nicht, die Empfehlung des Tages ist Straußen-Carpaccio«, schärfte Laura ihr ein. »Die Aushilfe wird gleich hier sein. Und leg endlich das Handy weg, ja? Dein Timo hält es auch mal ein paar Stunden ohne dich aus.«

Chantal schnitt eine Grimasse.

»Er kommt morgen nach Weimar. Kann er bei uns pennen? Ich meine – übernachten?«

»Darüber reden wir noch«, erwiderte Laura und rollte die Augen. »Jetzt konzentriere dich bitte auf den Service. Wir haben jede Menge Reservierungen. Bist du sicher, dass du das schaffst?«

»Nee, ich werd's voll verkacken«, krähte sie, und Kaminski drohte ihr scherzhaft mit dem Finger.

»Für jeden Kraftausdruck zahlst du mir ab jetzt einen Euro. Damit ich mir so ein freches Aas wie dich auch in Zukunft leisten kann.«

Ihr meckerndes Lachen begleitete sie nach draußen. Laura hakte sich bei Kaminski ein, und sie lenkten ihre Schritte zum

Theaterplatz. Wie lange sind wir schon nicht mehr als Paar unterwegs gewesen, ging es Kaminski durch den Kopf. Viel zu lange. Es erfüllte ihn mit Stolz, dass er an Lauras Seite dahinschreiten durfte, als hätte es nie ein Zerwürfnis gegeben. Nun konnte er es kaum erwarten, mit seinen Neuigkeiten herauszuplatzen.

»Heute Morgen war ich im Amt für Liegenschaften«, berichtete er. »Das ungenutzte Areal, das zum Gestüt gehört, wird tatsächlich als Bauland ausgewiesen. Es gibt sogar schon Kaufinteressenten. Du siehst – es geht aufwärts. Vielleicht ja auch mit, na ja, mit uns?«

Unauffällig versuchte er, sich dem langsameren Tempo ihrer hochhackigen Sandaletten anzupassen, während er sehnsüchtig auf ihre Reaktion wartete. Laura hatte manchmal eine Art, ihre Antworten hinauszuzögern, die den selbstsichersten Mann nervös machen konnte. Ihn sowieso.

»Amt für Liegenschaften, Bauland, Interessenten, Roman Kaminski, du bist ein echter Romantiker.« Leichtfüßig wich sie einer Pfütze aus. Der Regen hatte zwar am Nachmittag aufgehört, doch die Spuren der Wolkenbrüche, die sich seit dem großen Gewitter am Vortag mit heiteren, aber kühlen Phasen abgewechselt hatten, waren noch nicht getrocknet. »Könnte dein plötzlich erwachter Elan etwas mit einem gewissen Carsten zu tun haben? Mein kleiner Philosoph ist doch wohl nicht etwa eifersüchtig?«

Ja, er verhielt sich wie ein eifersüchtiger, über beide Ohren verliebter Ehemann – aus dem einzigen Grund, weil er genau das war.

»Eifersucht? Blödsinn«, schnaubte er. »Es gibt nur einen Grund: Du bist die Welt für mich.«

Er warf ihr einen kurzen Seitenblick zu. Aus ihrem vagen Lächeln wurde er nicht schlau, doch der Druck ihrer Hand auf seinem Arm sagte ihm, dass alles gut war. Vorerst jedenfalls. Jetzt freute er sich auf die Premiere. Künftig würde er öfter mit Laura ausgehen, nahm er sich vor. Abwechslung in ihre Ehe bringen. Und ab und an ins Heu, vor allem das.

Falls ich jemals diesen Liebesroman schreibe, dachte Kaminski schmunzelnd, bekommen die Leser praktischerweise auch gleich einen Beziehungsratgeber dazu. Denn sie werden erfahren, warum Liebe nur dann alles besiegt, wenn man Verantwortung für denjenigen übernimmt, den man liebt. Und dass die Flamme der Leidenschaft niemals erlöschen darf. Von Zeit zu Zeit muss man eben kräftig in die Glut blasen, damit wieder Funken sprühen.

»Chanson d'amour«, summte er, und Laura antwortete mit einem geträllerten »ra da da da dam«.

Als sie den Theaterplatz erreichten, mischten sich leise Zweifel in seine Vorfreude. Obwohl die Vorstellung in einer Viertelstunde beginnen sollte, wirkte der Platz fast wie ausgestorben. Normalerweise waren Premieren große Ereignisse in Weimar und die Karten heiß begehrt. Es hätte nur so vor Menschen wimmeln müssen, stattdessen konnte man allenfalls von einem müden Tröpfeln sprechen. Im Foyer des Theaters sah es nicht besser aus. Die meisten Garderobieren standen untätig hinter ihren Tresen, nur wenige Sommermäntel hingen an den Kleiderhaken dahinter.

»Haben wir uns in der Zeit geirrt? Oder im Tag?«, fragte Laura verwundert, als könnte sie Kaminskis Gedanken lesen.

Eingehend inspizierte er zum wiederholten Mal die Karten, die er an der Abendkasse abgeholt hatte.

»Datum und Uhrzeit stimmen. Merkwürdig.«

Nachdem sie den Zuschauerraum betreten hatten, blieben sie verdutzt stehen. Auch hier hätten sich längst die Reihen füllen und Stimmengewirr die Luft erfüllen müssen. Doch die wenigen

Besucher saßen wie einsame kleine Inseln inmitten eines Meeres leerer Plätze. Nur der erste Rang wirkte einigermaßen belebt.

»Ist das etwa ein Boykott?« Kaminski spürte Wut in sich aufsteigen. »Wo ist denn das Premierenpublikum?«

Eine ältere Platzanweiserin, die einen Stapel Programmhefte unter ihrem linken Arm geklemmt hielt, tippte ihm auf die Schulter.

»Guten Abend, Herr Kaminski. Haben Sie denn nicht den Artikel im *Anzeiger* gelesen?«

Zu seiner Schande musste Kaminski gestehen, dass er kein sonderlich gewissenhafter Zeitungsleser war, genauso wie Laura, die höchst selten die Muße für ausgedehnte Zeitungslektüre fand.

»Nein, wieso?«

Die ältere Dame schaute äußerst bekümmert drein.

»*Wir wollen endlich unser Theater wiederhaben*, stand auf der ersten Seite. Und dass nach dem Desaster mit dem *Freischütz* eine neuerliche Provokation zu erwarten sei.«

»Wolf von Nesselröden und sein Vernichtungskrieg«, empörte sich Kaminski. »Was kommt als Nächstes? Wirft er höchstpersönlich Stinkbomben ins Foyer?«

Nachsichtig lächelte die Platzanweiserin ihm zu.

»Ich habe gehört, dass sämtliche Premierenabonnenten eine Mail bekommen haben. Sie könnten ihre *Fidelio*-Karten problemlos gegen die Premiere eines Liederabends plus eine Wiederaufnahme des *Rigoletto* tauschen.«

»Was soll das denn bedeuten?«, fragte Kaminski.

»Ein unwiderstehliches Angebot für Schnäppchenjäger.« Lauras Stimme ertrank fast in Sarkasmus. »Zwei Vorstellungen im Tausch für eine? Das hat es doch noch nie gegeben.«

»Nur der erste Rang ist proppenvoll«, fuhr die ältere Dame

fort. »Lauter Schulklassen. Hoffen wir mal, dass die sich anständig benehmen.«

Kaminski hatte genug gehört. Schulklassen benahmen sich nie anständig, das wusste jedes Kind. Alles in allem also eine sorgfältig geplante Sabotage, hinter der nur Johannes' Feinde stecken konnten.

»Dies wird ein großer Abend für das Nationaltheater, ganz gleich, ob mit oder ohne Publikum«, verkündete er so laut, dass die wenigen Umsitzenden es hören konnten. »Ich habe einen Teil der Generalprobe gesehen und war begeistert. Einen schönen Abend noch.«

Wie sich herausstellte, lagen ihre Plätze in der vierten Reihe des Parketts. In der ersten Reihe entdeckte Kaminski Leo Bamberger und Elfriede Sasse, schräg vor Kaminski nahm gerade Dieter Gabler Platz, in Begleitung seiner Gattin, einer einschüchternd massigen Matrone mit zartlila gefärbter Dauerwelle. Jovial winkte Gabler ihnen zu.

Auch einer von Johannes' Widersachern, dachte Kaminski, und im selben Moment fiel ihm ein, wie unwillig, ja, aggressiv der Intendant auf die Erwähnung von Christiane reagiert hatte. Als sei sie für ihn gestorben.

»Hat sich Christiane eigentlich bei dir gemeldet?«, fragte er.

Laura zupfte geistesabwesend ein Fädchen von ihrem Kleid.

»Das letzte Mal gestern Nachmittag. Sie schrieb mir, sie sei krank und deshalb bei ihren Eltern. Doch da ist sie nicht, ich habe heute Mittag mit ihrer Mutter telefoniert. Leider ist ihr Handy ausgestellt.«

»Johannes hat es selbst herausbekommen«, flüsterte Kaminski. »Dass sie mit Wolf von Nesselröden verheiratet ist.«

Entsetzt sah Laura ihn an.

»Und das sagst du mir erst jetzt? Sie hat ihren Mann verlassen!

Für Johannes, den Mann, den sie liebt! Und der sie jetzt bestimmt hasst, weil er denkt …«

Unruhig zerknüllte Kaminski die Eintrittskarten. Nach Chantals dramatischer Befreiung am Tag zuvor hatten sie alle Hände voll zu tun gehabt, das Mädchen liebevoll zu umsorgen und den Therapieplatz zu organisieren. Und am Morgen dieses Donnerstags hatte er die Grundstückssache geklärt. Es war schlicht gesagt so viel passiert, dass er Christiane völlig aus dem Blick verloren hatte, wie er sich nun eingestand.

»Wahrscheinlich nimmt sie nur eine Auszeit«, versuchte er Laura zu beruhigen, obwohl ihm mulmig wurde. »Die taucht schon wieder auf.«

»Genau das Gleiche hast du bei Chantal auch gesagt.«

»Stimmt, aber im Gegensatz zu unserem reizenden Frettchen ist Christiane eine erwachsene Frau, die auf sich selbst aufpassen kann«, verteidigte sich Kaminski. Spürte er etwa wieder einen Druck in seiner Brust?

»Was heißt schon erwachsen. Wenn es um die Liebe geht, sind wir doch alle in der Pubertät.« Die Sorge um ihre Freundin stand Laura deutlich ins Gesicht geschrieben. »Morgen ist Freitag, um elf soll die Preisverleihung stattfinden, Kaminski. Du erinnerst dich, Christiane bekommt doch diesen Preis für ihre Theater-AG. Wenn sie dort nicht erscheint, kannst du gleich eine weitere Vermisstenanzeige aufgeben.«

Der Gong ertönte zum dritten Mal. Langsam erlosch die Beleuchtung, das Stimmen der Orchesterinstrumente verebbte. Wie üblich, erhielt der Generalmusikdirektor einen kurzen Begrüßungsapplaus, bevor er den Taktstock hob wie ein Dompteur seine Peitsche. Die ersten Takte der Ouvertüre erklangen, und auf der Bühne wurde es hell.

Johannes beweist wirklich Mut zu ungewöhnlichen Ideen,

stellte Kaminski fest. Anstelle des Kerkers zeigte das Bühnenbild einen Strand, auf dem sich in Reih und Glied Touristen sonnten. Ihre Liegestühle waren exakt parallel nebeneinander aufgestellt, völlig synchron tranken sie Limonade und cremten sich ein. Dazwischen stolzierte eine Art Reiseleiter im Hawaiihemd umher, der unablässig Befehle gab: aufstehen, hinlegen, aufstehen, hinlegen.

Kaminski besaß keinerlei Erfahrung mit Pauschalreisen, aber so ähnlich stellte er sie sich vor. Formatierte Urlaube, penibel durchgetaktet, ohne Sinn für das individuelle Freiheitsbedürfnis. Intuitiv begriff er, was Johannes mit diesem Verfremdungseffekt bezweckte: das Bild einer vermeintlich freien Gesellschaft, in der sich die Menschen jedoch wie ferngesteuert verhielten, unerkannten Zwängen ausgeliefert, manipuliert, unfrei. Und als Kerkermeister Rocco diente offensichtlich der Herr im Hawaiihemd. Genial.

Gerade wollte er Laura zuraunen, wie großartig er diese Interpretation fand, als ein Pfiff durch den Zuschauerraum gellte. Er kam vom ersten Rang. Alle schauten nach oben. Direkt an der Brüstung saßen zwei junge Männer, die sich weit vorgelehnt hatten. Ihr breites Grinsen verhieß nichts Gutes, so wenig wie die Bierflaschen, die sie provozierend hochhielten. Kaminski kam nicht gleich darauf, wer sie waren. Erst, als er ihre Gesichter genauer studierte, fiel ihm die Ähnlichkeit mit Torsten Kuzer auf.

»Das müssen Kuzers Söhne sein«, raunte er Laura zu. »Sie studieren in Leipzig. Also hat Kuzer sie eigens abkommandiert, um die Aufführung zu stören.«

»Das sieht diesem Kriecher ähnlich.«

Sorgenvoll schaute Kaminski zum ersten Rang.

»Pass auf, gleich ist hier die Hölle los.«

In der Tat, Kuzers Taktik ging auf. Ermutigt durch die beiden jungen Männer, stießen nun auch andere Jugendliche im ersten Rang Pfiffe aus, begleitet vom Gelächter ihrer Schulkameraden. Unterdessen regte sich Unmut im Parkett wegen des Pfeifkonzerts. Einige schüttelten den Kopf, hier und da wurde getuschelt. Den Vogel schoss jedoch Dieter Gabler ab. Schwerfällig erhob er sich und brüllte den Jugendlichen ein stimmgewaltiges »Ruhe, verdammt!« zu.

Eine kontraproduktive Maßnahme und möglicherweise Teil eines perfiden Plans. Denn nun erhoben sich weitere Besucher im Parkett, die ohne Rücksicht auf Beethovens kompositorische Delikatesse durcheinanderschrien. Der gesamte erste Rang johlte zurück. Eine leere Plastikflasche landete auf der Bühne, wo nun ebenfalls das Chaos ausbrach. Einige Chorsänger stoben panisch davon, andere erstarrten, aber als weitere Flaschen auf der Bühne landeten, flüchteten auch die restlichen Sänger. Binnen Sekunden war die Bühne leer.

Der Dirigent brach ab. Ungehalten blickte er sich um und konnte gerade noch einer Plastikflasche ausweichen, die jemand aus dem ersten Rang hinunter in den Orchestergraben schleuderte. Kaminski, der sich das nicht länger ansehen mochte, stand auf.

»Ich denke, ich sollte mich mal nach oben begeben.«

»Warte, da kommt Johannes«, hielt Laura ihn zurück.

In schwarzem Anzug und schwarzem Rollkragenpullover betrat der Intendant die Bühne. Selbst auf die Entfernung von einigen Metern sah Kaminski ihm an, wie mitgenommen er wirkte. Im Nu wurde es totenstill.

»Meine sehr verehrten Damen und Herren«, begann er zu sprechen, völlig flüssig, wie Kaminski erleichtert feststellte, denn dass dies ein emotional belastender Moment war, in dem er leicht ins Stottern kommen könnte, lag auf der Hand. »Oscar Wilde schrieb: *Die Bühne scheint mir ein Treffpunkt von Kunst und*

Leben zu sein. Heute Abend hat das Leben die Bühne erobert, und das ist gut so. Deshalb möchte ich ganz besonders herzlich unsere jungen Besucher im ersten Rang begrüßen. Sie haben sich Freiheiten herausgenommen. Sich Gehör verschafft. Mit ihren Temperamentsausbrüchen erinnern sie uns daran, dass Theater Zuschauer braucht, Menschen aus Fleisch und Blut, die keineswegs zur Passivität verdammt sind. Genau darum geht es im *Fidelio*: um das Durchbrechen der Passivität.«

Seelenruhig, wie es schien, schaute er in die Runde.

»Ich sehe viele leere Plätze im Parkett. Alle Schüler im ersten Rang sind eingeladen, nach unten zu kommen, um näher am Geschehen zu sein. Gebt uns Feedback. Bringt euch ein. Passt nur bitte auf, dass niemand verletzt wird. Ich wünsche uns allen einen spannenden Abend.«

Ein erstauntes Raunen ging durchs Publikum. Alle, Kaminski eingeschlossen, hatten fest damit gerechnet, der Intendant würde die Vorstellung abbrechen und nach der Polizei rufen. Aber nichts da. Er grenzte die Störer nicht etwa aus, er reichte ihnen gleichsam die Hand. Nun war Kaminski gespannt, wie sie darauf reagieren würden.

Sein Blick wanderte nach oben. Erstes Fußgetrappel war hörbar, und dann begann ein Exodus, der damit endete, dass Johannes, der sich nicht vom Fleck gerührt hatte, vor einem voll besetzten Parkett stand. Nur die beiden Kuzer-Söhne waren verschwunden. Nachdem alle saßen, klatschte Johannes in die Hände.

»Ich bitte um einen Applaus für unsere jungen Besucher!«

Zögernd fingen die Zuschauer an zu klatschen, dann immer lauter, bis das Theater unter dem frenetischen Jubel der Anwesenden erbebte.

»Was für eine grandiose Idee«, flüsterte Kaminski Laura zu. »Von der Konfrontation zum Wir-Gefühl!«

Der Intendant verbeugte sich mehrmals. Dann holte er den Dirigenten auf die Bühne, der immer noch stark verunsichert schien.

»Verehrter Maestro«, fragte Johannes galant, »darf ich Sie bitten, ein weiteres Mal zu beginnen?«

Kaminski sprang auf und applaudierte, im Handumdrehen stand das gesamte Parkett. Eine Welle der Begeisterung schwappte dem Dirigenten entgegen.

»Dann viel Vergnügen«, schloss Johannes seine Rede. Er hielt kurz inne, als müsse er nachdenken, dann wandte er sich noch einmal an das Publikum. »Ach, noch etwas: Premieren sollten gefeiert werden. Deshalb ist es mir eine Ehre und eine Freude, Sie nach der Aufführung auf ein Glas Sekt im Foyer einzuladen.«

Das Ganze war ein einmaliger Vorgang. Ein Abend, den niemand vergessen würde, dessen war sich Kaminski sicher.

Die Premiere wurde ein rauschender Erfolg. Immer wieder gab es Szenenapplaus, was die Sänger, den Chor und das Orchester zu ungeahnten Leistungen anspornte. Als der Stockkampf im zweiten Akt überschwänglich bejubelt wurde, nahm Laura Kaminskis Hand und drückte sie fest. Der Schlussakkord war noch nicht ganz verklungen, da brandete auch schon der Beifall los. Johannes hatte eine Sternstunde des Theaters kreiert, wie sie Kaminski niemals zuvor erlebt hatte. Während sich die Mitwirkenden verbeugten und verbeugten, fegte der Applaus in einer derartigen Lautstärke durch den Zuschauerraum, als seien auch die oberen Ränge voll besetzt.

Bei der anschließenden Feier im Foyer fühlte sich Kaminski, als sei er auf der Party alter Freunde. Überall sah er fröhliche Gesichter, und wo auch immer Johannes auftauchte, begrüßte man ihn mit Handschlag und Komplimenten.

Erst, als Johannes später mit Laura und Kaminski einen Absacker in der *Wilhelm Meister-Schänke* nahm, merkte Kaminski ihm die Erschöpfung an. Er war aschfahl im Gesicht, tiefe Falten furchten seine Stirn.

»Du solltest dich ausruhen«, redete Kaminski ihm gut zu. »Morgen kannst du deinen Erfolg umso mehr genießen.«

»Morgen werde ich geschlachtet«, entgegnete Johannes. Er zog das zusammengefaltete Titelblatt des *Weimarer Anzeigers* aus der Innentasche seines Sakkos. »Das wurde mir während der Premierenfeier gebracht. Die Zeitung von morgen.«

Mit einem unguten Gefühl entfaltete Kaminski das Stück Papier. In riesigen Lettern sprang ihm die Titelzeile entgegen.

Skandal in Weimar! Belastende Mails aufgetaucht – Intendant Sander krimineller Machenschaften verdächtigt!

»Du musst sofort eine Verleumdungsklage gegen von Nesselröden auf den Weg bringen«, sagte Laura, die Kaminski über die Schulter geschaut hatte.

»Und auf sofortige Unterlassung klagen«, ergänzte Kaminski.

Aber Johannes zuckte nur die Achseln.

»Das Furchtbare ist – ich habe heute Morgen endlich mal meinen Account gecheckt. Im Postausgang fand ich genau jene Mails, von denen im Artikel die Rede ist. Löschen ist zwecklos, die haben ja alles, schwarz auf weiß. Und auf meinem Konto ist schon das Geld von der Buchhaltung eingegangen, Betreff: Differenz Werkstattrechnungen. Wie um Himmels Willen soll ich da meine Unschuld beweisen?«

»Die einzige Rettung wäre, wenn die Mails von einem anderen Rechner geschickt wurden. Den könnte man mittels der IP-Adresse identifizieren«, überlegte Laura. »Aber wenn jemand deinen eigenen Laptop benutzt hat, sieht es finster aus. Dann ist deine Unschuld eine reine Behauptung.«

Kaminski, der in diesen Dingen völlig ahnungslos war, trank einen Schluck Wein, bevor er seinem Freund aufmunternd auf die Schulter klopfte.

»Wie heißt es so hellsichtig bei Schiller? *Auf die Unschuld schielt der Verrat mit verschlingendem Blicke, mit vergiftendem Biss tötet des Lästerers Zahn.* Aber glaub mir, Johannes, die Lästerer werden sich an ihrem eigenen Gift verschlucken.«

Kapitel 35

Der Freitagvormittag stand ganz im Zeichen des alljährlichen »Empfangs der Kulturstadt Weimar«, in dessen Rahmen jedes Jahr im September Medaillen vergeben, Preise verliehen und Kulturschaffende geehrt wurden. Vor dem wuchtigen neugotischen Rathaus, das wie eine Trutzburg den Marktplatz bewachte, hielt eine lange Reihe von Limousinen, denen elegant gekleidete Gäste entstiegen. Der Balkon unter der Turmuhr war mit Blumen und Fahnen geschmückt, Touristengruppen warteten auf das Erklingen des Glockenspiels zur vollen Stunde, fünfunddreißig Glocken aus Meißner Porzellan, ein einzigartiges Klangerlebnis.

Wie stets, war der Empfang für elf Uhr vormittags anberaumt. Die Einladung versprach einen besonders feierlichen Rahmen mit Streichquartett, Festreden, Preisverleihung und anschließendem Sektimbiss. Alles, was Rang und Namen in Weimar hatte, würde zugegen sein. Kaminski, der diesem gesellschaftlichen Ereignis seit vielen Jahren beiwohnte, sah der Veranstaltung mit gemischten Gefühlen entgegen. Er machte sich große Sorgen um Johannes, und auch Christianes spurloses Verschwinden setzte ihm immer drängender zu. Mehrfach hatte Laura ihrer Freundin auf die Mailbox gesprochen und sie beschworen, zu der Preisverleihung zu erscheinen, ohne jede Reaktion.

Jetzt war es fünf Minuten vor elf. Aufgeregt stieg Kaminski die Stufen zum Festsaal hoch und fand nach kurzem Suchen die beiden reservierten Stühle in der zweiten Reihe. Wenn doch nur Laura hier wäre, dachte er. Aber der Platz neben ihm blieb leer.

Laura musste auf den Handwerker warten, der die Schankanlage reparieren sollte und sich verspätet hatte. Also musste er wohl oder übel auf sie verzichten.

In der ersten Reihe nahm in diesem Augenblick der Minister Platz, ein groß gewachsener Herr im dunkelgrauen Anzug. Er wurde von seinem Referenten begleitet, der ihm eine, wie Kaminski erkennen konnte, in großer Schrift ausgedruckte Rede überreichte. Vorn auf dem Podium saßen bereits die Musiker des Streichquartetts und blätterten ihre Noten auf. Üppige Blumengebinde aus Rosen und Lilien flankierten sie, daneben stand ein Rednerpult bereit. Immer wieder blickte Kaminski sich um. Würde Christiane erscheinen? Er hoffte es inständig.

Elf Uhr. Die Gespräche, die sich sämtlich um den Theaterskandal gedreht hatten, verstummten nach und nach. Mit einer ausladenden Geste hob der erste Geiger seinen Bogen, und Schuberts melancholisches *Der Tod und das Mädchen* erklang. Ausgerechnet.

Auf einmal schob sich Johannes auf den Stuhl neben ihn. Mut hat er, das muss man ihm lassen, dachte Kaminski anerkennend. Johannes bietet dieser Gesellschaft die Stirn, obwohl man ihn quasi zum Abschuss freigegeben hat.

»Hallo Kaminski«, flüsterte Sander. »Wie geht es Chantal?«

»Danke, alles okay soweit.«

Gemeinsam lauschten sie der Musik, deren makellose Schönheit fast vergessen ließ, dass es hässliche Dinge wie Schmutzkampagnen und gewissenlose Puffmütter gab. Nach dem Streichquartett folgten mehrere Reden, die völlig an Kaminski vorbeirauschten. Seine Gedanken kreisten stattdessen um Chantal, Johannes und die immer noch fehlende Christiane. Erst, als Wolf von Nesselröden das Podium bestieg, schaute er wie elektrisiert nach vorn. Auch Johannes setzte sich aufrechter hin, seine

Hände so fest ineinander verschlungen, dass die Knöchel weiß hervortraten.

»Herr Minister, sehr verehrte Damen und Herren«, fistelte von Nesselröden mit seiner dünnen Stimme. »Ich stehe hier, um einen Preis entgegenzunehmen, den eigentlich meine Frau Gemahlin aus der Hand des thüringischen Ministers für Bildung und Kultur empfangen sollte. Leider ist sie aus gesundheitlichen Gründen verhindert. Daher bat sie mich, werter Herr Minister, Ihnen die allerbesten Grüße auszurichten und ihrer Dankbarkeit für den äußerst ehrenvollen Preis Ausdruck zu verleihen. Meine Frau …«

Kaminski hörte nicht mehr hin, denn er registrierte, wie Johannes' Hände sich weiter verkrampften. Seine Lungen pumpten, unverwandt fixierte er den Mann, der dabei war, sein Leben zu zerstören.

In Kaminskis Hosentasche vibrierte das Handy. Unauffällig zog er es heraus. Eine Nachricht von Laura.

Christiane hat sich gemeldet. Klingt nicht gut, finde ich. Ich leite dir die SMS weiter, lies sie bitte und sag mir, was du davon hältst:

Liebste Laura, ich verabschiede mich. Für immer. Ich gehe dorthin, wo bis in alle Unendlichkeit das Blau von ferne gespiegelt wird. Danke für alles. C.

Eine rätselhafte Nachricht. Kaminski wusste nichts damit anzufangen, außer dass ihn eine beklemmende Furcht ergriff. Etwas bedrohlich Endgültiges lag in dieser Botschaft. War dies etwa die Ankündigung eines Suizids?

Wortlos hielt er Johannes das Handydisplay hin.

»Lass mich mit Frau von Nesselröden in Ruhe«, wisperte er. »Sie hat ihren Mann verdient.«

»Nein, sie hat sich von ihm getrennt, vorgestern schon«, flüsterte Kaminski zurück.

»Waaaas?«

Johannes hatte seine Frage so laut ausgerufen, dass die Umsitzenden sie hören konnten. Köpfe fuhren herum, Blicke flogen hin und her. Wolf von Nesselröden bemerkte die Unruhe, unterbrach seine Rede und hüstelte indigniert. Dann wandte er sich direkt an Johannes.

»Herr Sander, dass Sie unser Theater zugrunde richten wollen, wissen wir. Dass Sie überdies kriminelle Energien entwickeln, haben aufwändige Recherchen des *Weimarer Anzeigers* ergeben. Aber dass Sie mit Ihrer rüpelhaften Art auch noch diese Feier stören, geht zu weit. Ich fordere Sie auf, unverzüglich den Raum zu verlassen, schon allein aus Respekt gegenüber meiner Frau.«

»Wie chevaleresk«, flötete Kuzer, der in der ersten Reihe saß und sich zu Johannes umdrehte. Neben ihm saß Birte Dasselmann, die ein schwarzes Hütchen auf den hennaroten Haaren trug.

Johannes sprang auf. Vergeblich versuchte Kaminski, ihn zurück auf den Stuhl zu ziehen.

»Ihre – Frau, Herr Chefredakteur? Wie ich aus gut informierten Kreisen erfahren habe, hat Ihre Frau Christiane Sie verlassen!«

Wolf von Nesselröden erstarrte. Nur die roten Flecken auf seiner Stirn pulsierten.

»Wie bitte?«, krächzte er.

Nun wandte sich Johannes an das versammelte Publikum.

»Meine sehr verehrten Damen und Herren, Christiane, die Preisträgerin, ist eine wundervolle Frau. Ich liebe sie von ganzem Herzen.«

Kaminski schüttelte den Kopf. Was war dieser Johannes Sander nur für ein Stürmer und Dränger. Wie nicht anders zu erwarten, schlug dem Intendanten Verwunderung und Entrüstung entgegen. Kaminski sah, dass der Minister einen fassungslosen Blick mit seinem Referenten tauschte.

»Was ist das für ein Unsinn?«, schrie Wolf von Nesselröden, der wie ein Irrer an seinen Handgelenken kratzte. »Der Mann ist nicht nur ein Betrüger, er ist auch noch wahnsinnig!«

Und dann, vom einen Moment auf den anderen, ging eine seltsame Veränderung mit dem Chefredakteur vor. Er lief puterrot an, seine Arme zuckten unkontrolliert, sein schlaksiger Körper knickte seitlich ein.

»Sie sind das!«, wie von Sinnen stach er mit seinem Zeigefinger in Johannes' Richtung. »Sie Dreckskerl, Sie haben eine glückliche Ehe zerstört!«

»I-ich ha-habe n-n-n-icht«, stammelte Johannes in höchster Erregung, »u-u-nd S-s-sie …«

Weiter kam er nicht. Bebend bewegten sich seine Lippen, ohne dass sich ein verständlicher Laut formte. Neben Kuzer brach schrilles Gelächter aus. Stuhlbeine schrammten über den Boden. In einem violetten Minikleid und gelben Strümpfen machte Bitzi ein paar Schritte auf das Podium zu und drehte sich zum Publikum um. Ihr schwarzes Hütchen war ein wenig verrutscht, ihr Gesicht unter der dicken Puderschicht gerötet.

»Seht ihn euch an, unseren Herrn Intendanten«, höhnte sie. »Wie sagt noch der Volksmund? Wer stottert, der lügt!«

Auch Kaminski erhob sich jetzt, außer sich vor Zorn.

»Falsch. Wer stottert, befindet sich in bester Gesellschaft«, donnerte er los. »Isaac Newton, Charles Darwin, Winston Churchill, sie alle hatten diese charmante Sprachstörung. Im Übrigen ist Herr Sander kein Stotterer, sondern verständlicherweise übermäßig erregt.«

»Aber wie er ein Stotterer ist«, erwiderte Bitzi abfällig. »Unser Intendant hat sogar einen Sprachlehrer, weil er st-st-st-ottert.«

Niemand lachte. Daraufhin schien auch ihr aufzugehen, dass sie sich vergaloppiert hatte. Verlegen zupfte sie an ihrem Hütchen herum.

»Entschuldigung. Ich meine, ich wollte nur sagen, dass spätestens seit den Enthüllungen des *Anzeigers* klar sein dürfte, mit wem wir es hier zu tun haben. Mehr nicht.«

Als kehrte er aus einer anderen Welt zurück, schlug Johannes auf einmal die Augen auf, zwängte sich an Kaminski vorbei und ging langsamen Schrittes auf Bitzi zu. Kaminski wusste, Johannes hatte seine meditative Übung hinter sich gebracht, die er bereits aus der Vorratskammer der *Wilhelm Meister-Schänke* kannte – mit geschlossenen Augen hatte er während des Wortwechsels tief ein- und ausgeatmet.

Der Minister und sein Referent tuschelten aufgeregt, Wolf von Nesselröden hielt sich verkrampft und reglos am Rednerpult fest.

»Woher wissen Sie, dass ich einen Sprachlehrer habe, Frau Daselmann?«, donnerte die Stimme Sanders durch den Saal.

Bitzis spitzes Gesicht nahm eine graue Färbung an. So, wie sie dastand, die Schultern hochgezogen, den Blick auf die Kappen ihrer roten Ballerinas gerichtet, sah sie aus wie das personifizierte schlechte Gewissen.

»Das weiß doch jeder«, fauchte sie patzig.

Eine kleine Pause entstand. Das Publikum wartete gespannt. Es ist wie bei einer Inszenierung auf dem Theater, dachte Kaminski, nur viel spannender, und hielt den Atem an.

»Irrtum«, sagte Johannes jetzt leise, doch jeder im Saal konnte ihn hören. »Niemand weiß es, außer meinen Eltern, die es eisern für sich behalten.« Sein Ton wurde schneidend. »Was bedeutet, dass Sie sich in meinen persönlichen Mailaccount gehackt und die Nachricht meines Logopäden gelesen haben.«

Eisige Stille. Jetzt hielten alle den Atem an.

Kaminski stand auf. »Womit diese Frau der übelsten Verleumdung überführt wäre«, durchbrach er das Schweigen. »Sie war es, die jene Mails verfasst hat, durch die Herr Sander wie ein Betrüger dasteht!«

Johannes atmete mehrmals tief durch.

»Sie sind mit sofortiger Wirkung entlassen, Frau Dasselmann. Und selbstverständlich werde ich Sie wegen Verleumdung anzeigen.«

Bitzi gab einen wimmernden Laut von sich, ihr Brustkorb hob und senkte sich hektisch, Tränen strömten über ihre Wangen. Kaminski sah ihr an, dass sie mit sich rang. Dann plötzlich, wie einer Eingebung folgend, wischte sie sich die Tränen aus dem Gesicht, wobei sie ihr Make-up verschmierte, und richtete ihren Zeigefinger wie eine Kompassnadel auf Wolf von Nesselröden.

»Der da! Der hat mich dazu gezwungen!«

Erregtes Stimmengewirr erfüllte den Saal. Wolf von Nesselrödens Mund klappte auf und zu wie das Maul eines Karpfens, seine Nasenflügel bebten, mit beiden Händen umklammerte er das Rednerpult.

»Humbug!«, quäkte er, »alles Humbug! Falls Frau Dasselmann sich etwas hat zuschulden kommen lassen, muss sie sich selbst dafür verantworten! Ich habe lediglich Mailausdrucke von ihr erhalten, die Herrn Sander schwer belasten!«

»Du Schuft!«, keifte Bitzi.

Der Minister erhob sich und verließ den Saal, gefolgt von seinem Referenten, dem Oberbürgermeister samt Gattin und anderen Honoratioren der ersten Reihe. Der Rest des Publikums verharrte neugierig und immer lauter diskutierend auf seinen Plätzen. Torsten Kuzer hatte seine Fassung wiedergefunden, er umklammerte Bitzis Arm und versuchte, sie wegzuzerren. Doch das ließ sie sich nicht gefallen. Stattdessen zog sie ihm ihre Handtasche über den Schädel. Immer wieder schlug sie zu, bis Kaminski ihrem Treiben ein Ende setzte. Mit einem gekonnten Jiu-Jitsu-Griff stellte er sie ruhig.

»Dein Schmierenstück ist abgespielt, Bitzi.«

»Nichts ist vorbei!«, plärrte sie. »Wolfi hat kein Recht, mich da reinzureißen! Ich habe das alles nur für ihn getan, für ihn allein! Er ist«, sie schluchzte laut auf und sank zurück auf ihren Stuhl, »der Vater meines Kindes!«

Ein entsetztes Stöhnen erschütterte den Saal. Da und dort wurde hysterisch gekichert. Johannes beugte sich zu Bitzi hinunter.

»Das wird ja immer besser. Sie und der überaus glücklich verheiratete Herr von Nesselröden haben doch nicht etwa eine Affäre?«

»Hören Sie nicht auf diese Irre!«, brüllte der Chefredakteur in den Saal. »Diese Frau hat vollkommen den Verstand verloren!«

»Seit über zwei Jahren schleicht er sich in mein Schlafzimmer!«, hielt Bitzi dagegen. »Seine Ehe war eine Farce! Da lief doch schon seit hundert Jahren nichts mehr!«

»Endlich mal eine gute Nachricht«, entgegnete Johannes, und Kaminski bewunderte ihn für seinen Galgenhumor. »Komm Kaminski, wir müssen Christiane suchen. Es ist höchste Zeit.«

Unter den neugierigen Blicken der Anwesenden steuerten die beiden Männer den Ausgang an.

»Den Auftritt wird man in Weimar nicht so schnell vergessen«, befand Kaminski.

Im Hinausgehen hörte er noch, wie Wolf von Nesselröden einen Tobsuchtsanfall erlitt und das Streichquartett zu spielen begann. Kaminski meinte, Mozarts *Dissonanzen-Quartett* zu erkennen, was für die Geistesgegenwart der Musiker sprach, aber kein gutes Omen bedeutete. Wo um Himmels willen war Christiane?

Kapitel 36

Als Kaminski Seite an Seite mit Johannes das Rathaus verließ, sah er im hellen Tageslicht des Vorplatzes, dass sein Freund leichenblass war. Von Erleichterung oder gar Triumph keine Spur. Obwohl er soeben öffentlich rehabilitiert worden war, verlor er kein Wort über von Nesselröden und Bitzi. Alle seine Gedanken galten offenbar nur noch Christiane.

»Ich habe Angst um sie«, murmelte Johannes. »Zeig mir bitte noch einmal ihre Nachricht.«

Gemeinsam beugten sie sich über das Display.

»Ein Blau, von ferne gespiegelt«, überlegte Johannes laut. Dann schlug er sich mit der flachen Hand vor die Stirn. »Rilke!«

Kaminski sah ihn verständnislos an.

»Geht das auch etwas genauer?«

»So wie das letzte Grün in Farbentiegeln / sind diese Blätter, trocken, stumpf und rau, / hinter den Blütendolden, die ein Blau / nicht auf sich tragen, nur von ferne spiegeln«, rezitierte Johannes die Gedichtzeilen. »Christiane hat mir vor Kurzem von einem Blau erzählt, vom Blau des Meeres, von einer Insel!«

Kaminski schaltete innerhalb von Sekunden.

»Wenn sie sich etwas antun will, dann an einem Ort, der ihr etwas bedeutet.«

»An ihrem Sehnsuchtsort!«, rief Johannes. »Santorin! Wo ist hier der nächste Flughafen?«

»Leipzig oder Frankfurt«, antwortete Kaminski. »Ich fahre dich, Johannes. Sonst landest du am nächsten Baum statt am Flughafen.«

Sie rannten los zum Theaterparkplatz.

»Aber wohin fahren wir denn nun?«, keuchte Johannes, nachdem sie ins Auto gestiegen waren.

»Bitte ruf Laura an.« Kaminski ließ den Motor aufheulen. »Sie soll die Polizei bitten, ganz schnell die Passagierlisten sämtlicher Griechenlandflüge zu checken, die direkt oder mit Umsteigen nach Santorin gehen. Wie ich Laura kenne, wird sie die Hüter des Gesetzes von der Dringlichkeit der Sache überzeugen.«

»Meinst du wirklich?«, fragte Johannes skeptisch.

»Tu einfach, was ich sage«, befahl Kaminski.

Ohne weitere Fragen folgte Johannes seinem Befehl. Dann warteten sie, während Kaminski mit halsbrecherischem Tempo Richtung Autobahn raste. Sie hatten kaum die Stadt verlassen, als Johannes' Handy klingelte.

»Keine Direktmaschine nach Griechenland? – Aber ein Flug von Leipzig über München nach Athen? – In zwei Stunden? Und sie steht auf der Liste? Dann erwischen wir sie vielleicht noch beim Check-in? Okay. Tausend Dank. Wie bitte …?«

Es dauerte noch eine kleine Weile, bis das Gespräch beendet war. Dann steckte Johannes das Handy ein, ziemlich entgeistert, wie es schien.

»Was ist denn los?«, fragte Kaminski.

»Chantal hat Laura das Handy abgenommen und mir gesagt, ich solle dich herzlich grüßen. Es gebe kein Problem, das sich nicht mit Sex lösen ließe. Du würdest mir das erklären.«

Kaminski blickte zur Seite und grinste sich eins. Dann bog er auf die Autobahn nach Leipzig ein. Während der weiteren Fahrt sprachen sie kein Wort, zu groß war die Anspannung, zu bang die Frage, was passieren würde, wenn sie nicht rechtzeitig ankämen. Kaminski raste wie ein Formel-1-Fahrer. Entgegen seiner Gewohnheit scheuchte er alles, was ihm zu langsam war, mit der

Lichthupe beiseite und überholte sogar rechts, wenn sich eine Lücke auftat. Währenddessen versuchte er, Johannes zu ignorieren, der mit geschlossenen Augen, wie ein Mantra, unablässig den Satz wiederholte: »… die ein Blau nur von ferne spiegeln, die ein Blau nur von ferne spiegeln.«

Nach nur einer knappen Stunde kam endlich der Flughafen in Sicht. Kaminski ignorierte das Gehupe der Taxifahrer, die vor der Abflughalle hielten, stellte den Wagen im Halteverbot ab und rannte mit Johannes los. Laut schreiend durchpflügte der Intendant die Menschenansammlungen.

»Christiane! Wo bist du? Christiane!«

Angerempelte Reisende schimpften drauflos, andere starrten ihn und Kaminski neugierig an – zwei Männer, die wie getrieben durch die Menge hasteten. Kaminski entdeckte Christiane als Erster. In einem Trenchcoat und ohne Koffer, nur mit einer kleinen Handtasche über der Schulter, stand sie ganz weit vorn in einer der Schlangen vor dem Securitybereich. Gleich würde sie an der Reihe sein, Kaminski sah es mit Sorge. Wenn sie erst mal die Security passiert hatte, würde es zu spät sein.

»Hol sie dir, schnell!«, feuerte er Johannes an. »Sie steht ganz vorn rechts!«

In rücksichtsvollem Abstand lief er hinter Johannes her, der mit erhobenen Armen auf Christiane losstürmte.

»Christiane«, japste Johannes, als er sie endlich erreicht hatte.

Erschrocken fuhr sie zusammen und drehte sich um. Ihre Augen wirkten verweint, ihre Haut war so blass, dass Kaminski fürchtete, sie könnte im nächsten Moment ohnmächtig werden. Dann trat ein abwehrender Zug in ihr Gesicht.

»Geh weg.«

»Ich gehe nirgendwohin, außer mit dir«, erwiderte Johannes atemlos.

Kaminski zerriss es fast das Herz, als sie den Kopf schüttelte.

»Ich habe alles kaputt gemacht, ich schade dir nur, Johannes.«

»Unsinn!«, widersprach er heftig.

Christiane senkte schuldbewusst den Kopf.

»Ich wollte es dir ja sagen, Johannes, aber ich habe mich so sehr geschämt, Frau von Nesselröden zu sein. Ich habe nicht mehr verstanden, was aus mir geworden ist. Ich habe mich vor mir selber geschämt, dass ich so viel von mir aufgegeben habe, meine Träume, meine großen Pläne. Ich war eine ängstliche, angepasste Idiotin.« Zitternd schöpfte sie Atem. »Dann kamst du. Und auf einmal war ich nicht mehr die Ehefrau. Mit dir war ich nicht einmal mehr in Weimar. Wir hatten unseren Park, den Pavillon, das war eine Welt in sich, aber sie war nicht von dieser Welt, sie war nur eine Illusion.«

Vorwurfsvoll beäugt von den umstehenden Reisenden, umfasste Johannes in größter Verzweiflung ihren Arm. Kaminski schob die beiden ein wenig beiseite, hielt sich aber weiter im Hintergrund. Dies war eine Situation, mit der Johannes und Christiane ganz allein fertig werden mussten.

»Was spürst du?«, fragte Johannes atemlos und zog sie an sich. »Ist das eine Illusion? Bin ich eine Illusion? Verdammt, ich lebe! Und du weißt, dass ich dich liebe!«

»Weiß ich das?«, widersprach sie resigniert. »Du hast mich fallen lassen. Hast nichts mehr von mir wissen wollen. Mir nicht einmal die Chance gegeben, irgendetwas zu erklären.«

Kraftlos gab er ihren Arm frei, seine Stimme erstarb zu einem Flüstern.

»Das war unverzeihlich. Doch mittlerweile weiß ich, dass du reinen Herzens warst.«

Ein bitteres Lächeln verzog ihre Mundwinkel.

»Schön, dass du von meiner Unschuld überzeugt bist. Aber

dass du überhaupt an mir gezweifelt hast, dass du mir zugetraut hast …«

»Weil ich der letzte Idiot bin«, fiel er ihr ins Wort.

»Zu spät«, sagte sie. »Das dumme Mädchen aus Apolda muss jetzt fliegen lernen.«

Abrupt wandte sie sich um und reihte sich wieder in die Schlange vor dem Securitybereich ein. Johannes warf Kaminski einen ratlosen Blick zu, Kaminski nickte ermutigend. Nicht aufgeben, signalisierte er seinem Freund mit den Augen. Daraufhin straffte Johannes seine Schultern. Mit schnellen Schritten war er wieder bei Christiane und hielt sie mit beiden Händen fest.

»Ich will bei dir sein, und sei unsere Welt Santorin.«

»Was?«

»Ja, ich gebe alles auf, ich schmeiß alles hin, ohne dich macht Weimar keinen Sinn mehr!«

Ihre Unterlippe begann zu beben, ihre Augen füllten sich mit Tränen.

»Du würdest alles aufgeben – für mich?«

»F-f-für u-u-ns.«

Seine Worte versickerten in einem unartikulierten Stammeln. Hilflos küsste er sie auf die Stirn, auf die Wangen, küsste ihre Hände.

»Für uns …«, hauchte Christiane.

Und dann, endlich, küsste er sie richtig, ein leidenschaftlicher Kuss, mit geschlossenen Augen, und auch sie schloss die Augen, gab sich ganz dem Moment hin, der ihre Liebe besiegelte.

Gerührt stand Kaminski daneben. Seine Gedanken flogen zu Laura. Ja, dachte er, man muss für die Liebe kämpfen, damit sie siegen kann. Auch ich muss um Laura kämpfen, jeden Tag aufs Neue.

Erst, als ein uniformierter Security-Mann neben dem innig verschlungenen Paar erschien und Johannes auf die Schulter tippte, lösten sie sich voneinander.

»Wie ich höre, gibt's hier Ärger?«, schnarrte der Sicherheitsbeamte. »Kann ich mal Ihre Bordkarten sehen?«

Mit entrücktem Blick schaute Johannes durch ihn hindurch.

»O welche Lust, in freier Luft den Atem leicht zu heben! Nur hier, nur hier ist Leben!«

Fidelio, erster Akt, dachte Kaminski, das passt.

Der Beamte musterte Johannes misstrauisch.

»Wollen Sie mich verscheißern?«

Epilog

Das Esszimmer des Gutsgebäudes erstrahlte im Licht unzähliger Kerzen. Seit Tagen hatten Laura und Chantal den Raum weihnachtlich dekoriert und als Krönung eine drei Meter hohe Tanne mit roten Kerzen und handbemalten bunten Glaskugeln geschmückt, die Laura in einem Trödelladen aufgestöbert hatte. Im Kamin brannte Feuer, daneben wartete die festlich gedeckte Tafel.

Es versprach, ein opulentes Mahl zu werden. Auf der roten Tischdecke standen sechs Teller, neben denen mehrere Reihen Besteck und jeweils drei Kristallgläser schimmerten. Eine in Honig und Salbei marinierte Lammkeule, die im Ofen schmurgelte, verbreitete im ganzen Haus einen verführerischen Duft.

»Frohe Weihnachten, mein kleiner Philosoph«, flüsterte Laura und schmiegte sich an Kaminski.

Sie trug ein weites, ausgestelltes Kleid aus dunkelgrüner Seide, ihr Haar hatte sie zu einer kunstvollen Frisur hochgesteckt. Noch nie, so erschien es Kaminski, war sie so schön gewesen.

»Danke, für dich auch.« Er küsste ihre Wange. »Sechs Teller. Demnächst sieben. Wer hätte gedacht, dass unsere Familie stetig größer wird?«

Ihr verschwörerisches Zwinkern ging ihm durch und durch. Die Nachricht, Vater zu werden, hatte ihn anfangs fast erschreckt, doch mittlerweile konnte er vor lauter Vorfreude an nichts anderes mehr denken. Laura hatte mehrfach beteuert – und mit irgendwelchen Rechenkünsten ihres Gynäkologen belegt –, ihr gemeinsames Kind sei im Heu gezeugt worden, was seine Liebe zu ihr und dem ungeborenen Kind ins Unermessliche steigerte. Heute wollten sie den Familienzuwachs im kleinen Kreis bekannt geben, und es erfüllte ihn mit Rührung, dass die Neuigkeit am Heiligen Abend verkündet werden würde.

»Was für eine wunderschöne Tafel«, staunte Christiane, die Hand in Hand mit Johannes ins Esszimmer trat. »Und wie es hier duftet!«

Noch immer wirkten sie frisch verliebt. Im November hatten die beiden das Kutscherhäuschen bezogen, das zum Gestüt gehörte und bisher ungenutzt geblieben war. Zu ihrem Glück trug bei, dass Christiane in ihrer Arbeit am Musikgymnasium immer mehr aufblühte und Johannes unbehelligt von Intrigen seine Visionen verwirklichen konnte. Seit der Premiere des *Fidelio* hatte sich ein Erfolg an den nächsten gereiht. Die überregionale Kritik erging sich regelmäßig in Elogen, und selbst der *Freischütz* war noch nachträglich zu seinem Recht gekommen.

»Ich hoffe nur, eure Heizung funktioniert«, sagte Kaminski. »Der Wetterbericht hat Schnee angesagt.«

»Keine Sorge, es ist warm und gemütlich«, wurde er von Johannes beruhigt.

»Johannes hat mir zu Weihnachten ein altes Klavier geschenkt«, strahlte Christiane. »Da wir keine direkten Nachbarn haben, kann ich nun rund um die Uhr meinen geliebten Chopin spielen.«

»Ich wusste ja gar nicht, dass du Klavier spielst«, wunderte sich Laura.

»Mein Mann – ich meine, mein Ex-Mann – war immer sehr geräuschempfindlich. Er wollte nicht gestört werden, deshalb hatte ich das Klavierspielen aufgegeben.«

»Dieser Alptraum ist für immer vorbei«, erklärte Johannes resolut und drückte sie an sich.

Ohne ein Wort darüber zu verlieren, dachten alle an Wolf

von Nesselröden. Nach dem Eklat im Rathaus war er mit unbekanntem Ziel verschwunden, so wie Bitzi, von der es hieß, sie habe in Konstanz bei Mucken-Michi Unterschlupf gefunden. Die Anzeige wegen Körperverletzung, die der einstige Chefredakteur angestrengt hatte, war zurückgezogen worden. Und da Johannes seinerseits auf eine Verleumdungsanzeige gegen Nesselröden und Bitzi verzichtet hatte, waren beide glimpflich davongekommen, wenn auch um den Preis, dass sie sich nie wieder in Weimar blicken lassen konnten. Zu den erfreulichen Abgängen gehörte auch Carsten, Lauras Ex-Freund. Nach weiteren erfolglosen Charmeoffensiven war er nach Fuerteventura weitergezogen, wo er in ein Wellnesshotel investiert hatte.

»So, liebe Festgemeinde, hier kommt der erste Gang«, trällerte Chantal vergnügt, während sie mit dem Fuß geräuschvoll die Tür zum Esszimmer aufstieß. Sechs kleinere Teller auf einem Tablett balancierend, brachte sie die Vorspeise herein. »Wir servieren heute einen Wintersalat mit wilden Kräutern, Nüssen und Feigen.«

Zur Feier des Tages trug sie ein bodenlanges schwarzes Kleid, abgestimmt auf ihre schwarz lackierten Fingernägel. Ihrer weißen Raspelfrisur hatte sie mit ein paar rosa Strähnen einen weihnachtlichen Look verliehen. Formvollendet, für ihre Verhältnisse.

»Und wo ist dein allerliebster Timo?«, erkundigte sich Laura, als alle Teller auf dem Tisch verteilt waren.

»Ist noch im Stall, Wanda und Bismarck füttern.« Chantal zwinkerte Laura zu. »Mein Timo fährt voll auf die Viecher ab. Der postet auf Snapchat mehr Fotos von den Pferden als von mir.«

»Musst du gerade sagen«, frotzelte Kaminski. »Wer hängt denn den ganzen Tag am Handy?«

»Schluss jetzt! Fröhliche Weihnachten!«

Laura entnahm dem silbernen Kühler eine Flasche Champagner. Nachdem der Korken mit einem Knall herausgesprungen war, goss sie sechs Gläser voll. Den Korken überreichte sie lächelnd Kaminski, der ihn mit einem gekonnten Wurf im Kühler versenkte.

»Wir trinken auf ein glückliches Familien-Weihnachtsfest«, brachte Laura einen Toast aus. »Außerdem habe ich eine Ansage zu machen.«

Alle tranken sie einen Schluck, und in die kleine Pause hinein, in der Laura Kaminski mit einem zärtlichen Blick bedachte, stellte Chantal ihr unberührtes Champagnerglas auf den Tisch.

»Verehrte, liebe Mami«, sie sprach das Wort nach wie vor mit einem ironischen Unterton aus, »würdest du bitte mal kurz die Luft anhalten, ich habe etwas Wichtiges zu verkünden.«

Kaminski fuhr der Schreck in die Glieder. Wenn sich Chantal dermaßen in den Mittelpunkt stellte, musste es sich um etwas Besonderes handeln, und er hoffte inständig, dass sie nicht wieder etwas angestellt hatte.

»Allerliebste Mami, freu dich schon mal, du wirst nämlich demnächst Omi. Und du, lieber Kaminski, wirst Opi.«

Kaminski fiel die Kinnlade runter.

»Omi und Opi? Willst du uns verladen?«

In diesem Augenblick kam Timo ins Esszimmer gestiefelt, ein Basecup auf dem rasierten Schädel, in seiner schwarzen Lederhose und einem schwarzen T-Shirt mit dem Aufdruck *Scheiß auf Pferde, echte Prinzen kommen mit der Harley.*

»Hab ich was verpasst?«

»Ich würde sagen, der Zug, den du verpasst hast, ist längst abgefahren«, knurrte Kaminski, der sich als Erster aus seiner fassungslosen Erstarrung gelöst hatte.

»Hä?« Timo nahm das Basecap ab und blinzelte Chantal an. »Was'n los?«

»Früher hätte ich gesagt: Shit happens«, antwortete Chantal. »'N Sixpack, 'ne Flasche Wodka, und 'n geplatztes Kondom, als wir das erste Mal gerattert haben.«

»Und ich hätte früher gesagt: Sie hat 'nen Braten in der Röhre«, fügte Kaminski hinzu.

»Damit meint mein Vater übrigens nicht die Lammkeule«, sagte Chantal trocken.

Der kurze Moment, in dem bei Timo der Groschen fiel, erheiterte Kaminski. Timos Augenbrauen rutschten hoch, sein Mund öffnete sich, mit der geballten rechten Faust hämmerte er sich an den geschorenen Kopf.

»Heilige Scheiße! Das gibt's doch nicht!«

»Wie schön, dass du so rasch in deine Vaterrolle hineinwächst«, lachte Kaminski.

»Der Blödmann?«, gluckste Chantal. »Der muss doch selbst erst mal erwachsen werden!«

Mit der ihr eigenen Souveränität füllte Laura die Gläser nach. Dann lehnte sie sich leicht an Kaminski.

»Meine liebste Chantal, lass uns einfach darauf trinken, dass unsere Kinder gemeinsam aufwachsen.«

»Unsere ...« Chantal blieb die Spucke weg. Entgeistert starrte sie erst Laura, dann Kaminski an. »Krass. Ihr kriegt – auch?«

»Aber das ist ja großartig!«, jubelte Christiane. Überschwänglich umarmte sie ihre Freundin. »Laura, ich freue mich so sehr für dich – für euch!«

»Ich hatte schon länger den Verdacht«, lächelte Johannes. »Eine Wirtin, die plötzlich lieber Orangensaft trinkt als ihren Hauswein, das lässt tief blicken.«

»Mann, wir wollten doch nach Argentinien«, maulte Timo halblaut.

»Jetzt ist erst mal der Kurze dran«, fuhr Chantal ihm über den

Mund. »Und sobald er nicht mehr alles vollkackt, nehmen wir den kleinen Scheißer mit nach Argentinien.«

»Er.« Timo blies die Backen auf. »Krass, das wird 'n Junge?«

Chantal gab ihm eine Kopfnuss.

»Bist voll der Checker. Hab auch schon 'n Namen: Jackie Blue Harley.«

»Dann wäre ja das Wichtigste geklärt«, ergänzte Kaminski süffisant. Fragend schaute er Laura an. »Und du meinst wirklich, es ist vernünftig, dass Chantal …?«

»Vernünftig ist was anderes«, seufzte Laura. »Aber natürlich ziehen wir das Kind alle zusammen groß, so wie unseres. Wie hast du es noch so schön gesagt? Familie ist etwas, was man entscheidet?«

Lächelnd nahm Kaminski am Kopfende der Tafel Platz. So war sie, seine wunderbare Frau. Nie um die richtige Antwort verlegen.

»Es ist immer wieder erschütternd, was Männer vergessen und woran Frauen sich erinnern«, erklärte er. »So, ihr Lieben, jetzt wird gegessen. Wie sagte es noch der Geheime Rat Goethe im *Götz von Berlichingen*?«

Chantal warf ihren rechten Arm in die Luft wie eine Musterschülerin.

»Leck mich am A…!«

»Nein, dieses Zitat wäre äußerst unpassend, du vorlaute Göre. Ich hatte ein anderes im Sinn: *Wenn ihr gegessen und getrunken habt, seid ihr wie neu geboren; seid stärker, mutiger, geschickter zu eurem Geschäft.*«

»Amen«, kicherte Chantal.